我是真的热爱你

乔叶——著

四川文艺出版社

图书在版编目（CIP）数据

我是真的热爱你/乔叶著. —成都:四川文艺出
版社，2018.1
ISBN 978-7-5411-4842-2

Ⅰ.①我… Ⅱ.①乔… Ⅲ.①长篇小说—中国—当代
Ⅳ.①I247.5

中国版本图书馆 CIP 数据核字（2017）第 303869 号

WO SHI ZHEN DE RE AI NI

我是真的热爱你

乔叶　著

责任编辑　张亮亮　周　轶
责任审校　蓝　海
封面设计　叶　茂
版式设计　史小燕
责任印制　周　奇

出版发行　四川文艺出版社（成都市槐树街 2 号）
网　　址　www. scwys. com
电　　话　028-86259287（发行部）　　028-86259303（编辑部）
传　　真　028-86259306

邮购地址　成都市槐树街 2 号四川文艺出版社邮购部　610031
排　　版　四川胜翔数码印务设计有限公司
印　　刷　成都东江印务有限公司
成品尺寸　140 mm×203 mm　1/32
印　　张　13.25　　　　　字　　数　300 千
版　　次　2018 年 1 月第一版　印　　次　2018 年 1 月第一次印刷
书　　号　ISBN 978-7-5411-4842-2
定　　价　54.00 元

目录

第一章

1

那是一个混沌的夜晚，一个模糊的夜晚，一个没有清晰记忆的夜晚，一个没有真切感觉的夜晚。然而冷红知道，那样的夜晚对任何一个女人来说都只有一次。所以，无论那个夜晚是多么不堪回首的朦胧和怎样不能言喻的暧昧，她都不可能忘记那个夜晚。

那个夜晚。是的，那是个夜晚。

2

在一千多口人的大青庄，冷家不仅是姓氏听起来最冷的一户人家，同时也是人丁最冷的一户人家。合村人只要一说起冷家，几乎从来没有人喊过名字。"老冷""冷叔""冷婶""冷家那大闺女""冷家那小闺女""冷家那双胞胎"……这样粗略的指认全凭着冷家在大青庄独一无二的姓氏而不用担心出错。以至于很长时间里没有人准确地知道他们一家四口的名字。这种状况在冷红和冷紫上学之后稍有改观。一次，在课间休息的时候，她们的班主任笑着说：冷红，冷紫，你们俩的名字挺有意思的，是不是你们家太冷了，所以就特别希望你们俩能够大红大紫地热闹一下？

不是。冷紫说。

为什么？

我想，爸爸妈妈肯定不只是让我们来热闹一下，而是希望我们将来好好学习，长大了有出息。

我不觉得。冷红说：我想他们可能只是想着这两个名字好记，又经常连在一起用，正适合我们姊妹俩吧。

要是像你说的那样，那干吗不叫咱们冷花冷叶？冷紫瞪大了乌溜溜的眼睛。

要是像你说的那样，起个名字就啥都有了，那咱们班的张统宇将来就一定能够统一宇宙了？

看着姊妹俩争吵起来的可爱模样，班主任不由得笑了起来。她拍了拍姊妹俩的肩膀：家长给你们起什么名字，不一定就是让你们必须成为什么人，而只是表达了他们的一种愿望。比如薛小敏，就是希望她机灵敏捷，刘壮，就是希望他健健康康的，这些都是希望，希望和现实之间常常还有很大的距离，但是很有可能变成现实，懂不懂？

懂。冷紫点点头：比如说我考了九十分，我的目标却是一百分。那一百分就是希望。我下次多考十分就行了。

班主任赞许地看看冷紫，又看看冷红：冷红，你有什么希望，也说来听听。

我不说。

为什么？

嘴里吐字都会讲，若要去做难断肠。冷红说：说有什么用？

谁告诉你的？班主任惊讶极了。

我妈。

面对着姊妹两个，班主任一时间居然无话可说。只是此后逢人便讲：冷家这两个丫头，不简单！

可是，无论两个女儿怎么聪明漂亮，冷裕德在世的时候，总是有些不足意。他从来没有把两个女儿的同时降生看作是老天格外的眷顾，相反，在他的心思深处，还浓浓地埋藏着一丝因一窝生出两个女儿而被淹没的自卑感。要是两个儿子就好了，或者有一个儿子也行。他曾经不止一次地在心里念叨过。那年九月的深夜，当乡卫生院的医生大汗淋漓地从手术室走出来，对他说"你媳妇子宫受创十分严重，再也不能生育"的时候，他一下子便瘫软在了地上。天要塌下来了。我要断子绝孙了。本来在大青庄就无依无靠的，这下子更抬不起头了。没有了香火苗儿啊。没有了顶梁柱啊。对不起列祖列宗啊。他就这样傻傻地哭诉着，在刚刚种进麦子的地里待了一夜。几天之后，他默默地用架子车把妻子和两个女儿拉回了家。

哎，老冷，看不出来，你可真能干啊，一箭双雕啊。

这个法子也挺省事儿的，传授传授经验吧。

老冷那东西我也见过，没有啥出奇的呀，这是咋回事儿呢？

……

不断有人和冷裕德开这种玩笑，冷裕德从来不搭腔。他像一头老黄牛一样从不闲着。地里的活儿一忙完他就想法子去挣别的门路的钱。他沿街走巷地卖过冰棍，灰头土脸地给建筑队做过搬砖提泥的小工，农忙时给人家当过麦客，还不时地跟着四周村里有汽车或小四轮的人家出去拉土方和沙石，赚一点儿微薄的装卸费。作为这个家庭的唯一男人，他尽心尽力地为这个家挣着每一分钱，用最笨拙的方式养活着体弱多病的妻子和两个像花一样悄悄成长起来的女儿。他在自悲自叹中慢慢认了命，也在清贫的生活中享受着妻女们用自己的方式带给他的安慰和快乐。直到那一天。

那一天，他跟邻村的一个车主到山里的一个小窑厂去拉煤。煤价比平日低了一些，车却比平日里装得还要满，车主一时高兴，就买了二两散装白酒下饭。酒不多，但是特别冲。车主喝完酒就要开车，冷裕德嗫嚅着劝道：是不是歇会儿再走，还得过清水涧呢。车主睨着眼呵斥道：你真是个老鼠胆！这条路跑多少遍了？闭着眼我也能绕过它的八百个坎儿！小小一个清水涧还值得一提吗？你就龟缩着头只管上吧，亏你还是个一下子操出俩孩子的男人！要是我让你少一根汗毛，我就不是一个人！

冷裕德没有再开腔。他默默地把一条已经看不出颜色的空编织袋铺在了煤车顶上，然后，又默默地坐了上去。

车主果然实现了他的承诺：没有让冷裕德少一根汗毛——让他丢了整个的命。他自己也不再是一个人，而变成了一个鬼。当超重的煤车在清水涧那条险峻的山路上醉醺醺地撞到了左边的石壁上又在巨大的反作用力中弹跌到右边的石崖下时，他和冷裕德一样，除了短暂的惊呼和喷涌的鲜血，之后，就是永远的沉寂。

因为纯属酒后驾车，责任自负，所以没有任何的钱款补偿。车主家虽然条件很好，但是认为自家人车两失，受损更为惨重，所以坚持拒绝付给冷家一分钱。冷妈妈拖着病恹恹的身体跑了几趟乡司法所，听到的说法是跨地域纠纷，调解起来很麻烦，要打官司的话呢就更麻烦，费心费力不说，等讨出结果恐怕要到猴年马月了。她终是知趣地灭了这个念头，取出所有的积蓄，领着冷红和冷紫勉强把丧事办了，便病重不起。两个正上高二的十八岁女孩面对着从来没有遇到过的生存情境，开始了她们的抉择。

3

小纸团是冷红写的。

纸是她们平常用的作业本上的那种纸，起着淡红的横格子，纸质略微有些脆，但是奶色的白和水色的红搭在一起却使纸显得很柔和，仿佛上面刚刚润了一层雨，有一种令人疼惜的温婉。

姐，你先。冷紫说。

你小，当然你先。冷红的口气不容置疑。

那对你不公平。冷紫看了姐姐一眼。

我先抓对你不也是不公平么？

静寂的屋里，只有时钟滴滴答答地走着，无关忧喜。

好了，抓吧。冷红说。

可是，姐，这对你太不……冷紫又回到了原来的圈子里。

你烦不烦哪？冷红控制不住地发起火来：公平？什么是公平？这两个字对我们没有意义。她说。她忽然觉得十分疲惫。现在，她不想和任何人争执和探讨任何问题——尤其是公平。是的，这个世界对她太不公平，对她的妹妹、母亲和父亲都一样的不公平。以前她也感到过不公平，不过那种感觉只如小牙签在皮肤上划过的浅浅的痕，疼，但不彻骨。而现在，这只牙签忽然成长为一把锋利的大刀，以一种意识不到的方式深深插进了她的身体，让她疼得反而失去了感觉。

反正我不抓。冷紫说：要抓你先抓。

我还是你姐姐么？冷红的表情严峻起来。

冷紫不作声。

要你抓你就抓。其实谁先抓都一样，谁都不能一手抓两个。冷红放缓了语气，笑了笑：出生的时候我已经占先了，所以抓阄上我得让一让你。这只是个姿态问题，并不会影响我的运气。跟我们家碰到的其他事情相比，也许这件事情还是最公平的呢。

冷紫没有被冷红的幽默感染。她忽然明白，某些幽默的本质，其实往往饱含着泪水。

两个小纸团静静地待在桌子上，看起来很乖。它们原本可以安安生生地住在本子里，等待着被写上数学方程、英文字母、化学元素、物理公式，或者是她们姊妹俩最喜欢也最擅长的作文。但是，刹那间，它们就这么被刺啦一声从原来的轨迹中撕扯了出来，又被不知名的手掌揉成了团，惊慌地开始了另外一种与往日截然不同的生活。

就像她和她的姐姐。

在朦胧的泪光中，冷紫终于伸出了手。

第二章

1

星苑市长途汽车站紧邻着星苑市火车站。和中国所有大城市的火车站一样，星苑市火车站分布着密集的摊贩，涌动着黏稠的人流，候车室内外和出站口附近，照例撒播着举着各种牌子的人。有介绍餐馆旅店的，有推销地图的，有出售各种小东西的，也有为直达某地的长途汽车揽客的。灰尘和烟雾，咳嗽和喧哗，红黄白黑的面孔，千姿百态的装扮，城镇乡村的来源，五湖四海的去处……乍一看，似乎永远在变化着。可是，定定神，再一看，像许多事物一样，这里也没有什么本质的改变。尤其是那些附着火车站生活的人。简直就像是一群群虮卵，天然地衍生在脏乱的发窝里。

冷红远远地站在那里，有点儿胆怯。她也是很早以前听父亲说过火车站有招工的人。可是到底没有来过，她心里没底儿。犹豫了好一会儿，她看准一个相貌清纯的姑娘，走了过去。

喂，小妹妹，是来找工作吗？那个姑娘笑意盈盈。

冷红点点头。

现在的年轻人就是要早早自立才好。我就是星苑大学的学生，趁着没课来打工的。

你是怎么找到这份工作的？可以介绍我去吗？冷红迫不及待地问。

当然可以。那个姑娘抿嘴一笑：不过，可能还有更适合你的工作。我给你介绍一个地方，那儿供你选择的机会更多。她低头从口袋里掏出一张小卡片，在卡片上唰唰地签上了一个名字，递给冷红：拿着这张卡，照着这个地址去找就行。这家职业介绍所和我是老关系，会照顾你的。

那，你要多少介绍费？

姑娘上下打量了冷红一眼，又笑了：年轻人之间互相帮一个忙，收什么钱呀。我不收钱。

冷红一边道谢一边离开。她低头看了看手里的卡片，上面写着"心连心职业介绍所"。七拐八拐地找了很久，冷红才在一个小巷里找到了这家职业介绍所。它的门面很小，在高楼林立的火车站周围，简直就像是长满参天大树的森林里躲藏着一个小小的鸟巢。

姑娘，是来找工作的吧？一个和蔼可亲的大妈接待了冷红：来，快坐下，落落汗儿，喝口水。一边又从脸盆架上取下一条毛巾给冷红擦脸：吃过中午饭了吗？

还没呢。

大妈马上拿出一包方便面给冷红泡上：姑娘，一个人在外，要多注意身体，这可是本钱哪。

冷红心里涌出一股暖流。要是早就出来就好了。她想。

如今这世道难，找个合适的工作可不容易啊。好在我这儿倒也有几个挑头儿。大妈说着找出一堆资料：这不，星圆大酒店招收服务员，包吃包住，一月三百。不过服务员常加夜班，肯定会辛苦点儿。隆福打字社招收打字员，包吃包住，一月三百五。这活儿也行。就是时间长了就把眼睛熬坏了。五星百货店也招收售货员，不包吃不包住，一月四百元，这活儿比起来算是舒服的了。

这么多活儿呀。冷红发出了天真的惊叹。

手里要没有几个茬儿，也敢叫职业介绍所？我们这行也像是月老一样，得握着一把红绳，才能把人和事拴在一块儿，你说是不是这个理儿？

冷红不住地点头。忍不住也把自己的顾虑说了出来：可是，我妈有病，我还得照顾她。我可能得常回家，不知道这些单位会不会准假……

真是个孝顺姑娘哪。大妈点点头：这样吧。你先去这些地方试试，要是都不满意，就来给大妈写广告。一份两角钱。在这儿写也行，在家里写好给我拿来也行。

谢谢大妈。冷红简直想给这个满面笑容的大妈鞠一躬。她在心里快速地算了算，一天要是加班加点，怎么着也能写上五十份广告，五十份广告就是十块钱呢。一月下来能挣三百块，这可真不少。

甭客气，先挑挑吧。想去哪个地方？大妈晃着单子。却并不往桌上放。

我仔细看看行吗？冷红被她晃得眼花缭乱。

行啊。大妈拿着单子的手往后抽了抽：不过，话说回来，姑娘，我也是给你人家干活儿的。介绍工作我可以为你上上心，但是你也得交点介绍费。

多少？冷红的情绪有点儿降温。

按规定是一百。大妈看你挺不容易的。该我的那份提成我也就不要了。就收你七十吧。

冷红犹豫了一下。七十元几乎是她家半年的油盐酱醋钱呢。可是，要得到就要先付出，等找到了工作，有多少七十元挣不来呢？她一边给自己吃着定心丸，一边递上口袋里唯一的一张百元大钞。

没有零钱啊？

零钱不够。冷红说着，还是下意识地伸手摸了摸口袋。突然，她摸到了火车站那个姑娘给的卡片。刚才，一和大妈搭话，她把这张卡片给忘了。如果拿出这张卡片，是不是会更优惠呢？她把那张卡片掏了出来：大妈，这是火车站一位大姐给的，她说她介绍的可以更优惠些……

我不是已经给你优惠了吗？大妈面色不悦地接过那张卡片，随手塞进抽屉里，然后找给冷红二十元钱。

冷红点了点。没错，是两张薄薄的票子，二十元。

大妈，不是说好七十吗？

哎哟，你不给我这张卡片就是七十，给了这张卡片就是八十，不明白了吧。看到冷红愣着神儿，她哂笑：你以为她会白给你这份人情啊。这是她给我们留做提成的证据，凭着这一张卡片，我们还得再给人家十块钱回扣呢。

那她不是星苑大学的学生？冷红觉得越来越不妙了。

大妈大笑起来：她的身份都变一百遍了。我怎么能搞清楚？不过有一点儿我可清楚，她的话十句里有十五句是假的，多出的五句是那十句里生的！

可……

可什么呀，别啰唆了，快去吧。大妈塞给她两张单子：去晚了，人家都下班了。

这两张单子，一张是某个地方的保健品推销员，一个是某个私营幼儿园的保育员。冷红找到地方才知道，那家保健品公司因生意不好，关门已经有一年多了。而那家幼儿园则因道路扩建正在拆迁。

姑娘，你受骗了。每天都有受骗的人来找工作。一个闲坐的老太太对冷红说。

冷红一句话也没说。她涨红着脸，再次回到那家"心连心职业介绍所"，向大妈陈述了自己的经过。

我们已经尽力了。一般我们只给一个人两次机会。大妈冷着脸，像换了一个人。

可是，你给我的是什么机会啊。

你说我给你的是什么机会?! 大妈叉着腰，一蹦老高。冷红觉得她简直是在变魔术，一下子便由观音菩萨变成了老妖婆。

冷红气得说不出话来。

我又给你洗脸又给你做饭还给你优惠了价钱，你还想怎么样? 大妈乘胜追击，振振有词。

我，我要去告你们。冷红说。

哎哟，那我可要给你吓死了。大妈冷笑。

谁? 谁在这里捣乱? 一个大块头的男人拉开间门，走出来。冷红扭头就走，眼泪流出来。喂，你站住! 大块头的声音从后面跟上来。冷红连忙飞跑起来，大块头噔噔噔几步便追上了她。

你想干什么? 冷红紧贴住墙，心想他要是敢动自己一指头就和他拼命。

你还想不想找工作了?

不想了。

看你长得满招人疼的，告诉你吧。大块头说: 要是你愿意，就来我们这儿干。像火车站那个揽客的丫头一样，她在东出站口，你在西出站口，一人把一边儿，正好。待遇呢和她一样。基本工资一百，每拉到一个有油水的，就给你十块钱提成。

我不去骗人。冷红说。自己在他们眼里就属于那种有油水的吧。她想。

骗人？大块头笑起来：现在是经济时代，能逮着老鼠的就是好猫。再饿你两天，别说骗人，只怕你连杀人的心都有了。

反正我不干。

不干就快走，别在这儿晃悠，你这么个惹眼模样儿，要是让人贩子盯上给卖了，那就可惜了。大块头又下狠劲儿盯了她两眼：我是个大善人，才会这么提醒你。

冷红逃命似的奔出来，见路就走，不知走了多长时间，她忽然听到一声尖利的摩托车喇叭响，然后是一个年轻小伙子的断喝：找死哪，你不要命了！她这才发现，自己已经来到了在一条繁华的大街上。她茫茫然地向前走着，走了许久，才想起自己该回家了。可是她已经找不到去长途汽车站的路了。

冷红走到一个公厕里，用冷水冲了冲脸，打起精神，问了路，慢慢地走着。路过一家漂白粉厂时，她蓦然看见了两个字：招工。便鬼使神差地又走了进去，来到一间办公室里，里面坐着一位中年妇女，看样子像是一个干部。她问冷红来干什么。

我来找工作。冷红说。

女干部问了冷红一些基本情况，看了她的身份证，然后递给冷红一张表，让冷红填了。又给了冷红一张粉红色的单子，冷红瞄了一眼，瞪大了眼睛她觉得这简直像是在做游戏：这，就行了？

那可不？还要怎的？女干部笑道：只不过上班要过两天。现在库房正在扩建，还没完工呢。

那，我收完麦子再来上班，行吗？

行。反正咱们这儿常年都缺人手。到时候你只要拿着这张通知单来就行了。女干部犹豫了一下，又说：这么好的模样，只怕你在这儿干不长。

这活儿……毁容吗？冷红摸了摸脸。

毁容倒不至于。就是太苦，你来了就知道了。女干部让冷红的话给逗乐了：还有，咱们这里的工作都是临时的，没有底薪。这个你要有思想准备。

底薪？冷红没听明白。

就是基本工资。女干部说：这里都是计件儿工资，干多少得多少。要是没干，就一分钱也没有。

冷红想起了刚才职业介绍所的那个大块头对她说过的"基本工资一百"的话，明白了。她笑了笑，点点头，没有提出任何异议。她知道提也没用，也觉得没道理去提。不干活当然没有道理拿钱，举个最简单的例子，如果一个农民病了，谁会给他什么底薪呢？就是他地里让草长荒了，那土地承包费只怕也得自己往外拿。

坐到公共汽车上，她还是不太敢看那张单子。用诗上的话说，虽然今天的经历是"山重水复疑无路，柳暗花明又一村"，但是她还是觉得这个结局有点儿不真实。而且，即使真实，她也不敢高兴得太早，因为现在她已经知道，有太多的事情会发生在她的逻辑之外。

那张盖了红章的单子上是这样写的：

通　知

经审核，我厂同意接收冷红同志为我厂临时工，从即日起即可上班。

宏达漂白粉厂

不过事情并没有出现她担心的变故。收完麦后，她来到这里顺利地上了班。

2

漂白粉的生产过程其实很简单：先用水将石灰块泡开，用铁筛筛去细末，剔掉石块杂质，装进氯气库进行化学反应，三天后拉出来装进袋子就可以了。但是，这些活儿操作起来却绝对不轻松，尤其是筛石灰。在筛石灰时，为了防止石灰粉腐蚀皮肤，再热的天也必须得穿上三层以上的衣服，然后扎上裤脚和衣袖，用毛巾围紧脖子，嘴上再扣上一个又重又笨透不过气来的防毒面罩。在这种装束里，整个人的感觉就像掉进了蒸汽锅里，简直是到了窒息的边缘。

夏日的中午，大约是所有从事户外工作的人都最恐惧的一个时刻了。太阳以一种近乎平静的毒辣默默地喷吐着内心的火焰，再把这种无与伦比的火焰由人的皮肤过渡到人的内心。冷红就是在这样的火焰中成千上万次地重复着那几个单调的动作。汗水像雨一样淋遍全身。在烈日下和汗水中，冷红干着干着，往往最鲜明的感觉反而不是热了，而是无孔不入的石灰粉末和汗水融汇时所产生的那种火辣辣的疼。那是怎样的一种疼啊。仿佛有无数个蚂蚁在噬咬着，在细细地，津津有味地，流连忘返地品尝着她用身体创造的一道盛宴。偶尔防毒面罩一松动，一团粉尘便会迎面扑来，把冷红呛得满面泪水。于是，这道盛宴便会抵达一个小小的高潮。

在这里，每个人的活计基本上都是独立的。工作时又都戴着防毒面罩，因此上班时间根本没有办法聊天。累了就歇，歇了就干，每个人都像一架微型而全能的机器。有时候筛着筛着，冷红的面前就会出现一片花白，这是疲惫到极点的信号。她就赶紧摘下防毒面罩，回到宿舍喝一大杯水，长长地喘口气。然后再回去接着筛。下班后，吃过饭，洗过澡，她就会揉着酸痛的眼睛，以最快的时间上床睡觉。有的女工回来聊聊天打打牌什么的，冷红一律都不参与，她相信妈妈的话"力气是奴才，睡睡就回来"。既然出来了，快干好睡多挣钱才是真的。

相比起来，漂白粉厂的所有生活环节里，最让冷红感觉愉快的事情就是洗澡了。澡票是厂里免费发的，浴池在厂的偏对门，名字叫"爱心浴池"。浴池里也有一间不大的厅堂，摆着一台电视和几组半新不旧的沙发，穿过厅堂往里走就是大池，再往里走就是两排单间。经常有几个姑娘在厅堂里坐着嗑瓜子。

浴池干吗养这么多闲人？冷红曾经问过刘仪。

嗐。刘仪笑她。她比冷红大三岁，也是从农村来的，家在星苑市郊。有三个弟妹，都在上学。她高考落榜后出来打工。先是给一个远房亲戚当保姆，后来因为待遇问题有了摩擦，才自己出来找工作。她常对冷红说她根本就不会在这里长待，因为这儿不是人待的地方。

你笑什么？冷红问她。

我笑你不懂。刘仪说：不是浴池养她们，是她们养浴池。你以为浴池就靠我们这些买月票的发财啊？

那他靠什么？冷红一直觉得她们应当是浴池最重要的客户，因为她们天天都来洗澡。

靠洗单间的客人和这些在单间按摩的小姐呗。人家接一桩生意，够咱们干半个月的。

那，她们不都是妓女吗？她吃惊极了。那些女孩子看起来一点儿都不像她所想象的妓女的样子，有的看起来简直像是纯洁的学生。而她想象中的妓女则是蓬松着卷发，涂着血红的嘴唇，穿着短到大腿的裙子，叼着烟卷儿。

你以为呢。刘仪说：不过人家可都挣着钱了。

这种脏钱，不挣也罢。我们的钱虽然少，可总是自己劳动所得的，比她们心安。

你以为人家就不心安了？人家也是劳动所得。听说有的国家还承认她们是合法的性工作者呢。

冷红张大了嘴巴。她觉得这简直不可理喻。很快她便觉得庆幸起来。亏得是在中国，她想。她们这些不务正业的人终归没有她这样的人生活得自豪和光彩。于是，每次从这些女孩子面前走过的时候，她都高高地昂着头。刘仪则用眼角的余光偷偷地打量着她们，悄悄地告诉冷红，今天哪个小姐穿得最漂亮。

喂，听说了吗？明天就要发工资了。一天，洗澡的时候，有人说。冷红从昏昏欲睡中一下子振奋起来。这是她第一次发工资。

可不是吗？都一个月了。另一个女工说：不过，我也听说咱们的厂子最近挺麻烦的，好像是因为缺了一大堆什么证，反正是违法。要罚好多好多钱呢。厂长这两天正在跑。跑不赢就完蛋了。

不会吧？冷红说。她觉得这些事情离她太遥远了。一个厂子，好歹也是一个厂子，怎么会说关门就关门呢？

怎么不会，我都跳了好几次槽了。工厂关门的事情天天都有，尤其是这种小工厂。那个女工以一种颇见过世面的口气说。

什么是跳槽？冷红问。

就是换工作。用农村的话来说，就是换个地儿吃草。刘仪笑着说。

第二天，结算工资。冷红发了四百零六元。是所有女工中最多的。

往后不用来上班了。那个招女工进厂的女干部说。她是这里的副厂长兼会计。

屋里一阵寂静。尽管昨天还议论过，可是她们还是觉得事情发生得太突然，连那个发出预言的女工都是一副意外的表情。

那，我们什么时候再来？冷红问。她希望这只是短期的放假。

不知道。女干部说。

一群人默默地走出来。蓦然间，冷红开始觉得对这里的一切留恋起来。是的，这里的活儿是挺苦，可不论怎么说，这儿毕竟是个能挣钱容身的地方啊。

一辆大卡车缓缓地驶进院里，厂长满面尘灰地从驾驶室里跳出来，招呼道：装车了，来吧。扛一袋五毛钱，现扛现算！几个小伙子走上前，冷红也走上去。现在，没有了工作，她格外珍惜每一个能挣钱的机会。

你成么？厂长问。他个子不高，是个长了一脸络腮胡子的中年人。他知道这是男人的活儿。

冷红没有说话。她来到库房，扛起一个袋子就走——袋子都是五十公斤装的。她跟跄了两步，又停住，再往前走。她一共扛了二十二袋。厂长数给她十一块钱，叹道：真是个能吃苦的好姑娘。要是厂子……

我们是不是马上就得离开？冷红不想听那些不着边际的假

设。此刻她最关注的是今天晚上还能不能住在这儿。

你要是找不到地方住，那就住这儿吧。反正宿舍闲着也是闲着。

谢谢。冷红真心实意地对厂长说。而这个整日奔波的小业主，正默默地看着他的最后一批货缓缓地被拉出院子。

3

接下来的一个月内，冷红换了三份工作。

第一份工作是给一家棚厂做铁工，这家棚厂也是私人开的。厂长见到冷红就直摇头，说这活儿是建筑工中最累的活儿，一般都是男人干的。冷红一定要试试，厂长为难说没有男人愿意和她搭班。这儿也没有女人。冷红便邀了刘仪。到了工场，她们才知道要干的主要工作就是抬钢筋。那一条条一捆捆大小不等的钢筋，垒起了一座高大的铁山。人站在山下，简直就是一只只小小的蚂蚁。冷红和刘仪学着别人的样子将一条十几米长的钢筋抬起来，放到各自的肩膀上，顿时觉得重如泰山。她们歪歪咧咧地走了几步，发现随时都有栽倒的危险。

不行！刘仪喊道：停停！

这样走走停停，别人都抬了两根了，她们才勉强抬一根。还不时有男工对她们打口哨：呀，这么漂亮的小妞儿怎么来出苦力了？

别是电影演员来体验生活了吧？那我可得争取弄个主角当当。

这个活儿，她们只干了一天。

第二份工作是和刘仪一起去一个饭店当服务员。说好管吃不管住，试用期是一个月，工资一百五。通过试用期之后是三百。她和刘仪各负责两个单间。单间没活儿就到堂间帮忙。一天到晚跑下来，两条腿软得像面条一样。不过冷红觉得这和漂白粉厂的工作强度相比，实在算不了什么。三个星期之后，一天晚上，一个单间的客人喝多了点儿，一定要和冷红吃个交杯酒，冷红怎么也不肯，客人大发脾气，摔了酒杯。老板将冷红训斥了一顿，让她给客人道歉，冷红盯着老板的眼睛说：我不干了。

　　不干就走，一分钱也没有。老板说。

　　为什么？冷红问。那是一百多块钱呢。

　　没干满一个月没法算工资。老板说：能让你顺顺利利走就不错了。你的服务态度不行，给饭店的名誉造成了不良影响，按说我还得向你要损失费呢。

　　冷红没有再说话，她换下工作服，走了出去。她已经知道有太多的事情自己没有办法去理论，没有能力去理论，所以也就没有必要去理论。后来她听刘仪说她也碰上了类似的事，但是她过了关，而且还挣了一笔三十块钱的小费。喝就喝呗，只要能喝，不掏钱的酒，不喝白不喝。喝个交杯酒又怎么了？反正不是真的。他想着拿咱们开心，咱们就逗他玩儿呗。他们出钱乐，咱们挣钱乐，何乐而不为呢？刘仪说她：你倒好，既为这丢了工作，还给老板省了一笔工资。值不值？

　　冷红笑了笑。她也不知道值不值。她只知道，那一刻她想那么做。她也没有反驳刘仪，毕竟每个人都有自己的规则和逻辑。在一定的情感领域之外的人，她知道自己没有权利去干涉，她也没有兴趣去干涉。

　　冷红找的第三份工作是在一个黑劳务市场。那个在民间众所周知的黑劳务市场位于一个十字路口。树荫下，石椅上，花坛边，这儿一堆，那儿一群，一望而知全是打工的人。他们的神色是躲躲闪闪的，充满了不安和探询，又蕴涵着一丝惊惶和希望。而雇主的神情则是寻寻觅觅的，一旦锁定了目标，又会流露出鲜明的怀疑和挑剔。他们往往会讨价还价一会儿，若是彼此中意，打工者就会悄悄地跟着雇主消失在人群中。

冷红静静地从早上八点钟站到十点钟，始终没有合意的工作。饭店她不想再去了，打字？她在学校没有摸过几次键盘，速度根本都不行。建筑工程队压根儿就不要女的，她也知道自己难吃那碗饭。做保姆吧，有两对夫妇倒是来问过她，男的都没说什么，女的却对她都不满意。一个说这么细皮嫩肉哪会当保姆，当小姐还差不多。另一个一边拽着男人走一边对男人说，这样一个女孩子放在家里可是一颗定时炸弹哪，我可不想让报纸上的那些花花事落到咱们家。冷红知道她们都是嫌自己长得漂亮。谁说漂亮就是通行证？有时候也是墓志铭啊。她自我嘲笑着。

姑娘，你找工作吗？一个穿着浅色套裙打扮得体的中年妇女走过来：我这里有一份短工，想请你帮一下忙，行吗？

行。冷红脱口而出。这个女人尊重的谈吐让她心里涌起一股暖流。她已经见过太多城里人的白眼了。答应之后她才想起还没有问人家什么工作，连忙问道：做什么？

清洗厨房。

冷红犹豫了片刻：多少钱？刘仪反复叮嘱过她，要她事先讲好价。

二十。

走吧。冷红说。

厨房里其实并不太脏，只是很乱，锅碗瓢盆全堆在一起，好像刚刚请过客的样子。冷红把这些都收拾好，又把地面上的菜叶子和泥屑扫干净，用拖把把地拖得锃亮，还是觉得没有干够二十元，于是她又把液化气罐和抽油烟机用钢丝球和清洁剂擦了一遍。整个厨房在她手中焕然一新，纤尘不染。女雇主连连点头，看得出，她满意极了。

一点儿小意思。她给冷红的是三十元。

太多了，大姐。我不能要。冷红递回十块钱。

拿着吧。女人说：你挺辛苦的。

干活挣钱哪有不辛苦的。冷红说。她把那十块钱又递过去：你的好意我心领了，谢谢你，可是我真的不能要。

钱多还会烫手么？女人看着冷红：姑娘，家里挺不容易的吧？

冷红沉默着。她不想对一个陌生人谈家里。尽管这位大姐看起来很亲切。

你看，我家里经常没人吃饭，要不然我就把你留到我家帮忙。不过，要是你愿意的话，我可以给你找个事情。

什么事情？

我开有一个洗浴中心。你可以去当……

不！冷红站起来，她想起她和刘仪议论过的那些在浴池大堂里坐着的女孩子们。

卖票不行吗？一月三百五。管吃管住，还管洗澡。女人温和地看着她的眼睛：不过只能洗大池。

冷红扑地笑了。她有些动心。可是，那儿名声太不好了。她摇摇头。

两人稍稍沉默了一会儿。

大姐，你要是没什么事我就先走了。冷红说。

要不这样，你把客厅里的卫生再做做吧。女人说。

冷红利落地卷起袖子，擦桌，拖地。木墙围上的灰尘，茶杯里的茶垢，沙发底，冰箱顶，壁灯罩，音响键，大大小小，高高低低，明明暗暗，犄角旮旯，一会儿便被冷红收拾地清新怡目，光洁照人。

女人把十块钱递给冷红：这下可以收了吧？

冷红没有推辞。谢谢你，大姐，她说：我知道你是为了让我心安理得地收下这钱。

好姑娘。女人轻轻地说。她递给冷红一张名片：以后有什么事就来找我。别的不敢说，钱上我一定能帮一把。

第二天，冷红到服装批发市场转了转，给自己和妹妹各买了一条裙子，给妈妈买了一件衬衣。又洗了个澡，清清爽爽地踏上了回家的汽车。她先到县城，去学校找妹妹，可是冷紫班里的同学告诉她，冷紫昨天就请假了。

听说是你妈妈病了。

我妈常年有病的。

是急病。杜言说。

什么急病？冷红觉得身上陡然间冷了起来。

好像是脑溢血。

她们现在在哪儿？

县医院。

冷红转身往楼下跑，一个男生在楼梯拐角处拦住她，拿出二十块钱。冷红恍惚记得他和冷紫一个班。

这是我的一点心意。他说。

你是谁？

我叫张朝晖。

是你常送冷紫回家?

是。张朝晖说:你告诉冷紫,课堂笔记我都替她记着呢。

冷红打开张朝晖的手,头也不回地跑下楼,来到县医院。冷紫正在妈妈的床边坐着,见到她,忙站起来。在这一瞬间,冷红赶紧扭过脸,假装去看悬挂着的点滴。她不敢看冷紫,她怕自己会哭出来。她知道自己最脆弱的穴位都在冷紫和妈妈这里。

姐,你怎么回来了?我正想托别人给你捎个信呢。冷紫说。漂白粉厂没有电话。

工厂放假,我休息几天。冷红说。她发现自己已经学会脸不红心不跳地撒谎了。据说,人撒谎的动机有三种,一种是为了讨别人的欢心,让别人的感觉好一点。一种是为了夸耀自己,让自己的感觉好一点。还有一种是出于自我保护。她不知道自己应当属于哪种?

冷紫一五一十地把妈妈发病时的状况和送到医院的经过告诉了她。妈妈还在昏迷,不过医生说应当不会有太大的危险。现在在输液营养,同时也在进行术前观察,为下一步的手术做准备。已经欠了医院一千多了。医生说,等到冷妈妈手术后出院最低还得三个星期。到那时,对于医疗费最保守的估计也得四千多。而目前的燃眉之急是,不交钱医院就不会安排做手术。昨天晚上,冷紫找遍了医院的领导,他们说这种例子太多了,除了适当地减少一点费用之外,他们实在是爱莫能助。

冷红从口袋里掏出三百多块钱。这是她这一段打工生涯的全部积蓄。"走快了,赶上了穷,走慢了,让穷赶上了。"她忽然想起了村里人经常说的两句俚语。说得真对啊。怎么都逃不出穷的手心。她想。

她留下十块车票钱,把其他的全交给冷紫:你先在这儿守两天，我回去借钱。

你去谁家借？冷紫以为她要回村。

我在星苑认识了一些朋友，她们有有钱的。冷红说。

黄昏时分，冷红又返回到了星苑市。公共汽车驶进星苑市区时，满街的华灯正在依次亮起，像月光为人间裁出的一条条织锦，又仿佛是密集的星辰每日进行的一次盛典。而冷红，只觉得自己仅是这个世界里的一只小小的飞蛾，似乎在朝着最光亮的地方飞奔，实际上却被这不属于自己的强光刺盲了双眼。但是，她又不得不努力去飞，因为身后的风不允许她停下。

她拨响了那个女人的电话。那个女人就是方捷。

第三章

　　晚自习下课之后，冷紫常常要在教室里多待一会儿。解放了的同学们尽情地嬉戏打闹着，不时掀起一阵阵透明的浪花。而冷紫始终静如碧玉。她默默地坐在座位上，倾听着同学们的笑声，忽然明白了人与人之间相互真正沟通的可能性是多么的微小。几乎每个人快乐和悲哀的出发点都是不同的，谁和谁的心情都不可能重合。就像成绩是许多同学的弱点，钱却是她的要害。父亲在世的时候经常说"生意钱一阵烟，庄稼钱万万年"。可是她知道，单凭着庄稼实在是赚不了几个钱的。要不然父亲不会为了挣几个装卸费而丧命，姐姐也不会抛下万万年的庄稼钱不理而去城里打工。为了省钱，瘫痪在床的妈妈总是舍不得吃那本来量就不足的药。为了省钱，姐姐从城里的油厂里买了许多廉价的下脚料自制成肥皂使。为了省钱，她和姐姐的胸罩和内裤都是姐姐用旧布摸索着做的。为了省钱，她们在拆洗被子的时候甚至不敢使劲地挑被上的线，从而尽量完整地把那些旧线拆下来，缠好，等到缝被的时候再用。每个人都以女人特有的细心节省着。而她呢？无论时间多么紧张，她都会赶回家吃饭，从没有进过学校的餐厅。无论同学们吃什么零食，她都不会瞧上一眼。毫不夸张地说，她从没有花过学习之外的一分钱。她知道自己应该这么做，也必须这么做。因为她在这里学习的资格是妈妈和姐姐从牙缝里一点一点挤出来的——不，不仅仅是牙缝，甚至可以说是生命。

也因此，每次开口向姐姐要钱，她都觉得脸皮像被滚烫的烙铁烧着了一样。而每次，冷红都只是两个字：多少？

同桌杜言的桌上放着一本书，是三毛的《花落知多少》。"春眠不觉晓，处处闻啼鸟，夜来风雨声，花落知多少。"如此单纯美丽的诗句，却让冷紫涌起一种难言的伤感。

多少？多少？还要多少？

谁知道啊。

教室里的人越来越少了。人少的时候心静，可以高效率地学习一会儿。冷紫非常珍惜这样的时光。其实像她这种情况，留校住宿最合适的，可她舍不得交住宿费。而且她还得在晚上照顾妈妈。在学校里多待一会儿，条件好，气氛也好，还可以给家里省点电费，她很满意自己的算计——其实，还有一种更深层次的原因，如果姐姐在家，她怕自己潜心攻读的情景会刺激姐姐的神经。无论如何，是姐姐的付出为她做了铺路石，这是永远让她硌心的事实。

还不走么？十点半了。张朝晖走过她面前时，轻轻地说。

就走。冷紫说。

张朝晖走出了教室，冷紫又待了几分钟，才匆匆收拾好东西，下了楼。她从车棚里推出自行车，出了校门，拐到校门东侧的成功路上，一眼就看见了在一家书报亭边站着的张朝晖。她没说话，只是快速地蹬着车。张朝晖紧紧地跟着。

这种情形已经维持了将近一个月了。张朝晖是班里的学习委员。他的座位在她的后面，两个人平常话不多。冷紫和男生打交道总是很腼腆。

给你讲个笑话吧。张朝晖自顾自地说：知道四班的文娱委员叶潇吗？就是去年和我一起主持过五四联欢会的那个女孩子。上星期她收到了一封求爱信，是一首情诗，我给你背背。

张朝晖清了清嗓子：

从我第一眼看到你
我就爱上了物理
因为我明白了什么才是
真正的万有引力
我的生活失去了公式
全是因为你的眼睛融汇了电流的神奇
我的热度无法使用温度计
全是因为我血液里都是爱情的超导体

啊　如果你明白我的心意
就请你给我一个甜蜜的轨迹
哪怕它通向的是无底的深渊
我也已经具备了陷入的勇气

谁这么捣乱？冷紫笑起来。自从父亲去世后，她觉得自己从来没这么开心过。

据说是一个女生在愚人节写给她的。

你怎么知道的？冷紫忽然觉得心里有些酸酸的。

全校百分之九十九点九的人都知道。张朝晖说：你是那百分之零点一。他顿了顿：你的心情似乎总是很不好。

冷紫沉默。

你的家庭负担是不是很重？

不关你的事。冷紫粗暴地说。

对不起，我没有别的意思。

没见过这么穷的人，好奇是么？

张朝晖吱的一声刹住车闸，横在冷紫的面前：我绝对没有这个意思。

我知道。冷紫的口气软了一些。她也有些后悔自己刚才的敏感和刁钻。

我听说过你爸爸的事。张朝晖小心地看看冷紫。

我妈妈也瘫痪了。冷紫说。她的口气突然平静下来。人们在向别人诉说苦难的时候，常常会有两种态度，一种是喋喋不休痛哭流涕，一种是无动于衷面无表情。冷紫属于后者：我姐姐你也知道吧，原来在三班的那个。常常有人把我们弄混。她退学了。为了我和妈妈。所以，现在对我来说，除了学习，任何快乐都是奢侈的。有时候笑一笑我都觉得是一种罪过。套用一句最俗的格言就是，我的幸福是建立在她的痛苦之上的。

其实你的这种心态也没有什么幸福可言。张朝晖说：你背的包袱太重了。

我宁可重一些，这样我会觉得好受一点儿。

不知不觉间，已经到了大青庄村口。两个人不约而同地停下脚步。纯净的夜色中，他们都不能完全看清楚对方的脸，但是即使是这样，他们也不敢互相正视。他们短短地沉默了一会儿，在这沉默中，他们清晰地倾听着对方的呼吸。刚刚发出绿芽的柳枝在他们头顶上轻轻地拂动着，如春天伸出的温柔的手。

其实，我心里一直在感谢你。冷紫终于打破了这微妙的沉默：我知道你已经交了住宿费。你是为了我的安全才天天回家的——前一段时间，邻村的一个女孩子在晚自习回家的路上被人强暴了，精神上受了很大的刺激，已经被迫休学。

　　你只说对了一半。张朝晖笑了：我并没有天天回家。既然我已经交了住宿费，就一定得在学校住下去，不然学校和家里都不会放过我的。我之所以天天送你，还有一个重要原因，就是为了锻炼身体。老师不是说了，要我们德智体全面发展么？

　　冷紫笑了笑。那笑容是无声的，但是张朝晖还是感觉到了一种沁人心脾的甜美。

第四章

1

其实，冷红一直都是根本不想在洗浴中心工作的。即使是在向方捷借钱的时候。

那天，冷红走进洗浴中心时，方捷正在大堂里和一个客人说话。她穿着一件米色的针织开衫，看起来又舒适又洒脱，腰部的细带为她平添了几丝妩媚，灰色的斜襟儿长裙，更使她显出了温柔的味道。她兴致勃勃地聊着天然商厦刚上的一套裙装，她说那套裙装的围巾和衣边的流穗是用水貂做的，手感非常好。冷红在她背后站了好一会儿，方捷都好像浑然不觉。

方姐。冷红终于喊道。

你来了？方捷转回身：怎么不早说话？

冷红笑了笑。

有什么事么？方捷的语气很平和。

上次你说过，钱的事情你可以帮忙。冷红看着方捷，似乎是在求证她的承诺是否依然有效。

对，我说过。没错。

我妈妈病了……病得很重……现在等着做手术。医院说到出院一共得四千多块钱……我妹妹还要读书，根本挣不了钱……我爸爸是遇上了车祸……她语无伦次地说着，越说越难为情。于是，她一边絮絮诉说，一边在心里嘲笑自己：也许在人家眼里，你的故事根本就是从报纸上看到的"父丧母病苦命女，洒泪渴盼爱心来"之模仿秀，凭什么要人相信你呢？人家能听进去你这么多理由吗？尤其是这理由直抵金钱而来的时候——而且还狮子张大口，一下子就是四千。

她停止了诉说。

五千，行吗？她听到方捷问。

她一点儿一点儿抬起头，像做梦一样。五千块钱哪。真的有那么容易吗？

够吗？方捷又问。没有一丝一毫开玩笑的意思。

可是，四千就够了。

多拿着些吧。万一不够怎么办？

冷红哆嗦着嘴唇，说不出话来。她几乎有些晕眩了。她知道这些钱对方捷来说也许不算什么，但是，对此刻的她来说却是真正的雪中送炭，旱遇甘霖。这钱是她的天，是她努力到极限也拥有不了的庞大资产。

您是我的救母恩人。半天，她终于笨拙地说：将来，我一定还你。这么说着，她觉得自己真的就是一个骗子。将来？就她的能力而言，将来是什么时候？

别急，先拿回去看病再说。我又不等着用。方捷笑道：找到事情了吗？

没有。

你看我这洗浴中心怎么样？还是上次那话，你来这儿给我帮忙，好不好？方捷顿了顿：你可以在这里先试一试，欠的钱可以直接在工资里扣，一年多也就扣够了。

冷红沉默着。她现在才有点儿明白方捷的厉害。

你放心，毫不夸张地说，我的洗浴中心在全市同行里是声誉最好的几家之一，从来没有出过什么乱七八糟的新闻。不信你去公安局打听打听，看看"扫黄打非"里有没有我们的底案。

不，我不是那个意思。冷红连忙矢口否认，心里却略略放了心。她最在意的不就是这个么。

那，就这么定下了？方捷探询的口气中又有一种微妙的强硬。

可我过两天才能上班。冷红知道自己没有其他的选择余地了：还有，我不在这儿住，行么？——她还想住到漂白粉厂去。不知道为什么，她直觉还是住在那里踏实些。

迟两天上班没问题，住得住在后面的集体宿舍。这是我们一向的规定，可以保证上下班不耽误。另外，我们也会经常加班，住在这里也可以保证大家的安全。连本市的员工也不例外。这个没法照顾。方捷斩钉截铁地说。她清楚地知道，自己只有表现出特别的斩钉截铁，像冷红这样比较犟的姑娘才会无法违拗。其实从冷红一进门她就从镜子里看到她了，但是她不回头。让冷红多站一会儿她是有自己的用意的。她就是要用这种等待的心情去挫一挫冷红稚嫩的锐气，让她在她面前处于绝对的心理弱势中。对她来说，用这样的方法去逐步地掌握一个人是很常用的，也是很重要的。

美雅洗浴中心位于星苑市星华区，离最繁华的主干道星海大街只有二百米远，既不偏僻也不嘈杂，隶属于黄金地段。洗浴中心共分三层。一层主要是男女大池、客用餐厅、美容美发厅、歌舞厅和小咖啡厅，二层则是四十个洗浴单间，其中内装修又分舒宜、清爽、浪漫、豪华四种风格，有桑拿、芬兰浴、冲浪等各个浴种，每个类型各占若干间。此外还有两个特级洗浴套间，除了备有一般的浴种外，还有太空浴、盐浴、藏浴等一些最新引进的品种。三层则是相应的四十个标准客房和两个特级客房，供客人做短期或长期的休息。主楼后面还有一个小院，院里有一栋二层小楼，锅炉房、厨房、职工餐厅和集体宿舍全都容纳在这里。整个洗浴中心的规模层次装修风格和内部设施都不同流俗，绝对在上乘之列。即使是最普通的大池，里面也不含糊：清一色的高档镂花地砖，漂亮防滑。六七十个淋浴喷头，个个好使，不像一般浴池那样总有几个坏的，仿佛不坏上几个就亏待了大池的名誉。拖鞋是市面上最好的一次性拖鞋。墙角还有两个装满了纯净水的饮水机，旁边放着两整摞的一次性纸杯。浴床上的毛巾随用随换随洗，洗完甩干后照例放到消毒间的大消毒柜里消毒。每个来洗澡的顾客还都可以免费使用一个带锁的墙柜。老百姓有一句话，叫作"钱花到哪儿哪儿好"，这里的票价自然也比一般的浴池卖得贵。一般浴池卖两三块，这里卖十块。因此即使设施如此之好，来这里洗澡的大池客也并不多。因为来洗大池的，必都不是很有钱的，而对那些钞票不多的人来说，两块钱和十块钱的概念可是大不一样：后者是前者的五倍呢。洗澡嘛，只有洗才是关键，其他的什么情调都是陪衬，是中心语之外的副词。所以，即使是知道"钱花哪儿哪儿好"，但是发现享受这"好"也要自己掏腰包时，他们便不会轻易来这里了。老百姓有老百姓认识问题的本质和界限。而这种本质便是实用，这种界限便是银子——当然，这里和星苑市的许多洗浴中心一样，也并不靠大池挣钱。

一进门照例是大堂。大堂里摆着色调明快的组合沙发，沙发下铺着图案雅致的纯毛地毯。沙发对面的装饰柱上嵌放着大屏幕的松下彩电。彩电后面是小巧的售票台，周围点缀着几棵生机盎然的绿色盆栽。和一般洗浴中心不同的是，这里的大堂绝对看不到闲坐的小姐。大堂是供顾客专用的。男服务生和女服务生皆是统一着装，看起来再正规不过。就连保安班的小伙子也都是身穿标志服，个个强悍威武，帅气十足。

冷红的工作是售票。

3

来洗浴中心没多长时间，冷红就后悔了。她后悔自己没有把握好当初的原则。事情并没有方捷描述的那样简单，也没有自己想象的那样简单。她频频地察觉，经常有男顾客从她的身边走过时，会有意无意地盯她两眼，那种目光黏黏缠缠的，是男性特有的，带有玩赏性质的目光，每当这个时候她就会浑身不自在，这种目光让她觉得，仿佛她是一件可以被他们购买的东西，正躺在玻璃桌面的柜台里待售。

新的？

新的。

她还不时听到有男人这样议论她。她是新的，那么其他服务生就是旧的么？她只是个小小的服务生而已，即使是长得出众一些，值得他们这么关注么？有时候她被方捷临时派到餐厅帮忙，那些人说的笑话让她听得耳热心跳。按一些流行的说法，也算得上是性骚扰了。而最让她觉得困惑的是同屋住的雅娟和静静，有时候她半夜出来上厕所，常常会发现她们都不在屋里。第二天问她们干什么去了，她们就说去值夜班。

怎么没有我的夜班？她问。

你刚来，业务还不熟悉。到时候就会轮到你了。她们笑道。

有一次她打扫宿舍的时候在静静的床头下面发现了一个小纸盒，盒面一对赤裸的男女正在热吻。旁边印着的字迹是"爱神避孕套"。她好奇地打开，看见的是一个个像气球卷一样的东西。盒背面有说明书，她看了一遍就全明白了。她迅速地把它放到静静的枕下。这是一个没结婚的女孩子该有的东西么？她真想当面问问静静，可是终究没有。静静不是冷紫，她知道。还有一次是她在大堂接到了一个找雅娟的电话，有人说看见雅娟在歌舞厅，她便来到了歌舞厅，一个大肚子男人正和雅娟兴致勃勃地说着什么，冷红想等他说完再喊雅娟，便站在了一边。

说是一个女人听说老公经常在外面找小姐，就雇了个私家侦探去跟踪。这一天，真的让侦探抓住了线头。先是老公来。男人用食指和中指在茶几上比画出缓慢臃肿的步态。他比画得倒挺像他自己。冷红想。

后是小姐来。男人比画出轻盈灵巧的女人步态。最后是侦探跟进来。男人又比画出曲曲歪歪鬼鬼祟祟的步态。过了一会儿，老公出来了。男人比画出的步态显得瘫软无力起来。小姐也出来了。男人显示出岔开双腿行走艰难的样子。侦探也出来了。这时候，男人忽然把无名指也伸了出来，用食指和无名指比作腿，而把中指高高地翘了起来。

怎么把这个手指翘了起来？雅娟很纳闷。

是啊，怎么把它翘起来了呢？男人问道，猛然间捉住雅娟的手，放在了自己的大腿内侧。雅娟尖叫大笑。

冷红呆了片刻，转身跑了出去。在售票桌前坐了很久，心口依旧怦怦乱跳。天啊，这是干什么啊。雅娟怎么这样？她还要不要脸？

她没想到，没多久，这样的事情就降临到了她的头上。

在单间洗浴的客人有时候会在洗完之后要一些东西。一次，清爽五号的客人要水果，正好人手有些紧，方捷便让冷红跑一趟，冷红把水果送到了房间里，客人亲手接过来，他只穿着一件三角短裤。冷红放下水果就要走，客人喊住了她。

小姐，你喝茶么？他问。

谢谢。不喝。冷红说。

给你小费。男人递过一张钞票。

不，我不要。冷红拉开门，男人在她出去的一瞬间，把钱塞到她的手里，是一百元。冷红怔了怔，把钱塞进门缝里。或许，他真是个好人，是自己把人想得太坏了。她想。

过了一会儿，男人又要烟，还是冷红上去送的。这一次他穿上了浴袍，冷红觉得他没那么可怕了，便稍微停留了片刻。

先生还需要什么么？她问。

你做不做生意？男人问。

什么生意？

男人笑了。你这不是明知故问么？他说。

我真的不懂。我想，我不会做生意。冷红说。

傻瓜，只要是女人，没有不会的，只是你想不想做的问题。

你什么意思？

看来你还真的没入门，男人走上前：要我教你么？

不。冷红向门口退去。

我可是个开门高手啊。男人逼过来。

冷红拉开门，狂奔出去。一下楼她便找到了方捷，把事情原原本本地讲了一遍。

多注意自我保护就行了。方捷说，服务行业免不了遇到这种情况。不过有损失就会有补偿，他没有给你小费么？这个客人一向很大方的。

他给了，我没有要。

那就是你自己的事了。

就这些？

那还能怎么样？这种事情还能怎么去追究？方捷笑了：你以为这是在学校么？丢了一块橡皮都会有人出来讲个说法？水至清则无鱼，社会上就是这样。你应该让自己的承受能力强一些。

冷红没有再说话。她觉得再说下去，在方捷的逻辑里，肯定就变成自己的不是了。她不想和方捷辩论，她也知道自己不一定能辩得过她。她觉得自己需要做的不是和这个逻辑打架，而是要彻底脱离这个逻辑。

她必须离开。这里不是她的久留之地。她必须离开，尽管方捷对她很好——事实上，方捷对谁都很好。她的妆总是很淡，衣服也从不浮华和炫耀，说话轻声慢语，从没有见她大声呵斥过哪一个服务生。对谁她都是一副关切自然的大姐模样。但是员工们却都很敬畏她。顾客们对她也很尊重。即使是熟络的男顾客，冷红也只见他们开开平常的玩笑，从没有过分的言语和举动。她似乎永远是谦谦有度，落落大方，彬彬有礼，姗姗而行，不疾不徐，不紧不急。她这种形象多年以后仍旧深深地烙在冷红的脑海里，使冷红明白：原来一个女人可以表现得这样娇柔而不失刚硬，温和而不失威严，老道而不失诚恳，谨慎而不失自如。冷红知道：无论方捷是一个什么性质的女人，仅就外在体现而言，她也不失为一种风格。而且，是一种十分吸引人和折服人的风格。

——也就是经历了方捷之后，冷红才开始学会了不轻易地被一些表面的风格所打动。也明白：风格应该是一种类似于内衣的东西，当内衣被当作外衣穿来穿去的时候，它就充斥了诱惑的前兆。

4

当然，离开显然是不容易的，冷红知道。她欠了方捷那么多钱，不还清就离开，也显得太没有情义了。然而，要是这么干下去，她算了一算，即使每月自己一分不花，只给家里留上一百五十元，也只能还上二百元。以这样的速度，还清五千元得用二十五个月，也就是两年多。这还是在一切顺利的情况下。两年多，太久了。可是她有什么招儿能快点儿呢？这儿的工作虽然清闲，但是很绑人。她一刻也离不开，又没有分身术。

看昨天晚上的"星苑焦点"了吗？这喝盐水卖血还真挺挣钱的。那天聊天时，保安小许问她。这一问像一道闪电照亮了她的心田。是的，为什么不可以去卖血呢？她的身体素质不错，又年轻，血液再生强，工作又这么清闲，卖完血就可以好好休息。条件多好啊。

她偷偷地去了一趟医院，打听了一下行情。然后，向护士伸出了自己的胳膊。

喝盐水了没有？医生问。

没有。

你的血液质量很好。医生一边说一边瞟了瞟验血单：还是AB型的呢。

AB型的怎么了？冷红问。

不常见呗。护士说：你以前献过血吗？

没有。

其实定期献血有益于健康。

我会定期来的，只要给钱。冷红在心里暗暗地说。

一般人的一次性抽血量是二百毫升。你的体质不错，AB型的我们碰到的也不多。你能多抽点儿吗？只要好好休息，不会妨碍健康的。护士说。

冷红毫不犹豫地点点头。

护士抽了四百毫升。

多买点东西营养营养。新鲜蔬菜、瓜果、鲜奶、鱼、鸡蛋、肉，这些东西都行，但是不要过量，护士说。

下次抽血的间隔期是多长？冷红问。

半年。护士说。她狐疑地看了冷红一眼：最少也得三个月。你问这个干什么？

随便问问。

你可不要变成献血专业户啊。她说：对别人不好，最主要的还是对你自己不好。你要是半年之内再来，我是不会同意的。

冷红笑了笑。你放心，半年之内我决不会再来这里。她在心里说。星苑市的医院多着呢。

这一次，冷红领了六百元钱。她没舍得买东西吃，只是睡觉。除了出虚汗，她没有什么特别不舒服的感觉。

两个多月后，她觉得自己已经完全恢复过来了。就去了另一家医院。又过了两个月，她又换了一家医院。这一次，她晕倒在公共汽车上。

售票员从她的口袋里，找到了几张验血单，还有一张方捷的名片。

不就是想还钱吗？用得着这么急吗？方捷心疼地责怪着，让人把冷红安置在三楼的浪漫二号：就在这里住一夜吧，反正这房子闲着也是闲着。我最担心的是宿舍离厕所太远，你身子虚，怕伤风。在这儿半夜就不用往外面跑了。哪怕明天好点儿了再搬出来。方捷又安排厨房给冷红做了小灶，看着她吃下，又亲手给她冲了一杯果珍，看着她喝了，才走出来。

冷红很快睡着了。这一夜，她睡得昏昏沉沉地，还做了许多让她不好意思的梦。后来，她似乎觉得身上有一丝异样，可是她连睁眼的力气都没有了。

她还闻到一股淡淡的香气。

第二天早上，她终于醒了过来。她发现，自己的身体赤裸着。身下的床单上，有一小摊一小摊梅花样的血迹。而她的例假，才刚刚过去几天。

她失身了。

第五章

　　冷红缓缓地用那个染着她鲜血的床单裹住身体，忍着下体的疼痛，一步一步地走到卫生间。打开化妆镜上面的灯，凝视着镜中的自己。她知道自己是美的，但是这么多日子以来，她从来没有怎么特意地关注一下自己的美。她没有时间，也没有心情，另外，还有着许多漂亮姑娘对自己的天生丽质所表现出的那种似乎不以为意的洒脱和骄傲。但是，现在，她想好好地看一看自己。

　　和许多女人一样，她的脸部最好看也最让人怦然心动的地方就是眼睛和眉毛。有的女人眼睛好看，像一汪湖水，但是眉毛却不尽人意。不是像长满松树的小丘陵遮住了湖水的波光，就是像秃秃的矮峰了无情趣。要么就是文过的眉毛，像山的赝品，无神无采。冷红的眉毛却是天作之合。青山秀丽飘逸，秋水盈盈荡波，水边没有一棵杂草，山上也没有一块突石。她的鼻子玲珑高挺，嘴唇原本是红润的，但是现在却十分苍白。颀长的脖颈下是有些单薄的肩，两条结实白皙的胳膊紧紧地搂在胸前。

　　她缓缓地打开了床单。以前，她从没有这么端详过自己的身体。她不敢，也不好意思。她对自己身体的很多部位甚至还是陌生的。可是，现在，她想认识认识她的身体，她的陌生而亲切的身体。她的乳房刚刚开始饱满起来，像正在打苞的白荷，又有点儿像偷偷结子的莲蓬，总之是水中的精灵才会拥有的滋润和丰盈。她的乳头是一团胭脂色的桃红，仿佛是花瓣尖儿上聚集着的正待铺匀的那一抹笑容。她的肚脐眼是那么干干净净，好像是秋天田野里盛开的粉黄色的小菊花。又好像是一只浅浅的小酒杯，或者是一个醉人的小酒窝。她腰部的曲线是简洁而流畅的，如同画家在素描纸上随意留下的天然而又无可挑剔的一笔。她的小腹则是一块平坦的园地，弹性而富有光泽的皮肤仿佛在预兆着许多生命的可能。而她最神秘的地方，只有一片淡黑色的卷曲着的细茎草乖乖地伏在那里，仿佛在守护着什么，又仿佛在承受着什么。

这就是她的身体么？这就是她为之经历了无数的选择和斗争来努力保全的身体吗？她一直以为这是她灵魂的载体。她一直觉得什么都不能和这个身体相比。她一直那么深深地为自己欣慰着，觉得自己为自己做了具有最高价值和最本质意义的事情。可是，现在，她才发现自己的想法有多么可笑。仿佛自以为建起了一座坚不可破的城池，自以为吊桥高悬，城门紧闭，自以为敌兵都在城外攻城。然而，蓦然回首，她却看到，满城驻扎的都是浩浩荡荡的敌兵——而最最可笑的是，敌兵是怎么进来的，城池是如何陷落的，她居然一点儿都不知道。

她抓起床单，迎着阳光，看着那一小摊一小摊的血迹。血迹早已经凝固了，宛如有人失手打翻了的朱砂颜料，深浓的色点儿洒落在了宣纸上。既有着毫无章法的纷乱，又有着无法调和的僵硬。

这就是从她身体中流出的血吗？这就是她少女生涯结束的见证吗？是这样吗？

不。

是谁设计了她？是谁玷污了她？是谁作践了她？是谁欺侮了

她？是谁杀死了她清清白白的身体？是谁让她失去了她最珍视的宝物？是谁在她同命运进行艰苦抗争的时候，又对她重拳出击，把她推进了万劫不复的深渊？

无数个喷涌的念头从冷红的脑海里狂泄出来，像山洪暴发。而在这暴发的山洪中又有大股大股的岩浆正在飞速运行。这一切水和火，都聚集在冷红的胸膛里，让她感到一种致命的窒息。她使劲儿地揪扯着脖颈，仿佛喉咙里有一块巨大的浓痰正在迅速地凝结。

她想狂喊。她想大叫。她想杀人。

是谁？

是谁？

是谁？

千百条思绪如同汩汩淌来的千百条汽油小溪，万流归宗，汇成一条汹涌湍急的汽油大河。这条大河一触即发，而一发就会成为她世界里最迅猛的烈焰——到底是谁？！

她静静地坐着。静静地。

轻轻的敲门声响起，方捷走进来。

冷红没有看她一眼，仍旧裹着那个床单，保持着自己原有的姿势。

冷红。方捷随手关好门，轻轻喊道。

冷红不作声。

冷红？

冷红如雕塑一般。

冷红，你没事儿吧？方捷走到冷红的身边，轻轻地摇着冷红的肩膀，神情略微有些紧张。冷红觉得滑稽极了。她简直想笑。

冷红，你说话呀。方捷用恳求的语气说。

冷红甩手给了她一个响亮的耳光。

方捷下意识地捂住脸，却沉默着。她的沉默让冷红更是心如明镜。

两个女人又陷入了真空般的沉默。

对不起，我也是刚刚才知道。方捷终于说：那个人刚刚给我打过电话。

他是谁？冷红的眼睛一下子亮得可怕。

你先听我说……

他是谁?！告诉我!!!

方捷久久地看着冷红。冷红也毫不回避地看着她。汹涌的汽油河里巨浪翻滚，冲击着最后一道阻燃的堤坝。而方捷的眼睛，却堆满了皑皑的冰雪。那冰雪是如此坚厚，不容易被浪峰打透。

有用吗？方捷终于先转移了视线。

冷红没有回答。她根本没有想过这样的问题。

有用吗？方捷又问。

冷红低下头，目光落在床单的梅花血迹上。

有用吗？方捷的口气又恢复了以前的沉稳。

有。冷红说。

有什么用？

我说有用就一定有用。有什么用你的耳朵配听吗？

我知道你想做什么。方捷的脸上平静如水，仿佛根本没有听出冷红的鄙夷：你可以告他，也可以告我，不过告之前你也要准备好在身败的同时也要面对名裂。你也可以用其他的方式去报复他，打他，甚至可以暗杀他，不过同时也要准备好去坐牢。无论你是哪一种选择，你肯定会把自己赔进去。也许你觉得同归于尽也没什么关系，可是你想过没有，你妈妈和你妹妹怎么办？方捷顿了顿：其实，即使知道了他是谁，昨夜的事情还有挽回的余地吗？你就是今天晚上结婚，也……和昨天不一样了。这才是最关键的问题。那个男人无非就是个男人，但是你的失贞却是已经铁定的第一事实。这个事实不容更改。你首先要面对的，应当是怎么面对这个事实。

我正在面对。

不，你没有面对。你只是在愤怒。方捷说：有时候，最宝贵的东西一旦成为历史，就只有在回忆中才会有价值。但是，我们不能靠回忆继续以后的生活。我所说的面对，就是让目前的事实具有最大的价值。

不要用你的邪说来蛊惑我。我不想听。冷红捂住了耳朵。她觉得自己的心被方捷说得有点儿迷乱了。汽油河流由于方向不明已经开始静止，并且正在一点一点地往空气中挥发。

我说的都是心里话。从我认识你的第一天起，我就知道你是一个实诚的人。所以我才对你这样实诚。方捷坐在床边，轻轻地整了整冷红的头发：对真人我从来不打诳语。昨天晚上的事情我真的是刚刚才知道。不过，这确实也应该怪我，我答应过把这间浪漫二号包给人家住两个月的。这一段时间，他一直没有来住，我就忘了。昨天看你那么虚弱的样子，我就想让你好好休息一下，没想到就这么巧，他恰恰就回来了，而且还喝多了酒。现在，他也很后悔……

他怎么会有钥匙？冷红寻觅着言语的缝隙。

我们这里有规定，长期包房的客人在包房期间都可以持有一把钥匙的。

他是谁?! 冷红又抑制不住地问。她找不出破绽，但是她还是觉得这一切都是圈套。

你真的要知道吗？

我要知道。

也许，现在我来要求你理性是太过分了。可是，我还是劝你不要冲动。你会为此付出代价的。

我已经付出了最惨重的代价，还怕付出什么？冷红觉得方捷的话简直是荒谬之至。

方捷叹了一口气：年轻人好像都喜欢用最字。因为他们不明白在第一个最字之后还会有更多的最字。她摩挲着冷红身上的床单：你想让别人知道这件事情吗？想吗？

冷红沉默了。是的，她不想。报纸电视上每每说起犯罪分子辣手摧花而许多受害女子因顾及声誉含羞忍辱的事情就大有哀其不幸恨其不争之意。她现在才明白，那些人都是站着说话不腰疼。同时也明白，原来自己也不过是茫茫尘世中最凡俗的一例。

既然不想，那么我们现在要做的就是要如何面对这已经降临的灾难，也就是我刚才所说的如何使目前的事实拥有最大价值的问题。

什么价值？钱吗？

方捷没有回答。

我就知道你要说这个。可我不是妓女！我不卖！我失去的千金万金也买不来！冷红颤着声音。

我是女人。我知道。方捷缓缓地说：我说过了，人不能在回忆中继续以后的生活。你失去的再珍贵，你也已经失去了，这是事实。我现在做的，只是想以自己的方式为你要回一些补偿。

要什么都等于卖了我自己。

什么是卖？先收钱后给东西，这是卖。先被别人抢了东西而后要钱，这就不是卖。再说，你买我卖是两相情愿的事，你情愿吗？

　　冷红又一次陷入了沉默。四周墙壁上的布纹壁纸散发着柔和的气息，磨砂台灯还开着，在明亮的阳光中如同一只可爱的橘子。电视边的花瓶里插着一枝俏丽的天堂鸟，据说也叫鹤望兰或爱情鸟。她以那样一种骄傲的姿态浏览着这个世界的风光，却不知道自己已经被人掐断了根茎。诱惑和陷阱有多少呢？也许，用诱惑的眼睛去看，这世界便处处都是陷阱吧。正如她是男人的诱惑，而钱却是她的陷阱。她承认，她必须得选择。要么选择出气和报复，要么就去拿钱。当然，也许把那个人告到法庭上之后，她会在法庭的判决下拿到一些钱——但是，也很可能拿不到。而她的伤痛与惨史却会就此成为公众的谈资和反面的教材，有人会主动为她铭记一生，提醒一生，让她永远不得安宁，更不用说什么幸福。她的母亲和妹妹也会因此而受到牵连，更难做人。因为许多时候，人们对于这类事情注重的并不是真相的揭示和责任的归属，而是事情给予自己神经的兴奋点。要么她就沉默下去，任由方捷去替她出头，那么这一切烦乱都将不会存在，还能拿到一笔她迫切需用的钱。

　　这是目前短暂的安稳。但是，未来的恐惧还会以另外一种方式出现，那种恐惧也是多么巨大啊。

　　以后，我怎么办？许久，冷红终于说。

　　一个真爱你的人，是不会在乎这个的。因为要发生什么事情，谁都无法预料。何况，你还是受害者。如果他因此而放弃你，那他也就不值得你托付终身，也没什么可惜的。方捷一丝一扣地说：再说，人人都可以有自己的秘密，有秘密并不违法。如果你想让这个事情变作秘密，那你可以给这个秘密做许多合适的衣裳。体育运动、骑车摔伤、妇科病检查、使用栓式卫生棉都有可能引起类似的事故。这是常识。

冷红默默地垂着头。像一个学生在聆听老师讲课。

重要的是，千万不要有什么心理负担。学会使用一些理由，是一个女人进行自我保护的重要手段。方捷轻轻地笑了一声：许多女孩子都要为心上人守身如玉，要知道，守身再如玉也不过是如玉而已。何况，就连玉本身也没有绝对纯的。自然界里的纯玉，根本是不可能找到的。

冷红无声地坐在那里，她觉得心中的汽油河流已经越来越平静，几乎已经波澜不惊了。她努力想寻觅开始时那股愤怒的潮头，却发现河流的流量已经明显减少，而且还在不停地向无边无垠的漠漠长空挥发着。点燃汽油只需要一根小小的火柴。这火柴在哪里呢？冷红不知道。她知道的只是：即使找到了这根火柴，那么这根火柴在此刻的她手里也会变成湿的，擦来擦去的结果，至多不过是一缕声息微小的青烟。

好好洗个澡，睡一觉，就没事了。只当做了一场噩梦。方捷站起来：我去给你放洗澡水。

冷红穿好衣服，也来到卫生间门口，默默地盯着方捷的背影。

我有几个问题要问你。你务必给我一个真实的回答。冷红说。

你说。方捷没有回头。

这个事情是不是你设的圈套？

主观上我没有。但是，客观上我有责任。不过，你要是不去卖血就不会昏倒，同样也就不会有这回事了。

他是谁？这是我的第一次，我想我的要求并不过分。

以后你就会知道的。但不是现在。

冷红盯着浴缸周围白得刺眼的瓷砖，觉得这些瓷砖仿佛是一张张磨方了的没有血色的脸。

你做过我这样的噩梦吗？

方捷的背微微滞了一下。

为什么不回答？

套用一句名言吧。幸福的女人都是相似的，不幸的女人各有各的不幸。方捷转过身，脸上居然停留着一丝笑容：我也有过噩梦，但是和你的不同。

第六章

1

冷红是在那个事情发生一周之后拿到钱的。在方捷的办公室。

一万。方捷说。递给她一个牛皮纸信封。

冷红慢慢地接过来，把信封塞进口袋，一言不发地走了出去。她不想当着方捷的面去点，那种赤裸裸的行为会让她又一次想到那个"卖"字。

回到宿舍，她坐在床上，数了一遍，又数一遍。这些崭新的票子像一把把平躺着的刀子，她觉得自己完完全全地被他们割破了。她忽然记起小时候，一到过年，爸爸妈妈就会给她们俩极少但是极新的压岁钱，基本上都是一角两角五角的情形，最多的一次也不过一块。可是她们都很知足。她们管这些新票子叫"割耳朵票"。这一次，拿到手中的这些钞票已经不仅是割耳朵票，它割去的太多了。

冷红，你值不值一万？你是贵还是便宜？她默默地问着自己。哭了。

她点出了五千块钱，交给了方捷。从此以后咱们两不相欠了。她说。

这事我也有责任，不用还了，算作我对你的精神补偿吧。方捷又把钱推给她。

精神损失得用精神方式来补偿，钱算什么？我的精神损失，你补偿得了么？冷红说：最初我就是想还这些钱才走到了这一步，现在还给你，我也就心安了。

那好吧。为了你的心安，我收下。方捷抬起眼又看冷红：下午，你去客房部找静静干什么？

冷红不语。

有些失望是吧？

静静说，包房客人的登记表都在你这里。冷红毫不示弱地看着她，我有权利知道他是谁。

那你怎么不来找我？

你说过不会告诉我的。除非到了你认为应当的时候。

你很聪明。我果然没有看错你。能记住我说的话，这很好。方捷微微地笑着：那么，你不妨再记住我的另一句话：你的权利多着呢。但是，你永远也不可能在所有的时刻去实行你所有的权利。你只能在某一时刻去实行你某一方面的权利。就像现在，你对那个人的权利就只有一个：等。

我等。冷红说。她是有过走的念头，但是，现在这个念头消失了。她决心等下去。还有这么重要的事情没有做，她怎么能够走呢？

听着冷红远去的脚步声，看着桌上的钱，方捷的嘴角微微上吊，笑意更深了。

一切都和她预想的一样。

2

渐渐地，冷红终于可以确定洗浴中心里的所有人都知道了她的事情。客房部的领班奕奕，见了她总要安慰似的搂搂她的肩，问她是不是好些了。餐厅部的白薇告诉她要多补补身子：买只乌鸡自己在宿舍炖也行。这里的姊妹们都这么做。干咱们这一行的，身体尤其要好。好身体可是我们扎扎实实的本钱哪。而同宿舍的雅娟则悄悄地问她：多少？

什么多少？冷红没有表情。

那一夜呀。

你说什么！冷红一甩手站起来，涨红了脸。

急什么呀，反正事情都发生了。这事儿在咱们这儿也不稀罕。雅娟眼睛里充满了止不住地好奇：听说方捷给了你一方，是不是？

什么一方？冷红又不明白了。

是真不懂还是装洋蒜哪？就是一万呗。

冷红咬咬嘴唇，算是默认了。她厌恶雅娟这样充满风尘味儿的口吻，可她也意识到这正是她揭开幕后背景的一个契机。

她对你可真不错。是所有姊妹中价码最高的。我那时候也不过才五千。雅娟说。

你也有过这样的经历？

无论是入行前还是入行后，女人谁不过这一关哪。雅娟叹道：我来时和你一样，不过出事儿的情况不一样。

怎么不一样？

你是文戏，我是武戏。

怎么讲？

就是说，你的事情是慢慢做的，是顺其自然的功夫。你那天不是昏倒了吗？那一夜也不觉得怎么难受，是吧？我可是在给客人送东西时，被他着着实实强暴的。我当时都吓傻了。后来经方姐说合，给了五千。

以后呢？

也就这样了。雅娟笑道：进了染坊还出得了白布么？

到底怎样？多日来不祥的预感一点一点被落实了，冷红却还是不大甘心。仿佛是一个学生做完了题，明知没做错，却还是忍不住要对照一下标准答案。

你是真不明白还是假不明白？你来这么多天都是白过的么？雅娟讪笑道：没听说过么？洗头洗头，洗的是第二个头，泡脚泡脚，泡的是第三只脚……

别说了。冷红打断了雅娟的话：其他人都是这样么？

听说来路不太一样。有的是在外面见过大世面的，有的是家道艰难没法子的，有的是在这儿待久了看得眼热自己主动要求做的，有的干脆就是为了图快活。不过来这儿以后还真不想去别的地儿，一来方姐对人宽厚，二来她台子硬，没人来砸场子，吃饭安稳。

方姐到底算是什么人？

如果我们这里算是个舞台的话，她当然就是导演。

我的事情也是她导演的吗？

我想你并不例外。雅娟担心地看了看冷红的脸，忙又道：不过我也不太清楚，胡乱猜测罢了，你可千万别去捅娄子，要是让方姐知道了我在背后嘀咕她，我可就吃不了兜着走了。

你放心，我不会说的。冷红说。说有什么用？问有什么用？关键是做。

3

天气越来越冷，大池的生意一天比一天好起来。洗浴中心给每一位服务生都配发了统一的红呢套装，冷红穿上，越发衬得艳若桃花，肤白如雪。几乎成了洗浴中心的一个醒目标志。以至于男女顾客走过售票台时，都会忍不住多看她两眼。但是，冷红对谁都是面无表情。对于无聊者的搭讪更是一脸冰霜。

冷红，方姐让你去她那儿领薪。一天，奕奕对她说。

冷红站起来。是该到领薪的时候了。以前日子特紧巴的时候，总觉得领薪的日子来得很慢，现在，手里攥了几千块钱，便觉得这个日子来得快极了。仿佛一晃一晃就到了跟前。

方捷把信封递给她，她签上字，正要走出去，突然，她闻到了一股淡淡的香味儿。她这才留意到，在沙发的一角上，还坐着一个人。

是一个男人。

一个正在看报纸的男人。

报纸挡住了那个男人的脸，冷红看不到他的容貌。只是从他身上那套舒展熨帖的深灰色西服上可以看出，他是方捷经常打交道的那一类有身份的人。

她放慢了脚步，努力地温习着那股熟悉的香味儿。那种香味儿很细，很柔和，又很绵长，有一种说不出来的幽醉。她痛恨那个夜晚那个人，却不得不承认，这种香味儿实在是没有什么可恨之处。然而，这种也正是妙不可言的香味儿，成了她那个屈辱之夜所能够抓住的唯一证据。

还有事儿么？方捷问她。

我给客人倒杯水吧。冷红灵机一动，说。

不用了。方捷说。

谢谢你。客人闻声也放下了报纸。冷红用力盯了他两眼。我会永远记住这张脸的。她默默地对自己说。这是一张平淡无奇的脸。细长的眼睛，方阔的嘴唇，扫帚眉，平头。看见冷红那样看自己，他笑了笑。冷红也敷衍了他一个笑，便退了出去。

回到大堂，她请小许为她顶了一会儿班，便悄悄地躲在方捷办公室隔壁的房间里。很久，她听到方捷和那个男人走出来的声音，便蹑手蹑脚地跟着他们上了三楼。眼看着他们进了豪华四号。她飞快地跑下楼，回到售票台前，双腿却止不住地战栗起来。

是他。一定是他。他换了房间可是却换不掉身上的那种香味儿。

她终于等到了。

一时间，她又兴奋又紧张，自己也不知道自己要做什么。要报仇吗？可是自己已经收了人家一万块钱。无动于衷吗？她办不到！

她还能干什么呢？

仿佛有一根长针，慢慢地，慢慢地，刺过她的全身。那长针的针眼儿里穿的是一条钢丝线。钢丝线细细地凉凉地揪扯着她的肌肉，让她既不能麻木也无法挣扎。灾难袭击时她想挑战生活，挑战生活时她受到了欺骗。被欺骗蒙蔽时她想要知道真相。但是，现在，当真相触手可及的时候，她却像一个瘫痪了的病人。

她第一次发现，原来自己是这么无能为力。对这个世界。

那个人没走。

他常常很晚才会回来。冷红木木地坐在售票台前，听着他皮鞋的声音蹀蹀蹀地走近，走过，又走远。每次路过她面前，他都是一副若无其事的样子，仿佛他从来就不认识这样一个女子，从来就没有为他的一夜风流付出过一万块钱——不过，也许是因为这样的事情对他来说发生得太多，所以也就没有留下特别的记忆。如同我们天天都要吃早餐，却记不起哪一天的早餐更让我们感到可口。

冷红常常会空洞地望着他的背影，仿佛他还带着自己的过去。他的身材很稳健，微微有一些偏瘦，脸部的轮廓棱角分明，胡子总是刮得干干净净。那股淡淡的香味儿始终不曾消散，一次次地提醒着冷红。冷红曾经无数次地设想如果等不到这个男人那么就是走遍天涯海角也要找到他，也无数次设想过面对这个男人时的情景：她要把这个男人撕得粉碎。她从没有想象过自己会有能力去忍受这种隐忍的煎熬和严酷的折磨，可令她惊奇的是：她不仅忍受下来了，而且愤怒的情绪也越来越微淡。

难道自己已经接受这样一个现实了吗？她问自己。她开始明白方捷为什么要拖着自己了。她就是为了熬她的性子，想把她的刚硬熬没了。有人说，时间是一剂良药。可是，有时候它难道不是一剂毒药吗？而使用这种良药或毒药的共同目的只有一个，那就是忘却。

无论是该忘却的，还是不该忘却的。

仇恨在时间面前也有惰性吗？她想。

她几乎就要放弃了。

小姐，可以请你上去喝杯茶吗？一天，那个男人终于停下了脚步。

不，我在上班。冷红迅速而僵硬地说。她盯着售票台光滑的桌面。现在，她压根儿不想面对他。

男人站了片刻，用手轻轻地漫不经心地敲着桌子，好像在缓和被拒绝的尴尬：那你什么时候有空？

永远没有。冷红盯着那双修长的双手。就是这双手曾经肆无忌惮地抚摸过自己的全身么？她想。那些仇恨的筋络一点一点地浮出水面。他还想怎样？他以为他付了一万块钱那件事情的性质就改变了么？他不知道他是有罪的么？他不知道他不是一个恩赐者而是一个忏悔者而我正是最有资格审判他的人么？

没有一点点余地么？我想和你谈点事情。男人又说。

谈点事情？冷红的心一动。纷乱狂躁的思绪中继续喷涌开来：他是不是要谈那天晚上的事情？他会怎样解释？

她想知道。

她果断地在心里做了决定。

她和小许打了个招呼，便跟那个男人来到豪华四号。

你喝什么茶？花茶还是绿茶？绿茶比花茶好些，有特级的信阳毛尖和西湖龙井。

你叫什么名字？冷红径直问道。她不想多说一句不必要的话。

很想知道？男人笑着，把茶杯递过来。冷红没有接。

那天晚上，是不是你？她问。

哪天？什么事？

别装糊涂。

小姐，我早就听说你是个冷美人，从来不敢轻易冒犯你，那天在方经理屋里你要给我倒茶，我很感谢。今天是特意还你这份情来了。

不承认我也知道，一定是你。

到底是什么事情？男人的表情是一头雾水。

你知道。

天哪，你可真有意思。男人大笑起来：你既然这么认定是我，凭什么？

你就是以为我没有证据，所以才不承认。冷红死死地盯着他：你身上的那股味儿，骗不了我。

明白了。男人恍然大悟：听说前些天小姐被人开苞，是不是……

混蛋！冷红跳起来，打了男人一个耳光。

早就听说你的性子烈，看来是真的。男人依然笑着：不过，这么漂亮的小姐打我骂我，我认。你知道吗？你生起气来的样子也与众不同，别具一番风情呢。

你会有报应的。冷红说不出什么来了，起身向外走。男人突然从背后抱住了冷红：就这么走？不留点儿什么？

放开我！冷红拼命挣扎，可是毫无结果。男人的臂膀十分有力，他一边钳制着她，一边吻她。当他温热的唇含住她小巧的耳垂时，她突然觉得全身无力，手自然而然地松开了，他的劲道也随之温柔起来，低声道：这样才乖。

他半抱半拥着冷红来到了床边，一边开始解她的衣裳，一边絮语：放心吧，我很会做的，反正已经有过第一次了，最难的关已经过去了。是不是？我保证你会得到超级享受……

在他的喃喃细语中，冷红徒劳地抗拒着。蓦然间，她看到了床头柜上的水果盘和水果刀。她腾出一只手，迅疾地抓到那把刀，朝那个手忙脚乱的男人刺去，男人的反应也不慢，看到刀光闪动，连忙抬起胳膊去挡。一声惨叫，刀扎在了胳膊上。

方捷赶到的时候，冷红正呆呆地站在那里，手里还握着那把沾着鲜血的刀。听着男人断断续续的呻吟，看着他胳膊上涌出的一缕缕鲜血，她也有些害怕。长这么大，她虽然口角锋利，却从没有对谁动过刀子。

方捷打电话从附近的诊所叫来了医生。等医生把伤口处理好之后，已经是子时了。

方姐，你看这事怎么办？我不过是和她说了几句话，她就用刀子扎我。男人摆住一副恶人先告状的架势。

是他先动手的。冷红说。她不想哭，可是泪水还是不听话地溢出了眼眶。

你有证据吗？我可是有实实在在的证据的。男人看着自己裹着纱布的胳膊：你这样不识抬举，反咬一口，可别怪我无情无义了。

你卑鄙。冷红说，她擦干了泪水。证据，又是证据。她忽然觉得这个词十分可恶。什么是证据？证据是什么？它这个不会说话的东西让多少人身陷囹圄，又为多少人开脱了罪责？让多少人百口莫辩，又让多少人逍遥始终？

卑鄙不卑鄙只是道德问题，伤害不伤害却是犯罪问题。男人伸手去拨电话：看来我必须报案了。

稍等，刘先生。方捷连忙按住了电话：请你千万给我个面子。她刚刚出道，不太懂事，请你多多原谅。你如果报案，抓她一个不要紧，要是传出去让别的客人知道了我这儿的小姐用刀扎人，我的生意可就做不成了。我一个人饿肚子也不要紧，可带累多少人都没饭吃呢。

要原谅也不是不可以，你知道该怎么办。

方捷把冷红拉到了卫生间：怎么会这样？

他就是那个人。

你凭什么？

凭他身上的那种香味儿。

古龙香水味儿么？方捷笑道：还有什么？

这还不够吗？冷红愤愤地反问：他一举一动都像！

那是因为你让这种香水味儿先入为主了。有这种香水味儿做引导，你就怎么看他怎么是。要是你没有碰到他，而是碰到了另一个也用这种香水的男人，你就会认为他也是敌人。总而言之，凡是用这种古龙香水的适龄男人都可以成为你的嫌疑对象，是不是？方捷叹口气：你不觉得你的逻辑太荒唐了吗？要是让你去当刑警，不知道得有多少冤假错案呢。

冷红低下头，她知道方捷说得有道理。香水味儿不能成为证据，至多只能算是个伪证据。而她的刀，则是实证据。

现在情况就是这样，报案了你就进公安局，不报案你知道该怎么办。你自己选择。

报案吧。冷红把心一横。

想好了？

冷红点点头。

方捷站了片刻，摸了摸冷红的头，走了出去。冷红静静地站在卫生间里，看着化妆镜里自己苍白的脸。天哪，难道自己真的要去公安局么？要是自己坐了牢，妈妈呢？妹妹呢？那个真正的敌人呢？还有，自己的将来呢？

不。她低声对自己说。

不！她的声音大起来。

她泪流满面。

4

他开始吻她，吻得很细，仿佛在一点一点地喝酒。冷红的意识在他的亲吻中渐渐地清晰起来，奇怪的是，她觉得自己应当感到恶心，可是实际上，她却觉得很舒服，非常非常舒服。他的嘴唇和手指所之处都让她觉得酥软和温柔。那样润泽的唇，像给她的神经一根一根地洗澡，如丝绸一般的滑腻，如棉絮一般的熨帖，她从来没想到会是这样。而当他的肌肤碰到他的时候，她也没有丝毫的异样。相反，在他的怀里，她觉得自己变成了一个小小的婴孩。这个婴孩那样渴望被拥抱，也是那样适宜被拥抱。

他的吻，常常在一些地方久久流连。在她的耳垂上时，她觉得自己像被火烧着了，充满了将要融化的湿热。在她的脖颈上时，她觉得那一处的皮肤全部都在踩着他赋予的节奏跳舞。在她的背上时，她觉得自己的背似乎变成了一张画布，他落下的任何一笔都是那么必要和精彩。在她的乳头上时，她觉得自己的身体已经化成了水，被他一口一口地吸走了，而吸走的同时，她又觉得有些痒痒的空空的难受。当他的吻抵在她最娇嫩的花蕊上时，她觉得自己的世界全都崩溃了。这是什么呀。这是什么呀。她不认识自己了。那个扭曲着的身体，呻吟着的身体，是她吗？

他在她的泛滥中一举而入，肆无忌惮地占有了她，尽情尽意地占有了她。而她也用生疏的动作迎合了他的占有。她知道自己很无耻，可是她无能为力。最后，当一种波浪般的快感节律性地收缩着她的身体时，她抓起一件衣物把自己的脸遮盖了起来。

你知道你有多美吗？男人俯在她耳边轻轻地说。

他又做了一次，然后沉沉地睡去。

冷红没有睡。她的肢体一点一点地醒了过来，变成了她自己的。她不敢把脸上的衣物拿开，她怕看见自己的模样。贞操没有保住，进而再次失贞。没有找到元凶，几乎沦为妓女。这就是她吗？她怕自己会杀了自己和身边的这个男人。

可是，杀了又有什么用呢？

没用。

她越来发现，有用没用，已经成为她衡量事物的一个经常性准则了。

第二天早上，男人给了她一千元钱。说：我有个观点，不知道你赞同不赞同。其实第一次往往没什么趣儿，新鲜是新鲜，就是太紧张，彼此都不好放开。这第二次就不一样了，新鲜不减又添上了从容，最有味道。我觉得你这次可以算是进入了角色，真正开了窍。

冷红不说话，只是默默地穿着衣服。这个人说话的语气已经完全是嫖客对妓女了。他在告诉她，他喜欢玩什么样的女人。而她也在他玩过的女人之列。

这几天多过来陪陪我，我就不叫别的小姐了。咱们是不打不成交，你是我亲自调教出来的，我决不会亏待你。每晚都给你一千。

冷红依然不说话。她把钱装进贴身的小口袋里。这钱是最真实的，对她来说。至于她曾经无比重视的名声，她已经不再去想她了。人走到哪一步就得做哪一步的打算，她已经品尝了肉体的狂欢，对性爱就不再是一片空白。她已经不是处女了，就不能再摆出一副处女的神情。在生活真相面前，所有的故作姿态都是可笑的。没有任何意义。

这是一个特别的夜晚。多年之后冷红才明白：对她的风尘生涯而言，与其说这个夜晚是一场无法逃避的灾难，不如说它更像是一次程序精密的手术。

你还来吗？男人从背后抱住她：今晚吃点药，我保证你的感觉会更好。

什么药？冷红终于问。

还会是什么药？男人笑道：听说最新刚上市了一种法国产品，中文名字叫"一品酥"，不知道你们这儿有没有，想来该有，方姐进货一向挺全的。

冷红忽然想起了失身那天晚上方捷给她冲的那杯果珍。

冷红站起身走了出去。

很久以后，冷红才隐约记起，那天，她盖在脸上的衣物，是那个男人的内裤。

第七章

1

高考的考期越来越近，课业越来越繁重，节奏也越来越紧张。冷紫开始在学校吃中餐了。家里经济条件的相对宽松，让她不再那么心疼一点点并不昂贵的午餐费。她知道，对于自己来说，时间比金钱更重要。因为，如果她不珍惜时间，就等于在挥霍姐姐用未来为她换取的金钱。相同的纸币在不同人眼里，意义是不等值的。对于很多人来说，也许一分钱就是一分钱，但是，对于冷紫来说，一分钱不仅值一毛钱，也不仅值一块钱。

确切地说，她不知道该值多少。

下午放学，冷紫推着车急匆匆地往外走，杜言在后面叫住了她：你没看见吗？传达室的小黑板上写着你的名字，让你赶快去领汇款单呢。

冷紫放好车，一溜烟儿地跑向传达室。签过字，领了汇款单。上面的数额是三百元，汇款人一栏里清晰地写着冷红的名字。

看到那熟悉的笔迹，冷紫的心里荡起了一股暖流。这两个月来，冷红汇款的时间十分稳定，有时甚至会稍稍提前，数额也由原来的一百五、二百、二百五上升到了三百元。每次数额增加时，冷红都会在附言栏里写上"加薪"。冷紫知道这是老板给姐姐加了薪，而姐姐又原封不动地给家里加了薪。

你姐姐真好。杜言在一边羡慕地说：我要是有这么个姐姐就好了。

我姐姐不是真好，而是最好。冷紫笑道。

回到家里，她手脚麻利地做好饭，把妈妈的被子支好，又一口一口地喂她吃下——自从上次发病之后，冷妈妈的手指就再也握不住筷子了。

妈，姐姐今天又寄钱来了。

多少？

三百。

怎么越来越多了？

瞧您说的，她越干越好，可不是越挣越多么？难道还会越挣越少？

冷妈妈停住了嘴里的咀嚼，怔了怔，叹了口气。

妈，您别担心了，我姐那么聪明能干，一定不会有什么事儿。有事儿她还能按时寄钱回来么？

小紫，你知道这世上最难的两件事是什么吗？老人传下的话是：屎最难吃，钱最难挣。

冷紫扑哧笑了。

你笑什么。话虽难听，却是实话。冷妈妈说：回头有空了，你也去看看你姐。看她干的是什么活儿，千万让她顾惜身体，别累着了。

唉。冷紫答应着。其实冷红早就对她说过，不让冷紫去看她。一来怕耽误了冷紫的功课，二来妈妈在家也离不了人。三来冷紫要是去了，她还得陪她，说不定会影响她的工作。况且，来来回回的路费也要花钱呢。

这一段时间，冷紫的心情总是很好。妈妈从医院回到家里之后，病情十分稳定，姐姐定期汇钱回来，她的功课也同她的心情一样呈上升趋势。每天晚上，依旧由张朝晖悄悄地送她回家。这让她在寒冷的冬夜里，常常有一种与火相伴的感觉。不过，她对他已经没有任何客套话了。她觉得什么话也不能表达她心里的感受。而张朝晖根本就不在乎她说不说这些话。

你知道吗？这些天你的气色看起来好极了。那天路上，张朝晖说。

是吗？冷紫笑道。其实她自己也很明白。

你的声音也越来越好听。张朝晖说：上课的时候，我真想让老师一直提问你。

你的意思是说，我以前的声音没那么好听？

以前的声音当然也很好听。我的意思是说，现在的声音更好听。

要是以前好听，怎么没听你说过？冷紫故意逗他。她喜欢和张朝晖这样逗逗嘴皮子。

你要怎么样才能知道我的心呢？张朝晖认真起来。

我知道。冷紫轻轻说。张朝晖这才稳了稳神。他把车向冷紫这边靠拢了一下，前面一个坑居然没有看分明，摔倒了。冷紫连忙跳下车，帮他拍灰。一边问他：疼吗？

张朝晖珍爱地享受着冷紫的手拍打在身上的感觉。他忽然真切地领悟到了《在那遥远的地方》中"我愿做一只小羊，走在她身旁，任她挥动那细细的皮鞭，轻轻打在我的身上"一段歌词的意韵。

小紫，你，真的知道我的心吗？他终于问。

冷紫沉默了。他叫她"小紫"，这是除了母亲和姐姐之外第一次有人这么称呼她，而她居然也不觉得有什么不自然。

我喜欢你，一直。张朝晖终于逼迫自己使出了破釜沉舟的勇气。

冷紫仍然沉默。对张朝晖而言，如死刑宣判前的最漫长也最短暂的那种寂静。

你要是觉得我很冒失，就别放在心上。就当我没说。以后，我们该怎么样还怎样。他说，觉得自己简直是天下第一笨。

两人默默地蹬着车，一直来到大青庄村口。

你能说句话么？

有时候，不说话也算是一种回答。冷紫说。

你是说，你是说……张朝晖拽着冷紫的车把，傻傻地看着她。

冷紫轻轻地把他的手从自己的车把上挪开，然后抬起头，微微地笑了。

2

张朝晖坐在路边，听着草丛里传来的不知名的小昆虫们的合唱，他从没有发现它们的合唱是如此纯净和欢悦。早已经看不到冷紫的身影了。可是冷紫的气息还留在这里，围绕着他，沉醉着他。他知道自己刚才的表达实际上很不是时候，可这一刻，他真的不想控制自己了。他庆幸没有控制自己。他相信自己会把冷紫没有出口的回答化解为一种强大的动力，引领着自己和冷紫向更好的未来去行进——是的，是更好的未来。他相信自己有这个能力。

　　他的眼前又浮现出第一次见到冷紫的情景。那一年，他十四岁，去参加一次全乡的作文比赛。因为手表不准，他迟到了十五分钟。当他火急火燎地走进考场时，却发现还有一个空位。谁会比他更典型呢？他想。当三十分钟铃响的时候，他看见一个女孩踩着铃声跑进了教室——按规定超过三十分钟就不准再进考场了。他暗暗地为这个女孩松了一口气。女孩正在惊慌地扫视着唰唰落笔的选手们，当她的目光碰到他的目光时，张朝晖自以为亲切地朝她笑了笑，他是想让她从他的笑容中感受到一种信息：别急，我也是迟到者。可是女孩却狠狠地瞪了他一眼，坐到了座位上。他这才明白，她以为他在嘲笑她呢。

　　那个女孩，就是冷紫。他至今仍清晰地记得她走进考场时的模样。她穿着一件月白的短袖衫，梳着两条乌黑光滑的小辫，脸蛋红艳艳的，像打了一层水胭脂。

　　比赛一共是两个半小时。还剩下一个小时的时候，他的圆珠笔突然没水了。他向老师报告，老师问遍了所有的考生，用黑圆珠笔的只有五个人——考试规定一张卷纸上不允许出现两种颜色的笔体。其他几个都说自己的文章还有很多，只有冷紫站起来说：老师，把我的给他吧。

　　把我的给他吧。多年之后，每当张朝晖想到冷紫举起手向老师报告时的神情，都会涌起一种深深的温柔和感动。是的，那不过是一支圆珠笔，可是在那样一个场合，在那样一个情境，在那样一个阶段的孩子的心里，能做出如此大方的馈赠，是多么宝贵啊。

　　你的还多么？老师问。

　　不要紧，我快写完了。冷紫说。

张朝晖以最快的速度答完了卷，把圆珠笔还给了冷紫，冷紫这才低下头继续答卷。当她匆匆忙忙地写完，连看一遍都没来得及，交卷的铃声就响了。

谢谢你。一直等在教室外面的张朝晖对冷紫说：你自己没写完，为什么要帮我？

反正我迟到了那么长时间，也写不了多好了。冷紫说：不过，也挺奇怪，你把笔还给我之后，我写得可顺了，可能也借你的光了。

她是在安慰他。他想，这是个多么善良的女孩啊。

你怎么迟到了？他问。

我走路来的。

你是哪个村的？

大青庄。

那我来时怎么没看到你？

我走的是小路。

你怎么不骑车？张朝晖很奇怪。几乎参赛的每个选手都骑着自行车，不然就是有自行车驮着。

家里的车早上爸爸骑走给人家干活去了。

看着她细腻的鼻尖儿渗出的小小的汗珠儿，张朝晖的心里突然涌起一种从来没有过的感觉。仿佛这个女孩是个最灵巧的乐手，一下子便拨到了自己从来就没被拨动过的最柔软的一根弦上。

走出校门，他找到了一个冷饮摊，买了两支冰棍，却看不到冷紫的身影。后来，在回去的路上，他看见了她。她正挨着路边走着，单薄的衣衫被风吹得一鼓一鼓，头发微微飞扬着。他把冰棍递给冷紫，冷紫说什么也不要。他要驮她，她也不肯。张朝晖只好走了。那两只冰棍他到底也没吃，直到它们在车前的小筐里化成水。

那次作文比赛，他获得了一等奖，发了一个红颜色的硬皮笔记本，还有一支钢笔。

上高中后的第一天，看见冷紫也走进教室，他的心就咚咚地跳起来。十五六岁的女孩子，一晃眼就长成了另外一番模样，使他觉得熟悉得是那么恍惚，亲切得又是那么紧张。他问她是否认识她，她笑着点点头。后来，他在校园里又碰到了冷红，有好几次差点儿认错，不过到底也没有认错。他觉得自己总有一种很准确的直觉，一下子就能把她们两个分辨出来。有人说，直觉是没有什么根据的，可他觉得直觉有根据，而且往往是最深厚的，最本质的根据。人们之所以没有指出这种根据，要么是没有发现它，要么就是不敢面对它。

他就属于不敢面对它。因为他直觉的根据是——爱。

是的，他爱她。因为爱她，他关心她。因为爱她，所以即使天天在一个教室里他也还是想着她。她英语不太好，他就使劲儿学英语，帮她纠正发音，解释语法。每次发下考过的试卷，他都会主动为她分析问题，查找错误。当他琢磨出了又快又好的解题方法，也总是第一个就告诉她……可他做的这一切都是隐含的，既热情又平静，同时也尽量这样对待别的女同学，以免吓到冷紫。直到那个女生被强暴的事情发生之后，他才决定站出来送她。他怕在冷紫的身上也发生那样的事情，那他永远也不会原谅自己！

现在，她终于默许了他的感情。他觉得自己的心如一江春水，在月光下溶溶地流动着，以一种平静的姿势在汹涌奔腾。

3

走进家门，听见倒水的声音，冷紫就知道是冷红回来了。快两个月了吧，按素日的周期，也到了她该回来的时候。走进屋，她看见冷红正端着一盆热水往里间走，冷紫知道这是要给妈妈擦身子，便接过水盆。等到服侍母亲睡下，冷红又给了冷紫两百块钱。

姐，今天刚收到你三百块。你以后别寄那么多钱了，家里够用了。自己多留着些花吧。

花不完就先存着。家里用钱的地方多，万一遇到什么事，有钱就不受慌张。对了，村里的人情礼事该去也得去。哪家不得五块十块的？平常多给妈买一些水果和奶粉。刘大娘那里也得抽空去意思意思。冷红口气平静家常地叮嘱着。刘大娘是她们的东院邻居，平时冷紫做好三餐伺候妈妈吃过之后就得赶紧上学，家里只有妈妈一人。她们便托了刘大娘常过来坐坐，有事时是个照应，没事时也可以和妈妈解解闷，说说话。

嗳。冷紫答应着。自从出去打工之后，她感觉冷红说话的口气越来越像个大人，而她在这种口气面前也越来越像个孩子。这也许是必然的吧。她想。不像个孩子难道她也去像个大人？如果两个人都像个大人那也就没什么大人可言了，因为没有参照。

姐，你的工作还行么？

睡吧。冷红没接她的话茬。

你们厂有多少人啊？

我困了。快睡吧。

冷紫咬了咬嘴唇。像个孩子就应当受到什么问题都懒得搭理的轻视么？

你有特别好的朋友么？她倔强地问。我只是在关心她在外面的生活状况，没有什么错。她这样鼓励自己。

问那么多干什么？冷红说：我的事你少操心，管好你自己的学习就行了。

冷紫沉默着，不自觉地揪着被角。

对了，晚自习回来时一定要注意安全。冷红说：还是那个张朝晖送你么？别那么相信他，有时候得有点儿戒心。

冷紫点点头：其实，他人挺好的。

每个人生下来的时候都不坏。冷红说。

姐。冷紫觉得冷红说话的口吻陌生极了，可她放弃了与冷红争辩的想法。直觉告诉她，争辩不会有任何用处。

我真的跟他没什么。她说。

有没有什么你自己心里清楚。不过我告诉你，不是你想跟别人有什么就有什么，也不是你想跟别人没什么就没什么的。没那么简单。

嗯，知道。冷紫懵懵懂懂的答应着，突然想起了一个话茬：对了，还记得那个被强暴的女生么？她嫁了。

嫁哪儿了？冷红果然被吸引了。

嫁给咱们村的陈老七了。她爸妈急着嫁她，没人去提亲，只有陈老七去了。是上星期办的事，听说现在陈老七就开始打她了。

冷红沉默着。陈老七是村里一个委琐不堪的老光棍，身上经常有一股难闻的异味，冷红看见他，总是远远地就躲着走。

姐，你在外面也要注意一些。冷紫说。

快睡吧！冷红突然喝道。

冷紫打了个冷战。她不明白冷红为什么要发这么大脾气。

姐。她喊。她还想和冷红说些什么，但是冷红翻了一个身，再也没有看她。

4

上节课我们谈到了世界三大能源，现在，我请一位同学说一下三大能源是什么？冷紫。

冷紫机械地站起来。

请说一下世界三大能源。

煤、石油……冷紫哽住了。她知道这是个再简单不过的问题，前两个答案是没经过思维就脱口而出的，可是一时间她居然想不起第三个。这是以前从来没有发生过的事情。她的脸像泼上了沸水一样，但是大脑依然空空如也。

电。杜言小声地对她说。她茫然地看着杜言的脸。

电。杜言冒险又说。她的声音放低了些，而着重于口型。她暗暗埋怨着冷紫不会用眼角余光，那么直愣愣地看着她，使她的作弊行为过于明显。

钱。冷紫说。

全班哄堂大笑。老师也忍俊不禁。只有冷紫木木地站在那里。

这可不是你的正常水平啊，冷紫，以后要多注意温习功课。老师在全班人的狂笑中使劲儿绷住了脸：坐下吧。

冷紫又木木地坐下来。

一下课，同学们便围住了她：看不出来呀冷紫，你还挺会搞笑的！他们用最流行的港台片的语调说。

什么搞笑，我不懂。冷紫冰冰地说。她放下书，走出教室，来到走廊上。看着操场上飘扬的国旗、色彩缤纷的花坛和干净整洁的冬青甬道，又浮现出和冷红同在这里的时光。下一节课是作文，这是她和冷红都最喜欢的课——她们都有些文优理劣。她们俩的作文也都经常被老师当作范文来朗读。老师还经常把她们的作文做比较——她们俩虽然不同班，但是语文老师是同一个人。也因此，每逢作文课后，她们都要在放学路上热烈地讨论一番。而在这份共同的喜好之中，两个人也确实存在着鲜明的差异。冷红富于逻辑和理性，冷紫更偏重于浪漫和抒情。一次，老师布置的作文题目是"雪之思"，冷紫说她想写的是煮雪泡茶，踏雪采梅，冒雪访友，赏雪作诗。

这一切的前提都得是肚子不饿。冷红说：雪下得再好，要是饿着肚子，谁也不会有这份闲情逸致。踏雪采梅没心情，赏雪作诗没灵感，冒雪访友多半是为了蹭饭，至于煮雪泡茶么？就是喝上一百壶也顶不了一碗面条。历史上不是有苏武牧羊饥吞毡渴饮雪么？你是不是也以为那是名士风流？

冷紫被冷红噎得说不出话来。许久才勉强道：任何事物都有多面性，我可以只看我想看的一面。

这种自由仅限于在作文中。在现实里，不是你想看哪一面的问题，而是你必须得去看哪一面的问题。冷红说。她用这句话彻底胜利地封住了冷紫的嘴，结束了这场小小的战争。

现在，她们俩不会再有共同命题的作文了。命题作文被分解到了她们各自的生活中，而原本，这种共同的命题有可能延展到她们的一生。她和冷红真的像一棵树上岔开的两个分枝，已经显示出了截然不同的走向。她很有可能考上一所著名的大学，住在色彩缤纷香气四溢的女生宿舍楼里，上午去听风度翩翩的教授讲课，下午去泡宁静舒适的图书馆，晚上在阵阵花香中惬意地散步，和好朋友聊聊学校的逸闻趣事，说一点儿女孩子之间的悄悄话，或许还会遭遇一两次青涩而美好的初恋。毕业之后，她很可能会留到某个大城市工作，找一个她爱也爱她的男人结婚，每天早出晚归，成为单元楼里的主妇和上班族里的一员。如果有了孩子，她会有条件早早地请上一个保姆，孩子稍大一点儿，就可以送到设施齐全的幼儿园……与此同时，冷红的打工生涯结束之后，却多半还得回到农村，去面对一条平庸的农妇之路。她的手将会被田里的风吹得粗糙起来，她的皮肤也会被毒辣的日头晒得黧黑起来，她会找一个壮实的农村小伙结婚，不恩爱的话就打打架，恩爱的话就那么不咸不淡有吃有喝地过着。生孩子呢？如果头胎是个男孩也就罢了，若要是个女孩，那多半得躲东藏西地继续生下去，直到生个男孩为止。无论多么俊气的农村女人，在经过这番折腾之后，都会变得松皮大肚眉淡眼低，再也没有一点儿精气神儿。

她们真的不再一样。昨天冷红表现出的陌生神情，已经让她确凿地感觉到冷红正在进行的变化。这种变化让她有一种莫名的恐惧。因为变化中的冷红看起来并不快乐。这种不快乐的源起是什么呢？她不知道，冷红显然也不想让她知道。

冷红在承受什么？她想象不出来。如果上学的是冷红，失学的是她。又会是什么情形呢？她更不敢想。

喂，别愣着了，杜言走过来：魂不守舍的样子像是得了相思病。

冷红笑笑，依然沉默着。

得，给你提提神儿，把我刚学的绝技亮一手让你开开眼。杜言回教室忙活了片刻又跑回来：假设有颗水晶糖咱们俩抓阄吃，我敢肯定，不管抓多少次，我想让你抓着什么你就只能抓着什么。

我不信。

那简单极了。奇妙不奇妙，试试就知道。杜言拿出两个小纸团，打开，让冷紫检查过，又团好，放在手心里，煞有介事地来回摇动着，一边像巫婆一样念叨：天灵灵，地灵灵，非让冷紫吃不行。开！

冷紫拈了一个，打开，果然是"吃"。杜言也打开了她手中的另一个，是"不吃"。

再来一遍。冷紫说。

还是"吃"。

连着五次，都是"吃"。

我要"不吃"。冷紫密切地注视着杜言的一举一动。

果然，连着五次，也都是"不吃"。

为什么？冷紫抓着杜言的手：告诉我，这是为什么？

别急，我给你讲讲呀。咱们这么好，我还会保密吗？杜言被冷紫的神情吓坏了。那神情里并没有好奇，而是一种她不明白的东西。她在一只手的指缝里亮出两个小纸团：喏，就是这样，各写三个"吃"和"不吃"，藏起来两对，让你看的是另一对。等你选择之后我就会作法，把给你看过的藏起来，按你的选择换成两个"吃"或"不吃"，这样当然就都在我的掌握之中了。

真是这样么？冷紫难以置信地看着杜言。

就是这样啊。这是最小最小的魔术了。杜言说。

冷紫咬着嘴唇。突然，她像发了疯似的跑下楼，骑车飞出学校。甚至过校门的时候连车都没有下——按照校规，这是会被通报批评的。杜言呆呆地看着她的背影，困惑极了。她不明白，她只是想给冷紫提提神儿，怎么会把她提成这样。

冷红正在院子里洗衣服，看到冷紫走进院里，气喘吁吁地站在她的面前，心里一阵惊慌。如果没有发生什么特殊的事情，冷紫是不会在上课时间跑回来的。她知道。

怎么了？冷红的心悸成一团，猜测着各种恐怖的可能。

那两个小纸团是怎么回事儿？冷紫抓住她的胳膊：告诉我，是怎么回事儿?!

什么纸团？

你是故意让我上的学吧。冷紫的语气由质问变成判断。

没有。冷红明白了。

如果没有，你的表情应当是惊讶的，不会这么平静。

哦？冷红笑了：我的表情也得让你规定么？

我不能再上这个学了，这对你太不公平！冷紫依然在顺着自己的思维逻辑发展。

你瞎说什么，我没有耍花招。难道我就不想上学吗？我没有那么傻。可是你挑上了，那是你运气好。冷红的声音依然温和。

我知道你不傻。可是，我也知道，你为了我，愿意变成傻子。冷紫的声音也低下来。

别在那儿联想了，我没有那么崇高。

你不承认是不是？那咱们俩再抓一次。你要是不抓我就不上了。

胡闹！冷红生气了：你嫌家里的日子太平安了是不是？你不上了？说得多轻巧。我去上，那行吗？几个月没听课，我没那么大本事考上大学。

为什么一定要上大学?

为什么一定要放弃接受高等教育的机会?要是有一个人在下面垫着,能让另一个人站得高点儿,那又有什么不好?冷红凝视着冷紫:为什么要两个人都掉进泥里?

有福同享,有难同当。

你错了。冷红语气坚决地说:现在我才明白,任何人之间都做不到真正的有福同享和有难同当,哪怕我们是亲生姊妹。

那,为什么垫背的一定是你?

不是我就是你,没有什么不一样。

可是,对我来说这不一样。冷紫盯着冷红的眼睛:姐,我求你告诉我一句实话,是不是你让我上的学?

我是姐,这是应当的。冷红淡淡地笑了笑:出生时我就比你占了先,这次可不能了。再说,你的成绩本来也就比我好。

我真傻。冷紫骤然蹲在地上,捂住汹涌的泪水。

那就别傻了,快回去上课吧。冷红拍拍冷紫的肩膀:到时候考上大学,把我那一份儿也替我上了。我还得谢谢你呢。

第八章

1

方捷是带冷红去装避孕环时给她讲自己的故事的：

我是幼师毕业的，1996年分到了通达市最大的市直幼儿园。工作很勤奋，和同事们处得也都很好，上上下下的人都挺喜欢我的。我们园长还曾经许诺要推荐我当她的接班人。可以说，我的小日子完全可以顺顺畅畅地过下去，像无数个贤妻良母一样，会有一个风平浪静内容单调的人生，至多也就是加上一些事业型女强人的味道。可是，也许正是这样一眼就能看到底的未来常常让我觉得沮丧和不甘心，再加上那时还没有合适的对象，无牵无挂——事实上介绍给我的那些小伙子我也根本看不上眼。于是，那年春节，当一个亲戚要去深圳办公司问我愿不愿意去的时候，我没有多少考虑就跟着去了。

家里人没有反对么？冷红问。

我在家里是老小，被惯坏了。家里人一向都按照我的意思行事，没人敢违拗我。方捷说，前面的路口出现了红灯，车停了下来。几个孩子正在大摇大摆地过马路。冷红摇下车窗玻璃，听见他们边走边唱：

两只小花狗

蹲在大门口

两眼黑黝黝

想吃肉骨头

……

方捷的眼光也注视着这些孩子。她想起在幼儿园的时光了么？冷红想。

一到深圳，我就被这个城市的现代风情迷住了。车启动了，方捷又开始讲述：我去了锦绣中华，香蜜湖，又吃了麦当劳，大家乐。当该去的去了，该玩的玩了之后，那位亲戚的公司却由于种种原因没有办起来。他们在深圳耗了一个月，看看没什么希望，就打算打道回府。我毫不犹豫地说，我要留下来。已经大张旗鼓地告诉别人我决定去深圳了，这会儿再灰溜溜地回去，我总觉得没面子。再说，我也真的喜欢深圳。

第二天我就去了人才交流市场，可是走了一百多家，都没有要幼儿教师的。我是中专毕业，文凭太软。大公司都相不中我。最后，好说歹说，一家小公司要了我，试用期是三个月。

我的工作比较简单，就是给总经理当秘书，无非是接接电话，接待客人，有时陪他去赴宴和应酬。毕竟也工作了几年，我很快就适应了这一切。他对我挺满意的，说我人既漂亮又机灵，很给他撑面子。试用期过了，我松了一口气，以为有了个稳当饭碗，没想到麻烦来了。开始，我只是发现他有时候会偷偷地看我，我就没在意。后来，他开始给我开一些三级的玩笑，我还是忍着。再下来，他从我身边走过时总喜欢捏捏我的衣边，撩撩我的头发。有一天，我郑重其事地告诉他：老板，你要是再这样，我就要告你性骚扰了。他笑话我，说我太保守，在特区都这样。我想，也许他说的是真实的，这里流行"擦边球"，只要他不对我采取实际行动，也就算了，毕竟，再找工作是挺不容易的。

那一天，我陪他去参加一个酒会，那个酒会是为了庆贺一家公司成立一周年，老板、董事济济一堂，宴会当中，总经理说他喝多了，要我扶他去客房休息一会儿。可是，一进房间，他就开始对我动手动脚，我极力反抗，他却说我是"外表冷，心里热，本质太羞涩"。说过了头一次就好了。眼看他就要得手，我终于不管不顾地大叫起来，刚好一个服务生路过，听里面的声音不对，就叫来了两个保安，我这才脱了身。可是，他却丢了大人。当然，我也辞了职。一家原来和我有过业务往来的公司聘了我，我到了人事处。人事处处长是一个看起来挺帅的小伙子，和我年龄相当。他很聪明，又善解人意，我们俩处得很好。后来，他开始追求我，在那种情形下，我又脆弱，又空虚，更没有安全感，特别渴望有一个人来保护我，于是，很快就接受了他。

方捷的眼睛看着远方，似乎在看很久很久以前的自己：我的第一次，就是给了他。在办公室里。

在办公室里？冷红惊讶极了。

当然是下班之后。方捷笑了：我再大胆，也没有勇气给同事们做春宫表演。有一天，我们俩加班，干到深夜，本来就不想回去了，天正好下起了大雨。孤男寡女，又是情侣，自然也就顺水推舟了。有了第一次，就会有第二次，第三次。我开始慢慢体会到了性爱的美妙。他很有技巧，也很有经验，这对性爱来说很重要。冷红，你承认不承认，撇开别的问题不谈，如果遇到了合适的人，做爱是不是一件很好的事情？

冷红的脸红了。她还不习惯和人讨论这样的话题。

道德有时候真的没必要讲，比如，做爱的时候要去讲什么道德，那就是一种不道德了。方捷说：我那时候真是天真啊。有时候故意留下来和他加班，就是为了能让他宠幸我。

一个星期天的晚上，他呼我，让我到他租的公寓去。说那一天是他的生日。我就去了。进了房间，我就看到了他留给我的纸条，说在他卫生间洗澡，已经给我泡好了咖啡。他让我喝了咖啡之后在床上等他，他会给我一个浪漫的惊喜。我就按照他说的，喝了咖啡，在床上等他。那种咖啡的力道大极了，我躺在床上一会儿就浑身燥热，充满了欲望。我把自己脱得光光的，恨不得他立马就出来。

过了一会儿，卫生间的水声停了。他走出来。方捷看着冷红：他真的给了我一个浪漫的惊喜，你知道这个惊喜是什么吗？

他向你求婚了？

方捷笑了：他给我玩了个大变活人。

什么？

卫生间里不是他。是以前想强暴我的那个老板。他把我给卖了。

冷红下意识地捂住嘴。

他把我给卖了。方捷又说。仿佛多年之后的今天她仍在努力确定这个不争的事实：我的售价是到美国学习的名额、费用，外加两万元现金。当我和那个人在床上翻来滚去的时候，他正坐在飞往美国的客机上。从此之后，我再也没有见过他。我是他在深圳做的最后一笔生意。

在刺眼的灯光下，那个老板得意扬扬地对我讲了这一切。他指着我的身体对我说：你不是很贞洁吗？怎么也会在我的身下浪喊浪叫？也不过就值这么多。挺便宜的呀。

那一夜，我完全没有了自尊。我被击懵了。你知道吗？一个女人一旦和一个男人有了那种关系，在那个男人面前就很难有什么心理优势。我被打垮了。于是，当他提出要包我的时候，我居然答应了。我不知道自己要做什么，只知道自己傻，没智商，活该别人作践，自己也想作践。就这样，被他包了几个月，直到他也厌倦了我。说穿了，我也不过是他为了清洗当年屈辱所猎获的平衡品。当他认为他的面子已经捡回来之后，对我就没什么兴致了。

于是，我又接着去找工作，但是，找了几份工作都没有干成。其实，当时我所有的理想和信念都被这两个男人彻底粉碎了。我不知道自己还能干什么。到了后来，我就每天无所事事地去看电影，钱也一点一点地快花光了。一天，在电影院门口，我正要进去，一个秃顶的中年男人走过来，要我陪他看电影，出价一千港币。原来他是个香港人。我想在电影院他又怎么不了我，就动心了。那个影院里全是两人一座的双人沙发，高高的靠背，四面不相扰，进来的人心思多半不在电影上。果然，没多久，那个男人就开始不老实。想到那一千港币，我就忍下来。出了影院之后，他说我要陪他上床，就再给我五千港币。我想自己反正都这样了，也不差这一回。再说我自己卖自己总比别人卖我强。于是，就答应了。此后，我就正式上了路。我曾经不止一次地想，似乎命运让我经历了这么多就是为了让我走这条路的，不过预备期太长了些。

做了两年，存了些钱，我就想收手了。毕竟，干这一行吃的是青春饭，一旦青春没了，饭也就不好吃了。这时候，碰到了一个客人，他是星苑市的重要人物，来深圳考察。我们认识之后，他挺喜欢我的，建议我来这儿安家，做个什么生意，他好照顾我，我们俩也能常常在一起。就这样，我来到了星苑，先开了个美容美发店，不行，又开了个酒店，也不行。最后才开了这个洗浴中心。

然后，就开始诱惑那么多女孩子去卖淫？

这话真是可爱极了。方捷笑起来：难道我诱惑过你么？就算我诱惑了你，那大街上每天都要走过那么多女孩子，我怎么就没有诱惑得了她们呢？

冷红沉默。

因为你具有被诱惑的因子。方捷说：因为这是命。命有两种形式，一种是外在的，一种是内在的。对你来说，你的家庭所发生的这些事情就是你外在的命。

内在的命呢？冷红问。

内在的命就是你的恐惧。方捷说：当初，你可以拒绝在这儿工作，可是你没有。后来，你被强暴，你可以去告发，你也没有。你和刘先生最开始的时候，你也可以不陪他，你还没有。为什么？

因为每次都有你在劝我。冷红笑道。

对，我是劝了你。但是我的劝告并不是命令，你完全可以不听。方捷看了冷红一眼：你听了。因为我的劝告和你的恐惧相吻合了。你没有拒绝我给你的工作，因为你怕欠我的人情。你没有去告发，因为你怕失去名声。你去陪刘先生，因为你怕他报案后你会失去自由。当然，你的这些选择还可以获得一个你很需要的东西，钱。你能否认这些么？

冷红转过脸，看着道路两旁绿色的树木。

外在的命你根本无法左右，内在的命你根本抗拒不了。所以，就认命吧。她听见方捷的声音如叹息一般说。

我们的命就决定了我们必须这么贱么？许久，冷红问。

不，我们并不贱。方捷在路边停下车：我要好好地给你讲讲这个问题。你要明白，我们虽然要对自己的现状负绝对责任，但是我们并不下贱。我们对自己做的事情要有足够的肯定和认识——最起码是在从业的这一段时间里。对于一个有想法有头脑的人来说——比如你，如果已经决定干这一行，这是你必须要率先解决的心理问题，也是你能够进行快乐赚钱的精神支柱。

　　冷红沉默着，看着方捷一张一翕的红唇。她还会吐出一些什么样的字眼儿呢？她想。

2

　　我看过一本书，是一个外国人写的，名字记不得了。书上说，我们选择的是一种最古老的职业之一，世界各国的历史上都存在过这种职业。有资料表明，自从这种职业出现以来，还没有哪一个国家能够真正禁绝它。看到这些话时我就想，为什么这种被人世世代代唾骂的职业能够世世代代地存在？这不但说明了这种职业有着深厚的历史根源和广阔的土壤条件，也说明它肯定对社会做出了自己的贡献。后来，我遇到了一个客人，他说他是个副教授，搞过这方面的课题研究，他给我分析出了在现今社会里，这种职业必须存在的五条理由，我觉得很精彩。他说，一、作为一种市场交换形式，卖淫嫖娼有买有卖，交易自然，有利于社会财富的再分配。二、这种职业的存在可以有效地解决一部分妇女下岗的问题。三、这种职业为旅店、服装、药品、饮食等其他行业的繁荣发展起到了积极的促进作用，可以刺激消费，增加地方的经济收益。四、这种职业的存在是一些"性饥饿"者的缓冲阀，可以减少性犯罪。五、可以让那些在婚姻生活中得不到性满足的男人得到他所梦想的任何性享受。他还开玩笑说，如果有可能，他会呼吁政府在特定的地区专门设立红灯区，让这种职业完全明朗化。他认为这样可以有效地扩大卖淫业的利润，并且控制由此产生的贩卖人口、流氓、毒品交易等犯罪问题，还可以防止性病和艾滋病的蔓延。方捷的嘴角泛出一缕笑容：凭着他这一番话，我免了他的费用。

这些话会气坏很多人的。冷红说。

我知道。可是我真的觉得这些话说得不无道理。方捷说：话说回来，即使我们没有什么贡献，我们也不应当被指责。是有很多人说妓女下贱，可他们总是一味地追究女人为什么卖淫，很少研究男人为什么买淫，他们一方面认为女人是贪图享受、道德堕落、拉男人下水，另一方面却那么喜欢夸大宣传男人的性欲和性满足的重要性，甚至把男人会玩女人作为有本事和事业成功的标志。他们不是太矛盾了么？买总比卖更有理，卖总比买更恶劣，这就是他们的逻辑。他们从不动脑子想一想，为什么对妓女严打了一次又一次，一次却比一次成效显著，这除了从反面告诉人们这个队伍越来越庞大、打击的行动越来越失败之外，还有什么意义？我记得法国有个女作家说过一句话，她说：是男人的需求刺激了妓女的这种供应，对此感到惊讶是十足的虚伪，因为它不过是一种基本普遍的经济活动过程。这也是在说，如果这种职业是丑恶的，那么我们只是丑恶的结果，而不是丑恶的原因。所以，我们没必要和自己过不去。没有。

你的意思是说，丑恶的原因是男人？

当然。方捷笑起来，仿佛她问的问题太简单了，简单得只能让她笑。你没见报纸上登的那么多官员嫖娼的案子？你能说这些男人都是粗人么？你能说他们没有接受过教育和培养么？你能说责任都在那些小姐们身上么？当然是他们。他们主动创造了这个职业并且一直都在主动支撑着这个职业。如果说卖淫是犯罪，他们就是罪魁。如果说妓女是祸水，他们就是祸首。同样，如果说我们是下贱的，那么起码我们也比他们要高一个台阶。所以，在和他们做生意的时候，你一定要理直气壮地收他们的钱，理直气壮地在服务过程中享受自己的快感，这样才不会辜负自己的付出，这样才够本儿。要知道，走上这条路虽然是我们的选择，但修这条路的，却是他们。

就是这样么？冷红说。听着方捷一口一个"我们"，我真的要和她"我们"了么？她想。

就是这样。方捷说：等赚够了钱，你就收手，然后找个没人认识的地方嫁人，进入正常的生活轨道。到那时候，现在的这些事就都变成旧电影了。

你现在算是洗手了么？

当然。方捷诧异地看着冷红：别看我对你讲了这么多，说句不好听的话，就是现在你把我告了，你也只是诬陷。我做事，一向不喜欢留把柄。为了姊妹们，也为了我自己，我绝对会把安全放在首位。今天，带你来上环，其实也是为了安全。等到将来你不做了，就把它取出来，照样不耽误生孩子做妈妈。我那时候没人教，流了好几次产，受够了罪，才买来了这个教训。我还联系有技术很好的医生，定期会给大家来做体检。要是有人有了病，我就会让她走人，等病好了再来。别的小姐想来我们这儿做，也得先做体检。免得带累了我们的声誉。这样，客人放心，你们放心，我也放心。就像广告词上说得那样：大家好才是真的好。

冷红不由得笑了。她没想到方捷会把这句广告词用到这个地方。

可是我发现静静她们也有避孕套。她忽然想起了那盒"爱神"。

避孕套你也得有。方捷说：这也算是"一颗红心，两手准备"吧。大多数的客人图痛快，一般都不用这个，可也有人总觉得戴上那个更放心，那就随着他。她朝着冷红淡淡一笑：你知道么？你已经进入角色了。

冷红沉默着。你有女儿么？她突然问。

有。方捷的脸上忽然焕发出一种母亲特有的纯粹的光辉：她九岁了，在北京丰台一所私立的音乐学校读书。那个学校的校长在退休前是北京音乐学院附中的校长呢。

是寄宿么？

方捷点点头。

你就这么舍得？冷红说。她猜想方捷多半是不愿意让女儿知道自己整天在忙活什么。

我就是想从小就锻炼她，让她学会自立，让她知道世界上最靠得住的只有自己。

她爸爸呢？

我有过一段很短的婚姻史，他知道我的一些事。所以一发现自己怀了孕我就和他离了婚。离婚的时候，他还不知道我怀了孕。我不想让他有一天在女儿面前抖搂出那些事——根据我对他的了解，那是完全有可能的。我不在乎男人，但我在乎女儿。

那你怎么对女儿解释这件事？

很简单，她爸爸死了。方捷说：也许你会觉得这对孩子不好，其实也没什么。因为她从不曾拥有，所以也谈不上什么失去。

前面有两个孩子正在翻越隔离栏，方捷放慢了车速，对他们按了按喇叭。两个孩子对她做了个鬼脸。

有个孩子的感觉真的挺好的。方捷说：不知道是谁说过，做女人有两大幸福，一是爱情给的，二是孩子给的。而孩子给的远比爱情给的要持久，要纯净、要深沉。我认可这句话。所以，如果将来你也想当母亲的话，你就好好做上几年。你肯定也能把自己的孩子送到北京，甚至是出国读书。

我的女儿？太遥远了。冷红想。她能够想到的只有冷紫。也许，冷紫就是自己另一种形式的女儿？

其实，今生能遇到，真的是我们的缘分。只要你听我的话，我就能保证你的安全，也保证你无边钞票萧萧下，不尽财源滚滚来。方捷说：我们这里不仅安全有绝对保证，其他方面的软设施也很好。我最近聘了许多行业学校的老师，他们会定期来上课。有讲礼仪的，有讲美容的，有讲音乐的，有讲美术的，有讲服装搭配的，有讲客户心理的，我统称这些为素质课。因为只要是有心人，这些东西都可以提高修养，学以致用，把它们从无形资产转化为有形收入。

没有讲性知识的么？这最实用啊。冷红冷笑。她没想到方捷还会套用杜甫的诗，真幽默。

在性知识上我们应该是老师。方捷微笑道：不过像你这种技术级别比较低的人，一般也有两种学习渠道，一是观摩学习，就是看碟。二是实践学习，就是多练。她叹口气：其实你要是好好想想就会明白，为了给姊妹们营造这个小天地，我费了多少苦心。你要是想明白了，说不定还会感谢我呢。

我不会感谢你的。冷红说。她的眼前一点一点地浮现出母亲和冷紫的面容，脑海里顿时荡满了一圈一圈的旋涡。这旋涡的力量是那样巨大，让她身不由己。她不知道这旋涡有多深，也不知道这旋涡会把自己拖向哪里。她知道的只是：她已经选择了。

多年之后，冷红回想起方捷说的许多话，仍然觉得她是那一行里少有的聪明女人。她说话的时候总是那么条理清楚，丝丝入扣，有自己的一套逻辑思维，并且那么会使用表达方式。冷红毫不怀疑，如果方捷不是这条道上的女人，那么她一定可以做个很好的老师，或者是心理医生。

3

冰凉的窥阴器在一瞬间张开了她的下体。冷红张大了嘴，又紧紧地闭住。她明白，已经有一种异质进入了她的身体，从此后，她的身体会慢慢地接纳它，适应它，把它当作自己身体的一部分去融合它。

她没有哭。

第二天，冷红就接了一单生意。她的名字开始叫凤凰。方捷对这个名字不是很认同，说太大了，应该像"阿媚""媛媛"之类更娇俏点儿的才好，会多点儿小女人味儿，客户们会更喜欢。

就是这个了。冷红说。她想起读过的关于凤凰涅槃的那些传说和诗。凤凰涅槃是凤凰的新生，她这也算是一种新生吧——无论是什么样的新生，都是新的生活，新的生命。

她在这条路上还是一个婴儿。然而婴儿又是长得最快的。几个月之后，她已经声名鹊起，艳誉江湖。

第九章

最后一节课的铃声响过之后，冷紫和杜言随着人流走向餐厅。每至"五一""十一""元旦"等大假来临，学校都会以极低的价格贴补供应一顿比较丰盛的午餐，这时候基本上所有的学生都要在餐厅聚餐。平日里再舍不得在学校吃饭的学生都会理直气壮地走进学生食堂，花尽可能少的钱去吃一顿尽可能好的饭，并且不必为此羞愧。这是一种共同行为。共同行为可以让许多大脑变得麻木和盲目，同时也可以让许多敏感的神经和心情变得自由和松弛。

张朝晖和另一个男生也跟着她们走过来。餐厅几个窗口前都排着长队，荤素各八样，可以任选两荤两素，共付两块钱即可。冷紫要了芹菜肉丝、辣鸡块、炒冬瓜和花生米，杜言要了炖排骨、烧腐竹、炒青菜和拌粉丝。大多数合伙吃的学生都和她们一样，两个人不打同样的饭菜，这样就可以吃到样数最多的菜。对这些最普通的生存智慧，学生们几乎全是无师自通。

两个人刚刚坐定，张朝晖和那个男生也打完菜和她们坐在一张桌上。

张朝晖，你们干吗这么跟着我们啊。杜言知道张朝晖对冷紫有好感，故意奚落他。

当然是居心不良，那个男生特爱抢话茬：明摆着想和你们俩的菜凑成十六样呗。

冷紫和张朝晖相视淡淡一笑。自从那个夜晚之后，他们表面上的状态同以前毫无区别，本质的不同是两个人已经扯上了一条暖暖的棉线，这头拴着冷紫，那头拴着张朝晖，只要一方风吹草动，另一方就会有被触动的感觉。

今天他们的座位不错，视线的上前方就是学校半空悬置的大屏幕彩电，虽然这么多学生校方只给选定一个频道，但这仍然是学生在用餐之际的一个重要调剂。今天他们看的是星苑电视台的节目。新闻开播，女主持人穿着一件白色的西式职业装，在演播台后侃侃而谈："……从即日起，我市符合条件的餐饮企业将被推荐参加首批'河南名菜、名店、名师'认定命名活动。并以此推动我市餐饮业和旅游业的发展。凡是符合条件的餐饮企业，不分所有制性质，不论隶属关系，都可以参加此项活动。河南名菜拟认定一百种，要求最具河南特色，色、香、味、行、器俱佳的菜肴品种。河南名店拟认定五十家，对象为各类中、高档酒店。河南烹饪大师拟评定十五名，烹饪大师拟评定五十名……"

不知道大师们做的饭是什么味儿？肯定比学校的饭好吃。这播音员蛮漂亮的。漂亮么？我怎么看不出来。看不出来很正常呀，每个人眼光不同。还有人看我像美女呢。呸，你是美女，我就是天仙。学生们一边看，一边吃，一边闲不住地拌嘴。

这个播音员是有几分姿色。杜言对冷紫说：不过你要是上了镜，一定比她漂亮。

人家不是单比容貌，更重要的是要比才学。冷紫说：你注意到了没有，这里边的有词很讲究。名菜和名店都可以用认定这个词，烹饪大师却用的是评定，这显然是有区别的，很微妙，我以前居然没想到。

你没想到的多着呢，学海无涯，你能游到头么？再用功都成书呆子了。

我要是不用功，怎么对得起姐姐的汇款单呢？更不用说这些饭菜了。冷紫轻轻地说。

张朝晖心疼地看了冷紫一眼。

"五一佳节在即，为了确保五一期间社会环境的纯洁，进一步净化社会环境，给广大人民群众营造出一个祥和喜庆的节日氛围，昨天，星苑市委宣传部、星苑市公安局、星苑市文化局和星苑市文明办几个部门联合行动，进行了一场节奏明快、力度强硬、收获颇丰的扫黄打非活动……"画面上，警车穿行，警察奔波，一些封面美女的滥杂志被没收，一些录像带和光碟被缴获，一些衣衫不整的男人女人仓仓皇皇地从一些房间里走出来，有一些似乎有点经验，知道尽可能地背着镜头，或者用头发遮着脸。那些没经验的，可能根本没注意到摄像机在哪儿，就两眼直愣愣地出现在电视画面上，一点儿都没有避开。

有的学生吹起了口哨。在这些学生眼里，这些事情更多的成分是好玩儿。

突然间，屏幕上出现了一个女孩子，头发有些乱，表情十分惊慌，分明是想逃却没有逃开。她正处于摄像机的追踪之下，却还浑然不觉。大约有五秒钟的时间，整个荧屏上都是她的特写。那么清晰，那么明了。摄像师仿佛认准了她，仿佛也摸透了人们的心理，仿佛就是为了配合人们的感叹：看，这就是那些尤物，这就是那些妖媚，这就是那些狐狸精，这就是那些看起来如花似玉实际上却是无耻下贱禽兽不如的女人！

冷紫和杜言一下子都怔住了。冷紫的脸在刹那间变得惨白。她怔怔地看着电视，一言不发。周围也有许多同学的目光向她射来，仿佛在一瞬之间，冷紫的身上发生了一种让别人惊异也让她自己惊异的变化。当张朝晖回过头也去看电视时，那个镜头已经过去了。他拿起筷子在冷紫呆滞的眼神前晃了晃：你怎么了？冷紫？

冷紫一动不动。

杜言，怎么回事儿？张朝晖又问杜言。

没什么，刚才，电视上出现了一个人，长得特别像冷紫……太像了，我和冷紫就都看呆了。没什么，没什么……杜言极不自然又故作从容地解释。

是啊，冷紫，刚才那女孩儿可真像你。邻桌一个吃饭的女同学也对冷紫笑道。

对了，冷紫，那是不是冷红啊？听说她现在就在星苑市打工。另一个更加没心没肺。

冷紫丢下碗筷，飞奔出了餐厅。

你说的什么话？张朝晖完全明白了过来，对那个女生斥责道。

我随便说说嘛。她姐真的在星苑市打工，我去取信的时候，看见过好几次她姐寄给她的汇款单呢。那女孩子不服气地说。

闭嘴。张朝晖低声喝道。他丢下碗追了出去。找了很久，他才在操场的一个角落里找到了冷紫。

小紫。张朝晖低声叫道。

冷紫手扶着墙，依然哭着。

你别生气，我刚才已经骂过她了。有人说话就是冒失，你不要和她们一般见识。长得像你姐又怎么样？世界上长得像的人多的是，凭什么说那个人就是你姐？你姐能是那样的人吗？谁要是那么想，谁就是没脑子。

我就是那么想的。冷紫看着张朝晖，一字一句地说。

冷紫。张朝晖喃喃道：你疯了？

我宁可疯掉。冷紫说：可惜我没有。

你怎么能这么想呢？你总该相信你姐吧。

我是相信她，可是我更相信自己的眼睛。冷紫说：我看见了她耳朵后的那个痣。

因为姐妹俩容貌酷肖，她们曾经不止一次地被同学和老师认错。有时候她们俩走在一起，不熟悉的人都不敢上前和她们说话。有一次，冷红的班里进行长跑测试，冷红来了例假，冷紫便替冷红跑，冷红替冷紫上课。从始至终，两个班的人都没有发现这个秘密。还有一次，杜言在楼梯上碰到了冷紫，便和她聊起了班里的事，说了半天对方才淡淡一笑说，我是冷红。杜言伸伸舌头，赶紧跑了。课间休息时，她在操场上拉住冷紫，把这件事情添油加醋地讲了一遍，可是还没等她讲完，对方又是淡淡一笑：我还是冷红。回到教室，杜言坐在座位上瞧了半天，才鼓起勇气把这两次遭遇向冷紫讲述一遍，冷紫笑道：你就不怕我还是冷红么？杜言大叫道：你是冷红我就彻底崩溃了。我宣布，从此和你断交，不管你是谁！——当然，她没有和冷紫断交，不过她强迫冷紫保证做到最起码每天在穿衣上要和冷红有所区别。

其实，区别她们姊妹俩有一个小小的诀窍：就是冷红耳后有一颗黑痣，冷紫没有。因为这颗痣的位置比较隐蔽，所以知道它并把它当作区别标志的人很少。

冷紫看见了的就是那颗痣。人和人长得再像，痣和痣的位置也不可能完全一样。在看见痣的一刹那，她的心便了如明镜。

世界上什么事情都有可能……张朝晖的心也灰暗了下去，他勉强说。

所以说，她也是有可能去当妓女的，是不是？冷紫紧逼着张朝晖问道。你冷静一些！张朝晖有些急了，他稍稍放缓了语气：其实，你要想知道事情的真相，这很简单，只要见到冷红就什么都知道了。反正马上就要放假了，她要是不回来，你就可以去星苑市找她。

你以为她还回得来吗？她这会儿正在看守所呢。冷紫说。她的思绪已经进入了最坏的想象。

听我的话，冷紫，你一定要冷静。张朝晖继续努力地劝慰着：这个世界确实是什么事情都可能发生的，或许冷红是不小心跑进现场被误拍的，或许那个人真的不是她只是和她长得太像，当然，也或许真是她。张朝晖说着，自己也知道，前面所有这些"或许"的分量都抵不上后面的这一个"或许"：无论怎样，我们首先要知道的必须是事实。只有确认了事实，我们才可以知道下一步怎么去做。

冷紫止住了哭泣。

回到教室，已经有很多学生都吃过饭回来了。看见冷紫，整个教室都有了一种微妙的沉默。这种沉默仿佛是一座无形的大山，冷紫觉得自己的五脏六腑都要被这种沉默给挤压出来。

冷紫，你没事吧？杜言小声说：我知道，那不会是你姐，她怎么会……

她在星苑市一家漂白粉厂上班。那家漂白粉厂的名字就叫宏达漂白粉厂。我看过她的招工通知单。冷紫提高了声音，说。仿佛在说给自己听，仿佛在说给杜言听。也仿佛在说给所有的人听。

那一瞬间，她忽然明白了什么叫虚张声势。

第十章

1

冷红是那个号子里所有小姐中出来最快的人。

走出看守所大门不远，她便看见一辆灰色的"帕萨特"停在路边。车牌号很熟悉。等她走近，门便开了。冷红不声不响地坐了进去。

在外面干私活儿收获不小吧？方捷冷冷地说。

冷红不作声。按规矩，小姐一般只能在洗浴中心接生意，这样客房、餐饮、美容、歌厅和洗浴上的生意都好一起做。如果客人要求带小姐外出，则必须通过洗浴中心。这样方捷既可以掌握小姐们的行踪，保证安全，也可以从中收取出台费。如果小姐不遵守这个游戏规则，和客人串通好偷偷去外面做生意，就属于干私活儿，这样小姐可以多赚，客人可以少拿，当然也就亏了洗浴中心——何况像冷红这样的小姐，现在正是出台费节节攀升的时候。冷红这次就是在一个名叫"四季青"的小旅馆被逮住的。

你知道么？这次你可出风头了。方捷说：你上了电视，有好大的特写镜头呢。

不可能！冷红坐直了身体，几乎想要站起来。她回想着当时的情景，脑子里一片混乱。她真的没注意有摄像机，如果她看到，她拼命也会把那个可恶的东西夺下来。

怎么不可能？要不是在电视上看到你，我怎么会知道你在外面干私活儿？感谢我们的新闻媒体吧。不然我也不会这么快就把你弄出来。

哪个电视台？

星苑电视台的"星苑新闻"。方捷叹口气：还好，你刚入行，面孔还生，要不然你还能上大街么？

冷红没有说话。她听不见方捷的话了。她觉得全身的血液都在冷下去。要是家里人和村里人在电视上看到她会是什么情形？她不敢想下去。求求你，老天爷，保佑我吧。她在心里一遍又一遍地说。以前她一直觉得新闻媒体给人的是无私的享受，现在她终于无比真切地感受到了它赐予的直接灾难。

不过，任何事情都有两面，这次你虽然栽了，也只是个小教训。只当是在里面上了一些专业技术课。和那么多经验丰富的小姐们交流交流，肯定会有一些长进的。方捷仍自喋喋不休。冷红依旧沉默着，眼神直愣。

看把你吓得，七魂六魄还没收回来似的。方捷笑道：没事儿，人在江湖走，哪能总顺风。今天是五一节，全国劳动人民都放假，咱们也是劳动人民，也放假，好好休息休息，明天还有好几桩生意等着你呢。

五一节了吗？冷红如梦初醒。

是啊。

我要回家。半天，冷红说。

你要回家？方捷有些吃惊地看看她。

我要回家。冷红说。

是的，她真的要回家。她必须得回家。这件事情妈妈信息不通，不会那么快知道。她需要做的是冷紫的工作。如果冷紫还不知道，那她必须得先给冷紫编织好一个误会的理由。如果冷紫已经知道，那她必须得给冷紫一个合理的借口。总之，无论她面临的是什么，她都得回家。

　　因为，那是她的家。

2

　　终于回家了。

　　远远地看见大青庄的轮廓，冷红的心就扑腾扑腾地骤跳起来。她是特意赶在黄昏时分回去的。她发现自己已经越来越惧怕白天了。尤其是回家的时候，尤其是现在。

　　冷红一步一步地向村里走去。她看见星星点点的灯掩映在树木葱茏的农家院落里，让静谧的村庄透着安详，又透着落寞。微风吹来，可以听见小草与小草之间摩擦的声音，仿佛在用她们自己的语言窃窃私语。不知名的野花含着淡淡的香气，沁人肺腑。这是一个没有月亮的夜晚，深蓝色的天幕上只有星星。星星的光很淡，但是在她仰望它们的时候，它们也显示出了一种神秘的亮度。

　　冷红走到路边，路边是绵茸茸蓬楞楞的田野，她看不清田野里麦子的模样，不过她可以感觉得到它们的麦芒已经舒展展地朝着天空伸了出来，如大地最新萌生的那一茬长长的睫毛，正是所有刚刚出来闯世界的那些年轻人的充满稚嫩勇气的神情。这时的麦穗已经略具雏形，冷红可以想象得到，如果摘下一个青穗，将里面的籽粒小心地剥出来——一不小心就会把它弄破，放进嘴里，轻轻咬下去，就会尝到那种又甜又香还带着腥气的汁水。这就是最柔软的麦子吧。她和冷紫曾经多么喜欢尝这种汁水啊。不过她们从不敢多尝，掐多了麦子爸爸妈妈会心疼地骂她们在糟蹋粮食。

她和冷紫也曾经一起在这些田地里劳作过，一般是在星期天或是放学之后到地里搭把手。她们一起点过种，间过苗，一起锄过草，喷过药，一起撒过肥，拾过穗，还一起悄悄地用盛开的野菊花扎过花环和项链，一起在不知名的小鸟的啼鸣中奔跑，在新鲜的牛粪的气息中嬉戏。她们还偷偷地采摘过别人家的核桃。是那种尚未成熟的核桃，为了让它变成她们口中的美味，她们使劲儿地磨着它身上的青皮，然后把它搁在一块砖头上，用另一块砖头砸开坚固的硬壳。当她们使尽招数剥出那些嫩嫩的果肉时，核桃皮青色的汁液已经把她们的手染成黑色的了。

她们也在田边的河岸上采过一种长着一节一节白茎的草，这种草茎中可以咬出甜甜的汁水。家乡人都管它们叫"甜甜根儿"。春天，碧绿的草坡上又会生出一种草，从草心里可以抽出一缕棉花一般嫩嫩的雪白的云雾一样的东西，也是甜的，人们管它们叫"毛毛秧儿"。在干活的间歇，她们常常采集大把大把的"甜甜根儿"和"毛毛秧儿"当零嘴吃，傍晚收工的时候，她们一起聆听着青蛙和蟋蟀的合唱沐浴着落日的余晖回家……这是曾经带给她们无数欢乐和笑声的田野，也是曾经让她们拥有无数希望和收获的田野。但是，现在，田野依然，冷紫依然，只有自己，将何以堪？

她沿着田边慢慢地走着，脚下不时有小小的虫子轻轻地蹦起。可能是褐色的蛐蛐儿，也可能是绿色的蚂蚱。有一些植物的细爪不时地拌一下她的脚，那是牵牛花吧。当然也可能是线线草。偶尔有一只大鸟或高或低地飞过，激荡起翅膀拍打空气的声音。那是什么鸟呢？她寻着声音看了看，什么都没有。

3

谁？冷紫似乎一直在专注地等着，听见门响，便走出来，在院子里站住。

是我，你放假了么？冷红笑道。

冷紫没有回答。她没有喊冷红姐姐，也没有接她手里的东西。

冷红的心沉了下去。她知道最怕的事情已经发生了。

你也放假了么？她又问。

冷紫依旧没有回答。她转身走进屋，冷红跟着她走进屋。先进了里间和妈妈说了会儿话，然后又服侍妈妈吃了饭，擦了身子，才在外间坐下吃饭。你怎么不吃？她问冷紫。从锅里留的饭量来看，她断定冷紫还没有吃饭。

吃不下。冷紫说。

不舒服么？她不敢抬头：不要把自己搞得太紧张了。

冷紫没有说话。

在冷紫的目光中，冷红艰难地咽下一碗玉米粥。

你怎么了？她终于迎住了冷紫的目光。可她很快把视线转移了。冷紫的目光仿佛是一把无所不摧的刀子，在一瞬间就把她的目光割得四分八裂。

冷紫走出屋子，来到院中。冷红随着她来到院子里。她知道自己不能再躲避了。冷紫已经给她留了余地——因为妈妈。

姊妹俩沉默了一会儿。

我在电视上看到你了。冷紫说。

不，那不是我。冷红说，这句话她在路上已经想了千百遍了：我回来就是为了给你解释一下，那个人真的不是我。厂里有些女同事也看了新闻，还把这个当作笑话到处说呢。她一定要和我长得一模一样，我有什么办法？

连耳朵后面的痣都一模一样，是不是？

冷红下意识地遮住耳朵。痣？痣也照上了么？她结结巴巴地问。她没有想到这一点。马上意识到自己的破绽，又笑道：你看，可真是像极了，是不是？

一个人和她自己，怎么能不像呢？冷紫说。

小紫，你怀疑我？我在漂白粉厂上班，你不知道么？

我知道。所以我想明天和你一起去厂里证一下。冷紫说。

这当然没问题。冷红的心略微踏实了一些：不过，事情也真巧，厂里……

刚刚停产，是么？

冷红怔了怔。是的。她微弱地说。

我昨天去那个漂白粉厂了，那儿去年就已经关门了。

是的。冷红说，我怕你和妈担心，就没有告诉你们。我跳槽了。

什么时候跳的？跳到哪个厂子了？厂长是谁？你做的是什么工种？每月多少钱？工钱怎么算？冷紫平静却是一口气地问。她的语气让冷红明白，她在心里已经把这些话都快要沤烂了。

冷红沉默着。她忽然想起了方捷对她讲过的那些一套一套的道理，感到了自己的懦弱和那些道理的懦弱。她能把这些道理讲给冷紫听么？她不能。冷紫会听么？冷紫不会。冷红蓦然明白，原来道理必须得有适合的人来讲，并且也必须得讲给适合的人听，才会发挥出道理的作用。不然，它就是一句废话——甚至连废话还不如。

如果不认为我是个傻子的话，你就告诉我，你到底在干什么？冷紫说。

你会原谅我么？冷紫的平静让冷红察觉出一丝希望。她决定妥协。她也确实没有力量再支撑下去了。长这么大，她从来没有在自己家人面前这样心虚地撒过谎。当年写纸条的时候她虽然做了手脚，但她是无愧的——甚至是光荣的。因为那不是为了她自己。

我会的。冷紫说。

那个人，冷红说：是我。

冷紫的耳光随着冷红的话音落到了她的脸上。啪！这一掌如同小小的雷。冷红捂住脸，傻傻地看着冷紫。

你不是说会原谅我么？她仿佛还在做梦。

是的。因为你已经不是这个家的人了。冷紫说：对于一个外人，我当然要原谅。不，其实根本无所谓原谅和不原谅，因为，我已经和她没关系了。

冷红看着冷紫僵硬的脸，反而一点一点平静下来。她忽然明白，当事情已经到了最坏境地的时候，就没什么好怕的了。冷紫所说的开除她的家籍，其实根本就做不到——只要有妈妈在。冷紫就是再恨她也不会去因为她而让妈妈伤心。甚至无须她开口，冷紫就会主动替她圆得天衣无缝。

村里人都知道了么？她问。

都上电视了，还能不知道？你放心，就是现在不知道，迟早也都会知道的。冷紫说：明天一早你就走，省得唾沫星子把我们都淹死。不过，在走这前，你要对妈讲个好借口。

你就这么讨厌我么？

是。

你知道么？就是别人的唾沫星子不把我淹死，你的也会把我淹死的，冷红说。

你太看得起我了。像你这么顽强无耻的人，是谁的唾沫星子都淹不死的。冷紫说：我指的我们是我和妈。不包括你。

小紫，你不觉得你这么说话太残酷了么？冷红放缓了说话的节奏。她知道这样可以强迫自己不被激怒。她以最大的耐心说着：其实，走到这一步，我也不想。当初，我到外面，还不是为了……

为了妈妈和我，是不是？冷紫清晰地接应道：我就知道你会这么说。是，你是为了妈妈，也是为了我。可是你不是更为了你自己么？其实，你就是为了你自己！吃苦的时候我们是你吃苦的原因，堕落的时候我们也是你堕落的原因，有了我们这两个原因，你在吃苦的时候就是崇高伟大的，在堕落的时候就是理直气壮的，是不是？你以为你用这种方式来养活我们就是为我们做出了可歌可泣的牺牲，是不是？现在，我明明白白地告诉你，我们不想当你的原因了。我们真的承不了你这个天大的人情。在你吃不了苦受不了罪的时候，你应当早点儿对我们这些原因讲个清楚，我会来养家，我相信我不会比你养得差。你的挣钱方式使你挣的钱毫无价值，也是我们花的人感到恶心。我们决不会再用你的钱了，一分一厘也不会。如果你以前给我的钱能够变成我身上的肉，我一定现在就把它割下来！

起初，冷紫的语气是平静的。但是，说着说着，她的声音就像越弹越烈的琵琶，挟持着狂风暴雨向冷红袭来。后来，她的声音变成了叫喊。可是，这种演变她并没有意识到。冷红也没有。

冷红怔怔地站在那里，看着冷紫。她觉得她陌生极了。太多太多的话涌到喉头，却一句也说不出来。

咚。

屋里传来一声有力的闷响。

妈！冷紫和冷红惊叫着，同时向屋里跑去。

冷妈妈躺在地上，哆嗦着嘴唇，却一句话也说不出来。在姊妹俩拼命的哭叫声中，她吃力地将她们的手放在一起，便昏迷了过去。

医院查明，冷妈妈的病因是脑溢血复发。病情十分严重。

4

冷红一直注视着走廊里的一扇窗户。那扇窗户的另一面就是医院的花园，有一只小鸟一直在窗棂和花园之间飞来飞去。那一刻，冷红把这只小鸟看作了一个具有象征意义的巫师。她用它飞来飞去的次数来预测妈妈的凶吉。她把这个次数定为六或六的倍数。六六顺。一趟，二趟，三趟……那只小鸟无忧无虑地飞着，全然不知道自己随意的飞翔在关注着它的那双眼睛里有着怎样一种特别的意义。六趟已经够了。现在已经是第九趟，小鸟似乎有点儿累了，居然在窗棂上玩耍起来。冷红真想去赶走它，又怕它受惊吓，再也不会飞来。九也可以吧。她自我安慰地想。可是"九九归一"这个词却让它不寒而栗。归一？归到哪里？除了那个一去就回不来的地方，还有哪里？

小鸟又开始飞了。冷红松了一口气。她忽然觉得这只小鸟的意义愈发神秘。它总是停在窗棂上，窗棂恰好介于屋内和屋外之间，在这里就恰好介于病房和花园之间。屋内是尘世，屋外是天国。人是不是就像这小鸟一样，一直在尘世和天国之间徘徊呢？如果是的话，究竟是尘世幸福还是天国幸福？想来，尘世的悲伤和烦恼是那么多，天国可能是幸福的吧。但也仅仅是可能而已，尘世的人毕竟没有一个人见过。而尘世的幸福和快乐却也与它的悲伤和烦恼一样，是那么多，那么真实，让人触手可及。这也许就是人们留恋尘世的缘故吧。

　　冷红不由得又想起她和刘先生那个刀光血影并加鱼水之欢的夜晚。从那个夜晚开始，她终于彻底放弃了自己。因为那个夜晚让她知道，做小姐不仅仅意味着泪水羞辱和钞票，也意味着不为人知的快乐。那种被男人青睐追逐的骄傲，那种俯房凌驾男人的优越，那种日进斗金视钱如纸的畅意，那种在肉体的爱抚中飘飘欲仙的感觉……她也方才明白，之所以有那么多女子都选择了这个行业，是因为这个行业自有它的魅力与诱惑，只不过它的魅力和诱惑难以启齿而已。

　　她突然间又感到了罪恶。觉得自己简直就是卑鄙透顶。母亲正命若悬丝，从某个角度上讲，正是自己才让母亲走到了这一步。她断定母亲听到了她和冷紫的谈话。自己几乎就是杀害母亲的凶手。可是，她愿意这样么？她做小姐的最终原因还不是为了钱么？而且主要还是为了还母亲第一次住院的钱。如此上溯，母亲的病，父亲的死，都是因为穷困。如果这个家一开始就有钱的话——不要很多，中等水平即可。那么这会儿她肯定会坐在学校里备战高考，哪里会去品评当小姐的滋味？！

　　没有办法再想下去了。

冷紫一直站在手术室的外面，努力倾听着里面传来的任何一丝轻微响动。其实她很少听到什么，她知道即使听到了什么也没有什么具体的意义，可她还是默默地站在那里。这是目前她能为母亲所做的唯一一件事情了。母亲一定听见了她和冷红的谈话。她想。她后悔极了。可是，如果冷红不去做那种事，怎么可能会有那场谈话？不过，无论如何，这一切都已经发生了，再在脑子里打这种罗圈架也不会不事情挽回。她现在唯一的愿望就是，母亲能平安度过这次劫难。

她轻轻地抚摸着自己的手。母亲在昏迷前把她和冷红的手握在一起的情形又浮现在眼前，她的手上仿佛还留着母亲的体温。如果母亲就此逝去，冷紫知道，这个动作就是母亲留下的遗嘱了。她明白这个遗嘱的意义。她一定会尽全力去实施这个遗嘱。不，不能叫遗嘱！她赶紧纠正自己。妈妈会活下去的，会的，上帝，佛祖，老天，统统都来保佑我的母亲吧。

天亮了。

那只小鸟终于飞走了，再也没有回来。

是十三趟。

医生和护士从急救室里走出来时，冷紫看了看墙上的挂表，手术用了十个小时零二十分钟。

结一下账，你们就可以走了。一个医生疲惫地说。职业性的冷漠中又带出一丝职业性的同情。

这么快？要我们转院吗？冷紫不太明白。她的大脑里似乎没有储存过母亲会死的概念。或者说，即使有，也被她强力删除掉了。

小紫，冷红泪流满面：我们没有妈妈了。

第十一章

1

没有妈妈了。

没有妈妈了。

最亲你最爱你的人，没有了。你再也找不到那样一个人去牵挂你，惦念你，知道你小时候的每一个最微小的故事，记得你扫地抹桌时的每一个动作的细节。再也没有那样一双眼睛凝视你离开她视线时单薄的背影，再也没有那样一双耳朵倾听你走进家门时的轻轻的足声。再没有那样一颗心啊，能给你世界上最广大的思念、最深切的信任和最慈爱的宽容。

她们俩像傻子一样看着乡亲们手忙脚乱地把妈妈往车上抬。是的，她们想过这种最坏的结果和最糟糕的场面。可是当这一切真正来临的时候，她们还是被击懵了——想象往往比现实有高度，而且往往是现实抵达不了的高度。但是，现实永远比想象有力度，而且是一定是想象抵达不了的力度。

妈妈静静地躺在车上，一动不动，任由着人们摆布。就像她逆来顺受的一生一样。无论命运给予她的是一种多么难堪的姿态，她都毫无怨言地承受了。少年时的孤苦无依，青春时的四处流浪，定居后屡屡被村上的大户人家欺侮所引发的自卑，因没有生出儿子而对丈夫的终生内疚，丈夫去世后对两个女儿的担忧和对自己无能的痛恨，以及她最恐惧的却还是没有阻挡住的冷红冷紫对话里那个再明了不过的冷酷答案……没有人知道她的心里是怎么想的，永远也不会有人知道了。和许许多多的女人一样，她是那么平凡地活着，那么辛苦地活着，那么黯淡地活着，那么认真地活着，那么沉重地活着。最后，她像一片秋叶一样回归给了土地，获得了永久的安宁和平静，这可能是命运赐给她的唯一一种长久不变的幸福。

她将两个女儿的手放在一起的那个动作，真的就成了她最后的遗嘱。

车开动了。

孩子，拉着妈妈的手，逢到拐弯的时候就告诉她：娘，要拐弯了。娘，回家吧。这样她的魂儿才能回到家。因为刚丢气儿的人的魂儿是不知道走弯路的。刘大娘流着眼泪叮嘱她们。

妈妈，拐弯了。

妈妈，回家了。

妈妈，拐弯了。

妈妈，回家了。

两人一声递一声地召唤着，冷红紧紧地搂着妈妈的头，冷紫紧紧地握着妈妈的手。每有一个小小的颠簸，她们都会随之颤抖。仿佛车上躺着的不是一具毫无知觉的尸体。仿佛妈妈还活着，而且活得愈加精致，如同最薄脆的玻璃雕塑或是最容易打褶的真丝衣衫。又仿佛她们的母亲在此时还原成了一个不谙世事的婴儿，需要她们牵着手，抱在怀里，才能找到回家的路。而在以前的岁月中，都是她在召唤她们回家啊。

在一片哭喊声中，他们回到了大青庄，大家将冷妈妈抬回家，放在竖着铺的草铺上。

为什么让我妈妈躺在这上面？被褥呢？冷紫哭问。

孩子，断气不把铺盖抽，来世转生变马牛。这都是有讲究的。主持丧事的知事人说。

放了噙口钱，蒙了白布，用麻丝缠住脚，拴好了"绊脚绳"，知事人便在大门前放了纸轿和纸马，让冷红和冷紫用椅子抬着冷妈妈生前穿的衣服从屋里走到大街上，放在纸轿和纸马面前，然后开始烧纸轿纸马。一边烧知事人一边高叫：请老太太上车。待轿马烧完，冷妈妈才算正式"启程"。

回屋之后，众人围坐在冷妈妈灵前放声痛哭。别人哭得时间不长，冷红和冷紫却是谁也劝不住。直到刘大娘开始唱当地传统的"哀曲儿"，两人才稍稍止住。

刘大娘双腿盘坐，双手轻轻地拍打着双脚，以一种不知名的曲调唱道：

> 叫一声冷家婶子我的好姐妹呀
>
> 孤单单走长路你是一个人呀
>
> 平日里没言少语你是话不多呀
>
> 谁不知谁不晓你是个好心人呀
>
>
> 一辈子干活儿吃苦你是受够了累呀
>
> 脾气好人老实你是从不惹是非呀
>
> 街坊邻居说句话你是从不往下放呀
>
> 得多少是多少你是从不把冤伸呀……

以上是赞颂冷妈妈的品德，下面语调一转，开始叙说冷妈妈的生平：

出生在苦年月你是难得饱一顿呀
十八岁上挂竹竿你是要饭走千村呀
到咱这儿歇下脚你是成了这儿的人呀
有了田有了地你是盖房安了身呀

那一年鬼门关你是走了几进退呀
生了两个小闺女你是个有功人呀
屎一把尿一把苗儿是站在了地呀
谁承想孩子他爹变成了阴间魂呀

吃不下喝不下你是丢掉了主心骨呀
白也哭黑也哭你是放不下那个人呀
一天气两天气你是把病气上了身呀
灵丹妙药也无用你是叫病扎下了根呀

这一年多咱姊妹算是贴上了心呀
房挨房墙挨墙我是天天走得勤呀
一天不见你老姊妹我是就睡不稳呀
好歹咱这苦命人是最怜这苦命人呀

这一去你叫我是往哪儿去说话呀
这一去是再没人疼这俩小亲亲呀
直恁快走恁急你可得小心看着路呀

阴间道阳间道留神是都不亏呀……

听着听着，冷紫伏在刘大娘怀里痛哭起来。刘大娘也老泪纵横，她抚着冷紫的头，又吟唱道：

亲娃娃乖娃娃你也是棵苦缨缨呀
没爹没娘的苦娃娃你在世上熬光景呀
好娃娃你莫哭你是哭不活你的娘呀
少哭两声养口气你还得往前行呀……

这种哀曲儿不知道已经在这一带流传了多少年。调子大致是统一的，词的格式也大致都是四行一段，尾韵也大致相押。吟唱的人或者怀念死者生前的事情，或者回忆死者与生者的交情，或者祝福死者阴间路上顺利等等，也可根据情况随意变一变内容，现在像刘大娘这样会唱大段的人已经很少了。而大段往往唱得最为全面。

冷红握着妈妈的手，流着泪默默倾听着。这样粗糙而又细腻、直率而又深沉的曲子，她还是第一次听到。而她第一次听到，居然是在母亲的葬礼上。这就是一个女人的一生吗？这就是对一个女人一生的总结吗？她不得不承认，这种形式的总结对于她的母亲来说，虽然过于简单，却也是那么真实和贴切。人这一辈子，女人这一辈子，到底图个什么呢？

她的大脑一片茫然。

2

要成殓了。

成殓，即把死者放进棺材的仪式。这个仪式主要有两个环节，一是穿衣，二是钉口。很可能冷妈妈这一辈子都没有穿过这么鲜艳的衣服：蓝色的缎面夹袍，袍上印满了"福""寿"的字样。夹袍的领口和袖口都镶着一道细细的白边儿。红色的百褶长裙，裙子上方绣着金色的龙凤呈祥的图案，下方却绣着一对白鹅。她枕的是用明黄缎子包着的"福寿枕"，耳垂和手指上带着的是冷红刚刚托人给她买的金戒指和金耳环。这两样首饰闪闪发光，吸引了村里不少老太太们的眼。在大青庄，躺在棺材里能带上金首饰走的老太太还是很有数的。几乎就是一种荣耀。

穿净手鞋，知事人说。此地以前的规矩，老人寿终而寝都要穿"净手鞋"，这"净手鞋"是由少女做的，一是干净，二是取其谐音"敬寿"。现在几乎没有人动手做鞋了，都是在寿衣店里买。不过改由家里没出门的女孩子给老人穿上。

冷紫拿了一只。冷红也拿了一只。

放下。冷紫突然低声喝道。

冷红停住了手，看着冷紫。

放下。冷紫把语速放慢，把字吐得更加清晰。

一屋子人都看着这姊妹两个。

冷红深深地吸了一口气，低下头，想继续去给母亲穿鞋，却被冷紫劈手夺去。

这是净手鞋，你不知道吗？冷紫说。

冷红看着自己空空的双手，红肿的眼睛里顿时蓄满了泪。这是冷紫当众给她的第一次难堪。她可以想象得出来，如果不是有这么多人，冷紫的动作决不仅仅止于夺鞋。而满满一屋子人，居然没有一个人出来替她说一句话。她顿时明白，全村人都已经知道她不是一个干净人了。她也突然明白了在办丧事的这几天里为什么村里人总是对冷紫问寒问暖，却一直很少有人去关心她。

穿好了衣裳，就该钉口了。钉口是成殓的最后一个环节。如果死者是女人，必须等到娘家人过目并且没有异议之后才可以钉口。这是娘家人最显示权威的时刻。如果平时两家处得好，丧事就会进行得比较顺利。如果素有嫌隙，或者是晚辈确实不孝，这时的丧事就会出现麻烦。或者是娘家人不予瞻丧，推迟出殡，或者是借机打骂孝子，惩罚晚辈。冷家在此地没有亲戚，自然也就没有什么娘家人。按照规矩，遇到这种情况，需要给死者借个娘家，以充门面。

你妈不是姓杨吗？就请杨家的人来当娘家吧。知事人说：你们去给杨支书磕个头，天大的事情他也会放下跟你们来的。

冷妈妈的名字叫杨月兰。大青庄的支书叫杨守泉。杨守泉在大青庄干了二十年的支书，是首屈一指的厉害角色。冷红刚刚退学在家干农活时，他曾经托人提过亲，想把她说给他的三儿子。他的三儿子比冷红大三岁，又黑又矮，初中都没上完，整天喝酒打牌。所以媒人一开口，就被冷红毫不犹豫地拒绝了。村里门势最弱的人家居然不给自己一点面子，杨守泉为此十分光火。不过后来冷红到城里打工了，轻易见不着面，冷家的地也包了出去，互相毫无牵扯。他再恼怒也只得罢了。这次，如果要给妈妈借娘家，只能找杨守泉。冷红知道，如果不找他去找别人，肯定没有人敢来。因为这个人一来，就意味着他和冷家站在了一起，成了杨守泉的对头。也许他们不想让姊妹俩失望，可是相比而言，他们更不想因此给自己树立一个强大的敌人。在善良之意与自卫之心选择的时候，绝大部分中国人选择的都会是后者。

冷紫向门外走去。冷红没有动。

去吧，杨家人不请他还能请谁呢？这是你妈的最后一桩大事，没个娘家人，会让人笑话的，咱们大青庄还没有出过这种事呢。众人都知道杨守泉和冷红以前的过节，纷纷劝道。人已经没有了，可是人的面子还活着，这个逻辑多少有些荒唐。但是在这种状况下，却没有人觉得荒唐，大家都尽力用生者的聪明来充实死者的这种所谓面子。而且在死亡的背景下，这种行为变得愈发郑重与神圣。

冷红终于还是去了。冷紫已经磕过了头，杨守泉到底没有动。她磕过了头，杨守泉才起身跟来。他绷着脸，沿着棺材走了一圈儿，很久没有说话。

老人身边怎么孤孤单单的？他开口了：找几样她喜欢的东西，让她带走。

妈生前没什么喜欢的。冷紫哭着说。

去箱柜里找找，凡是她放得好好的，能做个念想的东西就行。知事人忙点拨她们。

冷红和冷紫连忙来到里间，打开冷妈妈盛放衣物的大樟木箱子，找了又找，发现有一个包袱扎得很精巧。打开一看，里面放的是姊妹俩小时候的几件衣服和她们从小到大所获得的所有奖状。她们把这个包袱放在了冷妈妈身边，忍不住又哭了起来。

钉口吧。杨守泉说。

冷红看了杨守泉一眼。她没想到杨守泉这么轻易地就放过了她。她原以为他会趁此机会狠狠地刁难她们姊妹一番的。她的心里甚至涌起了一丝感激。

起灵了。因为冷家没有什么本家，所以乡亲里有一些称冷妈妈"大娘"或"大婶"的人就都过来充孝子，撑场面。当知事人宣布起灵之后，孝子们就得拿着孝子棍跟着棺材哭到坟地。细麻秆糊上一条条白纸，便是孝子棍。

不要给她孝子棍。突然间，杨守泉指着冷红说。正要递给冷红棍子的一位年轻妇女待在那里。冷红是死者的亲生女儿，而且是长女，怎么能没有孝子棍呢？

她不能拿孝子棍。杨守泉又说。他着重了"孝子"这个词。本来他是想趁着这个机会整治一下冷红的，但是他又怕这样一来显得自己太小气，名声太恶。因为他不过是充当暂时的娘家人，太认真做文章就会给人落下他太计较的口实，反而不值得。但是就这么放过了冷红，也太便宜了。于是他就说了这样一句话。他来的时候就听说，连冷紫都不让她拿净手鞋了，他这一道命令也不过是净手鞋的余波，一点儿也不过分。

冷红站在那里，顿时觉得自己的手成了多余的。本来孝子棍也算不上一个多么重要的东西，可是经杨守泉这么一强调，孝子棍就成了一种区别和象征。事情就是这样，一个人可以主动说自己有多么多么不孝，没有人觉得奇怪，甚至会有人认为你很谦虚。但是，当有人站出来明明白白地判定你不孝时，事情的性质就发生了根本的改变。你的不孝在某种意义上讲就已经变成了一种事实，最起码也是事实的一部分或者是一部分的事实。

现在，冷红面对的就是这样一种情形，这种来自外界的判定让她在母亲的葬礼上失去了作为长女的身份和尊严。一个小小的孝子棍在此时成了一张鲜明的判决书，判决书上的潜台词是那样的丰富而具有连续性：连八竿子打不着的人都可以拿孝子棍，唯

116

独你不能。为什么？因为你不孝。为什么你不孝？因为你是一个——

妓女。

是的，妓女。

那一瞬间，她突然明白自己刚才的侥幸心理有多么可笑。连冷紫都没有原谅她，杨守泉会放过她吗？

她看了看冷紫。冷紫的手里当然拿着孝子棍，还有两个人搀扶着她。冷紫满脸泪水，并不看她一眼，仿佛她的生命中从来就没有这样一个姊妹。是的，现在冷紫已经与她不同了。冷紫是纯洁的。可是她原本也是纯洁的啊。从某种意义上讲，是她用自己的纯洁保全了冷紫的纯洁，就像一盆清水洗净一件衣服之后变成了一盆脏水，人人都理直气壮地认为这盆脏水应当被泼掉。就连那件被洗净的衣服也是这么认为的。而正是这件衣服的想法才最让她感到恐惧，因为这件衣服的想法几乎是她最重要的心理依靠。

人人手里都有一根孝子棍，就她没有。她没有。多年之后，冷红才更加深刻地明白那根轻轻巧巧的孝子棍在当时为什么对她有着那样重要的意义。因为那时，她已经把自己沉沦的绝大部分原因都归于了对家的奉献上，这几乎是她当时最庞大的精神支柱。而失去孝子棍持有权的事实则让她准确无误地知道：真的没有人承认她为这个家所做的一切。没有。她的奉献根本无从谈起。她的肮脏才是唯一众所周知的东西。

到底是杨守泉，随便一挥就击中了她致命的七寸。

你不是个孝子！她仿佛听到所有的人都在心里这样对她说。但是，即使全世界的人都在唾弃她，她也知道，自己必须把妈妈送到坟地去。因为，这是妈妈在阳光下走的最后一程。

冷红浑浑噩噩地走在送葬的队伍中，像做梦一样到了坟地。坟地里孤零零地只有一座坟，那是冷裕德的。在豫中平原，一个家族兴旺与否从坟地里就可以看得十分清晰。像冷家这样的坟头，明显就是外来户的模样。几个打墓人已经打好了墓，在一边站着。冷红呆呆地看着妈妈被缓缓地放进墓坑，棺木上填上了一层又一层的土，而后，那堆土又冒成了一个尖儿，成了一个圆圆的馒头，或者说是一个句号。

　　是的，是一个句号，这个句号画完了，人这一辈子就走到头了。

　　她忽然觉得浑身酸软无力，每一根骨头都是疼的。我是不是也走到头了？她忽然想。她真想躺在这里，和妈妈一样。她又有点儿由衷地羡慕起妈妈来。她蓦然明白：对许多人而言，死是一个最可怕的魔鬼，而对有些人而言，死却是一种归宿，甚至享受。比如妈妈，比如她。而是否能拥有这种归宿和享受不仅仅取决于命运赐予的机缘，也取决于个体的资历与修为。妈妈现在已经有这种资历和修为了，而她还没有。她还有许多事情没有做完。"穷埋人，富埋银。"说的是穷富家庭在丧事上的花费大小，这次，冷妈妈的丧事已经达到了大青庄富户的水平。再加上冷妈妈在医院里两天时间就花了近万元，这些几乎已经用尽了冷红手里所有的钱。下一步，冷紫又要高考，如果冷紫顺利地考上大学，没有她的支撑，再好的大学也难读到头儿。无论冷紫怎么骂她的钱不干净，她还是用这些钱办了许多有用的事情，这些事情都是冷紫难以骂成的——而且，冷紫本身也需要依靠这些不干净的钱，才能走上一条干净的路。

　　这就是这个现实的世界。

　　这么想着的时候，她已经没有泪水了。

她忽然觉得泪水已经毫无意义。

3

回到家里，清算完了所有的账目，给来帮忙的人一一送过了谢礼，整理了一下乱糟糟的家，天已经整个儿黑下来了。冷红看了看表，已经七点半了，如果这会儿就走，还能赶上县城发往星苑的最后一班车。

她站起来，向门外走去。

你去哪里？一直没和她说话的冷紫突然问。

去我该去的地方。冷红说。她还能去哪儿呢？

哪里？冷紫追问。

她还是关心我的。冷红心里又涌起一丝暖意。

你是你，我是我，小紫，你不要管我的事。我自己做什么我知道。你只要好好学习，努力去考大学就行了，这才是你目前最重要的事。冷红说。

你以为我还会去用你的钱去考大学吗？你以为我还会任由你这么堕落下去吗？冷紫冷峻地说：从现在起，我开始对你负责。拯救你，是我目前最重要的事。

谢谢你，可惜我不需要。看着冷紫严肃的神情，冷红觉得有些滑稽。她和冷紫，究竟是谁拯救过谁？谁正在拯救谁？谁还将拯救谁？

不管你需不需要，现在，对我来说，管你已经成了我最重要的事情。冷紫着重强调话里的"你"和"我"。她的语言沉着简洁，神情坚定如磬，仿佛世间的万事万物都无法改变她的决定。

冷红从来没有在冷紫身上看到过这样一种神情。那一瞬间，她忽然明白，冷紫也长成一个大人了。这个从小就一直对她唯命是从的女孩子，已经真正游离于她的把握之外了。她成长得是那样快，好像就是一夜之间的事情。快得让她觉得始料未及。她甚至忘了自己的成长，也是在一夜之间——有时候人们对自己的变化总是特别麻木，却对自己之外的人的纤毫之丝也格外敏感。现在的冷红就是如此。她默默地思索着冷紫的变化从何而来。难道仅仅是因为妈妈的离世吗？不，肯定还有她的原因——因为她的堕落。她忽然又觉出一种难言的愤怒。冷紫凭什么就能以这种态度对待她？仿佛她是一个罪人似的。难道她真的堕落了么？退一步说，就是她真的堕落了，她也只允许自己去审判自己，自己去谴责自己，自己去惩罚自己，而不允许冷紫这样对待她。有资格这样对待她的，只有爸爸妈妈，或者是神。一个和她一样最普通不过的人，一个和她一样毛病百出并且让她从小教训到大的姊妹，有什么资格这样对待她？与其让她这样对待自己，她宁可以一种更严厉的方式来对待自己。

你目前最重要的事情就是参加高考。她恢复了以往的语气，看着冷紫：不要糊涂。

我一点儿也不糊涂。放弃了高考顶多也就是放弃了大学，但是，放弃了你，我就是在眼看着你一步步地走进地狱。用几年的学业换取你今后几十年的纯净，我觉得值。

你以为你不上大学仅仅是几年的事情吗？那也关乎你的一辈子。

是关乎我的一辈子，不上大学我就是一个农村妇女，整天锄草种地，一脸尘土，可这有什么呢？我会平平静静、安安宁宁地过一辈子。可是你呢？要是随你放任自流，你不但会毁了自己，也会成为社会的祸害，成为我们冷家永远的羞辱，爸爸的亡魂不能安息，妈妈的遗嘱不能实现，你会把我们全家都带进地狱里去！

妈妈有遗嘱？冷红吃了一惊，顾不上去追究冷紫那些激烈的语句：在哪里？

在这里。冷紫指指自己的胸口：那天晚上，妈妈昏倒的时候，把我们的手放在一起，就是在告诉我，要我无论如何要把你从泥坑里拉出来。

你错了。冷红说：妈妈的意思是要我帮你好好上学。

两个人静静地对峙着。冷妈妈的遗像默默盯视着两个女儿。她的最后一个手势在两个女儿心里岔成了两个截然不同的方向，她想到了么？

小紫，你好好想一想，冷红放缓了语气：高考不是你一个人的事情，你没有权利放弃。且不说我，你就是想想爸爸妈妈，他们也在九泉之下也不会允许的呀。

他们也没有允许你去做那种事，是不是？冷紫的话锋芒愈显：我认为我做的决定和你的比起来，被他们允许的可能性要大得多。

是的，我肮脏，我卑鄙，我下流，我无耻，我是千人骑万人踏的妓女，站在哪里都会黑了地面，我没有你干净你纯洁你高尚你芬芳，不，我不能这么说，我根本就没有资格和你相提并论，因为我是淤泥，你是荷花。冷红一字一句地说：可是，荷花的根是扎在淤泥里面的，没有我这淤泥，你现在就做不了振振有词的荷花。我告诉你，收起你这副态度，回到你的学校去，一心一意读你的书，因为，你还不是上帝！

我不是上帝，你也别把你的话当圣旨。冷紫说：高考对我已经没有意义了。一想起高考，我就觉得我是在踩着你的身体往上爬。我不想再踩你了，也不想再给你躺着不起的理由了。

冷红的眼中一阵酸涩，但是她没有让自己流泪。流泪者往往是忏悔者，她现在不必要对冷紫忏悔：可是，你已经踩了，我已经躺了。我的身上已经满是泥土了，没有谁能把我洗回从前。我们真的是两个世界的人了。你好好学习，考上大学，我们就两清了。

你以为我们之间就这么简单么？冷紫说：我决不会放过你。

我也不会放过你的！冷红按捺不住地叫起来：你必须去参加高考，即使你不为自己，不为爸爸妈妈，也得为我。不管你怎么看待现在的我，你得承认，我给你看的那张漂白粉厂的通知单不是假的，我也不是一到星苑就做了这一行的。我用我最大的可能去努力过。我挣的钱里，有一段时间是干净的，是我用最纯粹的血汗挣出来的。为了这一部分干净的钱，你必须去参加高考，把这件事情进行到底。哪怕你考不上，甚至考上了也不去上，我都认了。冷红死死地盯着冷紫：就当我是一个投资人，现在只想换回你几张考卷，行吗？

那你得答应我一件事情。冷紫说。冷红的心中一阵疼痛。她忽然想起，小时候，每逢她让冷紫去干什么的时候冷紫就爱和她讲条件时的情形。

你说。她说。

在我高考之前，你都得老老实实地待在家里，哪儿也不许去。

冷红怔了一怔：你以为这儿还有我的容身之地么？

这还是你的家，不会有人撵你的，怎么没有容身之地？冷紫说：如果你觉得没有容身之地，那么你多体会体会这种感觉也没有什么不好。这会让你明白什么叫作咎由自取。

4

　　素日温顺的人一旦倔强起来，往往就会比素日倔强的人还要倔强。冷红从冷紫身上，彻彻底底领教了这一点。她被冷紫反锁在了屋里。便盆也放在了屋里，她就在屋里吃喝拉撒睡，真正体会到了囚犯的滋味。就是"扫黄打非"时被关在看守所，她也没有觉得这么难过。一天到晚，陪伴她的除了窗外小鸟的鸣叫和树叶在风中舞的声音，还有的就是桌上妈妈的遗像。只有等冷紫回来，她才能在院子里透一口气。

　　她没有想到的是，村里很快就开始有人来不时地给她凑个热闹。

　　开开门。一天晚上，七点多钟，冷紫刚去上夜自习，就有人站在窗边对她低低地喊。

　　冷红一阵惊惧，没有声张。

　　开开门，开开门。是个男人乞求。

　　你是谁？冷红问。

　　开开门就知道了。那人说。

　　冷红断定这声音不陌生，肯定是村里的人。不过她除了上学就是打工，和村里人接触不多，分辨不出来。

　　什么事？

　　好事。

　　你想干什么？冷红听出了猥亵的口气。

　　这你还不知道？你吃的不就是这碗饭吗？

滚。冷红骂道。

我出高价，不亏你。那人说。

冷红不语。她想听听他会出多高的价。多年之后，冷红才发现，那种等待估价的心理在当时几乎已经成了她的一种本能反应，已经成了一种渗透了她全身的职业习惯。不过，因为这种渗透是那么隐秘，以至于她自己当时都不曾在意。

一百。怎么样？那人果然报出了价格。

冷红冷笑。一百元就想买她？真是乡巴佬！她想。不过，她也知道，一百元在大青庄的老百姓眼里也不是那么等闲的，几乎顶一个中等人家一个月的家用呢。可在她眼里，不过是星苑的一双鞋价罢了。她这么不自觉地比较着，更加清楚地明白，自己已经与这里的生活产生了怎样的距离。从生活方式到消费水平，从思想观念到价值体系，她都不可能再融入这片土地了。她与这片土地的拒绝，是互相的。

一百一，行不行？那边还在抬价。冷红想，他没有一块一块地抬，大约是很看得起她了。

一百二。外边很执着。

听我一句，你快走吧。想找小姐，城里多着呢。兔子还不吃窝边草呢，你还不如一只兔子？

既然吃草，那什么草都是草。不吃窝边草的兔子是傻兔。那人嘿嘿地笑了：或许就是因为兔子不常吃窝边草，偶尔吃一回，才觉得香呢。你就别扭捏了，肥水不落外人田，一百五，怎么样？

快滚。冷红不耐烦和他搅缠下去。

二百。那人似乎狠了狠心：我可就这么多了。

回去嫖你老婆吧，我喊人了。冷红提高了声音。那人一溜烟儿地跑了。

过了一天，又来了人。这次是两个。

我们俩，总共五百，干不干？来人直截了当。冷红掂量了掂量，知道这在大青庄只怕也是天价了。

你们俩？一起？冷红甚至有些好奇。她没有想到大青庄也会有这样的新潮人物。想玩双龙戏珠么？这种新花样连她这个业内人士也只是听说过而已。

一个干，一个放哨。这样我们都安全。其中一人似乎很有经验。

滚吧。冷红说。

五百可不少了。我们从没有出过这种价。

我不想在这里做生意。

在哪儿做生意不一样啊，挣到钱就行。反正你闲着也是闲着，多浪费啊。

既然都一样，你们去找别人吧。

我们可惦记你好久了，只是以前不敢想会有这么好的事儿，现在，你既然上了这条道，也就什么都好商量了。我们过瘾你挣钱，还都能好好痛快痛快，何乐而不为啊。

滚！冷红喝道。

两人又站了一会儿，估计是真没戏，才悄悄地离开了。临走之前，一人低低地对冷红道：又当婊子又立牌坊，你唱得是哪一出啊。

以后的几天里，又陆续来过几个人，都被冷红一一骂走了。到后来，冷红连骂也懒得骂了，只是任由着他们来去。她弄不明白的倒是自己。难道自己天生就是这么一块招蜂引蝶的料，走到哪里也不能消停吗？

隔了一天，又有一个人敲响了她的窗。那个人，冷红从脚步声里辨认了出来。

把灯关了，开开门。那人说：我给你一千。

你来，不怕脏了你的身份？

那人沉默了片刻，似乎没有想到冷红会这么快就认出他：你不说，哪有人会知道。干什么都有个规矩，你不会这么没有职业道德吧？他终于说。

你也谈道德？冷红觉得心里有一种什么东西一下子被火点燃了，火苗嗤嗤地直冒上来，把她的喉咙烧得生痛：你既是干部又是长辈，既触犯党纪又糟践天伦，你也配谈道德？

我不配，你也不配，那个人干笑两声：那咱们就都别谈了，说点实的，一千，行不行？

冷红迅速在脑子里盘算了一下：你先把钱递进来，我点点。那人隔着门缝把钱递了进来。

门打不开，反锁着呢。冷红接过钱就说：我没钥匙。

你这不是在耍我么？怔了片刻，那人怒道。

你不该让我这么耍耍么？冷红说。

那人不语。冷红侧耳聆听着他的动静，一阵细碎的声音在锁上响了起来。冷红猜想他在用什么东西撬锁。让你撬去吧，看你能撬多久。等你一撬开我就喊人，让全村人都来看看你这副道貌岸然的嘴脸。冷红正这么想着，那人已经把锁撬开了。冷红没想到会这么快。一下子忘记了叫喊，慌忙去上门插，可是已经迟了一步。那人已经走进当屋，和冷红面对面站着。

脱。他说。

冷红想都没想，便把门插抢了起来，朝那人的脸上打去。那人低低地惨叫了一声，捂住了脸。

冷红夺路而逃。

八点半，冷红坐在了杏屯开往星苑市的最后一班汽车上。回望着大青庄的方向，她终于明白：人生有许多错误，可错误与错误的性质是截然不同的。有的错误是小小的枝杈，将它剪去便可以了无痕迹。有的错误是指南针，沿着相反的方向便可以找到正确的答案。而有的错误却真的是无底的深渊，人一旦落下，就再也不能回头。这种错误，几乎就是错定终生。它会把你的一辈子都钉在十字架上，你的一举一动都会被它的荆棘刺出鲜血。

原谅我，爸爸妈妈。原谅我，亲爱的小紫。她在心底默默地说。与其这么逼我去重做回那个流血的天使，不如就让我做个健康的魔鬼吧。

——这时候，在大青庄的医疗所，杨守泉的脸上涂满了紫药水：正走路，我突然觉得头晕，就撞到了一棵槐树上，接着又跌到了地上，这还不算，跌到地上时又碰到了一块砖头，真倒霉。他说。

5

在洗浴中心睡了一个长长的大觉，冷红觉得舒服极了。她觉得这个觉比在家里睡着踏实多了。在家里不要说睡不着，就是睡着了也好像在醒着，仿佛有无数双眼睛在盯着她睡觉一样。

她洗了个澡，开始吃早饭。早饭是大米粥，咸鸭蛋，炸馒头，雪里蕻拌黄豆和芹菜花生米。

凤凰，你怎么这身打扮？像个乡下丫头似的。她忽然听见静静在外面说。显然不是在对她说话。

冷红在哪儿？停顿片刻之后，是冷紫的声音。

冷红走到门口。冷紫看见她，便一步一步地走过来。

你，吃饭了么？冷红本来想问她怎么找来的，话到嘴边又改了口。她看见冷紫手里拎着她落在家里的那个包。包里有方捷的名片，还有一张洗浴中心的宣传单。

冷紫一声不响地走进去，开始吃饭。

我不走了。她说：你在哪里，我就到哪里。

你请假了吗？冷红问。

请假对于一个不再上学的人还有意义吗？

冷红顿了顿，没有再说话。她从冷紫的眼神里看出，现在，她说什么对冷紫都没有用。

冷紫真的在洗浴中心住下了。冷红吃饭、上班、洗衣服、上厕所、接电话、给客人送东西，每做任何一件事情，冷紫都要寸步不离地跟着她，甚至有一次，冷红拉肚子，一夜要上两三次厕所，冷紫也都一趟不落地跟去跟回。惹得同屋住的女孩子们说起来都笑得肚子痛。而冷紫对于那些女孩子们，则是正眼也不看。

你打算这样跟我一辈子吗？有几次冷红差点儿急了。

是。冷紫毫不犹豫也毫不示弱地说。

寻思良久，冷红只好请方捷出面。

你是冷红的妹妹？长得可真一样。方捷笑叹：要不是你们穿的衣服不一样，我还真不好认不出来。

冷紫不接茬。

你知道么？你在我这里住，最起码应当跟我打个招呼。方捷放重了话音：你这可有点儿失礼了。

我不打招呼你不是也已经知道了吗？

我知道归我知道，你说归你说。这是两回事。你应当经过我的同意。

你要是不同意早就赶人了。

真有这么横的人。方捷气得笑起来：且不说别的，仅是你这么跟着冷红影响她的工作，我就可以赶你走了。

工作？什么工作？你以为我不知道这是什么地方么？别叫我说出好的来了。

方捷的长眉微微地蹙了起来，冷红看出她是真生气了。担忧地看了冷紫一眼。她不想让冷紫跟着她，可是也不想她吃亏。

你这话是什么意思？她的工作是卖票，这工作怎么了？有什么问题？要是你觉得有问题，你就把证据拿出来。不然你可就是造谣、诬陷，那是要负法律责任的。方捷看着冷紫：你要是说那次上电视的事儿，你问问冷红就清楚了。那事儿不是在我这儿发生的，我这儿不可能发生那种事儿。

冷紫把目光转向冷红，冷红垂下头，默认了方捷的话。冷紫咬咬嘴唇，把眼睛看向别处。

看在冷红的面子上，你可以在这儿吃饭、睡觉，但是，别那么跟着她。她在我这里安全得很，你倒是她最不安全的因素。方捷的声音很轻，语意却很重：你要是再胡闹，可别怪我不客气。

此后，冷紫注意了一些，但是还是跟得很紧。洗浴中心的人都知道冷红有了一个"小特务"。然而不论别人说什么，冷紫只是雷打不动地按照自己的心事行事。她打定了主意：就这么跟下去，直到把冷红的那个念头跟断跟灭跟绝，然后她就会乖乖地和她一起离开这个地方，走得远远的，重新开始生活。总之，无论多苦多累，她都要把冷红彻底地改造好，还冷家一个清白的姓氏，还父母一个从前的女儿，还自己一个干净的姊妹。

她决定下文火慢熬的功夫。她不急。

冷红急得要命，却一点儿办法也没有。想了又想，她才实施了一个不是办法的办法：给张朝晖写了一封信。信很短，只有两行：

张朝晖，赶快来这里把冷紫带走。这对她很重要，也对你很重要——如果你是真心喜欢她的话。冷红即日。

第十二章

1

冷红急，方捷其实比冷红更急。

每一天的太阳都是新的，每一分钟与每一分钟的阳光也都不同。绿叶的颜色，小鸟的声音，海浪的高度，麦粒的重量……每一样事物都在时时刻刻地变化着。在事物的所有组成部分中，也许唯有一样变化得最为缓慢，这就是事物的本质。有的事物表面上虽然随着时代移步换形，但是实际上在几十年甚至几百年之内也没有什么明显的内在改变。

鸨儿们似乎就是这样。

但是，也不能说就没有一点儿改变。

我们行户人家，吃着女儿，穿着女儿，用着女儿，侥幸讨得一个像样的，分明是大户人家置了一所良田美产。年纪幼小时，巴不得风吹得大，到得梳弄过后，便是田产成熟，日日指望花利到手受用。前门迎新，后门送旧，张郎送米，李郎送柴，往来热闹，才是个出名的姐妹行家。

这是《醒世恒言》里《卖油郎独占花魁》一文中老鸨儿刘四妈的自白。从某种意义上讲，这也是一种"行业宗旨"，是行中人应当遵守的游戏规则。一旦进入了这个游戏圈，成了"业内人士"，就必须得放弃常人的那些条条框框。如果还很富有"事业心"，想做个"出名的姊妹行家"，还得另有一番头脑心计。至于管理方面的措施，刘四妈在劝说花魁娘子接客的一段话里又讲得明白：

> 不做这样事，可是由得你？一家之中，有妈妈做主。做小娘的若不依她教训，动不动一顿皮鞭，打得你不生不死。那时不怕你不走她的路儿。九阿姐一向不为难你，只可惜你聪明标致，从小娇养的，要惜你的廉耻，存你的体面。方才告诉我许多话，说你不识好歹，放着鹅毛不知轻，顶着磨子不知重，心下好生不悦。教老身来劝你。你若执意不从，惹她性起，一时翻过脸来，骂一顿，打一顿，你待走到天上去！凡事只怕个起头。若打破了头时，朝一顿，暮一顿，那时熬这些痛苦不过，只得接客。却不把千金声价弄得低微了，还要被姊妹中笑话。依我说，吊桶已自落在他井里，挣不起了。不如千欢万喜，倒在娘的怀里，落得自己快活。

这些手段，方捷都心中明了。但她又深知此一时彼一时，决不可统一而论。她对这些"鸨儿理论"都进行了细致总结和筛选，再结合自己的实践体会，提炼出了属于自己的"精华"。这个精华的核心内容便是"软硬兼施"。而核心中的核心便只是一个字：软。

在这方面，她是吃过亏的。

正式做了小姐之后，她在一家中档的酒店包了一间房。这是间标准客房，两个床位，有电视空调和洗手间。据说许多酒店都有她这样的小姐包住这样的客房，她们不是"旅游"之因而住，便是"业务"之故而留，有的是两三个一伙，有着较为松散的组织。有的则是单枪匹马，属于自力更生型。方捷就是后者。她觉得单干有单干的好处，一是安全，目标小。二是不用与人分红，利润更大。虽然没有人帮她介绍和揽客，可是她相信凭着自己的能力，一定会做到生客回头，熟客难舍，自然能打出一片自己的天下。

起初，她果然也做得很顺。可是不久就有了麻烦。一次，她与客人正在床上，两名警察突然闯了进来，把他们逮了个正着。她自认倒霉，在警局里住了几天。出来后的第一天，她又拉上了一桩生意。这次她小心了许多，先与客人吃饭，然后又逛商场，圆圆满满地做了一番表面文章，才把客人带到酒店。可是，生意正做着的时候，又有神兵天降。她一头雾水，不明白自己哪里出了漏洞。当她被警察带着走过大堂的时候，忽然看见有一个保安正幸灾乐祸地窃笑，顿时恍然大悟。这个保安向她讨过烟钱，她没给，还说他：好意思么？一米八的大个子向一个女孩子要钱花，有本事自己赚。当时他没说什么就走了。她也没放在心上。现在看来，一定是他在拆她的台。她这才明白，保安这样的小角色也不能轻看。小角色有小角色的用处，有时候还有相当大的用处。而且，小角色的位置大角色也顶替不来。自此，她开始对保安和楼层服务员重视起来，见面就笑，还经常地打点打点他们。果然就很少再出什么"意外"。有一次，她和客人正在床上，忽然听到门钥"滴滴滴"响，情知不妙，便三下两下穿上衣服。刚刚正襟危坐，房门便开了，两名警察走进来。问了一会儿，没有问出什么名堂，只好悻悻而去。她听见警察不满地问服务员：怎么这会儿才开开门？服务员答：我是临时顶替别人值班，对这个楼层不熟悉，头两次把钥牌插错了。

方捷长嘘了一口气，知道不是服务员把钥牌插错了，而是自己平常养兵养对了。

单独做了一段时间之后，方捷终是觉得势单力薄，便经一个小姐介绍，加入了一个小团体。这个小团体的头目姓蔡，她们都叫他蔡哥。蔡哥长得英俊健壮，也十分能说会道。他一见到方捷似乎就很喜欢她，十分宠她。不久他就向她表白了他的爱情，并且鼓励她要好好做，多赚一些钱，将来他们结婚回到内地做个小生意，和和美美地过一辈子。他还把自己保险柜的钥匙给了方捷，说这柜子就归她用，让她有什么贵重东西就往里面放。方捷开始还有戒心，先放了几次小钱试了又试，没出什么问题，她才开始用这个柜子。几个月后，将近春节，方捷想回家看看，就取出了一万块钱放在了柜子里，没想到第二天就不见了。她问蔡哥，蔡哥怒道：你把我看成什么人了！我对你这么好，你还信不过我？方捷忙赔笑解释，知道自己问得太蠢了。那个春节，她没有回成家。又过了一段时间，她把保险柜钥匙又还给了蔡哥，说反正将来也是一家人，自己挣的都让蔡哥放着好了。于是，每次赚了钱，她真的都交给了蔡哥，自己只留一点点零花钱。小姐们都偷偷劝她，说她傻，她道：再傻我也认了。因为现在钱对我已经失去了意义。只要蔡哥喜欢我，我就心满意足了。谁让我爱上了蔡哥呢？她一次次地给蔡哥交钱，一遍遍地说着痴情的话，不管别人怎么看她。半年之后，她席卷了蔡哥放在保险柜里的所有存款，扬长而去。那些存款的数目，是十五万零五千。

存单上的密码，是一次蔡哥喝多后她巧妙套问出来的。钥匙，是她在把钥匙交还给蔡哥之前就偷偷配好的。

这便是"软中之硬"和"硬中之软"。这便是软的功夫。对保安和服务员不软，她就不能顺顺当当地挣钱，对蔡哥不软，她就不能走得那么利落和富有。当然，对客人的软更不必说，那种软的花样更是分类细致，千姿百态：冷软，热软，温软，凉软，大软，小软，喜软，悲软，轻软，重软，雅软，俗软……不是常有人说，干这行挣的是"花钱"，吃的是"水饭"么？她觉得这些比喻和软连在一起贴切极了。花和水不都是软的么？此外，眉眼也是软的，皮肤也是软的，言语也是软的，笑容也是软的……这是一个软世界啊。在这个世界里，只有软才最可怕，最可惧。雨滴石穿，蚁溃堤坝，用的都是看不见摸不着的软劲儿。

硬，或许只能让你带伤，软，却很可能会让你毙命。

硬中有软，那才是真硬。软中有硬，那才是真软。只有真正做到了软中有硬和硬中有软，才能明白什么叫作"软硬兼施"，才能真正地干成事情。

当然，有一样最本质的硬东西的地位是任何形式的软都不能抢夺的，那便是钱。可以说，所有的软，都是为了这个硬。

这便是她的软硬辩证哲学。

她相信自己的哲学。

这种哲学，她也用到了洗浴中心的管理和小姐们身上。

当初来到星苑，决定干这一行之后，她首先考虑的是办一个什么样的实体。实体是必须要有的。她认为。几经波折，终于有了现在这个洗浴中心。有了这个实体，小姐们就有了正当的职业名称和具体可靠的组织，还可以逃避各种各样的突击检查。而她呢？一方面可以挣可观的中介费，一方面又可以有房费、餐费和洗浴费等附带的收入。同时用这些正大光明的红钱去洗她一洗那些摆不到桌面上的黑钱。她还可以充分利用小姐们的一切资源。她觉得现在的小姐较之过去的那些欢场女子，简直是太好打发了。在以前，稍微像样的小姐，鸨儿都得请两个丫头专门服侍，好吃好喝，好穿好戴，本钱多多，耗费巨大。而现在呢？有一张床就行了。她这里的小姐都可以最大限度地为她服务：忙时为她赚中介费，闲时给她做服务员。总之，是忙时发大财。闲时发小财。大家都发财，不能不发财。

这是双赢。

对小姐们，除非是熟手，否则她总是让她们先适应一段时间。她坚持不用武力逼迫她们。客人们花出了钱，就是来高兴的，要是小姐们整天挨打受气吊着个脸，谁见了都不会喜欢——当然，有极个别的变态者除外。生手适应一段时间之后，她先让熟手做生手的思想工作，若是做得通就罢了，若是还有障碍，她就会亲自出马，晓以利害，这些小姐们大多是缺钱的，又大多受了她的恩，对她的话都能听进去几分。心思活了，找个适合的机会，事情也就成了。有的性子比较烈，就得费些功夫，或者红脸白脸一起唱，或者出其不意施怪招，大多都出不了她的如来掌。有的实在难缠，就只好让她走人——好在无论多么难缠的人，只要在钱上挺不直腰，也就不那么难缠了。

钱是许多人的致命点。是真正难缠的东西啊。

她知道，只有挣足了钱，她的后半辈子才能过得踏实。而她挣钱的好时光，就是那个重要人物在台上的这几年。现在，她已经没有一丝犯罪感了。什么是罪？世间从来就没有一个标准。那些整天冠冕堂皇坐在主席台上讲话的人就没罪了吗？她可知道那些人脱掉衣服是什么样儿。而对小姐们来说，她给她们提供了这样一个舒适、安全、轻松、高薪的小天地，有许多人还得真心感谢她呢。

有什么罪呢？把自己的一生都陷在贫穷里，没有好好地享受一天，这才是真正的罪。她想。

现在，对冷红，她觉得刚刚培养到了妙处，正值烈火烹油鲜花卓锦之际，没想到半路上又杀出了一个冷紫。开始，她并没有放在心上，只当是个小枝节，纠缠几天自然就没什么风浪了，没想到她一住就是二十天，单单住也就罢了，这个小丫头还太认真，凭她跟踪冷红的那个劲头儿，冷红就是有天大的生意都做不了。冷红挣不了，她也就少挣了许多——现在冷红的身份最低是一夜一千，给她的中介费则是三百。这些天她等于丢了几千块钱。而最最可怕的还不是这个，而是冷紫带给所有小姐们的心理压力。冷紫对谁都不怎么搭理，一副高高在上的模样，仿佛这些小姐们都是肮脏下贱的俗物，不配让她正视一眼。小姐们开始还找冷紫说说话，后来看到冷紫那副模样，也都敬而远之了。再后来，方捷发现，她们似乎都有点儿怕她，仿佛她们真的低她一等。每个人看见冷紫，脸上都会呈现出一种不易觉察出来的灰扑扑的神情。这种灰扑扑的神情把小姐们的脂粉都衬得失去了化妆效果，魅力不由得就减了几分。而对于这种行业来说，魅力就等于钞票。而没有钞票，她们在这里又有什么意义呢？

冷紫仿佛是此地唯一一块白布。这块白布的存在无比鲜明地衬出了周围的赤橙黄绿青蓝紫。这种比较太刺眼了。这里不需要这种比较。不，岂止是不需要，根本就是不能要。这里需要的比较只有一种，那就是钱。

这块白布必须马上消失。或者，让她换个方式存在。

2

敲门声重重地响了起来。来人是洗浴中心所在的星华区的工商局副局长，姓朱，对洗浴中心一向很照顾。方捷多次邀他来玩，他都没有来过。连方捷送他的单间免费洗浴卡也不收，弄得方捷心里一直没有底儿。

朱局长怎么有空？方捷起身倒茶，闻到一股浓烈的酒味儿，知道他喝多了。

我爱人出差了。儿子送到了他姥姥家。朱局长说。

原来是解放了。方捷笑起来：吃了吗？

刚才和几个朋友在平安府喝了点，想来你这儿洗个澡，醒醒酒。

怕耽误工作是不是？你可来对了。方捷打定主意要把这个人物留住：我这儿备有上好的醒酒汤。

两个人又随便聊了几句，朱局长道：大堂卖票的那个女孩子叫什么？

凤凰。方捷一顿，知道他并没有表现出的那么醉：那孩子最近有点儿麻烦。

还有你方老板调教不好的人？

唉，难哪。方捷叹气：好在还有几个不错的女孩子能撑一撑门面，朱局长没见过吧？

我见她们干什么呀。朱局长道：人尖子都见过了。五岳归来不看山，黄山归来不看岳，是不是？

听说她昨天好像有点儿肚子疼。方捷沉吟：等我出去问问。

不必了。朱局长站起来笑道：你说这些是什么意思。我还有事，就不打扰了。

方捷看出那笑是凉的，知道他这一走就不会再来，随之而来的有可能就是无穷无尽的麻烦。虽然那些麻烦她也不是不能对付，只是，只有自己有能力处理，她就不想去动用那个关系。好钢要用在刀刃上，这个道理她还是懂的。而现在，亡羊补牢，为时未晚。

一瞬间，她心里有了一个绝妙的主意。这个主意简直就是一个天然的灵感，让她一向冰凉的神经居然热烈起来。"灵感出现就像堕入爱河，初会的那一刻最是刺激。"这仿佛是一个美国人说的话，方捷觉得用来形容她此刻的心情真是到位极了。她知道，在她的鸨儿生涯和"妈妈桑"角色里，这种灵感大约是最特别的一次。她必须珍惜。

她要沉住气，踏踏实实，认认真真，细细致致，兢兢业业地把这个灵感完美地实施出来。

朱局长请留步，我有一句要紧话还没对你说呢。她上前挽住了朱局长的手，笑意盈盈。

3

晚上九点多的时候，冷紫还是没有见冷红回来。她在售票台前如坐针毡。冷红走的时候告诉她想去洗个澡，让她替她一会儿，冷紫怕方捷发现冷红旷工，在冷红走后，特意穿上了冷红的工作衣。现在，已经将近两个小时了，冷红的澡早该洗完了，可还没有见她出来。冷紫想去大池找找，可这两个小时却正值营业高峰，买票洗澡的人络绎不绝，而她却找不到人替她——她和那些服务员以及保安几乎全都不搭腔。她的样子可以冒充冷红，人际关系却不能。

她就那么呆呆地应付着，心里的担忧像一面小旗，一点一点地高悬起来。而各种各样的想法是四面八方吹来的风，让小旗摇摆不定。她洗完澡会去哪里？会去阳台收衣服？那也该回来了。去厕所？那更是几分钟的事情。去餐厅临时服务？餐厅早就没人了。去宿舍休息？那也该让人和她说一声啊。

好容易等人渐渐地少了，她抽空往宿舍去了一趟，冷红没有在。厕所、餐厅、阳台也都没有。她偷偷去了一趟歌舞厅，那里也没有。

她急了。

见我姐了吗？她问白薇。

见我姐了吗？她问许良辉。

见我姐了吗？她问奕奕。

见我姐了吗？她问小黛。

全都没有。

而随着这个统一的否定答案的出现，冷红的去向也越来越清晰。她可能去的，只有三楼。

这是一个月来她们姊妹俩分离时间最长的一次。冷紫坐在那里，觉得自己可笑而无能。她还是没有看住她。她第一次开始怀疑自己留在这里的决定是否愚蠢。人看人能看得住吗？即使是看住了人，能看住她的心吗？她发现这些天，她看住的不过是冷红的影子，冷红的人和心，她一样也没看住。相反，好像她时时都在冷红的掌握之中，是冷红看了她。

但是，无论怎样，目前，她还是要找到冷红。

见我姐了吗？看见雅娟下楼，她忙追上去问。

你姐么？雅娟犹豫着反问了一句，神情闪烁地说：我不知道。

告诉我。冷紫抓住雅娟的胳膊。

我真的不知道。

你知道。冷紫说：求求你，告诉我。

你别给我找麻烦。雅娟说。

我不会告诉别人的。我发誓。冷紫连忙说。

她在三楼浪漫三号。雅娟低低地说，快步走了。

冷紫疾步向三楼跑去。在二楼的楼梯拐角，她迎面碰见了方捷。

你去哪儿？方捷问。

找我姐。

她有事。

她要是没事我还不来找她呢。

她是我的员工，你不应该打扰她的工作。

她是我的姐姐，我必须让她走出泥潭。

冷紫的学生腔让方捷忍不住笑了：你真要去找她？

别废话。我知道你想拖延时间。

那我告诉你，你要后果自负。出什么事情，都与我无关。

我后果自负，与你无关。冷紫坚决地说。

方捷让开了路，冷紫冲了进去。她径直来到浪漫三号门前，敲响了门。

门很快就开了。开门人在门后没有露面。冷紫不假思索地走了进去。

这里的门，都是隔音门。

4

其实，方捷只告诉了朱局长一句话：她别的毛病倒是没有，就是不知为什么，最近倒是喜欢吃点儿辣了。有的客人就配合不了。你行吗？

有时候，我还真喜欢吃点辣的。朱局长笑道。

等到冷紫终于明白过来的时候，事情已经结束了——世界上很多事情似乎都是这样，在不明白的时候开始，在明白的时候结束。

小凤凰，我的劲道如何啊？朱局长俯在她耳边轻问。

冷紫闭着眼睛，一动不动。她已经没有思绪了。

你知道么？你可真紧，真像处女。朱局长以为她在回味，也沉醉着说。他挨着她躺下，细细地抚摸着她的身体。从上到下。忽然，她觉出了一丝异样。

他的手上沾着血。

他忙起身看床单，床单上也都沾着零零星星的血。

你还是处女？他说：这不可能。

冷紫依然沉默着闭着眼睛。

不可能，不可能。他喃喃自语。仿佛如果她是处女就是世界上最蹊跷的事情。

有人敲门。他连忙穿好衣服，打开了门。

冷红站在门外。

他张大了嘴巴，看看冷红，又看看屋里，再看看冷红，看看屋里，然后像见鬼一样逃了出去。

怎么回事儿？他闯进方捷的办公室，费力地问。

没什么，你轻易不来，来一次还不让你尝个鲜？方捷笑道。

5

客观地说，张朝晖的外形看起来也是挺不错的，虽然说不上帅气，最起码也应当是俊朗。最可贵的一点是他比较讲究卫生，不像许多男生一样，头发乱蓬蓬，衣领灰蒙蒙，夏天从来不穿袜，冬袜永远是黑尼龙。为此，和他一起主持过节目的四班的文娱委员叶潇曾夸他是男生中的稀有品种，可谓鹤立鸡群。叶潇家在杏屯县城，父母都是县直机关的干部，父亲还是一个不大不小的领导，父母从小就很宠她，因此，叶潇的话里一向都是带着被娇惯坏了的自由和野蛮。

此时，她正和张朝晖在一张餐桌上吃饭。

你怎么吃这么一点儿？她发现张朝晖吃得很慢。

胃好像有点不舒服。张朝晖说。

等会儿我回家里给你拿点儿药。我爸胃不好，家里什么胃药都有。

不用。谢了。张朝晖无精打采地说。

不用谢了？你还真不客气啊。叶潇瞪大了眼睛。

张朝晖不由得笑了。她在逗他。

你准备报什么学校？叶潇又问。

到时候再说吧。还没想呢。

决定了就告诉我一声。叶潇看了他一眼：我还想和你同学呢。

张朝晖支吾了一声，低头扒了一口饭。他不是没有察觉到这个女孩子对他的好感，可他已经容不下任何女孩子了。除了冷紫。不过他也不想明说。他怕引起叶潇的情绪波动，现在已经到了高考的关键时刻，一时的情绪之变对任何学生而言都有可能是一种决定终生的力量。

叶潇如此。那么冷紫呢？冷紫已经一个月没有来上课了。这又会对她的高考产生什么样的影响？张朝晖去大青庄找过两次，一无所获。他替冷紫写了个病假条。他断定冷紫不来上课一定与冷红有关。冷紫一定是去了星苑。可是星苑那么大，他到哪儿去找她呢？他心如火焚，却不能对任何人说。

哎，那一对双胞胎姊妹里的妹妹不是在你们班吗？叶潇问：这一段时间好像没见她。

张朝晖没吱声。

听说她姐姐在星苑做鸡，有没有这回事啊。

听说只是听说，不要乱讲。

乱讲？全校的人都知道。

谁见过？张朝晖放下碗，严厉地问。

叶潇哑然。她不明白张朝晖为什么会这么不高兴。

回到教室，有人对张朝晖说有他的信，张朝晖有些奇怪，他的信很少，一年也难得见一两封。他来到传达室，取出了信。地址很陌生，是从星苑寄来的，分量很轻，像是什么也没装一样。从信封上的字迹来看，不是冷紫的。

他拆开了信，就跑出了学校大门。

那一天下午，他平生第一次旷了课。

第十三章

1

冷红看见了冷紫。她那么直直地躺在那里，身体上罩着一角被单。丰满修长的腿和娇嫩白皙的胳膊都露在被单之外。她无声无息地躺在那里，仿佛连心跳都停止了。

冷红看着冷紫的身体。这是一个看起来几乎和她一模一样的人的身体。她没有清晰地看到过这个身体。即使是两个人一起洗澡的时候，她也没好意思打量冷紫的身体。都是女孩子，关注对方的裸体多羞啊。两个人都会觉得羞。她想。每个人的身体都是自己的，都有本能的维护权，哪怕是孪生姊妹。所以她对冷紫的身体一直是一种想象中的熟悉和感觉中的陌生。她忽然想起小时候的一件事情。那时她们大约七八岁，一次，她听一个小伙伴说要想知道一个人是否爱哭就看她的肚脐眼是不是大。要是大的话那人就不爱哭，要是小的那人就爱哭。她和那个小伙伴比了比，她的大。而她一向也确实不太爱哭。她认为这很灵，便猜想冷紫一向爱哭，肚脐眼一定不大。回家后，她要冷紫掀开衣服，想印证一下她的猜想，可是冷紫却死活不让。她想了许多办法也没能看到冷紫的肚脐眼。后来，她灵机一动，想了一个点子。她先假

145

装放弃了这件事，仰面躺到了床上，对冷紫说，不看你的肚脐眼了，有什么好看的。我也有。咱们唱歌吧。于是冷紫也学着她的样子躺在了她身边。她们高兴地唱了许多歌。唱"太阳当头照，花儿对我笑"，唱"生产队里养了一群小鸭子，我每天早上都要赶它们到河边去"，唱"啦啦啦，啦啦啦，我是卖报的小行家"……唱着唱着，她突然起身按住了冷紫，迅速地掀开了她的衣服，如愿以偿地看见了冷紫的肚脐眼，果然很小。

冷紫明白过来之后，气得哭了起来。她撇嘴道：哭什么哭？不就是看看你的肚脐眼么？又没有看掉你的一块肉。肚脐眼小的人就是爱哭！

可是，现在，冷紫没哭。她像一尊玉石一样躺在那里。冷红知道，她没哭比哭更可怕。在该哭的时候却没有哭，往往意味着那是一个极端的时刻。这个时刻，要么是没有触及心灵，要么就进入了心灵最脆弱的死角。"我们最神圣的眼泪，永不寻找我们的眼睛。"这是谁说的话？她想起了自己失身的那一个夜晚。那时，她也没哭。

她缓缓地走到床边，蹲下来，抚摸着冷紫的手。冷紫的手上有几块青黑的印迹，小臂上也有。脖颈上也有几道淡红色的血痕。

到处都是强暴的说明。

冷红的眼泪流下来。心中一阵绞痛。沉淀已久的愤怒忽地一下子又卷了起来。如果说她的失身还有种种可以解释的理由和借口，那么冷紫又是为了什么？她不欠谁的钱，又没有晕倒，她是生生被强暴的！

你是文戏，我是武戏。她又想起了雅娟的话。

这也是武戏吧？

然而，她又一点点地把愤怒压制了下去。因为她知道，在另一个更愤怒的人面前，她必须得压制自己的愤怒。必须得有一个人来维持相对的冷静。两个人的愤怒能量会酿造出一场熊熊的大火，这场大火燃烧起来的最大可能是让她们两个自焚。她自焚了没什么，冷紫却不能。她还有大好的学业和前程——更重要的是，自焚没用。她知道她们面对的是一个什么样的对手，而冷紫却不知道。

有用没用。她又一次运用了这个标准。这几乎早已经是她生活中最常用也最实惠的标准了。她必须得依靠这个标准。这个标准就像一盏灰暗的灯，虽然能见度很低，却总是她照亮眼前的唯一光明。有了这盏灯，她就知道该怎么走过脚下的这几步路。对于一个对未来毫无把握的人来讲，她觉得这是一个不乏聪明的做法。

她觉得自己有责任也有能力控制好这场大火的火势。

她慢慢地把冷紫扶起来，一件一件地给她穿上衣服，仿佛在服侍一个没有自理能力的人。没有自理能力的人在这世上只有两种，一是孩子，二是病人。冷紫在她心目中一向都是个孩子，此时，则是一个生了重病的孩子。

她把沾着血迹的床单卷起来，扔到房间的角落里。

留着。冷紫突然说：我要告。

冷红的全身一凛，冷紫的声音仿佛不是来自人间.

好，我们告。她低低地说。与其是赞同，更像是一种哄劝。

不，是我告。冷紫说：我要告他们，也要告你。

我？

当然是你。冷紫用刀子一样锋利的眼神瞟了冷紫一眼：不是你赖着不走，我会住到这种地方来？不是你喜欢干这一行，我会这么跟着你？不是你串通好了他们故意躲起来引我去找你，我会这么被有计划地强暴？我再没脑子，也知道你是元凶。

冷红呆在了那里。

这下子，你心理平衡了，是不是？你以为我和你一样了，我没资格再说你了，是不是？你放心，我不会再说你了，因为你已经罪不可赦了。往后等待和你说话的，只有法律。

小紫，冷红觉得自己的心要被什么东西憋爆了：我在你眼里真的就那么没有人性吗？

岂止是没人性，简直是禽兽不如。

冷红的心一下子激奋起来。她知道此时的冷紫是疯狂的，她本不该和她理论。但是，有时候，对于一个疯狂的人，一味地迁就会让她更疯狂。猛击一棒反而有可能让她清醒得快一些。

既然你那么聪明，那么，我问你：如果我想害你，为什么宁愿被你锁在屋里也要求你去上学？你不上学我们的距离不是可以更近些吗？还有，为什么我不在你刚来的时候就动手？那样我不是可以早平衡几天吗？

锁在屋你不是也逃出来了吗？冷紫说：我刚来的时候你没动手，是因为你没想到我会跟你这么长时间。再说，你的方案也没有考虑成熟。

冷红绝望地捂着脸。她的推理可真严密。她想。她突然想起自己根据古龙香水去断案的事情，这真是她们姊妹的相似之处。血缘就这么管定了她们么？连她们的聪明和笨拙都是如此相似。

那么，你知道我为什么要逃出来吗？为什么不在白天逃，要在晚上逃吗？她问。

那是你的事情。

我的事情？你以为我们就那么不相干吗？冷红的声音不由得

激动起来：因为那天晚上有一个人要出一千块要我卖！他撬开了门，我打伤了他。

谁？

杨守泉。

冷紫深深地吸了一口气，沉默了片刻：要是你压根儿不做这一行，他怎么敢？

可我为什么要做这一行？

别说是为了我和妈妈，我听了恶心。冷紫漠然地说。

我要说！冷红叫道。她忽然涌起一种无比强烈地想要诉说的欲望。她开始滔滔不绝地讲述她来到星苑的经历：火车站的受骗、宏达漂白粉厂的打工、建筑工地抬钢筋的一天、当饭店服务员的遭遇、认识方捷的过程、到洗浴中心来的缘由，直至卖血昏倒被迫失身的那一夜：我已经尽了最大的努力，可是还是没能阻止厄运来临。你说，我是不是该用死去维护那份贞洁的名声？是不是？

我没有这么说，我也没有那么保守落后。冷紫的语气缓和了许多。她没想到冷红的背后还有这么多的事：可是，除了死之外，你还有很多路可以走，比如告。你为什么不告？

是的，我可以去告。可是那有什么意义？对于我的现状而言，我去告的和去做小姐的结局，在本质上没有什么不同。无论怎样，我都已经是众人眼中的另类女子了。告的话，人们或许会对我有一些或公开或隐蔽的好奇和同情。可这些恰恰是世界上最没用的东西。它能代表你的学费吗？它能代表妈妈的药费吗？——对不起，又说你和妈妈了。冷红顿了顿：好，不说你们，就说我，它能代表我今后的平安和幸福吗？它什么都不能。

冷紫沉默着。

失去的，已经失去了，还谈什么维护？我为什么还要去维护那已经不存在的东西？既然无法维护，我为什么不用它来换取那些对我来说最有用的东西？

冷紫震在那里，久久地沉默着。不知道该说些什么。她觉得自己的屈辱和痛苦有一部分正在被冷红的诉说悄悄地消耗掉。冷红的诉说已经远远超越了她的经验。她真的没想到，自己刚刚经历过的噩梦不过是她生活的一部分。

可是，我不用换取什么东西。我要告。她又回到了自己身上。但她决定不告冷红了。

你当然需要换取最重要的东西。那就是你目前的平静生活。你知道这有多重要吗？冷红说：要是告的话，你就再也回不到从前了。你无法走进现在的学校，更迈不进大学的门槛。你成了永远的新闻人物，走到哪里都会有人指指点点。回到村里，你也会被人戳断脊梁骨。你也不会再有爱情。当然，会有人给你介绍对象，会把你施舍给一个像陈老七一样的老大难。还当你捡了一个天大的便宜。冷红又强调一句：你会和我一样。甚至还不如我。

冷紫无语。理智一点一点回到了脑中。她知道冷红绝不是在危言耸听。曾几何时，她不是也对冷红红唇白齿地举过邻村那个被强暴的女生的例子么？

有时候，事情就是这样。私下的妥协看似软弱，而其实也很宽容，宽容到可以不伤害到你表面的一切拥有。而公众的审判看似光明，其实也很残酷，残酷到让你失去太多的美好。因为，在公正的审判下，往往隐匿着一种巨大的世俗浪潮，这种浪潮似乎是虚浮的，可也是强大的。它的虚浮让无视它的人为所欲为，它的强大则让遵循它的人胆战心惊。于是，遵循者往往会投入无视者的怀抱。正如牢记规则的都是兔子，嘲笑规则的都是豺狼。豺狼就常常吃掉兔子。而兔子也常常臣服于豺狼。于是，在某种意义上，犯罪和世俗是同盟军，豺狼和规则是好朋友。

你想过那样的生活吗？冷红说。

冷紫依旧沉默着。她想过那样的生活吗？

不。

她觉得自己的心像飞扬的蒲公英，被冷红的话一点一点地吹散了。

她回过头，看了看角落里的那张床单。

她还要不要告呢？

走吧。先离开这儿。冷红轻轻说。俯身去给冷紫穿鞋。冷紫伏在冷红的肩头上，一下子哭了出来。像小时候有人欺负她时那样。冷红的眼泪也夺眶而出。

我决不会轻饶他们的。冷红说。她返身抓起了床单。

2

透过玻璃窗，方捷看见了姊妹俩互相依偎的背影。她淡淡地笑了。这件事，她一开始就没有多么担心。她知道冷红是一个灵性十足的学生，应该已经学会运用她的理论精华和语言技巧来自觉地为她收拾残局。虽然冷红是在无心中学习的，但是，碰到这种情况，无心中的学习能更显诚意，效果会更好。

她打开电视机，电视机正在播星苑市的晚间新闻，一个人坐在主席台上，侃侃而谈："治理卖淫嫖娼活动是一项长期而又艰巨的任务，但是，只要采取有力措施，卖淫嫖娼活动是可以得到有效控制的。我认为，应该重点抓好以下几项工作。一、进一步提高思想，统一认识，把打击社会丑恶现象列为考核地方党政领导政绩的重要内容。并将其与反腐败、加强党风廉政建设紧密结合。二、明确职责，加强歌舞厅、桑拿浴等公共娱乐服务场所的规范化管理。公安、文化、劳动、卫生等各部门要从各自的职责任务出发，各司其职，各负其责。不推诿、不越权，共同做好管理工作。三、排除干扰，依法办案。要坚持群众路线与专门工作相结合的方针，要强调把集中整治与日常治安管理相结合，定期、不定期地开展专项扫黄活动，增强打击违法犯罪活动的能力。四、加大宣传，重视教育。地方党政领导要加强'两手抓，两手都要硬'的意识，重视精神文明建设的宣传教育工作，提高人民群众的综合素质。要通过宣传正反两方面的典型，动员他们积极地协助有关部门预防和打击这一社会丑恶现象……"

方捷聚精会神地盯着屏幕。她听得很认真，嘴角不时流露出微笑。这种讲话真的很好。她想。只要把其中的一些特指词语去掉，几乎就可以被她搬来原封不动地使用。

画面切换了。方捷拿起电话，拨了一个号码。

我在电视上看到你讲话了。讲那么长时间，不累么？来这儿休息休息吧，不要太官僚了。她笑道。

又有什么鲜菜么？男人问道。

上次吃的那道菜还不够鲜？

鲜是鲜，就是有些欠火候。

那不更证明嫩么？方捷的眼角荡漾着甜美的柔媚，仿佛接电话的人就站在眼前。

她现在怎么样了？

好得不得了。方捷说：你下次来，我肯定有新节目给你。保证让你惊喜。

先透一点儿信儿行么？

不行。方捷说：要是透出信儿，就不惊也不喜了。

3

冷紫的钱是两万。

你要不要数数？冷红说。她把装钱的信封向冷紫递去，冷紫没有接。她扭了扭身子，眼神跳跃着朝那个信封看了一眼，仿佛那个信封里装的都是明亮刺眼的焊花，绝不能在上面停留。

那我先替你保管着。一会儿我就去存上。冷红说：这在星苑也许是最高的价了。我那时才一万。真是有市没价呀。她完全没有意识到她的职业性口气。直到冷紫幽幽地看了她一眼，她才有些察觉。

她下意识地抹了一把脸，仿佛想要把刚才的话抹掉。

告诉我，第一次之后，你到底为什么还要做下去？冷紫突然问。

我待在这里，主要是为了找到那个人。冷红说：为了找那个人，我被迫做了第二次。

可是，你没有找到那个人。冷紫清晰地沿着自己的思维方向前行：就如你说，第二次也是被迫的，那么第三次，第四次呢？不会每一次都是被迫的吧？你自愿了，是不是？你开始一次又一次地做这种生意。为什么？

因为，冷红艰难地顿了顿，这是一个让她害怕的问题，也是她一直不敢面对的问题，更是一个她没能找到明确答案的问题。

可是，此刻，她知道她必须回答：有了第一次，就和有了千万次没有什么区别。也因为，家里还源源不断地需要钱。

她又提到了家庭的需要。家已经成为她最后一件遮蔽的衣裳。然而此时，她还是不明白，她要遮盖的是什么。

有了前两次挣的钱，你已经不需要再用这种方式挣钱了。你完全可以开始另外一种生活，就像你以前在漂白粉厂打工一样。虽然挣得少，但是也足够维持我们的生活。冷紫死死地盯看着她：可是，你为什么还要继续干下去？

冷红知道自己已经无处可逃。

小紫，你还记得吗？小时候，家里粮食不够吃，一到春天，妈妈就开始取出地窖里的红薯，我们就吃一天红薯吃一天窝窝头。

冷紫静静地听着，不知道冷红要说什么。

后来，生活好了些，我们就变成吃一天窝窝头吃一天花卷。花卷你还记得么？就是那种用玉米面和白面一层层裹起来蒸成的馒头。

冷紫点点头。她怎么能不记得呢？

再后来，我们开始吃花卷和白馒头。直到现在，我们天天吃的是白面馒头。甚至有时候都吃腻了。冷红看着窗外：那时候，我记得，每次有变化你就会高兴地问我，姐，咱们什么时候能不吃红薯呀？咱们什么时候能不吃窝窝头呀？咱们什么时候能不吃花卷呀？为什么这么问？因为每当进入比以前更好的生活时，你就不想再回到从前了。冷红黯然地垂下眼眸，凝视着地面：我也一样。

你是说，这里的生活很好？冷紫瞪大了眼睛，简直难以置信。以前冷红委屈万分的争辩让她总以为冷红生活在水深火热之中。

我发现，人对自己生活好坏的评定是需要有前提的。良久，冷红终于说：如果我还在上学，我不会说种地很好。如果我说没有失身，我不会说失身很好。如果我没有开始做这一行，我不会说做这一行很好。可是，没有如果，从来就没有。我已经失身了，我已经开始做一这行了。我只能根据这一行的标准来说，这里真的很好。这里很安全，很轻松，很舒适。最重要的是，挣钱很多，而且，男人们也并没有想象的那么讨厌……

冷紫定定地看着冷红的脸，似乎从来就不认识这个正说话的人。冷红感觉到了冷紫的眼神，根本不看她：开始的时候是最无法忍受的，一旦进入，也会适应得很快，就像一根针，扎进去的时候是疼的，等到扎出了眼儿，再穿来穿去的时候，就会觉得这条路也很顺畅。

你真无耻。冷紫一字一字清晰地说。

如果努力做人只意味着比非人多承受一些伤害和损失，那我为什么还要努力做人？如果有耻意味着比无耻生活得更痛苦更艰难，那我为什么还要有耻？如果现在这种短暂的无耻的生活并不妨碍我以后进入那种光明富裕的生活，甚至还是我进入那种美好生活的捷径，那我为什么还要用一些虚无的东西来折磨自己？冷红的声音并不高，但是显然也激动起来：是的，我是无耻，可是这种无耻不用在阳光下表演，它是隐秘的。我挣的钱也是两相情愿，并不伤害天理。如果用这种隐秘的方式可以挣很多并不伤天害理的钱，那我为什么不挣？如果我是神仙，也许我有能力去超越。因为，神仙不需要钱。

冷紫怔怔地看着冷红，久久地沉默着。她陷在冷红的这番话里，觉得这番话像一块深深的沼泽地，明知阴暗，却不知该从哪里拔脚。

你为什么要那么多钱？许久，她问。

有了钱，能干的事情太多了。冷红说：有了钱，我不用再去面朝黄土背朝天地种庄稼，不用再在土坷垃里刨那几个柴米油盐钱，不用再去受杨守泉那种东西的腌臜气。不用去油厂买下脚料制土胰子，不用去琢磨着怎么去做胸罩，不用去怜惜拆被留下的旧线头。我可以用这么漂亮的水晶皂。冷红拿起桌上淡黄色的香皂盒：你知道它多少钱么？四块。用四块钱买的土胰子够我们用半年的。我可以用这么专业的漱口水，洗手液，这些东西你以前听说过么？我可以用三十块钱一盒的护手霜和两百块钱一盒的眼霜，我穿的是一百多块钱一套的保健内衣，这以前你都敢想么？还有这个，冷红从柜子里取出一瓶"安全的玫瑰"：这是女性专用的生殖器护理液，你大概也是第一次认识吧？

冷紫呆呆地看着冷红。

有了钱，我可以在最高级的住宅小区买房子，我可以在最繁华的路段开水果店或是鲜花店，我可以做轻松自在的女老板。总之，只有有了钱，我们才可以真正善待自己。冷红的声音突然变得很轻，她把脸靠近冷紫：你知道么？有了钱，我甚至可以做处女膜修补手术，去清清白白风风光光地嫁人。别看我现在不是良家妇女，到时候，不一定会有多少人排队等着娶我呢。

你真的以为你做了手术就会清白了么？

什么是清白？什么是肮脏？冷红说：最清白的人可能会显得肮脏，最肮脏的人也可以会显得最清白。它的鉴定全在于人的一张嘴。

不，全在于人的一颗心。

一颗心？冷红笑起来：谁能看到？

为什么要让别人看到？自己知道就行了。

是么？你有这么超脱么？冷红说：如果你真的这么伟大，我不阻拦你。你去告吧。你可以对所有的人都宣称你的心是多么干净，然后你就会知道你收获的是什么。冷红顿了顿：我给张朝晖写了信，他可能很快就会来接你了。他不是对你挺好的么？你不妨先把这里的事情告诉他，和他商量一下怎么告。

冷紫沉默了。冷红提到了张朝晖，让她突然感到不寒而栗。

在冷紫的沉默中，冷红的心却渐渐通畅起来。她终于说出了心中想说的话。以前，她一直尽可能地把自己沉沦的原因归于家庭的需要，她努力让自己觉得无奈和委屈。其实，她知道自己的无奈和委屈是虚的，是不充分的。实际的理由并没有自己希望的那么崇高——不，其实根本就不是崇高，而是无耻。如同冷紫所说的那样。这种无耻不仅是冷紫无法接受的，也是她自己一直都不敢面对的。现在，她终于亲手挖出了最丑陋的那部分根结，虽然挖时疼痛难忍，但是挖出来之后的感觉却是那么踏实。她突然发现，无耻埋藏时，就是卑琐。一旦亮出，似乎就有了一种奇异的坦然。

她看了看冷紫的脸，读出了冷紫压抑着的鄙夷和激动，突然又想起了过去的自己。以前，她也和冷紫一样热血澎湃，义薄云天。可是，现在，她却变得这么无耻，是什么改变了她？

是时间么？

然而，什么又是时间？它不过是人们度过自我的一种方式。它是无辜的。有毒的，是人本身。不，或者说，是人生活的世界本身。每个人一生到这个世界上，就注定会受到各种各样病毒的侵害，有的抵抗力强些，有的抵抗力弱些，有的根本就没有抵抗力。

她曾经是一个有免疫力的人，可是，病过几次之后，她已经失去了。现在，病毒已经成了她生活的一部分，或者说，她已经成了一种病毒。对于病毒本身来说，健康这个概念已经是毫无意义了，因为病毒从来不使用这种概念。或者说，对于病毒来说，健康只有一种意义，那就是病毒本身的鲜活存在。

冷紫骂她无耻。如果让冷紫也过一两年这样的生活，大约她就不会骂她无耻了吧？

要冷紫也过这样的生活？她突然为自己的这个念头害怕起来。她这种设想简直是无耻到家了。不过，她觉得，自己这种设想产生的初衷并不是为了让冷紫去挣钱——有她一个人挣就够了。她只是想让冷紫去理解她。毕竟，在这个世界上，冷紫是她唯一的亲人。而所谓的理解，其实只能是有共同经历的人才会真正拥有的感觉。如果不把理解者和被理解者放在同一种生活情境下，那么，所谓的理解只能是隔靴搔痒，自欺欺人。

她怎么能为了让冷紫理解她就巴望她也来做这种事？

不。不能。

幸亏，她只是设想。设想无人知道。设想无罪。

小紫，你听我说。冷红说：别在这儿耗着了。这对你真的没什么好处。你改变不了我。你还属于象牙塔，我已经是污水坑了。咱们两不相干。你走吧，别来找我了。真需要我做什么时，再对我说。

为什么要对你说？咱们不是两不相干了么？

咱们走的道是两不相干的，可血液不是。不论你怎么看我，你在我心里永远都是我的妹妹，是我最亲近的人。我愿意为钱向任何人奉献我的身体，但是，我只愿意为你奉献我的血液，我的身体已经脏了，但是血液还是干净的。冷红说。

冷紫再也控制不住自己的泪水。

4

第二天下午，张朝晖赶到了洗浴中心，接走了脸色苍白的冷紫。一路上，他小心翼翼，嘘寒问暖，冷紫却始终没说几句话。她的心里不时冒出一个奇怪的念头：如果张朝晖知道她失了身，还会这么喜欢她么？

她不敢去想这个问题的答案。突然间，她有一点明白了冷红的那些话语。

到了学校，张朝晖不顾同学们的议论，有空就给冷紫补课。冷紫也强打起精神，想钻进课本里，可总是感到力不从心。考期很快来到了。出了考场，冷紫就知道自己完了。而张朝晖的神情告诉她，他考得很好。

没关系，只要努力了就问心无愧。今年不行，明年再考。张朝晖安慰她。又意味深长地加上一句：我等你。

在家中熬了一个月，发榜的时间到了。冷紫忐忑不安地赶到学校门口看榜。如她所料，她落榜了。她看到了张朝晖的名字，他考上了北方一所著名的医科大学。叶潇也榜上有名，她和张朝晖的学校在一个城市。

他和她真的是两个世界的人了。冷紫心中忽然涌起一股强烈的留恋。她这才发现自己是多么喜欢张朝晖。她真不想让他就这么离开她，真的不想。此刻，她凶猛地萌生出一种想和他待在一起的渴望。无论今后如何，她只想抓住现在。

她骑上车，准备去找张朝晖。突然，她停了下来。

在前面的街上，她看见了张朝晖。

他正和一个女孩子走在一起。那个女孩子留着超短发，穿着一条白地蓝花的长裙，身材高挑，举步轻盈。从脖颈的皮肤看，她也很白。她正拿着一支雪糕，不住地往张朝晖的嘴里送，张朝晖似乎在躲，她却送得更厉害。甚至用手勾着他的脖子逼他吃。他们是那么亲密与和谐。冷紫从来没有见过张朝晖和一个女孩子这样过。

她是多么明媚健康啊。

她是谁？

她是谁和你有关系吗？张朝晖和你有关系吗？冷紫默默地问着自己。自惭形秽的感觉一点一点地弥漫了她的全身。不论那个女孩子是谁，张朝晖就应该和这样的女孩子待在一起，这样的女孩子才配得上张朝晖。而她，只配这么远远地看着他们的背影。

这个女孩子，是一种再鲜明不过的提醒，她的出现在告诉她，如果她再和张朝晖相处下去，最终的结果必定是互相伤害。

她把自行车放到了杜言家里，搭上公共汽车去了星苑。她知道张朝晖会去大青庄找她，她要在冷红那里躲一段时间。她不想再见到他。

两天之后，冷红告诉她：张朝晖刚才来了，她已经按她的意思，以无可奉告的姿态把他打发走了。

冷紫点点头，无动于衷地翻着手中的杂志。

一天晚上，方捷找到了冷红，对她讲述了自己那个天然的灵感，她语意轻缓，表情恬然，神态安详，娓娓而谈。

别放屁了。冷红没等她说完，便斩钉截铁地说。

不行就算了，只当我没说。方捷笑道：别生气，生气会伤身子的，身体是革命的本钱啊。

第十四章

1

以一种突如其来的力量改变人的生存现状的，人们往往把那叫作命运。以一种点点滴滴的方式磨损人的心灵锋芒的，人们往往把那叫作生活。突如其来的力量往往人尽皆知，而点点滴滴的磨损却往往润物无声。因此，命运的降临往往会让人震撼，而生活的结局却往往让人吃惊。

目前的冷紫就处于默默的磨损中。

张朝晖上学去了。一场风花雪月的梦醒了。想起来就像是吃了一粒话梅糖，甜甜的，酸酸的。虽然糖的尾声是被突然截断的，是潦草的，就像不小心把糖咽进了肚里，无法再去细细体会，但是那曾经尝过的滋味却余韵悠悠，久久不散。她一想起，就会庆幸自己没有错过这场初恋。这是她高中三年最重要的情感经历，虽然这一点违反了校规，可是，冷紫也因此明白，有时候违反一下既成的规定有多么必要。

庸常的生活都是格子以内的，而让人们铭记以久的生活，几乎都是格子以外的。这格子以外的生活无论最终是什么性质和结果，都会在人们的生命历程中刻下一种特别的意义。

冷红这样格子以外的生活，也有一种特别的意义吗？

她不知道。

一触及冷红，她就会无可适从。

她已经决定不上学了。她已经参加了高考，完成了冷红这个"投资人"的要求，没有人再逼迫她进校园了。其实她对这种逼迫有一种无以言说的温暖，这种逼迫是另一种形式的关怀。她知道。只是这种关怀在双方的倔强之中，不得不表现得十分强硬。因此，在这件事上，她一点也不埋怨冷红。经历了那个初夜之后，她对冷红的感觉又回归了许多，不再强硬地干涉冷红了。她甚至有些后悔自己以前对冷红的尖刻。从她的立场而言，她的尖刻是残酷的。冷红是走了一条没出息的路，可自己毕竟也是她付出的重要原因之一。就像为了给她们充饥，冷红将自己身上的肉割掉了一块，她虽然不想吃，毕竟也还是被冷红把一些肉塞进了肚子里。她已经吐不出来了。既然吐不出来了，她还能评价说这肉的酸咸么？那简直就是卑鄙。

其实现在她已经可以用自己的钱去上学了。那两万块钱足够她的一年高中学费甚至连带大学几年的花销。可是她不想动那笔钱。在她的感觉里，那不是一笔钱，而是一个记忆，这个记忆类似于南京"万人坑"对中国历史的意义一样，让她痛切得不敢回首又深重得无法忘记。她宁愿那笔钱就在记忆中远远地站着，永远也不去抚摸一下。

她不想去上学的另一个重要原因是她觉得自己已经无法面对那个已经失去了张朝晖和对冷红的新闻人尽皆知的校园。她无法想象那些目光落在她身上的情景。而张朝晖作为她最有力的精神后盾，他的离去已经让这个校园在她的概念中变得空空荡荡。

此外，还有一个原因。这几乎是她不能安心去上学的最重要的原因——她没有放弃最初的想法，她必须要遵从妈妈的遗嘱和来此的初衷，让冷红尽快地摆脱这个地方，开始新的生活。如果她去上学，那至少还得纵容冷红在这里待一年的时间。自己在这里待了一个月就与以前面目全非，要是让冷红在这里再待一年她简直无法想象冷红会变成怎样的一个魔鬼。可是鉴于以前的种种失败，她又不知道该从何做起。

她焦灼极了。有一次，她估计冷红正在做生意的时候，甚至打了110，举报洗浴中心有人卖淫。她想用这种强迫的方式让冷红收敛一些。没想到正如方捷所说的那样，警察来了也一无所获。方捷很快得知了原委，把冷紫叫到了办公室。

方捷说：你和冷红是相依为命的姐妹，我可以不赶你走，但是你也别再想支什么招儿。我已经对你说过了，冷红做什么是她自己的事，和我没什么关系。如果你们之间有什么，最好单独解决，别连累了我的生意。

冷紫依然沉默。她知道方捷说的有道理。责任不单单在方捷身上。这样的地方太多了，只要冷红想做，就是没有美雅，也会有别的地方。

2

这次事件之后，冷红和冷紫谈了一次话。

你到底打算怎么样？冷红问。

我不能让你这么干一辈子。冷紫说：我得拯救你。

我干不了一辈子的，这一行是世界上淘汰期最短的职业。冷红说。冷紫的语气总想让她发笑：到时候不用你拯救，我自己会改邪归正的。她说。

你现在都快无药可救了。

好，那我听听你的拯救方案。就用这么一张嘴巴么？

冷红揶揄的口气让冷紫一时间无话可说。

想不想听听被拯救人的意见？冷红说。

冷紫依然沉默着。

我的逻辑很简单。我现在的工作可以养活咱们两个人。只要你也能找到一份工作养活我们两个，我就跟你走。吃得坏点，住得坏点，都没关系。我又不是没吃过苦。但是必须得能够维持生活。冷红边换睡衣边说。昨天晚上的一单生意接得她很累，那个男人不知道吃了什么药，折腾了三四个小时。她真想赶快睡觉。现在，她已经不卖票了。新来的一个女孩子接替了她的位置。她已经调到了客房部。

你要我养活你么？冷紫觉得冷红的话已经带上了浓厚的寄生虫色彩：我们一起去找工作，各自养活各自。

放心，我不会要你养活的。可我们总得有一个人先站稳脚跟吧？要是你找不到工作，你还可以先住这儿。要是我们俩都找不到工作，我们住哪儿？你以为我挣的钱能住几天旅店？

冷紫知道冷红说得有道理。她在心里暗自盘算了一下，如果冷红对物质生活要求不高，那么她只要找一份月薪五百的工作就够了。这么大一个星苑市，难道她还找不到这么一个工作么？她觉得并非难事。她也隐隐听出冷红之所以让她去找工作，大约是算定她找不到。她偏要找一个让她瞧瞧，看她到时候还有什么话好说。

她觉得自己真笨，怎么早没有想到这一点。

你说话算数？

当然。

给我五十块钱，我现在就去找。

冷红给好冷紫一张百元大钞。她瞥了一眼冷紫的表情，这是她熟悉的表情。她自己曾经从这个表情上走过。

她的心仿佛被什么东西揪扯了一下。

傍晚时分，冷紫回来了。她一无所获。哪里都是下岗职工，哪里都不需要人。她拖着疲惫的双腿走到洗浴中心附近时，口渴得厉害，便拐到路边的水果摊前，想买一些水果。卖水果的是个中年妇女，边打毛衣边看着身边的小女孩做作业。小女孩坐在一张矮凳子上，就着一张高凳。

大姐，生意好做么？她问。

勉强够吃饭吧。反正不做这个，也没别的事情可做。

不都说水果的利润挺高的吗？

有同行没同利。干哪一行都挣的，也都有不挣的。

要办个摊儿，手续复杂么？

有人了什么都好办，没人了什么都难。女摊主警戒地看着冷紫：你是星苑市人么？

不是。

这就是了。我告诉你，这种小生意，也就是在家门口划得来。生人生地儿就不值得。我是工商、税务、防疫站的熟人全都有，才在这儿摆下了摊儿。就这，有时候碰到上面突击检查，还得撂挑子走人呢。

不是有熟人么？

熟人只管人家这一层。难道还让人家去上面给你跑人情么？那可真是死人不识相了。女摊主说：你要是想干这个，我劝你趁早收了那份心。别说不挣钱，就是挣也净给别人挣去了。又年轻又漂亮，干什么不好呀。

你可以当小姐。小姐最挣钱了。写作业的小女孩突然抬起头说：我们班同学都这么说。

女摊主呵呵地笑起来，仿佛这是一个最幽默的提议。

冷紫提起水果就走。她意识到了自己的冒失和急切，也意识到了人与人之间无处不在的防备与隔阂。开始明白：找工作绝不是那么简单的事。这个事情的性质仿佛就像让一粒种子在一块土地上扎根，想起来似乎顺理成章，实际上却有许多不为人知的挫折和风险。土地是那么广大，仿佛可以处处为家，可等你弯下腰仔细去看的时候，就会发现，几乎每一寸土地上都有不知名的植物在顽强的生存。一粒种子在这里落下，如果没有人为她挖土浇水，让她完全凭自己的能力在土地的空隙里扎根，那她必须得有一种特别的优势或者品质去超越周围的植物。否则，她就注定会被风吹走，在另一片土地上轮回同样的程序。

冷紫怀疑自己的标准是不是定得太高了。她降低了条件，只要安全、稳定，哪怕月薪低些也成，反正她还有两万块钱做底，可以骗冷红说自己找到了一份高薪的工作，将这两万块钱零零星星地贴补进去，只要能让冷红早点儿离开那个地方——当考虑这两万块钱的作用时，她不再考虑对它的感觉了。她甚至觉得只要这些钱能用到冷红身上，就会抹杀它无法启齿的来源，罩上一层可爱的光辉。

过了几天，她终于在一家小旅馆当上了服务员。她的工作内容是拖所有的地，收拾所有的房间。月薪三百元，管吃不管住。因为没有住的地方，她最起码必须得租好房子才能对冷红有所交代，可房子并不好找。她利用下班时间看了几个地方，都不满意，不是房子太差就是价钱太高。小旅馆的工作也很忙，因为是私营，老板看得很紧，似乎不勤着用就捞不回三百块钱的本儿。可是尽管辛苦而单调，冷紫还是坚持干了下去，毕竟这是她自己找到的第一份工作，她很珍惜。她想通过这份工作好好地锻炼一下自己的能力。不过，一有时间她也会注意一下街头的广告栏，看看有什么更适合自己的工作。

一天中午，她正浏览着广告栏，被人拍了拍肩膀。她回头，拍她的是一个领带端正、裤线笔直的青年男子。

你在找工作么？

有什么事？冷紫没有正面回答他的问题。

我是碧依春化妆品公司销售部的员工。他递过一张名片：你的外形条件很好，有兴趣来做我们的业务员么？

业务员？

就是去每一个顾客家里推销我们的产品。收入按提成算。男人说：如果你有兴趣，可以先去听一听课。每一批业务员在上岗之前，都要接受我们的专业培训。喏，就在这幢楼上。

冷紫按照他指的方向，果然看见对面街上有一幢大楼，楼门前挂着一溜招牌，有一个招牌上面写着"碧依春化妆品有限公司"。

现在就可以上去么？她有些兴奋。

是的。男人说：在三楼。公司的会议室。

冷紫来到会议室，发现这里坐了十几个人，都是和她差不多的年轻人。有一个主讲的人正在侃侃而谈，冷紫悄悄坐下来。邻座的年轻男子向她微笑着点了点头。

你也是在街上被抓来的么？他问冷紫。

是。冷紫看看他：推销化妆品还需要男人么？

刚才那位老兄讲了，对于化妆品，既需要女人对女人的引导，也需要男人对女人的鼓励。

冷紫笑了。现在他在讲什么？

广告意识对现代生活的作用。

那位主讲人依然口若悬河……简而言之，直销就是最具体的广告。有统计数字表明：现在至少有百分之七十五的中国人在消费时将个人的需要和广告的诉求结合了起来，而有五分之三的人则承认如果离开了广告，他们将无法选择。广告制造着希望，引导着时尚，体现着关怀，散发着个性，已经作为一种重要的意识形态深入到我们的生活中。因此，作为一名直销的业务员，在座的各位务必要树立一种这样的信心，那就是我们并不是上门乞讨，我们是给天下所有爱美的女士奉献出一份属于碧依春的心意，为了她们未来的美好生活，我们在尽自己的一份责任。

讲者语音激昂，有一两个人鼓掌。

不明白他在啰唆什么。冷紫身边的男人又说。

他好像在告诉我们，怎样才能理直气壮地撒谎。冷紫说。

男人看了冷紫一眼，笑了。

听完课，有人给他们讲了提成细则：一套碧依春产品的价格是六百八十八，业务员的提成比例是百分之十五。如果一次性销售额在两千元以上，也就是卖出三套产品，就可以提成百分之二十。有人当即就登了记，领取了化妆品。冷紫也想领一套，可她一听说领取一套化妆品要交五百块钱押金，便转身下了楼。

对这份工作没兴趣么？那个小伙子也走了出来。

冷紫点点头。

为什么？

总觉得这是在骗人。可能是我太保守了。冷紫说。

这年头两个保守的人碰到一起可不容易。他说。

他们走下楼，在楼门口站了片刻。

如果不冒昧的话，可以告诉我你的电话么？他说。

我没有电话。冷紫说。她决不会把洗浴中心的电话告诉他。

我叫杨蓬，你呢？

冷紫。冷紫一边说一边抑制不住地笑起来。

你笑什么？杨蓬说。

你的名字让我想起了遮阳棚。冷紫说。

3

张朝晖又写信来了。

　　校园里有两棵很高很大的丁香树，一棵是白丁香，一棵是紫丁香，开起花来真的香极了。我很喜欢在树下站站，尤其是在那棵紫丁香树下。一看到那棵紫丁香，我就会想起你。你知道么？你就是戴望舒《雨巷》里那个结着愁怨的姑娘……这里的面食做得真不好吃，真想念家乡的饭菜，不，不仅是饭菜，还有许多许多，一切的一切，你知道的，是不是？我会强迫自己慢慢适应这种想念的，想念也是一种幸福……现在，我基本已经能和同学们大方地交流了，本来我不是什么特羞涩的人，可是刚来的时候就是放不开，最近才找回一点状态，我想，以后我会越做越好的……我听别的同学说，你没有回学校，你做出怎样的决定，我都能理解。也许，你是太想用自己的能力生活了，这样也好。反正高等教育已经在全社会普及了，你可以参加成人高招，一样能拿到通用的文凭……

张朝晖的信写得真挚而清新，同时也呈现出一种见了世面的成熟和喜悦。

冷红一遍遍地读着他的信，感觉。她知道对妹妹来说这是一份难得的情感，可这样的情感又让她产生了深深的顾虑和担忧。物以类聚，人以群分。以她现在的人生阅历，她知道，冷紫和张朝晖已经完全是两个世界的人了，这两个世界，再也没有汇聚的可能。这一点，张朝晖认识不到，冷紫很可能也认识不到，只有她才能真正认识到。如果冷紫看到张朝晖的信，黯淡下来的情思很可能就会死灰复燃，而这种燃烧的结果对冷紫来说又很可能是致命的，对张朝晖则不然。他是一个前途远大的大学生，他的未来生活中还会有许多选择女人的机会，他经得起一次两次的失意，而冷紫不能。如果任他们再开始发展，最后的结果很可能就是：冷紫是张朝晖的第一个女人，而张朝晖却是冷紫的最后一个男人。

她把张朝晖的信藏了起来。她告诉自己说：这是为了冷紫好。这样冷紫才能够逃掉那种必定会被颠覆的打击。

多年之后，冷红才明白自己做出这种举动还有一个缘由：嫉妒。这种嫉妒被隐藏得那么深，以至于她当时根本就没有觉察。她也明白了，为什么人们在为别人擅自做主决定一件事情的时候，都只会承认自己认为的那一部分最为光明正大的理由。那也是出于本能——自私和自卫的本能。

第十五章

1

这个拖把已经用了很久了，布都拉成了一缕一缕，像那些严重脱发的男人，拖地的时候，地面时常会被布已经包不住的秃棍头挫一下，发出沉闷短促的响声。冷紫一遍遍地拖着地。没事的时候她就拖地。地永远有人走，永远需要拖，是最常规的一项工作。

小冷，去买两把拖把吧。老板递给冷紫三十元钱：挑结实点儿的，记住开发票。

杂货店人很多，冷紫挑好了拖把，看样子等发票还得一会儿，就出了店，在附近闲走。

一阵刺耳的电锯声穿进了她的耳膜。她注意地看了一眼，原来是一家小店正在装修。店外挂着一个小小的招牌"此店转租"。一个腰别 BP 机和手机的男人正在店门口抽烟，看样子是老板。当冷紫走到小店跟前的时候，从店里走出一个穿着 T 恤衫的男人，他们开始讨价还价。

两万，不能再少了。老板说：两台电脑一台复印机才算你一万，半年房租一万二也算你一万，这都是跳楼价了。

我想先试用一个月，一个月以后再交钱。行么？T 恤衫说。

看来他已经认同这个价格。

免谈。老板不耐烦地挥挥手：我就是急着用钱才压这么低的价出手的。

T恤衫走了。冷紫突然想起了自己的两万块钱。与其将来零零星星地把这两万块钱用掉，不如孤注一掷派点大的用场，她想。

你是老板么？她上前问那男人。

什么事？男人打量了她一眼：我们不需要人手了。

你贵姓？

你到底有什么事？男人说：我姓范。

你这间店不是要转租么？我想看看。

那我刚才对那人说的话你都听见了？范老板点了一根烟，又打量了她一眼，仿佛在用 X 光透视她有多少钱：不拖不欠，一次性交清，两万。

你为什么要转租？要转租为什么还要装修？她问。

我常年在外面跑生意，这个店一直是我老婆在这儿守的，最近，我老婆得了白血病，急需用钱，我才想着把这间店转租出去，得几个现钱。原想着装修一下，价钱会高些，现在看来也高不到哪里去。男人叹了口气：我们原来做的是打字社，生意挺好的，电脑和复印机都是现成的，你要是接了手，还可以接着做。女孩子家做这个正合适。

电脑和复印机在哪里？他的诉说立时引起了冷紫深深的同情。

就在里间。我带你去看看。

冷紫来到里间，电脑和复印机都用被单仔细地蒙着，她掀开看了看，都有六七成新。里间的面积有八九个平方，冷紫算了算，除放下一张大床外还可以放一张桌子和一个衣柜，在外间做生意在里间住人，完全可以。

证都全么？

全着呢。范老板从一张电脑桌的抽屉里取出一摞证件，又指着营业执照上的妇人：这就是我老婆。

我回去再想想，你先不要答应别人。最后，冷紫说。

我只给你两天时间。范老板说：我不能因为你耽误别的买主，是不是？

行。两天之内我给你个准信儿。

范老板给冷紫留了个传呼号。

两天之后，冷紫辞掉了小旅馆的工作，她决心租下这间店。她已经打听过了，这个租价确实很低，比同类的店要低上一万左右。划算极了，紧邻的都是机关和学校，附近的打字社也不多。虽然她和冷红都是生手，但是这一行也并不难学，她相信只要练上一个月就没问题了。她向冷红要出存折，取出钱，呼了范老板，两个人在店里见了面。店已经装修好了，范老板说装修钱也已经付过了。冷紫又从另一个打字社临时请了一个人帮她把电脑和复印机检查了一遍，一切都万无一失之后，她让范老板给她打了个收条，一手交钱一手接了钥匙。回去之后，她才把事情的经过原原本本地告诉冷红。之前，她没有向冷红透一点儿风声，她想让冷红好好知道一下她的能力。

你说，营业执照上的人是她老婆？冷红问。

啊？

那他怎么有权利转租呢？

人家是夫妻，怎么没有权利转租？再说，他老婆就是有权利，可人在医院，怎么出来办这些事？他当然就是第一代办人了。冷紫说。

没那么简单吧。

也没那么复杂。冷紫说：你可以跟我走了吧？

你先领我去店里看看。冷红说：你放心，我不会食言的。

第二天，她们来到了店里，店里已经有人了，一男一女。男的不是范老板，女的冷红认出来，就是营业执照上的那个妇人。

你不是有病了么？冷紫上前便问。心有些慌起来。

你才有病呢。一大早就来咒人家。什么事？妇人说。

冷紫把范老板的收条拿出来：这是你爱人给我打的。

一男一妇全愣了。他们把那收条看了半天，妇人才指了指身边的男人：这才是我爱人呢。你们上当了。妇人告诉她们，她从没有想过要转租这间店，那个打收条的男人也不姓范，他叫秦贵生，是她爱人的一个远房亲戚，前些天，她母亲去世了，她和爱人要回河北老家奔丧，刚好秦贵生来向他们借钱，他们的店正装修到半路，就让秦贵生帮他们招呼几天，等他们奔丧回来再把钱借给他。秦贵生满口答应。昨天他们回来，借给了他一千块钱，他当即就坐火车走了。

以前听说过他这人不怎么地道，没想到还真有这么大本事，几天就能红口白牙地折腾走两万块钱。他要是二郎神，我这店只怕也没影了。妇人叹道。

那我这两万块钱呢。冷紫的眼泪聚满了眼眶。

我们也没办法。他盗用了我们的名义，我们还是受害者呢。妇人说。

你们报案吧。一直沉默着的男人终于说：往后遇事多点儿心眼。经不遍的世事。

两个人走出了打字社，冷紫大哭起来。她恨恨地砸着自己的头，简直无法相信这一切。是啊，世事经不遍，她想不通的是，为什么这经不遍的世事都让她迎头碰上了。那是她用初夜的血换来的两万块钱啊，那人就那么面不改色心不跳地骗走了。仿佛在大街上捡到了几张废纸。

冷红揽着她的肩头，眼睛也有些酸涩。她没有哭。她已经不是一个容易哭的人了。她现在过的是卖笑生涯。这件事情她并不吃惊。她早知道不会像冷紫说的那样简单。她甚至知道必得如此，冷紫才会一步步地长大——长大总是要付出代价的。不过，即使知道要付出代价，她还是不希望这样的事情发生。当初她撺掇冷紫到外面找工作，只是想让她散散心，省得她在洗浴中心整天胡思乱想惹麻烦。也想让冷紫在找工作的艰难中对她为什么会走到今天这一步达成一些具体的理解。冷紫向她要存折的时候，她想冷紫只是会去买一些什么东西。她太清楚冷紫花钱的节俭了。她没想到冷紫会把两万块钱一下子都这么送出去。这真是纸丢到水里，连个响都没有。

她知道自己没有卷起铺盖跟冷紫走是对的。她不会也不应该像冷紫这么单纯了。经历了这么多事情之后，如果再单纯下去，简直就是弱智了。

她们又回到了洗浴中心。

哪儿都别去，回学校吧。冷红又劝她。

不。冷紫很坚决。现在，她已经身无分文了，如果回学校，一定还得花冷红的钱。那她不是自己打自己的耳光么？再说，她真的已经静不下心去读书了。

她又开始在宿舍发呆。一天又一天。现在，她对自己一点儿把握都没有了。她一遍又一遍地总结着自己为什么会栽得这么痛。结论是：幼稚，浮躁。幼稚可以让催熟，那么浮躁呢？她决定再找工作一定要踏踏实实地干，不再想那么大了——她也没有本钱想那么大了。

老板，怎么着你也得给二百四十块钱。两千个煤球呢。一个就挣两分钱运费，你就别克扣我们了。一天，她正呆坐，忽然听见有人在厨房门口讨价还价。

她的脑子闪过一道亮光，走出了房间。

你们一天能送多少煤球？她问送煤的师傅。

也就是两三千吧。有时候一块煤球也送不出去。一脸煤灰的师傅边说边接过厨工给的钱，小心地放在贴身的小口袋里。

冷紫迅速地默算了一笔账。一天送两千，可以挣四十。一月内哪怕有十天一块煤也送不出去，也可以挣八百块钱。就是冷红坐着一动不动，也足够她们两人生活了。

她马上把自己的想法告诉了冷红，冷红抿嘴笑了：你可真像个孩子。

你以为我做不到么？

不，你能做到。冷红说：因为只有孩子才可以为所欲为。

对，我可以为所欲为。但我选择的是送煤球。冷紫说。她希望冷红听出她的潜台词：我就是去送煤球，也不会像你这样去堕落的。

冷红淡淡一笑。

2

星苑市的煤球厂大大小小有四五十家，大多远离繁华市区。冷紫找到的是富达煤球厂。这个煤球厂规模不大，位于星苑市

176

东。厂里机器轰鸣，煤灰飞扬，冷紫下意识地抬手挥了挥，立马又放了下来。她想自己应当尽快适应这种生活。

她按照别人的指点，先走进厂长办公室。这是一溜儿五间红砖灰瓦的平房，因为煤灰的关系瓦和砖几乎成了一色的整体。厂长的办公室在第三间，是个和蔼的老头儿。

你是买煤还是卖煤？他大概以为自己听错了。

卖煤。冷紫把字吐得很清晰。

就你？

冷紫点点头：我有力气。

这年头，真是什么人都有。厂长笑道：交了钱，后悔可就迟了。

我知道。

那你到隔壁让会计给你开票吧。

冷紫推开隔壁的门，不由得笑了。会计也笑了起来。

是杨蓬。杨蓬说，厂长是他表叔，因为一直没有找到事情做，而表叔这里正缺人手，他便来给表叔临时帮几天忙。经他的竭力推荐，冷紫在煤球厂上了班，当了会计。这是厂里除厂长之外唯一轻松的活儿。她工作的内容除了收钱开发票之外，就是接听一下顾客的订煤电话。杨蓬也很快找到了工作。他在一家快餐店专门负责采购、装盒和送货，那家快餐店生意很好，像他这样的生手第一个月也拿到了五百块钱。杨蓬很满意。快餐店离煤球厂不太远，一有时间，他就会跑到厂里，给冷紫带些鸡块、排骨和炸鱼之类的吃食。冷紫开始拒绝得很坚决，后来实在推辞不下，也只好收了。

每天，冷紫从干净漂亮的洗浴中心来到灰扑扑的煤球厂，坐在那张脏兮兮的小木桌后，给送煤的师傅们开着一张又一张的发票，点着一张又一张的钞票，她的心随着这种节奏的重复又变得安稳和沉寂起来。有时候，听着送煤工们议论着买煤人如何赖他们的钱，地痞们如何向他们索要过路费，一些"大盖帽"和"红袖章"如何追着他们罚款时，她都会怀疑自己如果真的当了一名送煤工是否能够像自己想象的那样坚强。尤其是天色突变忽降大雨的时候，想象着送煤工们东奔西走无处躲藏煤球淋湿的狼狈模样，她都会有些后怕，连自己养活自己都这么困难，再让冷红靠着她立足，无疑是一则童话——更具有反讽意义的是，她现在还得住在冷红那里，因为一旦租了房，她那点儿可怜的薪水就不够吃饭了。

两个月后的一个星期天，杨蓬约冷紫去人民公园玩。在人工湖边的小树林里，他吻了冷紫。在被吻的那一刻，冷紫的眼前突然闪现出张朝晖的影子。她的泪水涌出来。她知道张朝晖已经真正变成了过去，再也回不来了。

你怎么了？看到她的泪水，杨蓬停下来。

冷紫不语。她能说她在想另一个男人么？

我会对你好的。你知道么？你就是我一直想找的那个人。杨蓬甜蜜地偎着她，说着全世界情人几乎都说过的话。可这些话在冷紫耳朵里却麻木极了。她甚至觉得这些话还抵不上当初张朝晖给她的一个眼神。

你想过要找一个什么样的人么？杨蓬问她。

这句话彻底把冷紫的麻木唤醒了。是啊，她还想找一个什么样的人？她还能找一个什么样的人？她不知道自己该找什么样的人，如同不知道什么样的人肯要她一样。因为对任何男人而言，她不是一个处女了。失去了童贞，在她的心里，就失去了在感情前途中最有力的保障和最充分的自信。她对未来一无所知。她只

178

能凭着感觉行事。现在，张朝晖离开了她，她再也抓不到张朝晖的衣襟，而杨蓬正在向她靠近，她为什么不伸手抓住杨蓬呢？抓住一个总比两手空空好啊。

她抓不到的，只是自己。

冷紫的泪水让杨蓬心里的困惑慢慢变得舒润起来。这是她的初吻。他爱怜地想。

3

杨蓬是在他生日那天对冷紫做那件事的。

那天是个阴天，闷极了。走到哪里都让人感到喘不过气来。看着大街上的人们依然意气风发，冷紫就觉得奇怪。是不是自己太脆弱了？脆弱到连正常人最一般的适应能力都失去了？她想。

他们约的是一家名叫"心情"的饭店。饭店的装潢很时尚，看起来更像一个咖啡店。纯黑的大理石镶满了整面外墙，大门却是白色木门，门扇很宽，上面挖了两个小小的凹巢，凹巢里插着两束淡蓝色的雏菊，看起来既浪漫又忧伤。过大门的时候，冷紫仔细看了看，原来木门外还安有一道电动伸缩防护门。冷紫这才觉得整体结构趋于了完整。毕竟浪漫是最容易受伤害的，如果只懂得浪漫不懂保护，似乎太不像一个现代都市的做法。

两人来到了早就预定好的包间，桌上已经摆好了凉菜，一盘白斩鸡，一盘醉鲜螺，一盘黄瓜段，一盘酱鹅头。杨蓬介绍说，酱鹅头和醉鲜螺是这里的特色菜。

热菜要点儿什么？他问。

你随意。冷紫说。她不怎么下馆子，也没有多大胃口。

菜上齐之后，杨蓬让小姐退了出去，然后小心地关好门，挨着冷紫坐了下来，搂住了冷紫的肩膀。

别这样，热。冷紫说。拿下他的手。

你还没祝我生日快乐呢。

祝你生日快乐。冷紫低声说。

杨蓬吻了吻她：给我带礼物了么？

没有。冷紫说。一向是在被动的情况下接受着杨蓬的，她从没有想过要主动为他做点儿什么。

其实你已经带来了。杨蓬说：你就是我最好的礼物。

冷紫低下头。她害怕听到这样的话。

我爱你。你爱我么？

冷紫更深地沉默着。她不想回答。她又一次意识到自己并不喜欢这个男人。可不喜欢为什么还要和他谈恋爱？也许，在她的心目中，他并不是一个爱的对象，而只是一个能给予她正常生活的具体凭据，或者说是一个能说明她是一个良家女子的真实佐证——她是那么重视这种凭据和佐证，也是那么需要这种凭据和佐证。

她是在利用他么？她不敢想下去了。

爱我么？杨蓬仍在不屈不挠地追问。恋爱中的男人似乎都是这么渴望能够得到女人的响应。冷紫突然又想起张朝晖向她表白心迹的那个晚上。那时，她告诉他，不说话也算是一种回答，如果也这么告诉杨蓬，他会懂么？不知为什么，她断定他不会懂——即使他懂，她也不会这么对他说。这是张朝晖的专利。她想。

她转过脸，不想让杨蓬看到自己走神的表情。

不好意思说，是么？杨蓬仍沉浸在自己的世界里。冷紫忽然觉得他有些可怜。

你爱我什么？她问。

太多了。杨蓬两眼放光：你漂亮、朴实、纯洁——最重要的是纯洁。我第一次见到你，就知道你是一个纯洁的女孩子。杨蓬喃喃地诉说着，一口一个"纯洁"，像针一样扎着冷紫。

我没有你想得那么好。

你只会比我想象得更好。杨蓬说：我真想今天就把你娶回家。

那今天一定是我最恐惧的一天。冷紫想。

关于我家的情况，我一直没机会对你说，现在告诉你，不知道你在乎不在乎。杨蓬有些担心。他家里有八口人，只有两间房子，哥哥结婚占了一间，爷爷奶奶爸爸妈妈占了一间，院子里还尽最大可能搭盖了两间小的，一间做厨房，一间他住。他说如果他要结婚，就只能住在现在的小房子里。

我还没有正式工作。杨蓬最后说。

没关系。冷紫说：我不在乎这些。只要你不嫌弃我，我们能过日子就行。

你这么好，我怎么会嫌弃你呢？杨蓬说。他没想到冷紫的反应这么平静，暗自庆幸自己追求冷紫的决策英明。冷紫是个乡下姑娘，这是他取胜的重要因素。他深知，如果有星苑市户口的女孩子，哪怕只有冷紫一半漂亮，对他来说也是可望而不可即的。而冷紫一和他结婚，就会有星苑市户口。据说一个星苑市户口值好几万呢。不过，他没有对冷紫说破。他要给她留面子。对于这样一个没见过世面的女孩子，哄是最重要的。

吃过饭，他们又开始唱歌。杨蓬的歌唱得很一般，冷紫的歌却唱得很好。杨蓬目不转睛地看着冷紫的一举一动，觉得这个女孩子把他的魂儿都要弄丢了。

他又一次抱住了冷紫。

别这样。冷紫挣扎着。可杨蓬还是把手伸进了她的衣服里。他很快便摸索到了冷紫结实的乳房。觉得自己的全身都要着火了。他看过不少午夜之后的录像，也谈过两次不咸不淡的恋爱，但是从来没有这样真切地接触过女人的身体。对异性储存多年的幻想和需求，如果不在此刻实现，那才是傻瓜呢。何况，今天他花了这样大的本钱。他一刻也不能等下去了。

他一边吻着冷紫一边解着冷紫的衣扣。冷紫只是无声地挣扎着。冷紫守护着上部时他便进攻下部，冷紫守扩下部时他便进攻上部，在冷紫顾此失彼的卫护中，他终于将冷紫剥得一丝不挂，放在了沙发上。

不。冷紫说。

乖。杨蓬说。

事情结束得很快。

你没流血。杨蓬的兴奋有些低落，语气却不好立时降温，他把衣服穿好，恋恋不舍地给冷紫递着衣服，你以前受过伤么？

唔。冷紫突然想起冷红曾说过的方捷"给秘密做一件衣裳"的言论：在学校时，有一次上体育课，跳木马。不小心给挫了一下。当时出了点血，我不知道是不是那次。

这个言论的实质就是撒谎。她想。

肯定是。杨蓬释然，又趁势抚摸着她的隐秘：疼么？

唔。冷紫拿开他的手：我们该走了。

我送你。

不用。

为什么每次都不让我送？

我住的地方很不好。冷紫说。

我还会笑你么？

你也很辛苦，真的不用送。冷紫说。

回到洗浴中心，已经晚上九点了。有客人正等着冷红出台，冷红一直担心冷紫，便拖了又拖。见到冷紫，才出了口气，走出了门，却又返回来，在冷紫身上嗅了嗅。

你身上有股男人味儿。她说：和谁上床了？

冷紫的脸一下子涨红了。冷红职业性的口吻对她来说简直就是一种侮辱。可她很快压制住了自己的愤怒。她忽然觉得，自己和一个不喜欢的男人发生了性关系，这个事情的性质和冷红每天做的事情其实没有什么本质的不同。而表象的不同是：她是和一个所谓的恋人，而冷红是和所谓的客人。她不挣钱，而冷红挣钱。她有什么资格对冷红生气？活该冷红这样对待她。

你也是个婊子么？她问自己。却久久不敢回答。从某种意义上讲，她知道自己是。只是，她不是以金钱为目的的婊子，而是以正派名声和正经形象为目的的嫖客专一的婊子。

她决定以后不再干涉冷红了。努力了这么久，她终于觉得自己有了一些自知之明。

别让男人白玩儿。冷红说：让他们花言巧语骗了还不如卖呢。

他是我的男友。冷紫看着冷红的眼睛说。她下定决心，这辈子就跟杨蓬过了。因为她实在不想像冷红这样。此生，她注定做不了一个伟大非凡的女人。但是，她一定要做一个好女人。更何况她已经圆满地对杨蓬撒了谎。这简直是上帝对她的宽待。要是再换个男人，天知道她有没有这么好的运气蒙混过关。

是么？冷红轻声问道：那张朝晖呢？

张朝晖是谁？冷紫的声音也很轻。

很好。冷红说，她顿了顿，有一件事情我一直没有告诉你，因为我觉得一直不到时候。现在，也许可以告诉你了。她找出张朝晖的那些信递给冷紫：我不想让你看到这些信是怕他对你进行不必要的打扰，他的打扰对你来说就意味着伤害。因为你们根本不可能走到一起。现在你有了男朋友，或许可以情绪稳定地读他的信了。

冷紫接过信，看了看信封上的邮戳，是十月十一日。它们包裹的已经是两个多月以前的语言了。

她打开信，眼睛像梦游一般看着那熟悉的笔迹，一种亲切动人的气息扑面而来。骨髓里有一种东西骤然聚集起来，打摆子一样忽冷忽热。一封过时的信就可以让她这样。她还是这样在乎他。冷红是对的。她应该做的就是远离这种气息，远离发散这种气息的这个人。因为，她越靠近就会越绝望，因为，他永远也不可能属于她！

对于注定要清醒的梦，还不如不做。

冷紫把信揉成了一团，扔到了地上。冷红拎起扫帚，想要把它扫走。一瞬间，冷紫又弯下腰，把它捡了起来。她重新把信纸铺平，折好，放进信封里，压在枕头下。

还是扔了吧。冷红说：压在枕头下，它会钻进梦里。

做做梦死不了人的。冷紫说。她知道冷红是在警告她不要去奢望什么。可是她真的需要她来这么提醒么？她认为自己还没有糊涂到这个地步。她不过是真舍不得把这封信扔到垃圾堆里。留一留也没什么吧？悄悄地想一想也没什么吧？做一两个梦也没什么吧？这些信也许可以成为她以后漫长无聊的生活中一把小小的凳子，让她倦怠的时候歇歇脚。也许可以成为一块柔软的绿地，让她累极的时候养养神。也许就是一种可口的零食，让她在失去食欲的时候用来刺激一下麻木的胃和舌头——也许它们也能让对她爱情有一些相信，相信自己曾经被这样爱过，也曾经这样爱过。自己不是一生下来，就受到了这个世界的冷遇。

4

放寒假的时候，张朝晖来找冷紫了。他穿着一件深灰色的棉袄，是街上最一般的那种。有些大。系着一条黑红相间的小方格子围巾。看见冷紫，他微笑起来。一时间，两个人什么都没有说。然而，仅仅是这微笑，就让冷紫感到一种久违的温暖。她觉得，在张朝晖身上，似乎永远有一种离她最近的东西。

你怎么来了？她不敢看他的眼睛。

套用一句登山运动家的话吧。别人问他为什么要去登山，他说，因为山在那里。张朝晖说，因为你在这里。

冷紫把眼睛转向别处。

你好么？张朝晖问。

冷紫点点头。

我的信你收到了么？

收到了。冷紫说：不过晚了两个月。

怎么回事？张朝晖说：我说你怎么不给我回信呢。

这里的收发可能有问题。冷紫说：其实，就是收信不晚我也不会回的。她顿了顿：我有男朋友了。

谁？张朝晖觉得自己的心像装上了一块无比沉重的石头，正在向一个不知名的地方飞速下滑。

你不认识。

你爱他么？张朝晖依然微笑着，但是那种笑容看起来让人十分难过。一瞬间，冷紫真想把一切都告诉他，可是，她控制住了自己。她知道，如果说了，自己连一份美好的回忆都会失去。

对女人来说，也许被爱更重要。他很爱我。我们打算春节之后就结婚。冷紫说。其实结婚只是杨蓬的一个提议，可她就是想把话说得狠一点儿。

女人。她用了这样一个词。张朝晖的心又紧缩了一下。他本能地排斥冷紫使用这样一个词。在他的意识里，似乎只有结过婚生过孩子的人才可能用。

你年龄还不够呢。他说。

什么都可以作假。冷紫说。连初夜也可以。她想。

那，我们呢？张朝晖终于说。那一刻，他的神情突然无助地像个孩子。

冷紫的心一阵痉挛。

我们之间，原本什么都没有。她说。

沉默良久。

你变了。张朝晖说。

因为一切都变了。冷紫在心里说。

为什么？

不为什么。冷紫说。当人们为了太多太多东西的时候，往往就会说不为什么。

张朝晖默默地坐在那里，像一棵瞬间干枯的树。

以后别来找我了，让他看见了不好。冷紫说。

他有那么狭隘么？

有时候，狭隘意味着专一。冷紫说。她知道自己的维护会让张朝晖离开得更快。

可是，有时候，狭隘只意味着狭隘。张朝晖说。

两个人都沉默了。

我那儿有一些书，可能你会喜欢看的，回头我用挂号给你寄过来。张朝晖说。

谢谢。冷紫说。她知道自己无法也不能再去拒绝。

两个人又静默了片刻。张朝晖摩挲着插在口袋里的手，似乎想和冷紫握一下，摩挲了很久，终于还是没有把手伸出来。

祝你幸福。最后，张朝晖说。

张朝晖走后很久，冷紫才恍惚记起，他们之间连一句"再见"都没有说。

冷妈妈一周年忌日的时候，冷红和冷紫到父母坟上烧了供纸。她们没有回大青庄，但还是在路上碰到了一些村里的人。人们都只是和她们打一个简单的招呼，只有一个女孩子喊住了冷紫。她是冷紫高中时的同班同学，也没有考上大学。她说她在杏屯县城里的一个食品加工厂打工。她还告诉了冷紫许多同学的近况。

听说张朝晖和四班的叶潇正在谈恋爱。她注意着冷紫的表情：他们的学校在同一个城市，倒真是挺有条件发展的。

他们挺合适的，是不是？冷紫笑道。

第十六章

1

这已经是杨蓬跟冷紫的第三个晚上了。

对于自己已经拥有的女孩子，至今还不知道她住在哪里，他总觉得有点儿美中不足。他不想让她对他还藏有丝毫的秘密。再说，要是知道了她的住址，他就可以随时去找她，方便。于是他决定跟踪她。他连续跟踪了两个晚上，都跟丢了。今天，他终于跟到了洗浴中心门口，眼看着冷紫走了进去。开始他还以为冷紫是进去洗澡——煤球厂那么脏，女孩子爱干净，洗洗澡是应该的。可是等了将近两个小时也不见冷紫走出来，他才渐渐诧异起来。难道她就住在这里么？她不是说她住的地方很不好么？

很不好。很不好。他一遍遍地念叨着，恍然大悟。"不好"可以理解为各个方面的状况。这里的"不好"指的大约是名声。他听说过，有许多洗浴中心和那些歌舞厅美容院洗脚城一样是藏污纳垢的经典之地。

冷紫怎么会住在这种地方？她到底是什么人？他开始觉得这个女孩子并不像他想象的那么简单。他的心像系到了高空索道上。一点一点地悬了起来。不过他还是稳住了神。以他这几个月对冷紫的观察，他觉得冷紫不应该是那种女人的。

十一点钟，他走进了大堂。

大堂里人很少，一个保安在看电视，售票桌前已经没有人了。美容室还亮着灯，大约还有人在做美容。他探头看了看，一个男人躺在美容床上，一个服务员正在给他洗面。男人若止若停地抚摸着那个女孩子的乳房。

他赶紧把头缩了回去。

他在沙发上坐了下来，装作看电视。其实他很想和保安聊聊，探探保安的口气，可是他又不敢贸然出口。他已经知道这里不是寻常之地。

他看了看墙上的表，决定最多待到十一点半，如果还看不到冷紫就回去。等到明天再找她问个究竟。

先生洗澡么？这里有按摩服务的。保安突然问。

等会儿。他含糊地说。

这时候，他听见楼梯那边传来了高跟鞋的声音。接着，他看见冷紫出现在楼梯的出口处。和他一起出现的，还有一个有些谢顶的男人。

他从没有看见冷紫这么打扮过。她的头发盘得高高的，有些凌乱，又有些妖冶。她穿着一件纯黑的连衣长裙，领口开得很低，露出一大片白得耀眼的脖颈。让人很容易就会想象里面的风光。而很巧妙的是，她又在脖子上随意地系了一条黑白细格的小方巾，又把那份诱惑遮掩了几丝。而正是这"犹抱琵琶半遮面"的意味更让人流连。她显然还化了淡妆。眉型看起来比白天显得高挑有形，在眉弓和下眼线内侧似乎有隐隐的荧光闪动。在眼尾和太阳穴之间有淡淡的粉紫色的胭脂匀匀地晕开，口红也是粉紫色的，与眼部互相呼应。使她的脸更显得清雅和甜美。

杨蓬看呆了。

谢顶男人似乎也舍不得离去，在那里站了又站，最后，终于吻了她一下，走了。

杨蓬觉得全身的细胞都在发生急剧地裂变。他真想上前掐死她，又想把她放到身下。

婊子。婊子。他想，他终于明白了她为什么在"初夜"不流血，为什么坚持不让他送她回家，为什么无怨无悔地要跟着他，为什么会那么轻易就让他得手。为什么又怕他嫌弃她。她是个白天立牌坊晚上当婊子的贱货，是个想让他带上无数顶绿帽子的恶毒娼妇。

他在心里迅速完成了一套属于自己的逻辑推理，水到渠成的结论让他的全身像一锅沸腾的热油。

他决不会让她得逞的。

先生，你洗澡么？保安又问。

刚才那个小姐，是什么人？他问。

她叫凤凰，是我们这里最红的小姐。不过价钱贵些。保安看着他的脸色，心想他准是被凤凰迷死了。

多少？

一夜一千。只做八百，中介费另算。保安说。他早就看出这种时刻这种神情问这种话的人，十有八九都是想开开洋荤的穷佬儿，说话便也很放得开。而在白天，他们说话都很谨慎。

杨蓬站起身，走了出去。

准是被这个价钱吓住了。保安想。

杨蓬来到街上，不由得笑起来。他和冷紫一共做了九次，按每次八百算，也有七千二百块钱了。这不等于平白无故捡了七千二百块钱么？真他妈的有意思！

2

第二天，冷紫来到了煤球厂，一进去，就觉得哪里不对劲儿。所有的人都看着她，仿佛她是一个怪物。她看了看自己的穿着，没什么出格的。

陈师傅，怎么了？她问其中的一个送煤工。

陈师傅把脸转向一边，似乎没听见她的话。

她掏出钥匙，想去开门，众人奇异的表情和周围奇异的寂静迫使她向四周看了一下。

她手里的钥匙一下子落在了地上。

在五间办公室的每一个窗户上，都贴着一张斗大的白纸，每一张白纸上都写着一个规规矩矩的大字，这五个大字是：冷紫是婊子。

3

这块洗脸毛巾已经有些破了。是那种蓝白条纹相间的普通毛巾，一端印着一行小字：上海市月秀针织厂出品。冷红用了一年多。今天，洗浴中心刚发了一块新毛巾，她决定把这块毛巾当成抹布使。她用它抹了床头板、床头柜、桌子、椅子和自行车，那块毛巾顿时变得黑乎乎的，活脱脱一副抹布的样子。似乎做抹布已经很久了。对于不知道它历史的人来说，大约是怎么也想不到它刚才还是一块芳香扑鼻的洗脸毛巾。

一件东西，人们一旦把它摆在什么样的位置上，就会用什么样的态度来对待它，它也常常会呈现出相应的状态来。就如一块石头，放在幽雅华贵的客厅里，它可能会博得每一位客人的赞叹，而它本身也会因此显得韵味无穷。但是，如果被水泥匠砌进了地基里，那看起来就天生是一副给房屋垫底的模样，也许几百年也不会有出头露面的机会。亦如一个老树根，人们决定把它当柴火烧的时候，它自然就具有一种燃料天然的品质。但是，如果有人视它为一件鬼斧神工的艺术品，把它巧妙地修整一番，涂上清油，抹上清漆，写上说明词，挂上定价标签，那时谁敢说它是该烧的呢？谁不想这就是一个宝贝呢？

一个人，是不是也是这样呢？冷红想。就像人们看到一个正常人，怎么看他都是一个正常人，他的笑是阳光灿烂，他的怒是雨中雷霆，正常人也因此会更加正常。而如果有一天，这个人突然成了一个精神病患者，人们看他的眼光马上也就会变异起来。他的笑便也像是末日狂欢，他的怒像是野马狂腾。他也会因此更像一个精神病患者。

也许，有时候，真的是这样，对很多人来说，外界的暗示和评价是重要的，重要到了足以影响他们对自己的信心和理念，足以参与他们的自我印证和自我鉴定。他们迷失在别人的眼睛和舌头里，认不出自己是谁。外来的风和他们内心的云结成了亲密的战友，将他们自己一步步地引向那莫名之地。

她又想起了冷紫。她没办法不想到冷紫。

那天，冷紫从煤球厂回来的时候，她刚刚躺下，正朦朦胧胧地想睡，忽然听见冷紫的声音：姐，姐。

冷红怔了怔，以为自己在做梦。冷紫已经好多天没有叫她姐了。

姐，姐。声音又传过来，是冷紫的声音，听起来那么空，那么弱。

冷红一激灵，几乎要从床上跳起来。她看见了冷紫的脸，苍白极了。

怎么了？谁欺负你了？她的脑海里闪过一系列的想象，又搜寻出几个平时关系不错的能用得着的客户。要是谁怎么了冷紫，她决不会放过他。

冷紫呆呆地看着她。

发生了什么事了？冷红强迫自己镇定下来：告诉姐。

你说，我是不是婊子？冷紫问。

谁说的?! 冷红的脸迅速充血。

我是不是一个婊子？我真的就那么像一个婊子么？冷紫仍在问着，更像是在自语。

别瞎说。冷红低声喝着：是不是你那个男朋友？

他那么对我是应该的。我是一个婊子，我是……冷紫哭起来。雅娟和静静洗完衣服走进屋，看到这种情形，又面面相觑地退了出去。

冷红揽住冷紫的肩，像拍小孩子一样拍着她的头：告诉我怎么回事，好吗？

我把自己卖了两万块钱，我还不是婊子么？冷紫仍沉浸在自己的语境里。

再这么说我打死你！冷红推搡了冷紫一把，又搂住她的肩：这个世界人人都在卖，一生下来就开始卖了，开始卖自己这一辈子的时间。你看街上那么多人每天忙叨叨都是为了什么？还不是为了钱？为了让自己过好一点儿？我们这样使用自己的身体，也不过是为了这个——而且开始还是被迫的，我们有什么错？如果说我们这样就是婊子，那这个世界上的婊子就太多了。

冷紫沉默着。

其实，我们真的没什么，和别的女人相比，我们不过是让自己的身体使用得更加充分而已，用过之后，身体还是我们自己的。冷红说：我们卖给谁了？谁都没有。冷红看着冷紫的眼睛：你要记住，从实质上讲，我不是婊子，你更不是。我们所做的事情和那些拿着博士学位找工作的人没什么区别。男人得安慰，我们得报酬，公公平平，清清楚楚，实实在在，坦坦荡荡。而且，最重要的是它很简单，形式内容都很简单。我们也必须把这件事情看得很简单。简单的关系比什么都好。它使我们不受伤害，不会受到那些所谓来自道德方面的骚扰。

难道这样我们真的就可以无视道德了么？

道德是个什么东西？我不知道。我知道的是，道德是虚的，人是实的，道德在很多时候成事不足，败事有余。冷红说：别的事情我可能不清楚，但是，在性这方面，从来就不需要道德来指手画脚。如果一定要说出个什么道德标准的话，那么，我觉得，快乐就是性唯一的道德。

冷紫擦干了泪：真的快乐么？

是的。冷红抚摸着她的头发：重要的是别想那么多。这是个不需要太多疑问和太多回答的职业。

冷紫像一只疲惫的小猫伏在冷红的膝上。

那好，我也做。冷紫说。

冷红怔了片刻。

不行！冷红说。她站起来。

你行我为什么不行？

你这是冲动。得好好想想。

你不是说，重要的是别想那么多么？

那是说做了之后。但是，在做之前，你必须得想清楚。冷红说：必须。

为什么？

因为，一旦走上去，就不能回头了。

怎么不能回头？老了，没人要了，也挣够了，自然也就回头了。冷紫说：也许，你以前说的对，等有了钱，一切都会好起来的。我今晚就出台，行么？

冷红默默地看着冷紫，任冷紫阐述着她似乎已经完全进入角色的理论。

不放心么？你别忘了，我有经验。冷紫说。

先给我说说今天发生了什么事。冷红说。

冷紫讲述事情经过的时候，平淡得仿佛讲的是别人的事情。冷红的表情也很平淡，手却在被子里微微颤抖着。仿佛那几个字不在煤球厂，就在眼前。指的也不是冷紫。而是她。她明白了冷紫为什么要说出刚才那些话。羞辱的形式无非两种，一种明，一种暗。暗的可以置若罔闻，而明的却不能不去面对。从神情到语言再到文字，公开的羞辱也如地震，是逐步升级的。而冷紫第一次遭遇这种公开的羞辱，就碰上了最恶毒的形式。在这种最恶毒的羞辱面前，即使是一个真正的妓女都会被摧毁的，何况冷紫。

两天之后，杨蓬在下班的路上吃了一顿暴打。在他倒地哀吟的时候，冷紫已经换上了盛装，开始了她第三天的生意。

第十七章

1

冷紫是在那天晚上执意出台的。

煤球厂的那几个大字，使她本来就虚弱的努力终于彻底土崩瓦解。她认出了那是杨蓬的字。一瞬间，她的心里空极了，空到了她以前从没感觉到的一个程度。她扔下钥匙就走，甚至没想去解释。解释有什么用啊。想好好工作有什么用啊。想做个好女人有什么用啊。没用没用没用。没用没用没用。没用没用没用。从煤球厂回家的路上，她一直这么念叨着，觉得自己要疯了。公共汽车里，一个小偷正在肆无忌惮地摸一个姑娘的钱包，许多人都看见了，可是没有一个人说话。小偷摸走了钱包又在姑娘的屁股上猥亵地捏了一把，姑娘闭着眼承受了。原来她知道，可是她也怕。她怕什么呀。车外，两对十五六岁的男孩子和女孩子正拥抱着过马路，根本不看红绿灯，听见有司机朝他们按喇叭，就一起朝司机飞吻。在金柳大厦，一个盲人持残疾证要免费乘车，售票员死活不让，他说：只要有眼珠子的人就得买车票。盲人大骂：我操你妈！售票员漫不经心地回答：晚上开门等着呢。只要不怕摔死，你就来……从大到小，从高到低，从表面到内部，从整体到细节，这似乎都是个疯狂的世界，除了疯狂，人们似乎无事可做。每天，都会有无数个疯狂的主题出现供人们娱人娱己。今天，她是其中一个么？或者说，她从来就是其中一个么？

她也要疯狂。

她一定要疯狂。

她要做一件平常最不想做也最不可能做的事情——做一名真正的婊子。

她不再去想了。只要有人配合她的疯狂，只要这一切能让她忘记自己。哪怕是暂时的。——这可笑的人生，有什么是长久的呢？

她给自己取名叫珍珠。

你姐叫凤凰，你叫珍珠，真是一对。方捷笑着为她梳妆：记得么，以前有一种化妆品的名字就叫凤凰珍珠霜。

冷紫淡淡地笑了笑。她忽然想起了"蚌病成珠"这个词。她是一只蚌么？那么她得了什么病？现在成珠了么？

方捷精心地为她扎上一条紫色底面上落满白色圆点的宽发带。这是一种刚刚流行起来的新型发带，可以很好地突出女孩子的清纯气质。她把冷紫的妆上得淡极了，几乎看不出一点儿痕迹。她知道，对于冷紫这种初入行的女孩子来说，并非是浓妆淡抹总相宜。如果神情的生涩和化妆的艳丽不协调的话，也会伤害彼此的美。

方捷在冷紫的一只手腕上沾了一些香水，然后又移向另一只。手腕之后是耳后。她的动作十分轻缓。记住，她说：香水千万不能摩擦，只能这么轻轻地沾印。摩擦是会破坏香水分子的。她又把手指伸进冷紫的头发里，飘飘地梳了几下：头发上的香水不能直洒，要从内侧进行擦抹，这样出来的香气又柔和又均匀，绝不会凶猛。另外，最好用无名指，因为无名指的力量最温柔。方捷端详着镜子里的冷紫：真漂亮。

不这样打扮就不漂亮了么？

只有对自己的美丽有充分信心的人才会这么说话，因为你还年轻。方捷笑道：学会化妆的女人往往都已经老了，像我一样。不过，你学一学是有必要的。尤其是以后，这些技能对延长你的青春是很实用的。

方姐，你说我会受欢迎么？冷紫看着镜子里光彩照人的自己，简直想大笑。

当然。方捷说。

我当然可以做个婊子。冷紫对自己说。说不定还是一个挺不错的婊子呢。

你再准备一下，我先走了。方捷说：还有一些注意事项，让你姐告诉你吧。

房间里只剩下了冷红和冷紫。冷红看着镜子里的冷紫，冷紫也从镜子里看着一直沉默着的冷红。

真的想好了么？冷红终于开口。

你说的，这种职业不需要太多疑问和太多回答，所以你也别再问我。我什么都不想说，只想做。

冷红沉默。门外响起方捷叮嘱厨房给她们姊妹做小灶的声音。这是洗浴中心一条不成文的规矩，几乎每一个女孩子在正式上这条路之前，都要吃一两回方捷额外做的小灶——物质上和精神上的。小姐们普遍认为也是方捷自认为很有人情味儿的一个做法——冷红却想起监狱里给临刑前的死刑犯们吃的那一顿最后的晚餐。方捷还让人又给冷紫铺了一张床，配备了一套这里小姐们都有的工作服、洗漱用具和化妆品。这表明方捷已经完全把冷紫看成这里的正式一员。之前她还说过要把冷紫的工作关系也分属到客房部，和冷红在一起。底薪也和冷红一样，是三百元。

方捷的声音里有一种抑制不住的欣喜和愉悦。冷红知道这是为什么。这决不仅仅是因为冷紫今天的突然加盟，更深的原因是那个灵感。方捷肯定认为，冷紫既然迈出了今天这一步，就离那个灵感实行的日子不太远了。

那个灵感。那个方捷曾经提起却被冷红断然拒绝的灵感。那个方捷认为极富创意也极富新意的灵感，当然，那也是个意味着要比她们现在挣的钱多得多的灵感。

冷红的心动了动。如果说这个灵感对她有那么一点儿吸引力，就在这儿。现在，她的身价虽然还是这里最高的，但已经有些跌了，实施了这个灵感之后，她们挣的钱不但可以反弹到她单干时的最高峰的两倍，甚至很有可能还会更多。到那时，不要说十万，就是一百万也不难挣到——但是，那又是怎样一个无耻的灵感啊。如果说她现在的生活已经很无耻，那个灵感就是更无耻。无耻得连她都没有想好该怎么去面对——而且，不要说那个灵感，就是今天，此时此刻，她都不知道该怎么面对。

抛开那个鬼灵感，先面对现在吧。她对自己说。

她张了张嘴，想说几句方捷所谓的"注意事项"，可什么也想不起来。你就这么眼看着自己的妹妹去卖淫么？你还有脸对她口传亲授么？她问自己。觉得冷紫就像一只楚楚可怜的羔羊，现在迷了路，正站在屠夫的门槛上，可羔羊却不想逃走，她只想进去休息，而不在乎这是一个什么门。

她就这么看着她走进去么？她是在纵容冷紫一时的意气用事么？或者，她是真的希望冷紫以这种亲历的方式达成对她的理解么？

那她是不是也是屠夫了呢？

不。她迅速在心里做了判断。也许，她还不太清楚到底谁是屠夫，是那些男人还是方捷或者他们都是？她说不准。但是，她能够断定自己和冷紫都是羔羊。如果她默许了妹妹走上这条路，那么原因也是充分的。首先，她率先走上了这条路，并且不愿意离开，客观上为妹妹起到了示范作用，没资格管她。其次，她阻拦过，冷紫不听。第三，这条路对冷紫的现状而言，虽然不能说很好，可也算是一个选择。反正冷紫已经对外面的生活失去信心了，做一做也没什么吧？如果不适应，反正可以随时退出。如果适应了，自然是一条顺理成章的生存捷径。等到她们挣够了，就一起隐退江湖，嫁夫生子，也不是不可能的吧？——至于纵容，如果纵容她一时的意气用事能够给她带来享用终生的财富，那么她的纵容也是有价值的。而所谓的理解，此刻更是无从谈起，这个世界谁理解谁？连母亲和儿子、丈夫和妻子都整天在报纸电视上呼唤理解，理解到底是个什么东西？它多半已经绝迹了。她冷红如果指靠着别人理解，还能走到今天么？

她终于开口了。

女人的身体就是一次性包装，拆开了，就再也无法还原，不是使用就是作废。我们不想作废，我们选择了使用。既然是使用，就要最大价值地使用。如果一次能挣一千，我们为什么要挣八百？只有最大可能地掏他们的腰包，才是对他们最好的惩罚。冷红说：另外，你还要知道，对我们这一行来说，最没有用的东西就是尊严。首先要把尊严忘掉，应当让尊严无用这个概念像盖房子的地基一样在大脑里扎牢实。你才会真正做起来。

冷紫把指甲高高举起，观察着蔻丹涂得是否均匀。

你在听么？

听着呢。冷紫说：说得真好，字字真言。

冷红低下头，她忽然觉得难受极了。我是为你好。许久，她说。

谢谢。

两个人再也不说话了。

吃过饭，又休息了一会儿，方捷亲自来敲门。

咱们走吧。她的声音温柔极了。

冷紫站起身，若无其事地看了冷红一眼：姐，你还不走么？

冷红她默默地，默默地看着冷紫，仿佛要把她看到很远很远的地方去。

冷紫走到了门口。

小紫，冷红说：你真的，想好了么？

冷紫没有回头，只是微微地站了站，然后走了出去。

冷红怔了一会儿，慢慢地开始打扮。这是一个令她伤感的夜晚。可她知道自己不能再伤感下去。她还要出台。

伤感不能挣钱。伤感没用。

2

冷紫第一晚的客户，是个中年男人，他有一双极富魔力的手。他对冷紫的抚摸几乎震撼了冷紫的每一寸肌肤。进屋之后，他们几乎什么都没说。那个男人把冷紫抱到床上，从脚开始，小腿、膝盖、大腿、小腹、乳房、肩胛、脊柱……他哪一点都没有放过。他像一个技艺高超的按摩师，细致地探索着冷紫身体的每一个部位。在他的手下，冷紫紧张的神经渐渐地松弛，全身涌起一种沉甸甸的漂浮感，慢慢地，她觉得自己好像是在一汪温热的水里悠悠地摇晃着，浅浅的波浪拍打着她，无休无止。

堕落真的这么好么？冷紫想。那就让我尽情地堕落吧。

我的手好么？男人问。

好。

许多女人都喜欢我的手。男人说：知道我是怎么练出来的么？

你是专业按摩师？

许多女人都这么说。那人笑了：是摸麻将摸出来的。

冷紫不由得笑起来。

我的舌头也很好。想试试么？男人说着又埋下了头。冷紫睁开眼睛，看见了男人腰间的赘肉和光秃的头顶，她突然觉得自己像是一个台下的看客，而这些男人都是台上的小丑。他们为她服务，讨她欢心，最后还要付给她钱。她呢，高兴了就上台客串一把，不高兴了就无动于衷地在下面看。轻松自由，无拘无束，一点儿也没有当初想象的下贱。

很好。她对自己说。

她第二天接待的，是一个很帅气的年轻人。他说冷紫是他在这一行里所碰到的最令他满意的姑娘。

我一定会再来的。他说。

来者不拒。冷紫说。

你对每个客人都这么热情么？

客人在我这里没什么区别。

这么说我下次再来你也不会认识我的。

是的。冷紫笑着：不过也不会很陌生。

怎样才能让你对我印象深刻？男人说：看来我似乎有必要在

你的肚子上刻上我的名字。

不用刻。我知道你的名字。冷紫说：你叫张学友。她觉得这个男人的鼻子确实十分像张学友。

男人大笑起来：你说得没错。我的哥儿们都叫我张学友。

那你还是天王呢。

你就是王妃。他数出一叠钞票：留这些钱给我的王妃买胸罩裤头吧。

欢迎再来。冷紫说。

我会再来。再来的时候我要把你包起来。男人说。

那要花很多钱的。

我整天愁的就是怎么花钱。男人拍拍冷紫的脸：我是个做大生意的人，挣的钱太多了。

第三天晚上，冷紫走进房间，看见的居然是朱局长。他正在喝茶，看见冷紫，脸上的肌肉不自觉地扯动了一下。

都是老朋友了，慢慢聊。方捷说，轻轻带上门。

冷紫看着他微肥的脸，迟迟没有挪动步子。难道自己现在要和这个撕碎自己初夜的人上床么？她问自己。

听方捷说，你已经做了两单生意了？朱局长走到她身边，把她一点一点地拽到沙发旁，按她坐下：早就应该过来捧场，可我实在是太忙了。

冷紫木然地看着电视。里面一对情侣正在吵架。她是什么人？要他用捧场这个词？

还在生我的气么？其实，我也是被骗的。朱局长絮絮地说：我原来想找的是你姐姐凤凰。可那天凤凰已经订出去了，方捷又想挣我的钱，就害了咱们俩。要是我知道你还是个黄花儿，怎么会忍心下手呢？

说这些有什么用？冷紫说。

是没用。朱局长说：好在你想开了。不管怎么说，这也是条路。趁年轻挣点钱，将来从良嫁人，也是蛮好的。他试探着搂住她：这是个改革的时代，这样的时代让人宽容。

冷紫任凭他的手在身上游走。他不愧是个官儿，这时候说的话都是那么有分析性。她想。

这一次我会很温柔的。朱局长的唇俯下来：不要这么冷，好不好？身体都打开了，还在乎微笑么？

冷紫脸上绽开了笑脸，他说得对，她不能因为他是她的初夜就拒绝面对。他是她的客人，一个男人。如此而已，此后，在她的生命中，将再也没有具有特别意义的男人。任何男人都是她的客户和潜在客户。

张朝晖呢？她心里咯噔了一下。

只要他来。只要他成了一个嫖客，那么她对他就会像对任何人一样。她终于在心里下定了决心。

五千。她对朱局长说。

太多了吧？朱局长的吻顿了一下，神情分明是有些心疼：方捷不是说三千么？

我就跟你要这么多。你要是听方捷的，就让方捷来陪你好了。冷紫更加明媚地笑着，作势站起。冷红是对的，只有最大可能地掏男人的腰包，才是对他们最好的惩罚。

五千就五千。朱局长说。他的吻灼热凶狠起来：不过你可得让我满意。

一周之后，冷紫把自己出台以来的收入都交给了冷红。冷红点了点，一万八。

你怎么不收着？她问冷紫。

不想。冷紫说：咱们现在一共有多少钱？

我的折子上还有三万，连这有四万八了。冷红说。

姐，你说咱们挣多少是个目标啊。冷紫眼神直直。

一百万就差不多了。

一百万？冷紫的声音与其说是惊奇，不如说是茫然。她不是觉得这个数目庞大，而是觉得这个数目遥远得失去了概念。

可不得一百万？冷红说：买个好房子，开个好店铺，这两样就差不多了。我们得指着这些钱过后半辈子呢。

那得挣到什么时候啊。冷紫说。

冷红飞快地算了算。一年十二个月，一月三十天，除去例假和特殊情况，一月按二十天一天每人按五百块钱算，一月能挣一万，一年就是十二万，两个人二十四万。挣够一百万需要她们需要干四年零一个月。这还是在比较顺利的情况下。

也许干不了这么久就不行了。冷红说：所以说，干什么都要趁早。挣钱也是一样。

我们还能怎么快？冷紫道。

办法倒是有。

什么？

冷红犹豫了一下：我也没想好。以后再说吧。

她确实是没想好。眼看着冷紫一步步适应了现在的生活，大把大把地进钱，她的心里安稳多了。与此同时，方捷的那个灵感又在她心里蠢蠢欲动起来，做与不做是质的区别，做多做少不过是量的区别，既然做了，为什么不做大一点儿？自己这一关已经过了，反正是无耻了。她没把握的，是冷紫。她甚至不知道该怎么对冷紫说。

她找到了方捷。

不好意思，是不是？方捷笑道：这一行关键是做，有时候只去想，一辈子都转不过那个弯儿来，做一次，就什么都知道了。她看着冷红：要不然，我先找个主顾，你们试试？

可我怎么对她说呢？

我说过了，关键是做。

冷红明白了：我不想骗她。

你没有骗她，你是在尽责任引导她去学会怎样更多更快地挣钱。方捷说。她的语气十分郑重认真，她知道要让冷红下定决心去实施那个灵感，必须得给她一个让她不那么愧疚和心虚的借口。这是冷红行动的精神支柱。尽管这根支柱是空心的，但对冷红来说也是必得依靠的。因为，事情一旦发生，冷紫首先针对的就是冷红，而不是冷红之外的任何人。

3

张朝晖的书又寄到了。这已经是张朝晖寄来的第四批书了。冷紫大致算了一下，张朝晖大约是每三个月寄一次书，也就是每学期寄两次，这批书的到来意味着她已经一年多没见到张朝晖了。收到这批书后，冷紫给张朝晖写了一封短信，想告诉他不要再寄书了。可是这封信最终也没有发出去。张朝晖和叶潇已经恋爱了，他们真的挺合适的。张朝晖这么给自己寄书已经够可以了，如果再一来二往地通起信来，说不定会影响他们的感情——可是自己还有能力去影响张朝晖的感情么？她不知道。这也是她一直不敢把信寄出去的最重要的原因。如果她真的影响了他的感情，那她肯定会在感觉幸福的同时感到内疚；如果她不能影响张朝晖的感情，那她就不得不承认她在实质上已经被张朝晖赶出了玫瑰园，他给她寄书的目的很可能就只是出于同情了。所以，无论如何，寄信都是一种冒险，而这种冒险抵达的两种结果都会让她痛苦。那就维持这种平静的现状吧。最起码，她不会内疚，也不会失落，她可以安然地读着这些书，然后在想象中尽情回味张朝晖对自己的那份感情，睁着眼睛做做这美好的白日梦。

这是自欺欺人，但是对于她这种在生活中找不到乐趣的人来讲，悄悄地拥有这样一种享受也并不过分吧。

第十八章

1

水温非常好，不凉不热，应当在三十五度左右。冷紫一踏进浴缸就感到全身的每个毛孔都欢畅地张开了小嘴巴。她非常喜欢这种水温，这种水温非常接近人的体温，常常让她觉得她又返回了婴儿时期，又躺在了母亲怀里。

到底是冷红，连她这么微妙的生活细节都知道得一清二楚。她想。

她打好浴液，躺在洁白的泡沫中，闭着眼睛，一动不动。方捷特别关照过，她和冷红有资格在洗浴中心闲置的单间里免费洗澡。因此，每天，她都要抽时间泡一会儿澡。有时候一个人，有时候和冷红一起。泡澡的时候，她不喜欢说话。只是那么静静地躺着。静静地，静静地。只有这时候，她才会觉得舒服些。她能够清晰得感觉到水温的渐渐冷却和泡沫的生生灭灭。这真像人的生命。她想，有时候，她会忽然觉得一滴雨，一个茶杯都和人的生命之间充满了亲密的象征意味。就像刚才上厕所，用手纸的时候，纸卷突然从她手里松落了下去，幸亏她的手里还抓着这一端的纸，她便下意识地开始挽救，可是已经没有机会去抓住纸卷了，她便放出两手都去抓纸。她一圈一圈飞快地抓着，让向上的抓动力抻着纸卷下落的速度，好在剩下的纸不太多，她终于将纸一圈圈地抓在了手里。稍后一刻，她便听到了纸卷的内筒落在地上的声音。看着手里的纸，她心里并不怎样觉得安慰。反而涌起一丝怅惘。自己这么忙乱是为什么呢？她问自己，无非是怕纸落在地上脏。可抓到手里的纸的结局还不是一样要脏？二者的不同不过是如何脏掉的问题。

这不也像人的生命么？

舒服么？冷红走进来问。

唔。冷紫答应：朱自清面对荷塘月色时是什么都可以想，什么都可以不想。我不敢高攀那样的风雅，只要一盆洗澡水就够了。

冷红看着冷紫愉快的表情，这是她少有的惬意时刻。她张了张嘴，想说什么，还是止住了。听着外间里的轻微响动，她的心里一阵慌乱，下面即将发生的事情，让她的心里也很忐忑。可正是这种结局的不确定性，让她下定了尝试一下的决心。

她看了冷紫一眼，走了出去。

冷紫仍旧闭着眼睛，一动不动地躺着，她头枕着浴缸边沿儿，几乎就要睡着了。她感觉有人轻轻地推开了门，走进了浴室。她没有睁开眼睛。

那人又跨进了浴缸。她还是没有睁开眼睛。

一双手轻轻地在她身上抚摸起来。

别闹。她说。

有湿热的唇吻下来。

她睁开眼睛，来不及呼喊，那人已经用双唇紧紧地堵住了她的嘴。与此同时，那人的四肢也稳稳地压在了冷紫的身体上，在浴缸有限的空间里。冷紫微弱的挣扎更像是一种舞蹈。这是干什么？这是怎么了？这里不是很安全么？冷红呢？她的大脑一片混乱。现在她已经是这条道儿上的人了。谁要想做她根本用不着来这一手。她是明码标价的，只要付钱，她可以给她最甜蜜的笑脸。

姐！许久，她才透出一口气。她喊。

没有人答应。冷红也出事了么？她的慌乱加剧了。

姐！她又喊。提高了声音。

还是没有人答应。但是，门被推开了。冷红一步一步地走进来，用一条浴巾裹着身体。

救我，姐！冷紫道。

冷红把眼睛转向别处。

姐。一瞬间，冷紫的声音变得很轻很轻，轻得像一根羽毛，落在了盈尺的雪上。

冷紫看着冷红。冷红的眼睛依然看着别处。仿佛她早已经预料到，此时冷紫的眼神是世界上最可怕的东西。

你，过来。男人说。

冷红慢慢地走过来。

脱光让我欣赏欣赏。男人说。你们的特色不就是长得一模一样么？我倒要比比，看有没有不一样的地方。

冷红缓缓解下浴巾。

男人看了看冷红，又看了看冷紫，嘿嘿地笑着跳了出去，拥住了冷红。

冷紫什么都明白了。冷红吞吞吐吐不肯说出的那个可以多挣快挣的法子就是这个。这个法子的确与众不同。也不可能有什么人会和她们相同——最起码在星苑市是这样。甚至在全省只怕也只此一对。当然，孪生姐妹并不少见，但是孪生姐妹双双卖淫而且同侍一客，这样的事情多么？这种刺激和新鲜让任何一位嫖客听了都会怦然心动，而有了刺激和新鲜这两个香饵，就能把成群的鱼钓上钩。而上钩的鱼，都是金鱼。厚厚的钞票会源源不断。可爱的钞票，美丽的钞票，图案经典的钞票，制作精良的钞票。摄人心魄的钞票。

一些声音无法阻挡地传了过来。

刚才，冷紫是在水里，是在几乎盲目的状态下被占有的，她根本无法去客观地察看和分辨。现在，她那么清晰地看见了冷红和那个男人。他们近在咫尺。这两个赤裸的人。一个男人和一个女人。女人还是她的孪生姐妹。冷紫从没有看到过这样的情形。这是她做梦也想象不到的情形。男人分开了女人的双腿，抱住了女人的腰。女人坐在浴缸边沿儿，双臂紧紧撑住，承受着男人的冲撞。男人又把女人的双腿提起，放在肩膀上，抱住女人的臀，女人的脸仰向天花板，微微地摇晃，仿佛有些晕眩。女人的扭曲、呻吟，男人的喘息、进退……这就是所谓的做爱么？这就是让多少诗文为之赞颂不已的最神圣的事情么？这就是让无数人神魂颠倒乐此不疲的事情么？

她真想吐。

她想吐出她的肺，那里每天呼吸的都是细微的灰尘。她想吐出她的胃，那里每天都在进行无聊的蠕动和分泌。她想吐出她的胆，这对她来说已经是个完全萎缩了的失去功能的废物。她想吐出她的肝，她感觉这块用来分解病毒的东西现在也已经储蓄了太多的病毒……她想吐出自己身体的一切。她从没有像现在这样厌恶人的身体——别人的和自己的。可她奈何不了别人，所以她只想去呕吐自己。她想把自己吐得浑身透明，然后让自己飞起来，

飞起来，高高地飞起来……然而，她最想吐的还是自己的那颗心，这个时时刻刻让她还拥有人的感觉的东西，几乎是她所有痛苦的发源地。

她还是个人么？

不。她不能是，不想是，也不配是。

冷紫静静地坐着，眼睛的状态宛若失明。直到那男人又爬在了她身上，用舌头堵住了她的嘴。在那一刻，她突然感到奇怪，奇怪自己怎么没有吐出来。如果吐出来，那这个男人不正可以一滴不漏地吸下去吗？

真好笑啊。她想。

这一瞬间，冷红看见了冷紫的笑容。她打了一个寒战，全身都微微颤抖起来。

男人又爬到了冷红身上。

冷紫默默地看着冷红，冷红紧紧地闭着眼睛，仿佛陶醉在男人的挤压之下，又仿佛不能正视冷紫如冰如雪的目光。她还知道羞耻么？冷紫想。她想起了自己刚才在冷红眼里的情形。在第三者眼里，自己也是这样丑陋和放荡么？或许是的。或许没有人能够例外。这是一出多么大胆而又聪明的剧目啊。她想。在这之前，她已经基本适应了和一个男人上床，无论这个男人有多么陌生。现在，冷红把她引导到了一个新境界：当着别人的面和一个男人上床，不，是上浴缸——不过本质还是上床。如果换上任何两个女孩子，这种事情无疑就是淫乱，是即使在这个行当里也最恶心的勾当。可主角是她和冷红，事情的性质就发生了鲜明的变化。因为她们是孪生姐妹。因为她们是孪生姐妹，她们在嫖客心中就是一个有趣的整体，而不是截然不同的两个人。因为她们是孪生姊妹，她在冷红心里就成了一个最亲密的合作者和共享者，而不是一个皮不沾肉的外人。也因为她们是孪生姊妹，她即使是被强迫的也无话可说，无计可施。对冷红梦想和渴望的了解以及自身的现状让她不得不去接受和原谅——更因为她们是孪生姊妹，这件本来极其羞辱的事情才在她们彼此的心理程序上进行得那么风平浪静，水波不兴。

她们是亲亲的孪生姐妹，她们是一个人。她们之间不存在第三者。如果有一双眼睛在闲闲地观望，那也不过是当事者分离出来的另一个自己。嫖客这么认为。冷红的行为告诉她应该这么认为，他们在共同逼迫她这么认为。

她能不这么认为么？

她觉得心里有一种什么东西又被摧毁了。她很快便明白了被摧毁的是什么。一个人，也许往往能够承受隐匿的羞辱，却往往不愿意忍受一丁点儿公开的蔑视；能承受角落里单独的欺凌，却会反抗两个人以上在场时的嘲弄。就像在这之前的冷紫。虽然她已经能够适应和一个男人上床，但是要当着另一双眼睛和男人上床，她肯定做不到。这也是一种自尊心。这种自尊心是为别人存在的，是面子的同类品，它是虚拟的。然而，尽管它是虚拟的，但是对许多人来说，却也是必须常常携带的。

冷红今天摧毁的，就是她这种虚拟的自尊心。她告诉她，这种自尊心的保持是多么没有必要，是多么自欺欺人——你已经是一个婊子了，无论怎样都是个婊子，难道单独和男人上床就是高尚的婊子而当着别人的面和男人上床就是低贱的婊子么？再说，你并没有当着别人的面。你是当着你孪生姊妹的面。她就是你，你就是她。你和她之间，不是别人。你的无耻和她的无耻，加到一起，还是一个无耻。只不过，无耻的境界更高了一些。

这是多么精妙的计算啊。冷紫想。

要把没有尊严这个概念当作盖房子的地基一样在大脑里扎牢实。她又想起她第一次接客时冷红告诫她的话。这就是冷红对这个理论的生动实践么？

结束之后，男人在两个人的脸上分别又吻了一下。真是两个尤物。他说：我会为你们广为宣传的，下次再来的时候，可要给我打打折儿。

临走之前，他又回了一下头：给你们提个意见。下次笑容多一些。要知道，你们的笑容和钞票可是紧相连哪。

2

许久，冷紫仍旧静静地待在浴缸里。冷红坐在浴缸边沿儿。突然间，她似乎感觉有些冷，便拽了一条浴巾裹住了身体。她摸了摸浴缸里的水。

水凉了。她说。

冷紫看着她。冷紫知道自己应该去斥责她、痛骂她、啐唾她，甚至去揍她一顿也不过分。可是，突然间，她发现，自己已经变成了一个完全没有感觉的人。

换换水吧。冷红又说。她伸手去拉冷紫的手：你先出来，我给你换水。

别碰我，你又不给钱。冷紫说：我的身体只给男人碰。

小紫。冷红难堪地沉默了片刻：我这也是没有办法的办法。干什么都有竞争，我们这也算是一种优势。

感谢父母赐予了我们这种优势。冷紫道。

冷红被这句话一下子击中了。突然间，她恸哭起来。她的双肩激烈地耸着，哭得那么急促，那么难过。这种形态让冷紫的心里稍微舒服了一些。

冷红的哭泣渐渐地弱了下来。你知道么？小紫。她说：穷和富中间隔着一条河。有人天生就在河这边，有人天生在河那边。富的不想到穷的这边来，穷的却绞尽脑汁想往富的那边去。于是就想出了各种各样的方法。有的修桥、有的造船，有的游泳，还有的运气好，乘着一阵风就过去了。我们没有那么好的运气，也失去了其他的资格和能力，我们拽的是我们用自己的身体制作的一条滑索。这条滑索对我们来说，是现在唯一的一条捷径。

捷径往往都是邪路。冷紫说。

可邪路往往最快。冷红说。既然上了这条路，图的就是快，越快越顺畅，越快越安全。我是对不起爸爸妈妈，也对不起你。可是也有太多人对不起我们。爸爸妈妈现在已经不在人世了，可我们还得活着。一样都是活着，我们为什么不活得好一点儿，为什么不活到河那边？只有过上了好生活，我们才算不白活一回，才算为自己讨回了一些公道。可是谁会给我们好生活？除了我们，还是我们。冷红蹲在冷紫身边，抚一下她的脸：小紫，相信我，我们一定能过上好生活的。

你相信么？冷紫看着她。

相信。

冷紫点点头：你相信就好。我听你的。

你不相信么？

我什么都不相信。冷紫说。

那你为什么还要听我的。

因为，我没什么可信的了。冷紫说：我连自己也无法相信了。

冷红看着冷紫苍白的脸，心里掠过一丝内疚和怜惜：小紫，你恨我？

冷紫摇摇头。她是真的不恨冷红。她知道冷红是在以自己的方式对她好，尽管她决不接受这种好——如同她决不接受冷红许诺给她的那种幸福生活。其实，不仅是对冷红，她觉得自己对这世界的万事万物都已经没有什么异样的波澜了。钱对她没有什么意义，爱情早已经对她隔离。她也失去了去争取正常生活的梦想和激情，甚至连虚伪的自尊心也没有保住。她还有什么呢？她现在只是一具空壳在靠惯性延续生命。而她延续的主要目标就是为了成全冷红，帮她尽快挣够一百万。这大约是她活着的最重要的意义。她对冷红是有用的。她不能放弃生命就是因为她得发挥这一点点作用。

她把这叫作废物利用。

3

冷红和冷紫成了洗浴中心独一无二的"品牌"。因这品牌的绝艳魅力，她们的声誉在本行业里得到了最快速度的宣扬和传播。无数的风流君子对她们津津乐道，自然也有不少人来一试身手。她们的生意如日中天，几乎夜夜不空。预订电话打爆了方捷的手机。在很长一段时间内，她们的底价是：做一次三千，住一夜五千。每一桩生意，方捷另得介绍费八百。

她们的绰号是并蒂莲。不知什么时候，有人还传出了并蒂莲十比：

比红比白，比大比小。

比肥比瘦，比低比高。

比深比浅，比柔比俏。

比湿比润，比娇比娆。

比俗比雅，比美比妙。

也有人叫她们三明治。三明治是什么意思？冷紫困惑。我们两个人中间夹一个男人，可不是三明治么？冷红笑道。

并蒂莲是谁起的？冷紫拧紧了两条细眉：莲字是我们能用的么？

我们为什么不能用？有人认为我们能用，我们就能。冷红道：以后别再用你的学生腔发出这种言论，我们风尘女子，学生腔对我们而言太奢侈了。

就像用莲字对我们也是一种奢侈一样。冷紫说。

冷红沉默了。她突然发现，在很多时候，她和冷紫虽然处在不同的立场上，可是实质的指向却往往有着惊人的一致。

4

相比之下。洗浴中心其他小姐的生意都逊色了许多。有几个人搁不住冷清，离开了这里，到别处栖身。很快又有几名新人补充了进来。她们大部分都比冷红和冷紫年轻。因为年轻，她们的客人也不少。闲着的时候，冷紫常常默默地看着她们。看着她们微嘟的嘴唇，桃子一样饱满的乳房以及像被倒了的调色板糊住了的彩发。她们真年轻。她想。她觉得自己已经老了。她尤其不明白的是这些女孩子脸上的神情，她们整天都是那么青春洋溢，活力四射，充满生机。如果走在街上，简直和那些正常的女孩子没什么区别。只有职业性的动作偶尔泄露出那种油滑的矫情和世故的秋波，才会让人产生些微莫名的感觉。应当说，她们的精神是空虚的，可她们居然也能流露出一种实实在在的开心和快乐。她们的生活也是无聊的，可她们也能在这种无聊中激荡出一些属于她们自己的响亮浪花。她们怎么就能够那么轻松呢？冷紫一直都想不明白。就像此刻，她们正在走廊上闲聊，不时爆发出一阵大笑。

她稍微靠近了一些，听到一个叫菲菲的女孩子正在讲荤段子：说是古时候，也是干咱们这一行的一个姊妹晚上去赶一个生意，走到半路上急着解手，可一时又找不到厕所，只好就地解决。哪想刚一蹲下，就觉得有一根草扎进了那儿，又痒又疼。她就骂道，整天让你大口吃肉，偶尔吃一根青菜，你就这么难受吗？

女孩子们笑成了一片。

她们居然笑得出来？冷紫想。这种笑话也许只有夫妻躺在床上说才有趣儿，或者，与客人们在一起听他们说说也会有一些无耻的乐趣？而女孩子与女孩子在一起兴兴头头说这个就只剩下无耻了。但是，话说回来，对她们这些人来说，说说这个又算什么呢？难道说比做还无耻么？冷紫又觉出了自己思维的荒诞。她忽然觉得自己还不如这些女孩子们。她们是无耻，可是她们无耻得多么真实和明朗。相比之下，自己的无耻又显得多么虚伪和浑浊啊。

她看着菲菲。菲菲个子不高，很丰满，但是身体也很玲珑。她的眼睛微微有些向外鼓，显出一些没心没肺的爽直和坦白。据说这样的眼睛最适合演戏，在舞台上传情十分到位。而菲菲也确实曾经和戏有缘。冷紫和菲菲聊过一次，菲菲告诉冷紫说，她是安徽宿松人，从小就爱唱爱跳，黄梅戏尤其唱得好，在地方上很有一些名气。初中毕业后考上了当地的戏校，有不少剧团提前都来相看她，想让她毕业后去当台柱子。她觉得自己反正捧上了铁饭碗，便很有些飘飘然了，开始谈恋爱。戏校里有成人班，她和一个大她五岁的男孩子好上了。那个男孩子带她下馆子，看录像，溜冰，跳舞，她很快便失了身。后来那个男孩子又带着她与其他男孩子女孩子一起群居群宿，被学校发现，把她开除了。开除之后她想自己反正已经这样了，又没脸回家去见父母，就在社会上胡乱闯荡起来，给歌厅唱过歌，在保龄球馆当过陪打女，在酒店里当过啤酒小姐，最后走上了这条路。

你多大了？冷紫问她。

十九。

走到这一步，你的心里没有斗争么？

你怎么像个记者似的？菲菲笑了：我在好梦娱乐城干的时候，碰到过一名记者。他问我痛苦不痛苦，我说痛苦什么呀？我很快乐。干这一行，我就是为了让自己快乐，挣钱快乐，和男人玩儿也快乐。我也想当阎凤英，我也想当何赛飞，我也想当马兰，能行吗？我要整天做这些梦别活了。我干吗要和自己过不去啊。那个傻帽记者说我是被变形的欲望扭曲了，全社会都应当来关注我们，拯救我们，我说你得了吧。你看看你那五块钱一根的金利来领带和二十块钱两件的鳄鱼衬衫，还是先拯救你自己吧。

冷紫再也说不出一句话来。走到今天，她觉得自己仿佛走过了千山万水，把心和脚都磨出了厚茧才能够勉强活下去，而真的有这样的人，在这样轻松地活着。

珍珠姐，过来一起聊啊。菲菲也看见了她，招呼道。

你们小孩子家，我和你们有什么聊的。她笑问菲菲：你怎么认出是我？

这最好认了。菲菲笑道：在外形上，凤凰姐比你头发长，也比你会化妆。在待人上，凤凰姐比你话多，可没有你脾气好。凤凰姐经常是笑着笑着突然就绷起了脸，你是经常绷着个脸，突然笑那么一下。总之，凤凰姐的精神看起来比你好。你是愁眉又苦脸，没事就发呆，不像在发财，好像在受难。凤凰姐的精神就不像你那么寡。

冷紫不由得笑了。菲菲说得真对，真好。她想。

冷红闻声也走了出来。一看见这些年轻的女孩子，她就会暗自庆幸自己及时采纳了方捷的建议，才非但没有被淘汰，反而有一种蒸蒸日上的趋势。

这一行是催人早衰的职业。她对冷紫说：过了这几年，我们好好地休整一下。她凑近冷紫的耳朵：我们已经有十八万了。

昨天你不是说才十七万么？冷紫淡淡地说。

不是在天天挣着么？冷红说：今天还有两单生意呢。

两单生意怎么做啊。冷紫皱皱眉：方捷越来越贪了。

不是方捷，是我。冷红顿了顿，道：今天方捷只安排了一单，做完之后咱们去锦都大酒店接另外一单。

怎么还要往外跑？冷紫看了看冷红：是私活么？

冷红点点头。

被她知道她会不高兴的。冷紫说：也不一定安全。

锦都是四星级酒店，应当没问题的。冷红说：这是昨天那个客户介绍的，说他的一个朋友今天路过星苑办事，总共只能待三个小时，没时间来我们这里。只要我们去那里服务两个小时就可以拿到五千块。本来我也不想接，可一想两个小时就能拿五千，不接太可惜了。就答应了。

冷紫没有再说话。冷红是越快越想快了。这件事情对她来说根本无所谓，只要能帮冷红挣钱，在哪里都行。反正她们已经掉到了悬崖底，再怎么折腾也都是一身灰了。

你别担心。方捷不会把我们怎么样的。冷红仍兀自说着：她不高兴尽管不高兴去，又能把我们怎么样？我们给她挣的不少了。她要不想留我们，有人会请我们去的。听冷红的口气像影视大腕儿，冷紫不由得笑起来。

喂，你们吃过我们安徽的毛豆腐么？那边的菲菲依然讲得兴致勃勃：都说毛豆腐就是臭豆腐，其实根本不是一回事。我们那儿的毛豆腐做得可有讲究了。先把水豆腐烘干，切成小方块，弄出白茸茸的长毛，然后放在平锅里用热油去炸，要炸得两面泛黄，在起锅的时候再撒上辣椒、姜、葱末儿。不但颜色好看，也香极了。菲菲闭上眼睛，夸张地深吸了一口气，仿佛真的沉浸到了那种香味儿中。

毛豆腐那么好，你怎么不留在安徽啊，来抢我们的饭吃。一位小姐说。

谁让这儿的男人又傻又阔！

她们轰地笑了。

冷紫忽然有了一种奇异的感觉：她觉得她们都很像一块块毛豆腐，那张床就是装满了热油的平锅。每天，她们都会在平锅上把自己炸出香味，然后再把自己卖出去。

她也一样。

第十九章

1

某天晚八点，在锦都大酒店916房间，冷红和冷紫被警察双双抓住了。

小紫，别供出方捷，咬定你是第一次，其他的任何问题都推到我身上。冷红说。这时候，房门正被激烈地敲着，眼看就要被强行打开了，她却顾不上穿衣服，对脸色苍白的冷紫清晰地嘱咐着。又镇静地告诉那个瑟瑟发抖的男人：就说我们是刚刚在银海时装城碰上的。是我勾引的你，和我妹妹没关系，明白么？还有，把价钱说成五百，这样对我们都有好处。

第二天，在星苑市解放区公安分局，冷红和冷紫接受了隔离审问。面对相同的问题，她们的回答略有不同。

2

问：姓名？

冷紫顿了顿，决定不说出自己的真名。她这才发现自己多么珍惜冷紫这个名字。这个名字代表的，是一段多么干净的岁月。

答：珍珠。

问：老实点儿。要真名。蒙你们那些客人可以，别在这儿蒙。

答：冷紫。

问：年龄？

答：二十一。

问：文化程度？

答：高中。

问：原籍？

冷紫又顿了顿。在这一刻，她又发现了自己对杏屯县城关镇大青庄这个地址的珍爱。这是父母安息的地方，这是她刻下初恋情缘的地方，这是她生活了二十年的家乡。她就在这种场合把它的名字吐出去么？这似乎属于最恶劣的玷污和出卖。可她能闭口不答么？

答：杏屯县城关镇大青庄。

问：家里还有什么人？

答：父母都过世了，只有一个姐姐，你们见过的。

问：姐姐叫什么？

冷紫的心一阵战栗。她最担心他们问父母的名字，他们居然没有——也许是因为父母都已经不在人世的缘故。可无论如何他们没有问。她甚至因此有些感谢他们。因为一旦他们问起，她不知道自己该如何让父母的名字出口。她觉得那两个名字一旦出口，父母就是在九泉之下也会无法安息。那她还不如杀了自己。

答：冷红。

问：以前是不是受过公安机关的处理？

答：没有。

问：有没有工作？

我的身体就是我的工作。

答：我和我姐都在美雅洗浴中心当服务员。

问：办暂住证了么？

冷紫沉默了片刻。她从没有听说过还需要办暂住证。不过她觉得暂住证这个词挺有意思的。暂住。在这个地球上，谁不是暂住呢？

答：没有。

问：为什么不办？

答：不知道需要办。

问：知道为什么把你带到这儿来么？

沉默。

问：做出来了还不好意思说？

答：不正当的男女关系。

问：那就是卖淫。是不是？

冷紫又一次感到了自己虚伪的尊严。你难道还能指望他们用一个稍微好听的词来遮盖一下事情的性质么？她嘲笑自己。

答：是。

问：这是在公安局，我们希望你实事求是，把自己的问题说清楚，争取政府的宽大处理。

我的问题太多了，我说得清楚么？即使我说清楚了又能怎样？即使政府对我宽大处理了又能怎么样？那些正常生活着的人们会对我宽大处理么？政府的姿态就是官方的姿态。官方的姿态往往是大度的，可也往往是虚无的。而民众的态度虽然常常小气，却也常常是无比真实的。想起杨蓬在煤球厂贴出的几个大字，冷紫的内心无比清晰。

答：我知道。

问：你是什么时候开始卖淫的？

那遥远的仿佛是无法触及的却又痛如骨髓的回忆。

问：你是怎么开始卖淫的？

答：我不知道。

问：自己卖的还不知道？

答：不知道。

一个人做什么事情也许应当是他自己最知道，但是，也许恰恰是他自己最不知道。冷紫想。

答：今天是第一次。

问：第一次？

答：是的。

问：把过程讲一讲吧。

真实的过程太长了。长得会让你们听得打瞌睡的。冷紫在心里默默地说。

答：是我姐把我带到这儿来的，后来就是你们看到的样子。

问：这么简单？

是的，太简单了。简单得像用一句话概括出来的世界名著。简单得连我自己都无法相信。可我必须简单。有时候，简单是最好的方式。最复杂的事情用最简单的方式来解决往往能收到最好的效果。

答：是的。

问：客人姓什么？是干什么的？

多么天真啊。这一行关心这个么？这一行关心的只是钱数。

答：不知道。

问：多少钱？

答：不知道。我说过，是我姐把我带到这儿的。什么事情都是她做主，我什么都不知道。

问：别想这么糊弄过去。你就那么听你姐的？包括让你卖淫你都听？

我谁也不听。我听从的是命运的安排。我姐算什么？她也不过是命运大棋盘上一颗凌乱摆置的棋子。

答：是的。她是我姐，是我唯一的亲人。她还会害我么？我不听她的听谁的？

问：可她已经在害你了。你的行为已经构成了违法行为，你知道么？

答：知道了。

问：以后还做么？

冷紫的眼前突然荡起一阵烟雾。她想起了妈妈。小时，每当她做错了什么事情，妈妈就会一边责骂她一边问：以后还做么？而每次她也都会哭着回答：妈妈，我再也不做了。现在，这个熟悉的问句又来了耳边，却是在这样一种状况之下。而儿时那个纯净的回答似乎已经被永久地封闭在了时光的水晶瓶里，再也无法成长为今天一种诚挚的反省和健壮的许诺。

冷紫的泪水落了下来。

答：不做了。

问：以上说的都是事实么？说假话要负法律责任的。

是的，这可以说是事实。不过只能算是最小最小的那一部分事实。你们今天看到的只是我人生最薄的一个横切面。我无法告诉你们全部的事实，就像你们也无法知道别人的全部事实一样。

也许任何人的事实对别人来讲都只是一部分事实。这个世界上从来就没有什么绝对的事实。没有。至于责任，我连对自己的责任都负不了，还能对法律负责么？

答：我知道。

问：你还有什么要补充的么？

答：没有。

问：那你看看笔录，看看有什么出入没有。如果没有，就在下面签个字。

答：好。

之后，审问民警向冷紫宣读了裁决书：

星苑市公安局解放分局
治安管理处罚裁决书第 114 号

违反治安管理人冷紫，女，二十一岁，因卖淫，根据《中华人民共和国治安管理处罚条例》第三十条，决定给以治安拘留十五日、罚款两千元的处罚。

宣布裁决时间　1998 年 6 月 10 日

宣布裁决地点　星苑市公安局解放分局

宣布裁决人　　呼小星　买波涛

接着，他们又让冷紫看了《告知权利通知书》，里面写着当事人有权进行陈述和申辩。

你申辩么？他们问冷紫。

不。冷紫说。

冷红的问讯笔录相对简单一些。

问：姓名？

答：冷红。

问：年龄？

答：二十一。

问：文化程度？

答：高中肄业。

问：原籍？

答：杏屯县城关镇大青庄。

问：家里还有什么人？

答：只有一个妹妹叫冷紫，就是和我一起的那个。我们俩是一个模子。

问：以前是不是受过公安机关的处理？

答：有过一次。

问：为什么？

答：卖淫。

问：这么说是惯犯？

答：不是。只是偶尔做过两次，都凑巧让被你们抓住了。

问：上次是在什么地方被抓住的？

答：四季青旅馆。

问：什么时候？

答：去年五一前期，你们扫黄打非的时候。

问：在哪里工作？

答：在美雅洗浴中心当服务员。

问：在美雅做过这种事么？

答：美雅特别正统，老板根本不允许，所以我才在外面做，才会被你们抓住。

问：这是在公安局，我们希望你能实事求是，把自己的问题说清楚，争取政府的宽大处理。

答：是。

问：把今天的事情讲一讲吧。

答：是。今天吃过晚饭后我和妹妹在银海时装城闲逛，我看中了一套五百多块钱的裙子，可是没有钱买，正好碰上这个男人。我看他似乎很有钱，也挺色的，就想做一单生意，把裙子买下来。他开始出的价很低，后来我把妹妹也抬了出来，他才答应给五百。正做着，你们就来了。他还没来得及给我们钱呢。

问：你妹妹以前做过种事情么？

答：没有。

问：你为一套裙子就把你妹妹拉下水了？

答：为了她我辍了学，她上学时的学费都是我交的，我为她做了那么多，现在让她为我做一点儿事又有什么不行的？

问：她就那么听你的？

答：她一向都是个没主意的人。我让她做什么她就做什么。

问：你的行为已经构成了违法行为，你知道么？

答：我知道了。我一定接受教训，再也不敢了。

问：以上说的都是事实么？

答：是事实。说假话得负法律责任，我不敢撒谎。

问：你还有什么要补充的么？

答：没有了。

问：那你看看笔录，看看有什么出入没有。如果没有，就在下面签个字。

答：好。

第二十章

1

冷红和冷紫被关在了看守所的六号囚室。这是一个过渡号，这个囚室的人待的时间都不长。号子里共有十二个人，每天除了吃饭睡觉，就是干活。十二个人刚好组成一个"手工流水线"，为药厂加工注射品纸盒。一天要加工一千五百个。任务很重，有时候手脚不停也得干到晚上八九点钟。每当干完活儿躺在床上休息的时候，冷紫就觉得全身的骨头都像散了架，脑子里也是一片空白。可是，那一瞬间她又觉得舒服极了，比在洗浴中心的单间泡澡还要舒服。她忽然明白，这种劳动的目的恐怕不仅是让犯人创造社会价值，更主要的意义也许还是为了惩罚，让体力上的紧张消耗造成精神上的盲目分散。使你不想再想什么，也没有办法再想什么。她觉得自己简直就像一个寄宿学校的学生。深夜，女囚们轻微的鼾声营造出一种酷肖女生宿舍的氛围。而白天，她们默默做活的神态又像极了学生们做作业的情景。

这是少有的单纯时刻，也是珍贵的单纯时刻。冷紫真的喜欢这样的惩罚。这样的惩罚真适合自己。她甚至觉得十五天时间太短了——她也有些明白，为什么有的人能够从自虐中找到快乐。

从某种意义上讲，她的这种心态不也是一种自虐的快乐么？

咱们在这儿住几天了？她问冷红。

受不了么？冷红道：我原想着方捷会尽快把我们弄出去，现在看来不可能了。

她怎么会知道我们在这里？

只要她想知道，她一定会知道。她一定是存心想治治我们。冷红说：你是不是觉得熬不住了？这儿条件是太差了，好在最多待十五天。

不，挺好的。冷紫说。

坚强些。已经五天了。再忍忍就能出去了。

冷紫笑了笑，没有说话。她知道冷红不相信她的话，也体验不到她现在的心情——也许，就像她无法体验冷红点钞票时的愉快一样。她忽然觉得，一个人无论主观上多么想去理解别人，她所抵达的理解程度也只能是她所期望的一部分。这已经很不错了。因为在实际的生活中，一个人常常连自己对自己的理解也只能是一部分。

一天，下了雨，看守说，制作纸盒的原料短缺，暂时还运不来，犯人们可以休息一天。大家立时兴奋起来，连冷红都低低地唱起了歌。她唱的是《快乐老家》：

跟我走吧，天亮就出发
梦已经醒来，心不再害怕
有一个地方，那是快乐老家
她近在心里，却远在天涯
……

听着听着，冷紫的泪水流下来。

怎么了？冷红停下来。

你真的那么高兴么？

我为什么不高兴？冷红说：当人活得一步不如一步的时候，是很难高兴。要想高兴，最重要的一条就是，心气儿千万别那么高。就像在里面的这些人。谁想进来呀？可一进来就由不得自己了。这时候就想着千万别挨打受气，赶快放出来。眼看着一天两天放不出来就想着多吃顿饱饭少干点儿活。最好放那么一两天假。今天果然就放假了，我为什么不高兴？我当然要高兴。冷红叹了口气：你要是老拿这儿的生活跟外边比，自然就没办法高兴。

冷紫想解释说她并不是拿这儿的生活跟外边的比，而是拿以前的生活和现在的比，可是她张了张嘴，没有说出话来。冷红的话也有她的道理。她想。她忽然有些明白了，她和冷红为什么会走到今天这一步。刚开始冷红是为了她和妈妈去外面挣钱，挣的是苦力钱，后来开始挣轻松些的小钱，再后来有些被别人勉强着挣轻松的大钱，直到现在，她引导着冷紫想方设法积极主动地去挣轻松的大钱。在这个过程中，她们让金钱的身躯像吹气球一样庞大起来，同时又让自己最宝贵的东西一点点地萎缩下去。

她们一步步地让自己的精神走向了苟且。

苟且。她被自己用的这个词震撼了一下。这是一个猥琐的词，可这又是怎样一个真实的词啊。真实得似乎可以在周围每个人身上看到它的影子。因为苟且，你不得不迁就爱大开音响的邻居。因为苟且，你不得不忍受擅长在人背后打小报告的同事。因为苟且，你不得不恭维喜欢把脚丫子翘到你桌上的小科长。因为苟且，你不得不敷衍能帮你订上紧俏火车票的所谓朋友。因为苟且，一个意气风发的大学生可以在一间昏暗的办公室熬成一个像鹅卵石一样的老职员。因为苟且，一个宏图大略的政客可以终生不露自己的锋芒并且称之为韬光养晦。因为苟且，无数同床异梦的夫妻可以相互配合把戏演至白头到老——因为苟且，她和冷红来到了这间囚室，并且为偶尔一遇的休息日而喜形于色。

她所认识的人几乎都是那么熟练地运用着苟且，同时也习惯着苟且，苟且几乎成了他们最重要的生活经验之一。不过，如果苟且的对象不同的话，受到的待遇似乎也不尽相同。房子苟且时，有人同情；吃饭苟且时，有人笑话；穿戴苟且时，有人斜视；地位苟且时，有人欺侮。但是，精神苟且的时候，所有的人都沉默。如果有人出来指责这种苟且，他们一定会振振有词：不苟且行么？你能让你的个性自由发挥么？你能爱不理谁就不理谁么？你能成为这芸芸众生的一个异类么？你能离开这个苟且的人群而去孤立地存在么？

你不能。

那么你只有让它苟且。就只有保持甚至赞同着这种苟且。而内在的苟且越来越趋于一体化的时候，人与人最大的分别就只得去依靠外在的不同。于是，外在的苟且也越来越让人侧目。要想去改变这种外在的苟且就只有去挣钱。为了挣钱就得让内在更苟且。于是，在这种循环中，外在越来越膨胀，越来越显赫，而内在越来越模糊，越来越淡薄，直至大而化小，小而化了。一点一点和人的外在分离。

可怕么？

不。因为这种东西本来就看不到。失去看不到的东西就不可怕。人们害怕失去的只是看得到的东西，像衣服，像容貌，甚至是几根头发，——或者还有她的贞操，那代表女子冰清玉洁的一层薄膜。

自己和那些人有什么区别呢？冷紫问自己。在自己对自己的沉默中，她突然感到一种从没有过的寒冷。

一个人没必要老是对自己耿耿于怀，更没必要对别人诚惶诚恐。冷红注意到了冷紫的神情，说：这是最重要的。即使是面对别人的口舌也要学会对自己说，这是我自己的事情，我爱怎样就怎样，没人能怎么我们。

没人能怎么我们就意味着我们就可以什么都不在乎了么？

当然。冷红说。

2

喂，你们两个，你是姐她是妹吧？有人同冷红搭话。冷红听别人叫她阿田。她长着一个尖尖的下巴，消瘦而妩媚。

你怎么知道？

一看就知道你比她老道。阿田笑道：她是刚入道么？

大半年了。冷红笑道：可她就是一根筋，时不时地还得让我做做思想工作。

有什么想不开的呀，小妹妹，没听说么？开弓没有回头箭。干了也就干了，快乐是过一天，不快乐也是过一天，干吗不让自己的肝气顺一点儿？

冷紫沉默着。

是不是觉得在这里头不好熬？没什么，常走夜路哪能不见鬼？说不好听话，你这还是进来得少，多进来几次环境就熟悉了。阿田说：其实进来这里也没什么坏处，只当给身体放放假，另外给那些警儿子们捐几个吃饭钱。他们那俩工资也挺可怜的，是不是？

女孩子们轰地笑了。

你姐刚才说得挺好的，人是为自己活的，别管别人怎么看。像咱们，吃得好，穿得好，用得好，玩得好，要怕将来没着落，多存些钱来养老。还有什么可愁的？别人的话，顺耳了就多听两句，不顺耳就当他们在用嘴放屁，千万别往心里去，不是有一句名言么？走自己的路，让别人说去吧。

冷紫不由得笑起来，这真滑稽。名言也像妓女。她想。谁都可以引用名言去为自己想做的事情壮胆。自己的路？什么是自己的路？它可以是信心，也可以是借口。

这就对了。阿田得意地说：看你笑起来多好看。

你在什么地方混？冷红问她。

蓝天旅行社。

你是导游么？

是。

导游怎么还做这个？

你应当问：怎么做了这个还当导游？做这个比当导游挣钱多了。阿田笑道：我这两份工作可以互相帮助。做这个会有人雇我去当导游，当导游会有人和我做这个。挣什么钱都不耽误。我在未来花园已经买下房子了。

那倒是。这年头，没钱谁出来旅游啊。你这个客户群还选得挺好的。冷红说。

我也觉得自己的这种做法不错。获得了最大的利润空间。阿雅说：做什么都是大城市好啊，机会多，钱也多，还没人认识你，自由自在。有一次，我回老家，老家一个姊妹来跟我打听这边的行情，我告诉了她，她羡慕得眼珠子都要掉了。她告诉我，在那儿，她十块钱都做。我把她带了过来，她很快就鸟枪换炮了。她对我说：我总算明白了。就是当个苍蝇也应该到星苑来啊。这儿连臭肉也多。

号子里又荡出一阵轻轻的笑声。

你是怎么入行的？冷红问。她觉得阿田说话很有意思。

挺简单的。我十八岁从旅游学校毕业，就分到了蓝天旅行社。三个月后，我带了广东的一个老年旅游团去北京两日游。安排在长城住一晚。到了晚上，开旅游车的司机对我说，山脚下有一个果园，园主就是他的熟人，他想拉一车上来批给这里的小贩，可以赚一笔小钱。他说两头都说好了，就是跑一趟，来回最多两个小时，公家的汽油不用白不用。我听了挺动心的，想着到手的钱不是不挣白不挣么？就跟他下山了。走到半路上，前面拐弯的地方来了一辆大卡车，那车开得太靠左，我们的车一避，一个轮子滑到了坡边，还没等反应过来，我们的车就滚到了下面的梯田里，我当时就吓晕了过去。醒过来以后，他正抱着我呢。他说，幸亏我们都系了安全带，坡也不高。要不然我们准完。我的第一反应是：我还活着。真好啊。

他下去检查了一下车，车除了反光镜和灯罩破了，也没什么大毛病。他到路上拦车求救，可没一辆车停。我们只好坐在车上等到天亮。他开始向我道歉，又安慰我。后来就想占我的便宜。我推他的时候，他说：咱们都是死过一次的人了，你还这么认真干吗。我一想，他说的也不是没有道理，要是刚才真死了，等到被人发现的时候，还不定被说得多烂哪。其实我连真正的女人都没做过，多冤啊。人就是那么回事，不能时时刻刻都那么认真。这么想着，就糊里糊涂地做了。后来他给了我一笔钱，我就要了。反正我跟他没什么感情，再不要他的钱，不是太亏了么？再后来带团出去，要是有人想要，只要价格合理，我就和他们做。阿田叹了一口气：有时候想想那一晚的事情，觉得像梦一样。好像经历那场该死的车祸就是为了让我变成这样一个人。

变成这样一个人，你后悔么？冷紫问。

不后悔。阿田说：人就这一辈子，后悔有什么用？就是悔青了肠子也不能让过去的事情再来一遍。所以我不后悔。我不允许自己去后悔。她看着冷紫：你后悔么？

是的。冷紫说。

你说你的后悔有什么用？

有人说：后悔对过去的事情没用，但对将来会有用。

别信这些鬼话。阿田说：什么都不是，是命。

真的是命。冷红也说。她忽然想起了那次方捷带她去装节育环时说的那些话。人和人是不同的，可人和人又是多么类似啊。"日光之下，并无新鲜之事。"这是《圣经》上的话么？

什么是命？冷紫问。靠着满是水渍的墙面，望着小窗户透出的亮光，她忽然觉得一切都是那么不真实：只要我们不想做这些事情，很简单，我们随时都可以脱身这种命。可我们为什么不？

因为这个社会需要钱。阿田说：既然是笑贫不笑娼，也只好选择娼了。

不是社会需要钱，是人需要钱。冷红说：要不是没钱我们会走到今天？

可我们现在已经有钱了，为什么还要做？冷紫说：以前你告诉我说，是为了过更好的生活，为了善待自己。怎样才算善待自己？究竟什么才算是更好的生活？我不明白。你说，吃得多好才算好，穿得多好才算好，用得多好才算好？有了这些我们就算有好生活了么？我觉得我们的很多消费都只和面子有关系，和虚荣有关系，和时尚有关系，和盲目的享受欲和短暂的满足感有关系，恰恰和善待自己没有一点儿关系，和我们的幸福没有一点儿关系。你知道么？自从走上这条路以来，我真的没有感到幸福过。冷紫看着冷红：我想你也一样。

不，我常常会感到很幸福。冷红说：我一直盼望放假，今天放假了，我就很幸福。幸福并不困难，只要你把要求放低。

对啊。我的幸福就是一出来就能带上一个团，最好都是男的，让我挨个儿宰。阿田笑道。

你们这都不是幸福。冷紫说：罗曼·罗兰说过，幸福是灵魂的一种香味。你们散发出来的是香味么？

你说说是什么味？阿田说。

是罪恶的味。要不然我们怎么会在这里面？

罪恶？冷红道：我们犯了什么罪？我们没有杀人，没有放火，没有抢劫，没有拐骗。我们不过是在用自己的身体当本儿挣钱。要说用身体挣钱的，也不只我们这一行当。长跑运动员用腿挣钱，足球运动员用脚挣钱，唱歌的用喉咙，做广告的用脸蛋，当模特的用身材。我们不过是用那个地方而已。买卖自愿，交易公平，我们有多大的罪？就是现在进了看守所也不过是个治安处罚，够不上法院判刑的线儿，你倒好，自己把自己给判上了。

众人又笑。有人甚至鼓了两下掌。

我们怎么能和他们比？冷紫说：他们用肢体只是一种表象，真正用的是智慧。我们这一行需要用智慧么？

怎么不需要用智慧？我们和警察斗，和色鬼斗，和这么多同行斗，难道不智慧么？

你很自豪么？冷紫道：那人家都在太阳底下工作，你怎么不去？

冷红沉默了片刻。是，我们是不要脸，是低贱，你满意了吧？她说：可是你数数，有几个人比我们高尚？我们出卖的是肉体，有多少人出卖的是官位，是权力，是良心。还有人出卖的是成千上万百姓的利益，他们谁不是为了挣钱？他们买了夏利想桑塔纳，有了桑塔纳想奥迪，有了奥迪想大奔，住了两居想三居，住了三居想四居，住了四居想复式，住了复式还想着别墅。他们当了副科想正科，当了正科想副处，当了副处想正处，当了正处还想厅局呢。这些台阶上哪一步不需要低下头弯下腰拿钱去铺？他们谁满足过？是，他们没有做我们这种事，可是他们比我们这些小姐还要让人恶心。和他们比比，我觉得我们高尚多了！

也有很多人不是这样的。冷紫说。

当然，是有很多人看着很好。冷红说：那是因为他们还没有得到机会。要是有机会，没有几只猫儿不吃腥。

是啊。其实只要在社会上混，大家真的都差不多。五十步笑百步，那还有什么可笑的。阿田说：在进来的前一天我接了一个客，他刚从广州打工回来。我问他在那儿干什么，他说他在一个爱心服务部工作。我问他献的是什么爱心，他说什么都做。有时候去陪人聊天费唾沫，有时候去替人道歉挨骂，有时候还去给人家当孝子哭丧呢。反正只要有钱就行。他说只当自己在当演员，钱挣到手了，管他那么多呢。你说他比我们强多少？还有，前些时电视台不是报道星苑市有卖血队么？那个打工仔说，卖血算什么呀，在广州，卖肾的，卖肝的，卖皮肤的都有，还有专门向医学院卖尸体的呢。他们的名目和我们的是不一样，可还不是都在卖？这就是个卖的社会，什么都能卖，只要能挣到钱。什么都在卖，也都挣到了钱。而有了钱，你当然就什么都能买了。这不是挺好么？

有些东西就不能买。冷紫说。阿田的话噎得她非常难受，可一时间她又找不出什么反驳的话。只好赌气般地说了一句。

你说什么东西不能买？阿田说。

不能卖的东西就不能买。

你说什么东西……

行了行。你们就都别争了。好不容易一个休息日，弄得大家都挺别扭的。一个叫四丫的女孩说，她把脸转向冷紫：怪不得你姐说你，你也真够倔的，就是论个理都和别人不一样。

就是，歇口气吧，傻妹妹。阿田说：要我说，你还真应该感到幸福，因为你能吃上这碗饭。有的女孩子天生就是石女，想吃都没得吃。

人们大笑起来。

修炼吧，你真还道行浅啊。阿田为自己激起的浪花而神采飞扬起来：等你修炼成佛就好了。

是修炼成魔吧。冷紫说。

佛也好，魔也好，就是别把自己太当人。冷红说。

那我把自己当成什么？

哲学家。冷红讥诮地说。

3

打饭的时间到了。冷紫和四丫拎着饭桶走出去。这两天轮到她们俩值班打饭。四丫才十七岁，黑黑的，小鼻子小眼儿，一看就透着一股猴气。她说她是惯偷，专门在公共汽车上夹钱包，这已经是四进宫了。"你要是在 18 路、112 路、34 路这几趟线上丢了钱，告诉我一声，我准能一分不少地给你送回去。"她对冷紫说。冷紫笑了，觉得这女孩子倒有几分义气得可爱。以前她是那么讨厌小偷，觉得小偷们个个都应该剁了双手，可是现在，她发现自己讨厌的可能只是小偷这个词，遇到了具体的人就应该另当别论。

但愿有一天，有人遇到我的时候也能把我这个人和妓女这个词分开。她在心里默默地说。

一股新鲜的空气被风夹带着迎面扑来。冷紫不由得做了一个深呼吸。真好啊。她想。连这风都是好的。她忽然有些明白了为什么这里把开门叫开风，把关门叫关风，把院子叫风场，把睡觉叫抖风。这都是带着风的。对于整天待在囚室里的人来说，他们是多么需要风啊。

她走到被叫作风场的院子里，其实这只是个小院子。外面紧邻的是一个更大的院子。小院子和大院子中间有一个一尺见方的打饭口，可以趁打饭的时候向外张望一会儿。每个犯人都十分珍惜这个机会。

月季花又开了两朵。

小白菜怎么不绿了？是不是该浇水了？

冷紫听见前面的两个犯人在轻轻地议论着。

终于轮到她们了。四丫一边贪婪地张望着一边说道：真养眼啊。

冷紫不由得笑了。养眼，这个词也很有意思。她突然想。风景可以养眼，休息可以养神，可是，什么可以养心呢？

4

拘留期满，她们被放了出来。回到洗浴中心的时候，方捷正在大堂里站着。看见她们，便一手挽一个，带她们来到了客用小餐厅，那里已经备好了一桌精致的小宴。

这几天受苦了吧？来，为你们压压惊。方捷笑语盈盈：我也想了办法，可是人家说能保证我这一摊儿不出事也就不错了，哪里能管得了那么多。

那上一次人家怎么管了？冷红阴着脸道。

我都忘了，你还有过一次前科呢。方捷做恍然大悟状：上次么？是人家心情好，愿意管。这次是人家心情不好，不愿意管。

冷红和冷紫都沉默着。方捷确实是在给她们颜色瞧。

我知道，现在我这座庙小，已经不好尊你们这种大佛了。你们也可能会觉得受了委屈。方捷说：要是你们不愿意在这儿，随时可以离开。要是还想在这里，这顿饭算是为你们接风。要是想走，这顿饭就算是为你们送行。不管怎样，相识一场，这点情意我还是有的。

方姐，对不起。许久，冷红终于说：我们年轻不懂事，别跟我们一般见识。我保证，这是最后一次。

说什么傻话呢。方捷笑着举起了酒杯。

第二十一章

1

冷红慢慢才发现，有几样原则，是冷紫一直在无形中坚持的。一、从不和客户谈价钱，凡是涉及价钱的话题一律由冷红和方捷出面打理。这一点冷红倒是挺接受的，她觉得冷紫本来就没有自己精明，让她谈价钱肯定会吃亏。二、绝对不接杏屯县的人。杏屯县的人有一些很特别的方言口声，如把"书"说成"夫"，把"水"说成"粉"，一张口就听得出。冷紫一听到这种口音的人就转身离开，任谁说也不行。有几次客户已经提前付了定金，就因为冷紫的执拗，冷红只好把定金又退了。三、在做生意的过程中，从不对男人说"我爱你"，不但自己不主动说，而且客人要求时也不说。加再多的钱也不说。仿佛这几个字已经成为她语言系统中失传的东西，又仿佛这几个字是她用最昂贵的液体浸泡的一条鱼，一蹦到这充满灰尘的空气中就会干涸而死。有一次，一个客人和她较上了劲，说只要她说一遍就给她一千，冷紫接过钱，笑意盈盈地说了，不过说的口气是"我——爱——你?"那毋庸置疑的轻蔑和嘲笑让那个客人的胸腔像塞满了棉花一样难受。

其实你坚持这些有什么用？冷红抖抖手中的《星苑晨刊》：看报道了么？昨天两个歹徒抢了金利商贸城的储蓄所，二百零八万。这些人豁出命来还不是为了钱？他们连命都舍得，你还坚持什么原则？你以为天下就咱们一家啊。这些钱不扔到这儿就扔到那儿，我们能挣的，干吗要让给别人？

冷紫把报纸拿过来，报纸上还印着两张模糊的照片。报道上说，这两张照片是从监视器的录像上翻拍下来的。这两个人用炸药炸开了防弹玻璃，用枪打死了一名保安人员。他们的抢劫引起了正在商贸城购物的人们的恐慌，人们在拥挤中踩死了一个孩子。

金利商贸城是星苑市最繁华的商贸中心之一，罪犯选择在这里抢劫似乎真是胆大包天。不过，也许他们正是摸准了人们对繁华地段的松懈心理而攻其不备的。"最危险的地方最安全。"他们是在实践这句话的可信度么？冷紫想。

你觉得他们是榜样么？要是有一天，有人约你去抢银行，你是不是也去？冷紫冷冷地说。

你什么意思？冷红既诧异又生气。

我不喜欢你拿他们跟我们比。冷紫说：你似乎在说，在钱面前，任何原则都是没有必要的东西。

大原则当然是一定要有的。冷红说：所以我才没有去抢银行，去杀人。我只是在用自己的方式安安全全地挣钱。这样挣钱当然要挣得尽兴一些。我的意思不过是说，一些小原则没有必要去讲究。她看着冷紫的脸：当然你要是真想讲究就讲究去吧，别再和我上纲上线的，我这随口一说可受不了你这仔细推敲。

可怕的就是随口一说。冷紫说：人最真实的思想往往都暴露在随口一说里。

行了行了，都成了学究了。都是张朝晖的那些书把你调教的，我怕了还不成？冷红说。她打开冰箱，愤怒地把一罐冰凉的饮料倒进嘴里。冷紫越来越不可理喻。她想。既然干了这一行，就要干得纯粹，干得漂亮，干得像个样子，富有敬业精神，像干世界上任何工作和事业一样。更何况，这个工作并没有辜负她们。它给她们带来多少以前她们根本不可能拥有的快感和享受啊，金钱的和肉体的。如果她们不做这个，现在不一定还在哪儿受罪呢。可这一切似乎都没有对冷紫构成哪怕是一丝吸引力，冷紫总是在不经意的时候用一些酸不拉叽的话来刺自己，同时也刺她。似乎在这种话里才会有快感，才会有享受。她觉得冷紫是个典型的不伦不类的人。

任何事情有利就有弊。这话是真理。现在，她已经越来越清楚地意识到和冷紫在一起出台时的不便了。以前，她一个人的时候，想怎样耍花招就怎样耍花招，想怎样蛊惑他们就怎样蛊惑他们，当然，想怎样寻找快感就怎样寻找快感。真正是痛快淋漓，肆无忌惮。现在，她却不能这样了。她觉得自己好像时时刻刻都处在冷紫的监视之下，使她在任何时候都不能放浪形骸，被迫保持着一种自觉的清醒。于是在很多想尽兴的时候她都不能尽兴。

男人都想从我们这儿寻欢作乐，可我怎么会变成这样一个痛苦的婊子呢？她想。

2

冷紫其实也是这么觉得的。她有一种奇妙的感觉从来没有对别人说过。她一直觉得，她的身体里，有一只很大很亮的眼睛。

任何时候，这只眼睛都在睁着。她不是没有努力过让这只眼睛闭上，可是从来没有成功过。这是一只让她惊恐的眼睛，这只眼睛让她整夜整夜无法入睡。有时候，即使浅浅地睡去，这只眼睛也常常会让她在半夜突然醒来。这只眼睛让她与客人欢爱的时候感到惊惶，让她懒得去数到手的钞票，甚至常常让她失去吃饭的胃口。这只眼睛让她无法倾听她们与客人在床上的每一声喘息和呻吟，这只眼睛让她的目光无法触及他们扭曲成一团的裸体。就是这只眼睛啊，让她觉得自己的身体内部一直开着一盏灯。这盏灯不知是何时被谁打开的。自从被打开就没有关掉过，也无法被关掉。于是，就让她陷入了无边无际的宁静的灼热与无言的炙烤中。

我是一个痛苦的婊子。她想。我是一个弱智的婊子。她想。我是一个憨傻的婊子。她想。我是一个拙劣的婊子。她想。肉体本来已经完全堕落了，可精神还在垂死挣扎。这种垂死挣扎使肉体的堕落也显得那么不纯粹和不彻底。她恐惧自己的这种状态，可又实在无能为力。有一次，她在电视上看到了一种正在流行的运动方式：蹦极。她觉得自己就是那个蹦极的人，明明蹦下去了，却又被一种强有力的东西拽着反弹回来。然后，再落下去，再反弹……她最终也会慢慢地平静么？也会有一只小船在下面隐隐地把她接住么？

没有。她清清楚楚地知道：没有。那是有组织有计划的游戏，是一种有保险公司承保的刺激惊险的体验。而她面对的是事实。是最平静也最残酷的生活。她也跳下了悬崖，但是，没有人在下面接她，也没有人往上面拽她。她就这么悠啊，悠啊。她唯一不明白的是，那根一直悠着她的绳子是从哪里来的呢？

很久以后，她才明白，这似乎属于她精神自救的一种本能。

因为这种本能，她才没有完全抛弃自己，从而还是让自己保持了一些虚拟的尊严。这种尊严虽然是虚拟的，可它却是那么强大，没有被轻易地摧毁。它也是可贵的。因为它往往和真实的尊严紧紧相随。在某种意义上，它甚至成了真实尊严产生的母体。在那一段时间里，她似乎就挣扎在怀孕和分娩的痛苦中，后来，当真实的尊严终于冲破了她体内的黑暗呱呱落地的时候，她才彻底结束了这种折磨。

当然，那时她和冷红之间也不纯粹全是折磨，也有一些快乐的时刻。一次，她们去逛街，在一家名叫"流连香阁"的小店里，她们第一次看到了女人香。小店布置得很有情调，精巧的格子式货架上整整齐齐地摆放着几百种香熏油。她们一个个地看着：郊野清芬，橙黄玫瑰，酣梦睡莲，原始森林，秋水佳人，红唇青草……那样一种香啊，让她们辨不清谁是谁，而每一个盛香的瓶子都是那么玲珑剔透，韵味十足，让人爱不释手。

一个女孩子坐在店的一角，她捧着一本书，静静地读着，旁边的小桌子上放着一个白底蓝花的小盖碗，碗里是碧清的绿茶。

我真羡慕她。冷紫说。

我们开这种小店也没问题。冷红说：不过这么冷清，不知道赚不赚钱。

我不是想赚钱，我是羡慕她那么单纯，好像从来就没有什么历史。

别人看我们，也像是没有历史的。冷红说：这个世道，从表面上能看出什么来啊。

然后她们去了商场，买了两身一模一样的学生风格的套裙，果然，在公共汽车上，就有老太太问她们在哪个大学里读书。哪家要是养这么两个女孩，该多喜人哪。老太太说。她和冷红都微微笑着，下了车，笑容还挂在嘴角。

怎么样？谁敢说我们不单纯？冷红说。

我们自己。冷紫说。她已经由开心开始觉得可笑了。是啊，哪个单纯的人还用得着煞有介事地去伪装单纯呢？

还有一次，她们去看刚上市的电影《花样年华》，故事发生在1962年的香港，报社编辑周慕云和邻居苏丽珍发现他们的爱人相互偷情，两人在交往中也渐生情愫，但是直至离别，也没有迈出那一步。她们看到媒体报道说，男主角的饰演者梁朝伟因这部影片而获得了戛纳电影节的影帝桂冠。有一个细节，是周慕云对苏丽珍说：今晚别回去了。苏丽珍犹豫着，最终还是拒绝了。

没劲。冷红说：到这个时候了还没有床戏。

有了才没劲呢。冷紫说。

为什么？

冷紫沉默着，她也答不上来。可她就是觉得不能有床戏。

屏幕上不时闪现出苏丽珍的旗袍，各式各样的，张曼玉的魔鬼身材和那些旗袍相映生辉。

就是领子太高了，像盔甲似的。冷红说。

就要这么高的才好。冷紫说。

太闷了。

就是要闷才好。冷红陪着冷紫一起回答。然后她们都笑起来。

你只说好，你倒是说说为什么好啊。冷红说。

冷紫到底也没说出来为什么好。

我明白了。走出电影院的时候，冷红突然说：这种好就像煮花生米，不能煮得太烂，就是要带着这么一点儿生味才好吃，要是煮得太烂了就成了渣子了。

冷紫笑起来，她没有想到冷红会用这样一个比喻。她们一起笑着，在冰凉的街道上，她们的笑声像一串串冰凌在和空气亲吻，让路两边卖瓜子的小贩都不住地回头。

多年之后，冷红还常常想起这一幕。她终于明白了冷紫为什么说这个没有床戏甚至也没有吻戏的电影好。因为它的核心是让人和欲望成功地保持了距离。这个距离，她们没有做到，很多人都没有做到，而这个电影做到了。

因为它是电影么？

3

菲菲敲敲门，告诉她们，有一单生意。她和冷红简单地收拾了一番，来到大堂。大堂的电视声音调得很高，说的还是那个抢银行的案子。那段模糊的录像被反复地播放着：两个人头罩黑丝袜持枪进屋，安装炸药、炸药爆炸，一片烟雾弥漫中，一名歹徒跃上柜台，进到工作间，然后又跃出，离开……最后，播音员一脸肃穆地说，如果有人能提供有价值的线索，将会得到重大的奖励。

他们能奖多少？总超不过二百零八万吧。有人道。

奖得越多越证明那些劫匪不能惹。要不他们不会出这么多钱。

有本事自己破呗，搞得跟全民总动员似的。

他们没辙了才会去求老百姓，也不知道平时他们都是干什么吃的。咋呼老百姓的时候一套一套的，见到动真格的他们就傻眼了。

没听说最近流传的几句话么？虚伪比真诚走红，小孩比大人英雄，贪官比清官廉政，罪犯比公安聪明。还有一句，那人的声音顿了顿：老婆比妓女无情。

人们轰地笑了。

这不是表扬我们么？好啊。冷红淡淡地笑了笑，拉着冷紫来到三楼，在豪华七号敲了敲门，门很快被轻轻打开了，是一个留着平头穿着 T 恤衫的青年男子。他没有立时让她们进去。

我只要一个。他说。

您记错了吧？是您让我们都来的。冷红笑得很温柔。

我就是为了挑一个。男人说，他把脸转向冷紫：你是妹妹么？

冷紫点点头。她看看他的鼻子，觉得他什么地方让她觉得似曾相识。

你留下。

先生不想要双重的享受么？冷红体贴地帮男人拣着肩头的落发，男人的选择在她的意料之中，可她还是想争取一下——遇到这种情况，客人十之八九挑中的都是冷紫，或许妹妹真的就鲜嫩些么？她们不过相差五分钟而已。要么就是冷紫与她赫然有别的冷漠神情更令男人们动心？难道做这一行也需要别具一格的个性么？她不明白那些男人是怎么想的，不过不管他们怎么想，只要钱挣到她们口袋里就行：我们的品牌在星苑市可是独一无二的。要是你觉得价格高，我们好商量。先生这么英俊，能都陪你也是我们的福气啊。

男人推开她：不就是双胞胎么？他道：反正长得一模一样，一个也就够使了。难道你的下面会开出一朵花？

回到房间，冷紫还没有在床上坐定，男人就要来剥冷紫的衣服。

还没拉住窗帘呢。冷紫说。洗浴中心对面是一栋七层高的居民楼，要是不把窗帘拉好，可能就会被对面的人看到西洋景。

男人走到窗边去拉窗帘，拉了一半却怎么也拉不动了。冷紫说可能是哪一个拉环出了毛病，男人轻轻一跃便跳上了窗台，把拉环弄好，又跳下来。窗台有一米多高，一般男人上去需要一手按住窗台先上一条腿，再上另一条腿，可这个男人的动作过程却没有一丝停顿和凝滞，一气呵成，流畅而舒展。简直像是一只猫，或者是一只豹子。

冷紫默默地看着，全身的血液都凝固了下来。

这个男人的动作太像那个人了。

太像了。

她的心几乎要痉挛起来。她也猛然记起，这个男人曾经来过。

男人搂住她，开始做起来。他的动作剧烈而迅速。冷紫知道：一般情况下，精神极度紧张的男人才会出现这样的情形。冷紫尽最大的努力忍着，但还是出了声。你知道么？我就是喜欢听你叫床的声音，好听极了。你叫吧，想怎样叫就怎样叫，叫得越好我给你的钱越多。男人低声道。

你有多少钱？冷紫道。

很多。男人说：你挣不完的，婊子！

结束之后，他要冷紫陪他过夜。

过夜要另加钱的。冷紫说：请先把钱付清。

我还要在这儿住两天，到时候一块结账。不行么？男人说。

这是规矩，不好破例的。冷紫说：反正这钱迟早都躲不过的。我得在老板和姐姐面前有个交代。

男人进了卫生间，一阵轻微的响动之后，男人出来了，他把钱递给冷紫，冷紫点了点，两千。其中有两张是新钞。

你稍等一会儿，我把钱送下去。冷紫说：我的钱都是我姐管着的，这会儿恐怕还在大堂等着我呢。送下去她就放心了。

快去快回。男人说。

冷紫点点头，向房门走去。就在她要伸手开门的时候，男人突然从后面抱住了她。

冷紫全身的肌肉都绷紧了。她微笑着转过头：干什么？吓我一跳。

你不记得我了么？

刚刚好过，怎么不记得？冷紫说：你说话可真有趣。

我以前还来过一次。

别骗我了。冷紫笑得越发妩媚：像你这么帅的先生，我见一面一辈子都不会忘的。

你还猜对过我的名字呢。

冷紫笑得花枝乱颤：客人的名字对我们这一行来说简直就是一个奇迹。你肯把这样的奇迹送给我么？

你走吧。男人放开了她，终于说。

冷紫打开门，以尽量平静的步态下了楼。冷红果然在大堂等着——每逢冷紫单独出台的时候，只要闲着，冷红往往都会在大堂等着冷紫。这几乎是冷红的一种习惯。开始冷紫还以为冷红就是为了收钱，渐渐地她才知道，冷红也是在担心她。于是，只要做完，她就会尽快下来和冷红见面。即使需要陪客人过夜，她也会找个借口下来和冷红碰碰头。

看见冷红迎着她站起来，冷紫突然感到一种从来没有过的酸楚、亲切和踏实，她紧张地考虑着这件事情要不要对冷红说。她揣摩不出冷红对这件事情的态度。

没事吧？冷红说。

冷紫沉默着。

有事么？冷红又说，那个人看起来似乎有一点儿不对劲儿。

冷紫的眼泪一下子涌出来。

怎么了？冷红的声音急得有些变调。冷紫已经很长时间没哭过了。

冷紫把事情原原本本告诉了冷红。冷红的脸色也兴奋起来。现在已经很少有事情能让她这么兴奋了。包括挣钱。

我们要不要和方捷商量一下？冷红说。尽管她知道方捷很精明，和方捷打交道的人很难占到什么便宜，但是一遇到一些比较大的对外事件，她还是会想到方捷。她总觉得方捷比她有主意。何况，这是在方捷的地盘里。

她肯定不会同意报警。冷紫说。

你想报警么？冷红有些吃惊。她没想到这一层。一个妓女去报警抓抢劫犯？她觉得这是电影电视里才有的情节。在现实生活中，哪个妓女见了警察不避着走？

为什么不报？

为什么要报？冷红说：我们挣自己的那份钱就行了，干吗要管别人的闲事？我只想安安分分地做……

做一个妓女？冷紫打断了她的话。

冷红默默地看着冷紫的眼睛。是的。片刻，她说。

冷紫笑起来。她笑得那样失常，那样狂野，那样没有节制，仿佛刚才听到的是世界上最富有幽默感的笑话。笑了许久，她才停下来。

你笑什么？冷红问。

你真的想做一个安安分分的妓女么？冷紫很快收尽了脸上残余的笑意。

冷红有些艰难地点点头。

你不觉得这个词语搭配太奇怪了么？用安安分分这个定语来修饰这个主语，真是有趣极了。冷紫说：你吃过一点也不甜的蔗糖么？你见过一点也不辣的朝天椒么？你骑过轮子是方形的自行车么？

冷红沉默着。她有些明白冷紫为什么笑了。

我们走上了这样一条路，就决不会只有卖身收钱那么简单。你没有忘记当初刚来星苑的时候你受的欺骗和我受的欺骗吧？那时候我们都是最守法的公民。可即使是那么守法，想要生活下去，都得应付种种意想不到的波折，何况，现在我们是妓女。妓女是什么？是一切病毒的载体，是所有罪恶的亲戚！我们的生活注定要和谎言、欺骗、阴谋、血腥以及所有最丑恶也最残忍的事物联系在一起，想安安分分？别做梦了！你就是再不想惹事，事也会惹上你。冷紫看着冷红：你是不是还要让我再回去陪着那个男人去睡一夜，让他在半夜做噩梦的时候把我掐死？

你算定是他么？冷红说：如果不是呢？

如果不是，这件事情顶多算是一个闹剧。冷紫静静地看着冷红：如果是呢？

那也和我们没关系。冷红说：他抢他的银行，我们做我们的生意。现在正在风头上，只要我们不惹他，他还会找我们的事儿？你要是怕了，我替你去陪他。

冷紫的心里涌起一股复杂的绞痛。无论如何，冷红毕竟是这个世界上唯一愿意为她付出生命的人。

你的命就不是命了么？冷紫转过脸，尽量不让冷红看见自己的眼睛。不知道为什么，越是在最动情的时候，她就越不想让冷红发现：再说，要是让他发现我们换了，那就更可怕了。

那我们就躲他，干脆都不上去。

他要是起疑心，不就打草惊蛇了么？

那我们就更管不着了。我们又不是警察。

冷紫久久地看着冷红。姐，她终于说：你不为你的话感到羞愧么？我们是妓女，可妓女也是人，应该具有一个人最基本的良知。如果他打死的那个银行职员是我，你还会这么说么？

冷红沉默着。

我们面对的人也许很厉害，可是，我们需要做的其实并不是很多。冷紫说。

冷红把目光投向地板：那你说怎么办？

我去陪他，你报警。冷紫沉着地说：这两张新钞的号码虽然不是连在一起的，但是相差并不是太远，很可能是他从抢劫的新钞里抽出来的。你把号码报给警察，让他们以最快的速度查清这个号码在不在抢劫的范围之内。如果不在，就算了。如果在，那八成就是他——至少也是个重要嫌疑。到时候你先给我打个电话，如果我能顺利下来，那当然最好。如果我下不来，你就让警察以最快的速度闯进房间。

不行！

不相信我的智力么？冷紫的脸上甚至闪烁出几丝久违的调皮。一瞬间，冷红觉得自己的心上有一层厚厚的茧被什么东西轻轻地掀起了一道边儿，又痒又痛。

不相信。她说。

你应当相信。冷紫说：我会保护好自己的。我们还没挣够一百万呢。

冷红的泪水终于流下来。在朦胧的泪光中，她看见冷紫上了楼。她擦干了泪水，走到大街上，拨动了电话。

二十分钟后，四十名特警悄无声息地赶到了洗浴中心。

冷红拨响了冷紫房间的电话。接电话的正是冷紫。

下来吃夜宵吧。冷红压抑着声音里的颤抖，说。

先生，我姐想让我陪她去吃夜宵，可以么？她听见冷紫的声音。

不行。你姐的事儿怎么那么多！男人扣掉了电话。

一定要救我妹妹，救我妹妹。冷红一遍又一遍地说。她几乎对所有的特警都重复了这两句话。有的特警没有表示，有的特警只是微微地点点头。

小姐，你放心。终于，一个特警轻轻地安慰似地说。

豪华七号的门被轻轻打开了。躺在床上的男人没费什么周折就束手就擒。冷红紧随着特警之后进了房间。却没有在房间里看见冷紫。

卫生间的门紧闭着。

小紫！她喊。敲响了卫生间的门。

没有人回答。

小紫！她哭出来。两个特警围到了门边。

门轻轻地开了，冷紫在门后探出头，笑道：喊什么呢？我在洗脸呢。

冷红一下子抱住她，把自己的脸贴在了冷紫湿漉漉的面庞上。

4

那个男人叫陈子明，特警在他的背心里搜出了两万块钱现金，但是没有发现其他的钱和作案的那支枪。一周之后，另一名逃犯也顺利归案。由于案件进展神速，媒体纷纷开始对公安部门进行大肆地褒奖和宣扬。但是在所有的报道中，都没有人提到冷红和冷紫。"公安机关在一些群众的大力协助下迅速将犯罪嫌疑人抓获。"这几乎成了通用的辞令。"群众"这个无比广大的词语把她们温和而平淡地涵盖在了里面。公安局又派人来过一次，说是要查看一下抓获歹徒的现场。他们和方捷、冷红和冷紫见面时，双方似乎都有些尴尬。他们没有提奖金的事。后来，冷红实在忍不住，就问了一句。

你们么？上面可能还要再研究研究。一个警察说。冷红从他的表情里看到了答案：对于你们这种人来说，公安机关对你们的事情既往不咎已经是很给面子了，如果还奢望什么奖金，就太不知趣了吧？

而对冷红和冷紫的这次秘密壮举，方捷自始至终也没有发表一句议论。有必要议论么？她想。反正事情已经发生了。这件事情的发生无疑把她的家底都抛到了前台，她知道自己做不长了——值得庆幸的是，在这件事情发生之前，她就已经开始想着收手了。那个重要人物对她说过，下半年星苑市肯定会有重大的人事变动，他在年龄上不沾什么光，有可能会退二线。而除了他，目前她还没有找到能让她完全放心的靠山。

冷红和冷紫又恢复了以往的生活秩序。一天，冷紫又收到了张朝晖邮来的一批书。他在书里夹了一封短信，说这是他寄来的最后一批书了。他毕业了。过两天他就要来到星苑市，到星苑市第一人民医院报到。

这批书的书目是：

《罗兰散文》　罗兰，海天出版社

《房龙音乐》　［美］房龙，太白文艺出版社

《妞妞——一个父亲的札记》　周国平，上海人民出版社

《安徒生童话选》　［丹麦］安徒生，人民文学出版社

《看来看去或秘密交流》　李敬泽，中国青年出版社

《简·爱》　［英］夏绿蒂·勃朗特，译林出版社

《长恨歌》　王安忆，作家出版社

《复活》　［俄罗斯］托尔斯泰，大众文艺出版社

第二十二章

1

张朝晖的行李很简单：一个旧皮箱和一个中号的旅行包。旧皮箱里装的是几件常穿的衣服，旅行包里装的是一些最基本的生活用品和几本书。在医院的行政处，胖胖的行政处长热情万分地告诉他，医院分给他的是一间单身宿舍，这是以前任何毕业生都没有享受过的待遇。你的专业成绩让老院长都喜欢死了，年轻人，好好干吧。处长语重心长地说。仿佛这个破例享受单身宿舍的小伙子大有可能是未来的院长。张朝晖道了谢，领了钥匙，来到宿舍。宿舍的墙壁还算干净，有一个柜子，一个写字台，还有一张光秃秃的板床。他放下行李，马上决定去买一套被褥。另外再买一张双人床。他的个子太大，在学校整整睡了几年单人床，老是做梦也放不开手脚。他早就决定毕业参加工作后要买一张双人床。

他来到街上，随意地溜达着。对于星苑市他并不熟悉。除了放假或去学校时在这里转车，他几乎没有特意来过——唯一的一次是那年冬天他来找冷紫。几年过去，他依旧清晰地记得自己当时见到冷紫的情形。当冷紫告诉他说她要结婚的时候，他一下子觉得冷紫陌生极了。在回去的公共汽车上，他一直盯着玻璃窗上蒙蒙的水汽，在售票员近于吵嚷的声调中才想起买票的事情来。到了杏屯县城，他第一次独自喝了白酒，白酒是"三家村"牌的，他要了半斤装的那种。那酒真凉啊，喝到肚子里却像火烧一样。就像冷紫。真像冷紫。这个女孩子见到她时总是给他一种冰冰凉的感觉，而一离开她，她就在他心里烧成了一团火，有时候火大，有时候火小，可无论火大火小，都是那么难以熄灭，那么燃燃不绝。

即使，是他和叶潇谈恋爱的时候。

他和叶潇是从大二开始谈的。那个让他绝望的冬天过后，他和叶潇的接触慢慢地频繁起来。其实上大学叶潇就开始来找他，只是他对她一直视而不见。当冷紫清晰地告诉他他们之间的不可能后，一种沉郁和沮丧压制了他很久很久，迫使他不得不转移一下自己的思绪。于是，叶潇的亲近变得鲜明和重要起来。他们自然而然地被同学们公认为一对情侣。其实他对叶潇的感觉更像哥儿们。他可以和这个女孩子整夜聊天一起划拳喝啤酒一起溜冰看电影，可是她却始终不能唤醒他内心最深处那种最细微的柔情。但是他不得不承认叶潇对他的好，而叶潇也是他这几年大学生涯中让他最感到亲切的女生——尽管她和他并不在一个学校。于是，他们就一直这么相处着。他不说什么。默契的是，叶潇也不说，也从没有要求过他表白什么情话。叶潇的这种态度甚至常常让他心存一种侥幸：叶潇对他和他对叶潇是一样的，都貌似爱情却与爱情无关。他不过是她青衫之交，而她则是他的红颜知己。他们与其说是异性的情侣，不如说是同性的伙伴。

——多年之后，张朝晖才明白：他们对于情话的回避，也许在潜意识里，都是源于一种恐惧。他恐惧伤害，而叶潇恐惧被伤害。面对这种恐惧，躲闪就成了最好的选择。

然而，终究有无法躲闪的一刻。临近毕业时，他和叶潇还是分手了。分手的起因似乎很简单，好像只是源于一次再寻常不过的斗嘴。那一天，叶潇说她们学校有一个英语系的男生最近在追她，那名男生条件很好，却口口声声要放弃更好的工作机会，跟随叶潇到河南去。

就像我当年鬼迷心窍，一定要和你一起来这个城市上大学一样。叶潇笑道：他对我那么好，我甚至想考虑是不是该换届了。

我建议你倒真可以考虑，女大当嫁么。张朝晖说。他听出了叶潇语言的技巧。叶潇直接地把他们的关系定位了，跨越了情话的那道关口。从某种意义上讲，她正在用自己的方式试探他。这是她最明显的一次试探。面对这样的试探，他要么就默许，要么还是回避，要么就表明自己的立场。几乎没经过什么思想波折，他就用这句简单的话表明了自己的立场。这使他无比清晰地明白：这个女孩子对自己真的没有特别的可能。

叶潇转过脸，看着张朝晖的神情。张朝晖完全是心平气和地，脸上如一潭秋水。叶潇顿时愤怒了。有人曾说，一个男人对一个女人无动于衷可以算作一种轻度的蔑视。那么，被公认为是她男朋友的张朝晖对情敌的这种大方和无所谓简直就是对她的一种重度的侮辱。

你是不是已经选择好了？她问。

什么？张朝晖不明白。

换届对象啊。

怎么又说到我了？张朝晖很诧异：是你自己说那男孩子好，要考虑考虑的。

你智商那么高，连个玩笑都听不出来么？叶潇的泪水涌出来：就是我真的说我要找他，你就那么不在乎我么？

张朝晖愧疚地沉默着。明白了自己对叶潇的侥幸假设是多么地自欺欺人。如果早点儿说明白会不会好点儿呢？他徒劳地想。

你是不是一直把我看成是感情上的负担？如果是这样，你就早该告诉我，我决不会赖着你的。叶潇果然说：我虽然不好，但还不至于没人要。

不，你很好。张朝晖说：其实我一直都把你当作……

老同学？好朋友？亲妹妹？叶潇不由分说地打断了张朝晖的话：别用那些陈词滥调来糊弄我了，你不觉得太可笑了么？

是我不好。张朝晖说。

不，你也很好，只是你的好都给了别人。

我的意识里从来没有特别的女生。张朝晖说。他不想让叶潇把误会转嫁给别人。再说在大学里他真的没有。

你以为我不知道么？

谁？

冷紫。叶潇说：你常给她寄书，是不是？

这是我的自由。张朝晖说，他的心里涌起一丝反感：她没有机会读大学，但是读一些书还是有权利的。

这不是书，而是爱情的代言品。

张朝晖黯淡地笑了笑：她这会儿只怕连孩子都有了。大一寒假我回去看她，她说她就要结婚了。

如果她没结婚呢？你是不是还会爱上她？叶潇的口气软下来。她忽然觉得其实张朝晖和自己的处境非常一样，都在赌着极可能输的一局。你爱我我爱她她又爱别人，电视剧中的这些俗滥套子真的是对真实生活的普遍提炼么？

我不知道。

不知道就是有可能，是不是？叶潇开始钻牛角尖。临近毕业，她知道自己必须有勇气去鉴定自己的感情，不论它能得多少分。毕业让许多事情都有了面对的情境和压力。

或许。张朝晖忍受不了叶潇如此细腻的推断，说。

那么，你告诉我，这么长时间以来，你到底有没有一点儿喜欢我？

张朝晖低着头，不敢看叶潇的脸。要说一点儿不喜欢也是不真实的，可那点儿喜欢实在不能引申成爱情。他也怕自己承认这点儿喜欢会诱惑叶潇再次向他进行感情投资。这种投资注定了她的血本无归。

不知道。他又一次选择了这句话。善良使他使用了最中和的语态。

这个不知道就是不喜欢，是不是？叶潇的话锋像刀子一样要把他杀死，也把自己杀死。

是的。张朝晖终于说。一瞬间，叶潇掠过他的目光让他感到了自己的软弱，可他很快又坚定下来。无论怎样的回答都是伤害，不是对她伤害，就是对自己伤害。而对自己的伤害最终还是会导致对她的伤害——那就说吧。说出来是残忍，不说出来就是卑鄙。在二者之间，他宁可选择前者。

叶潇一句话都没有说，转身就走。再也没有来找过他。后来张朝晖听别的同学说，她也分到了星苑，在《星苑晨刊》网络部——她学的是计算机专业。想必她也知道了他分配到医院的信息，但是她还是没有用任何方式和他联系过。张朝晖也没有主动和她联系。他觉得这样也许更好。虽然他的愧疚感还深深地存在着。但距离是必要的。距离也许会让叶潇淡忘，同时又让他感到一种无以名状的轻松。他不后悔。多年之后，张朝晖想起这件事情时，他还是没有一丝一毫的后悔。冥冥之中他反而觉得，能在回到星苑之前结束这段感情，好像就是为了把自己的情感领域清算干净，预备另一个人的来临，或者是回归。

2

张朝晖拐进一家超市，在食品区里，他看见了那种半斤装的"三家村"白酒，比几年前贵了两块钱。刹那间，所有的记忆都如沸水冲泡的茶叶，翻腾起来，鲜活起来。一种被亲人围抱的感觉顿时溢满了张朝晖的身体，让他觉得酸楚而踏实。酸楚是轻微的，但是踏实感却是那么地强烈，让他想有一种流泪的冲动。他寻觅着这种踏实感的来源，几乎没费什么周折就找到了答案——冷紫。当然是冷紫。只能是冷紫。叶潇的猜测不是没有道理的。这么多年来，虽然他没有再见过冷紫，但是从来没有在心里冷落过她。从来没有。哪怕是一丝丝的淡忘也没有。冷紫仿佛是他用层层绸绢仔细裹好的一件珍宝。他把她小心地藏了起来，并且打上了清晰无比的地址。而他之所以把她这样藏起，只是为了有一天能够更加深切地去把她面对。

可是，现在，他真的能去面对她了么？她就生活在这个城市里，也许真的已经结了婚，生了孩子。他无法想象见到这样一个冷紫时的情形。因为这种情形能够最真实的证明，这个姑娘已经没有一点儿可能属于他了。她只属于他的记忆。她只属于自己的生活。然而，或许，她还没有结婚呢？他犹豫着。突然间，他为自己的目的感到羞耻起来。难道你想见到她就是想知道自己到底还有没有机会得到她么？他问自己。你就只有这样一个赤裸裸的目的么？你就不想知道她现在的生活状况到底如何么？即使她的生活状况十分不符合你卑鄙的愿望，难道你就没有看望她的必要了么？他诘问着自己，觉得自己简直在想象中对冷紫犯了罪。

他走出超市，伸手打了一辆车。对司机脱口说出了美雅洗浴中心的地址。这是他给冷紫寄书时所用的唯一的地址。从收书的情况来看，即使冷紫不在这里住了，但至少还和洗浴中心保持着密切的联系，不然书就会退给他——他寄的全部都是挂号。多年之后，张朝晖才发现，自己给冷紫寄书很可能还存在着这样一种潜意识的目的：不断地以一种隐匿和合理的方式对冷紫的行踪保留一点儿知情的线索。

人的潜意识是多么聪明多么可怕啊。它的聪明在于它往往是我们行为的先锋。它的可怕在于它往往直指我们行为的实质。

3

先生，我们这里没有这个人。保安说。

她姐姐叫冷红，你有没有印象？

没听说过。保安摇摇头。他是真的不知道。这里的保安已经换过好几茬了，几乎已经没人知道她们姊妹的真姓名了。在方捷的原则里，更换保安和小姐是两项经常性措施。频繁地更换保安就意味着安全——他们往往不明白这里的猫腻是什么，能更理直气壮地看门。而频繁地更换小姐就意味着财富——客人们需要源源不断的新鲜货色。当然，像冷红冷紫这样的特色品牌除外。

张朝晖的心像冰浇一般凉下去。他转过身，又不甘心地回头：她们是一对孪生姊妹，长得几乎一模一样，你真的一点儿印象都没有么？

保安露出恍然大悟的神情，伸手拉开门：请进。请到大堂找领班问一下。

当冷紫出现在大堂时，张朝晖差点儿没认出她。她的头发披散着，精神明显不振，眼睛周围弥漫着极轻极淡的黑晕，使她的眼睛越发的大而空旷。她穿着一件很随意的纯白棉质衬衣，比他大一在这里见她时瘦多了。

他们相视片刻，几乎同时微笑着点点头。

一起去外面走走好么？张朝晖说。

冷紫无声地跟着他，走出了门。他们走在熙熙攘攘的大街上，许久，谁都没有说话。

那些书都收到了么？张朝晖终于问。

冷紫点点头。

喜欢么？

冷紫又点点头。

喉咙发炎了么？张朝晖道：我可以给你开个方子。

冷紫一下子笑出声来。面容被笑容激出了红晕。张朝晖又看到了冷紫以前的模样。

你一直住在这里么？

唔。

张朝晖觉得自己的心一下子飞扬了起来。她的回答证实了他希望的那种猜测。她没结婚。

做什么工作？

服务员。

每天工作几个小时？

有时候早些，有时候晚些，没什么规律。

工资多少？

冷紫抿了抿嘴唇：三百。

管吃管住么？张朝晖说：挺好的。

冷紫笑笑。

冷红现在怎么样？

也在这儿。冷紫顿了顿：和我一样，当服务员。

这样你们俩倒有个照顾。

他们闲闲地聊着，走进了一家床上用品商店。冷紫帮着张朝晖挑了一套包括被子床罩方枕长枕在内的系列床上用品。这套东西都是纯棉制品，浅绿的底子上开满了白色的小花，如春天的原野，色调很清新。买完之后。冷紫才想起这是一套双人床用品。你宿舍里是单人床吧？她问。

没关系。张朝晖说：我正准备买一个双人床。

冷紫的脚步滞了滞：你要结婚了么？

张朝晖马上明白了她问从何来，忽然想和她开一个小小的玩笑：是的。

新娘子是叶潇吧？冷紫的脸上挂着笑容。

你怎么知道？

早两年我就听说了。冷紫说着收掉了笑：你应该让她来挑这些东西。

你说得对。张朝晖做出醒悟的样子。他看出冷紫的认真中含着一丝愠怒，心里漾起一种甜蜜：可是已经买了。

退回去。冷紫说着就要转身。张朝晖一把拽住了她，笑着向她解释了一番。

你干吗要骗我？冷紫似乎还有些生气，但是嘴角含着笑。

那年你也对我说过你要结婚的事。我今天一说咱们就扯平了。张朝晖道。他小心地看了冷紫一眼：你怎么没结婚？

你为什么和叶潇分手？冷紫没有回答他，反问。

严格地说，用分手这个词是不合适的。因为我们从没有真正谈过。张朝晖说：她是个好女孩，但是不适合我。

是你的眼光太高了吧？

这种事情又不是买东西，怎么能用眼光高低这个词？张朝晖看了冷紫一眼：我好像还是原来的我。

冷紫的心怦怦地跳了两下。

那谁适合你？那个白地蓝花长裙子？冷紫突然想起了那年夏天往张朝晖嘴里喂雪糕的女孩子。

你在说什么？

那一年，看过红榜之后，我想去找你，在大街上看见你和一个女孩子走在一起，她还往……

往我嘴里送雪糕，是不是？张朝晖笑起来：她是我伯伯家的孩子，我堂妹，沈阳人，是个人来疯，那几天她和我伯伯回老家探亲，一直缠着我，真让我受不了。不要说她是我堂妹，就是她和我没什么关系，这样的女孩子我也不敢亲近。

是这样。冷紫尽量让自己的语气显得微淡。

你怎么现在还记得她？是不是那时候就开始吃醋？张朝晖诡异地笑着。冷紫啐了他一口，忍不住有些羞涩地笑了。他们的这种状态已经近乎调情了，然而这又是多么自然的状态啊。她没有想到他们会进行得这么快。可是这快真的没让她感觉到一丝一毫的牵强。

他们走进一家茶室。茶室的名字叫"原木居"，地板、桌椅、茶盘、茶勺、茶碗全都是木制的。客人很少，低低地放着古乐。他们在靠窗的位子坐下来，服务小姐马上端来了一套玲珑可爱的器具，张朝晖一一向冷紫讲解着茶船、茶则、茶盏、公道杯、闻香杯……服务小姐笑道：先生真是博学。张朝晖说他大学时候的上铺是福建人，从小到大最讲究的就是吃茶，他听了这么几年，差不多也成半个福建人了。他又给冷紫讲了许多校园里的笑话，逗得冷紫一直在笑。笑着笑着，冷紫的泪水突然迸了出来。她连忙装作不经意的样子把它擦掉了。多么美好的时刻啊。她居然和张朝晖在这里相对而坐，侃侃而谈。这是你青梅竹马的恋人，学成归来依然想着你，念着你，找个理由约你逛街，用狡黠可爱的话语试探你的心思，以最宽容的姿态迁就着你……这是梦中才有的事情啊。

可她是什么人啊。她是什么人啊。

她忽然想迅速地逃离这里。

讲讲你吧。张朝晖说，你这几年是不是挺不容易的？

不。冷紫粗暴地说。她能讲什么？

张朝晖看着冷紫，不知道她的意思是不讲，还是在否定不容易。但他知道他肯定又触及了她那过度敏感的自尊。这几年她一定是不容易的。他想。

不想说也不要紧。不过，有时候说一说也没什么不好。如果你想说了，也觉得我还可以信任，我很愿意听听。他说：到时候你也许会觉得，我可能比以前有一点儿进步。最起码我不会再犯过去的错误——哪怕仅仅是语言上的。

冷紫的泪水又一次涌出来。这温暖的话语就像一块洁净的纱布，一下子就贴在了她裸露的伤口上，引起一阵熨帖的痛楚，她觉得自己就要崩溃了。

张朝晖抽出餐桌上的纸巾，递给她，又把地址、电话和传呼写给她：我有空就来看你，你有空也可以去找我玩。我就是再没用，也还能给你看看病。

你就那么巴望我有病么？冷紫笑道。

是啊。你要是住院就更好了。我保证比所有的医护都尽职，即使不在我们科。张朝晖说。

冷紫沉默着。这幸福的玩笑啊，能有几个？

你知道么？许久，她终于轻轻地说：我和以前不一样了。

不一样是正常的。我在学校里都变了，更何况你？这个，我有心理准备。张朝晖用手抚着柚黄色的桌面，似乎在寻觅着沧桑的痕迹：不过我一看见你就知道，我最珍视的那部分东西没有变。

变了。只是你不知道而已。

没有变。你自己并不知道。

你知道我还是我知道我？

很多时候，人最不了解的就是自己。

冷紫把目光移向窗外。她不想再分辨下去了。她忽然想起曾经在一本书看到过，有人把世界上的人分成了三种，第一种人让事情发生。第二种人看着事情发生。第三种人想知道事情为什么会发生。对她而言，方捷趋向于第一种人，冷红趋向于第二种人，她自己则是第三种人。那么，张朝晖呢？也许还应该划分出第四种人，那就是：他根本不知道发生了什么事情。就让他把自己想象得好一些吧。也许，这并不过分。因为这种想象不会维持很长时间。在本质上，更像是一种海市蜃楼。

这是一个灿烂的初秋，树叶缤纷，蓝天纯净，她和初恋男友坐在这里喝茶，宛如所有最正常、最美好的女子。

第二十三章

1

今日《星苑晨刊》二版头条发的是一个警察的先进事迹，其间又提到了那桩破获神速的重大抢劫案。报道说那个警察如何一天一夜没合眼和战友一起查线索想思路，如何为这起案子的成功破获做出了自己特有的贡献，如何不负一个人民警察的光荣称号。云云。

冷红把报纸扔到了一边。现在，一听到关于这个案子的消息她就心口发堵，警察付出的能和她们相比么？他们付出的不过是职业性的工作习惯，而她们付出的却是在之前和之后都没有任何国家机器来专门保护的生命风险。这难道还不足以让她们后怕么？她们实在是太冲动了——尤其是冷紫。什么时候能改改她这种冲动任性的幼稚脾气？她这种脾气以后肯定会吃大亏的。冷红预感。

吃过中饭，冷紫回来了。

又是张朝晖么？冷红问。能让冷紫陪这么长时间的，除了张朝晖没别人。她想。

唔。

我警告你，别陷进去。

别说了。冷紫皱起眉头。

还记得杨蓬吧？

他能和张朝晖比么？

在某些问题上，天下男人都一样。

你以为你已经经遍天下男人了么？冷紫用书盖住脸。

冷红被噎得说不出话来。她平静了一下自己的气息：方捷方才说，四点钟左右会有一单生意。

我不舒服。冷紫说。

是和张朝晖在一起太舒服了吧？冷红讥诮地笑道：想为他守节么？是不是有点儿太晚了？

不要你管！冷紫一脸烦躁。

我当然要管。冷红说：我决不允许任何人再去伤害你。

你以为你没有伤害我么？

是的，我伤害了你，可我没有抛弃你。今后也不会抛弃你。冷红一字一句地说：那些男人，他们不但会伤害你，而且还会在伤害之后抛弃你。

四点钟，冷紫终于还是和冷红一起接了那单生意。

2

陈子明被关在二号牢里。

这几天，提讯他的频率明显降低，他知道自己的策略奏效了。刚进来的时候，天天提讯，因为他拒不开口，警察对他的态度也就格外警惕和恶劣。其实他只是想抻长提讯的过程，延续自己的生命——他无比清楚地知道，一旦提讯结束，他的生命很可能也就到画句号的时候了。可是他很快发现这种方法只是饮鸩止渴，压根儿不能从本质上拯救自己，而且还加剧了对方对自己的进攻和防备。这种进攻和防备倒是把自己的精神搞得更紧张，体力也很疲惫。他反省了一下，把自己的思路进行了扭转和调整，开始陆陆续续地交代一些事情：如何确定的作案步骤，从哪里找的马仔当帮手，事前踩了几遍点儿，以及当天的实施过程等等，还主动交代了以前做过的几起案子，他知道那些案子大约早就被定成死案了，可算作公安局的意外收获，够他们惊喜一阵的。当然，他始终没有说出那些钱和那支枪的藏身之处。这是两样至关重要的直接证据，他必须留着它们，才能让办案人员去好好地开上几次会，制定对他下一步的攻心战略。同时他也才能利用这可贵的缝隙去寻找逃狱的契机。

其实这个过程也有点儿像做爱。他想，你来我往，你攻我挡，有张有弛，充满了韵律和节奏。而到最后，枪和钱是对方的高潮，逃狱成功是他的高潮。谁的高潮能够实现，就证明谁有能耐，谁有本事，谁聪明。

他觉得自己的血脉隐隐地开始偾张起来。他决不让自己输。他决不能辜负自己的聪明。

他确实是个聪明的人。这几乎是所有认识他的人都公认的事。从小到大，他对什么东西都是一触即通，十分灵醒。他有个表哥在镇上当修锁匠，十八岁那年，他没事去找表哥玩儿，陪他出了半天的摊儿，就明白了锁是怎么回事儿，还在一边儿帮表哥修了几个。当时他只是觉得好玩儿。后来，他和村里的一个女孩儿谈起了恋爱，请媒人去提亲的时候，女孩儿父母却死活不同意，原因只有一个，没有房子——他家弟兄三个，却只有三间瓦上长了苔的旧房。他是老二。大哥因为没房子倒插门到了嫂子家，被一村人瞧不起。他下面还有一个弟弟。如果他在这三间房里结婚，爸妈和弟弟就没地方住。没房子怎么过日子？人又不是蚂蚁，拱到土里就能睡觉。我们家儿子多，又不稀罕他倒插门儿。这是那女孩儿父母对媒人说的话。他还是不甘心，又偷偷约出那女孩儿，要她和他一起去外面闯荡，那女孩儿哭着摇头：我们没缘分。他冷冷地看着那女孩儿：是没缘分么？我看是没钱分。不久，那女孩儿就和别人订了婚。他来到城里打工，先后换了几样工作，总是只能勉强顾住吃喝。有时候出手稍微大方一些，就会狼狈地欠点儿小债。后来，他去给一家纯净水公司当送水员，在给一户人家送水的时候，顺耳听说楼下的一家多么有钱，他就动了手。下楼的时候，找了一截旧铁丝，两分钟就把防盗门撬开了。那次他偷了五千多块钱现金。从这以后，他就干上了这一行。他的手里很快阔绰起来。后来，他的技艺越发精湛，就不再撬门了，开始撬保险柜。他最为得意的是，有一次，他和一个道上的朋友打赌，把一家保险柜厂财务室的保险柜给撬了。他是从正门进的，从寻找外部报警系统到把这个系统全部破坏掉，只用了十分钟时间。开那个红外线感光双保险的保险柜，只用了五分钟时间。那一次，他得手了五十八万。而在这十三分钟内，他是一边吹着泡泡糖一边干的。

三十六行，行行出状元。他觉得如果这也算一行的话，那他应当是一个当之无愧的状元。如果这一行也有文凭，那他就是博士——不，他甚至能当博士生导师。他也是个天才，最起码在这一行里。如果他不是个江洋大盗，或许就是个制锁专家。对这一点他深信不疑。一切都是命啊。

渐渐地，他觉得偷多少钱对他已经只是个数字问题了。偷钱的方式和感觉才是他最感兴趣的。这几乎成了他偷钱的主要目的。于是他就变着花样偷，追着灵感偷，在每一次作案中都尽情倾洒着自己的天资和激情。这一次抢劫，可以说是他改变作案风格的一项重要实践。他精打细算，自认为每一个环节都设置得完美无缺，但是，他万万没有想到的是，他会在这个事情的主体工程已经完工的时候，栽在两个妓女手里。而且，他栽得是这么糊里糊涂，无偏无点。要是传到同道人耳朵里，还不被笑掉大牙么？

他一定要出去。他要弄明白他为什么栽，也要好好整治一下那两个婊子——尤其是他喜欢的那一个。他断定主要原因就出在那个妹妹身上。他还要取出他的枪和钱，好好地活下去。他还这么年轻，而且有这么轻松的挣钱门道。他的好生活还没有享受够呢。要是能够顺利出去，他一定要收敛一下自己的骄傲和任性。他想。毕竟，警察们也都不是吃白饭的。世界上的聪明人也不止他一个啊。

放风的时间到了。这里每天都要给犯人们放两次风，一次上午，一次下午。每次十五分钟。

这是下午的放风。

他随着犯人们走了出去，来到天井里。这个不足一百平方米的天井里，每天都要容纳一百多个犯人进行两次珍贵的筋骨舒展和双腿漫游。有人趁这个机会争分夺秒地抢在水管下洗衣服，有人默默地望着远处的青山白云，有人大口地做着深呼吸贪婪地品味着新鲜空气，有人则悄悄地互相靠近，交换着一些隐秘的物件和信息……

陈子明瞟了一眼二楼的监视窗，两个值班警察正在笑嘻嘻地聊天。

他一下子闪进厕所里，在最后一格蹲下。

他已经专门蹲过三次厕所了。

这个厕所只有一个小小的气窗，窗外就是高墙，可谓上天无路。但是入地却不见得无门。陈子明三番五次蹲厕所就是为了这个门。

这个门就是出粪口。

这是一个未经改造的老监狱，现在还没有使用现代化的机械抽粪，陈子明一直想弄明白的就是露天的粪口是在监狱内还是在监狱外？有没有粪盖？如果有，粪盖有多重？出粪口上有没有拉铁丝网？如果拉能拉到什么程度？是拉到粪上还是粪下？让他惊喜的是，这些问题，在他第三次蹲坑的时候就得到了有效解决——他听到了有人舀粪，而且是当地农民的声音！一瞬间，他血管里的血"哗"地一下子全部冲击到了胸壁上。他知道自己得救了。

接下来就是计算时间、路程和速度。放风十五分钟，扣掉五分钟供其他犯人倒马桶的时间，他至少还有十分钟。收监点名，加三分钟。发现缺人，追查并召集警察组成追捕队，加六分钟。分兵出发，加两分钟。路上逃与追之间的时间差，加九分钟。也就是说，他必须在半个小时之内逃脱出警察的掌握。他记得当初被送过来的时候，因车从山脚下绕上来用了大约二十分钟时间。如果他下山走直线，估计和汽车爬山的速度也差不多。这样算来，他至多也只能在粪坑和监狱周围耽误十分钟。

每一分钟都要命啊。

他蹲下，却没有解裤子。只是稍微犹豫了片刻，倾听了一下周围的动静。最后两个倒马桶的犯人已经出去了。只剩下他一个——其实，除了倒马桶的人，号里的犯人们是不会利用这宝贵的放风时间来蹲厕所的。他们宁可在放风结束后回牢房蹲马桶。

陈子明扁着身子下了坑道。顿时，一股扑鼻的臭气把他的眼泪熏了出来。他闭上眼睛，尽量减少呼吸的频率。蹲位太窄，他的脑袋几乎被卡在了格子上，他用力，再用力。耳朵被挤得似乎就要掉了。终于出来了。他两手紧紧地把住蹲坑尾，回头看了看粪池，池面离他的脚还有一尺多高。但愿粪的高度不能把我淹死。他想，然后他咬着牙松了手。

扑通！

粪水淹到了他的胸前。

一只老鼠惊慌地从他的背上跃了过去。他站在粪水里，原本是打算往前游，可是粪水太稠了，怎么也游不动。他闭着眼睛，一点一点地往前蹭。心似乎要从嗓子眼儿蹦出来，浑身下意识地抖动着，耳朵敏感地搜集着监狱里面传来的任何一点儿响动。时间似乎有一万年那么久。他终于触到铁丝网。他睁开眼睛——出口就在离铁丝网一米远的那边。他的圣地！他把手伸到下面，下面没有铁丝网。他丝毫没有犹豫，把头埋进粪水里，潜粪而出。一阵尖利的刺痛。他知道自己的背很可能被铁丝网划伤了。

一个轻松的引体向上，他爬出了粪池。他很快脱光了身体，扯开随身携带的一个塑料袋。那里装着他早就准备好的毛巾、背心、短裤和布鞋。他用毛巾擦了擦身体，换上衣服，绕开大墙，飞奔而去。如一个矫健的长跑运动员。快跑到山下的时候，他拐进了路边的一个学校，钻入学生宿舍楼，在洗脸间狂洗了一番，然后换上一套挂在窗口的男生衣裤，慢悠悠地走出来。这时候，宿舍楼前一辆小卡车已经发动了起来，有人正往车里上，他听到了车里的人聊天说要去市里时，就像一条泥鳅一样爬到了车下，抠住了车的底部。卡车刚刚驶出没多久，他就听见了后面刺耳的警报声。而在前面不远处，交警已经开始严格检查过往的车辆了。

半个小时之后，小卡车停了下来。陈子明判断它停的是一个停车场。他躺在车下稳了稳神，探出了头。他一眼就看到了，满天都是艳丽的晚霞。

3

冷紫没有吸过毒。但是如果吸毒真的如书中所描述的那样的话，她相信自己已经很熟悉那种感觉了。

那种感觉，就是和张朝晖在一起时候的感觉。

每次，张朝晖约她的时候，她都会犹豫。而每次犹豫之后，她都会去。每次去过之后，她都在心里说这是最后一次了。可当下一次约会来临的时候，她就会明白她所谓的最后一次不过是指着下一次。

他们去过人民公园，去过博物馆，去过动物园，去过植物园，去过雕塑公园，去过花鸟市场，甚至去过儿童游乐园。当这些地方都走过之后，他们所去的地方的随意性就更大了。有时候，他们就在附近的街心公园散步。有时候，他们去某个刚开业的冰淇淋店尝鲜。有时候，他们去一家老牌子的书店里看书。有时候，他们冒充学生去某个大学里听他们感兴趣的讲座。有时候，他们去教堂听牧师布道。而有时候，他们就坐在流经星苑市区的金柳河畔絮语。

冷紫最喜欢也最害怕的就是这个时刻。到处闲走虽然很开心，但她总是有一种莫大的恐惧。和张朝晖在一起是这样，和冷红在一起也是这样。她怕和她那些男人相遇。那样的场合，那样的事情，而她们姊妹又长着那样一张脸，两张脸的重合就像是上过妆的演员又涂了一遍彩，更是让人过目难忘。冷紫清楚这一点，因此她觉得每次上街都像是一种极大的冒险。她不知道如果碰上那些男人，她该如何迎接那些男人的目光。有时候，如果有男人多盯着她们看两眼，她马上就会紧张起来，仿佛偷了东西似的，拉住冷红就夺路而逃。

你究竟在怕什么？有一次，冷红终于忍不住问。

这你还不清楚么？冷紫说：我总觉得像是见过他们一样。

这不奇怪。男人们看起来都很一样。

不一样的。他们看着我们的目光和看别的女人不一样。

我们漂亮，走在街上自然抢眼。

你这是生了个烂疮当桃花赏。冷紫说：你以为这些人里真的没有那些人么？

有又怎样？如果没有人跑到我们面前指着鼻子说，那就等于没有。冷红说：就像报纸上今天吹的那些好干部，也许明天就成了贪污犯。但是事情没有发展到明天，那人家就还是个好干部。

你能肯定他们就不会指着我们的鼻子说么？

当然。我相信方捷为我们挑选客户的眼光。那些介绍费，不是让她白拿的。冷红微微一笑，其实，你真像歌里唱得那样，是个傻妹妹。你只顾着怕那些男人，你以为那些男人就不怕我们吗？你以为他们见了我们就不心虚么？要说怕，我们和他们也许就应了那句俗话：麻杆子打狼——两怕。认真比起来，只怕他们怕得还更厉害呢。因为他们比我们更看重自己的那张脸。

尽管冷红如此这般开导，可冷紫还是怕。抑制不住地怕。和张朝晖在一起时更怕。有时候，她做梦都会梦到这样的情形：她和张朝晖正在大街上走着，迎面碰上一群男人。他们围着她，说着下流无耻的话，挑逗猥亵着她，而张朝晖则在一边冷冷地看着，像一个审查人，也像一个旁观者。她的表情有时候是茫然而优雅地：先生们，你们认错人了。有时候是激动愤怒的：流氓！滚！有时候是怯懦软弱的：你们在干什么呀？有时候是恳求讨饶的：求求你们，放了我吧。有时候是大胆无畏的：我要报警了——而每次醒来的时候，她往往都是一身汗。

相比起来，坐在金柳河畔就安全得多。而且，她也确实喜欢专注地听张朝晖说话。无论他说什么。他给她讲他们高中同学同班时的一些往事：有一次，你把 a butterfly in the stonach 译成了"胃中蝴蝶"我告诉你说错了，应当译为"胃痛"。你说你知道，只是觉得"胃中蝴蝶"的意境好美。冷紫笑了，她可以想象出自己当年的情形。他给她讲在医科大学第一次上解剖课时的情形：那是一个老人，看起来很瘦小。正式上课前，教授带领我们先向这个老人默哀致意了一分钟。教授说，这具尸体曾经也是一个不可替代的生命，有过作为一个人的所有美好感情和全部尊严。在他被当作一个教学工具使用之前，他应当享受到受益者由衷的感谢和崇敬。他也给她讲医院里的见闻：昨天，我们科里一个患白血病的孩子死了。今天早上，我去查房，看见他床位上的床单有一丝褶皱，我突然有一种感觉，仿佛他刚才还在上面躺着，现在不过是到外面玩了一会儿。

冷紫静静地听着。

我们科里还有一个患白血病的孩子，前两天她妈妈给她买了一件很漂亮的公主裙，还买了许多玩具给她过生日，可是她总是绷个脸。大家使劲地想逗她高兴，可是她就是不乐。后来，她妈妈终于忍不住了，就求她：孩子，你笑一笑呀，你为什么不笑呀。孩子的泪水一下子就涌了出来，她说：妈妈，我的脸笑不动了。我们这才知道，她的面部神经已经瘫痪了。

冷紫的眼睛模糊了。她还能维持多久？

两个月。

冷紫沉默着，久久。

又让你伤感了。张朝晖轻轻搂住她的肩膀。

我只是觉得生命太脆弱了。有时候，一切还没开始就都结束了。冷紫说。轻轻地把张朝晖的手放下来。她总是这样。每当张朝晖有稍微亲近的动作时，她虽然觉得自己不配享受，却还是会忍不住要享受片刻，再把这些甜蜜艰难地挪开。

张朝晖看了她一眼：所以，我觉得对我自身来讲，作医生有两大好处。一是有一种职业意识能够最大程度地预防疾病，保持自己和家人的健康。二是能够时时刻刻地看到别人的痛苦对自己的提醒。每当我看到一个病人患病住院时，我就觉得上帝又关照了我一次。每当看到一个病人——特别是一个年龄比较轻的病人不治而亡的时候，我就觉得自己简直是又捡了一个天大的便宜。我对自己说，你还要求什么呢？你有淳朴善良的家人，你有受人尊敬也足以养活自己的工作。你有那么多能够互相信任互相帮助的朋友，你还有这么好这么好的一个女朋友，你还有什么不满足的呢？

冷紫凝视着波光粼粼的金柳河，没有表情。

你是不是觉得我太胸无大志了？张朝晖看着冷紫。

不。许久，冷紫说。

那你怎么不对我的人生观做一些评价？张朝晖笑道：或者是呼应？

那是你的人生观，和我有什么关系？冷紫说。

你真的是这么觉得的么？张朝晖严肃起来。他知道冷紫的情绪又陷入了低谷。他总是隐隐地觉得，冷紫的心里有一个很奇特的旋涡，不论他们说什么，她都会很容易陷到这个漩涡里去。

你应该找个比我好的女孩子。冷紫掐断了一棵小草，草茎上立刻溢出了白色的汁液。

我觉得你已经够好的了。你的好正适合我。我不知道怎么拿你和别人比，也觉得没有必要比。沉默了片刻，张朝晖说。

反正我就是不好，你迟早会明白的。

小紫，张朝晖握住冷紫的手，看着她的眼睛，你心里还有别的男人么？

冷紫摇摇头。

只有我一个。是不是？

冷紫点头。是！是！是！她在心里喊。

那你就不要再有任何顾虑。你担心你没有星苑户口么？我们一结婚就可以解决这个问题。我们也没钱买房子，不过我好歹还有一间单身宿舍，将来我们肯定会有自己的房子——要是你不贪，不想买豪宅的话。你文凭低也没有关系，现在的成人大学遍地开花，你想上哪一个不成？要是你为自己的工作自卑，那就更没有必要了。只要拿到文凭，你一定能找到满意的工作。他趴到冷紫的耳朵边儿：即使找不到工作也没关系，你就待在家里，看书，做饭，生孩子。我要让你违反计划生育政策，给我偷偷生一堆孩子。

冷紫含着泪笑出声来。亲爱的人啊，你能想象出的障碍就只有这些么？她看着张朝晖纯净的眸子和修饰的整整齐齐的发线，你知道我离你的想象有多远么？

想通了么？张朝晖的眼睛里爆发着细碎的火花：什么时候想

通了就告诉我一声，让我这个乡下人喝杯甜酒——这是他们共知的一个典故。说的是沈从文向张兆和求婚的时候，屡求不中，就问她：你什么时候能让我这个乡下人喝杯甜酒呢？后来张兆和经过认真考虑，又得到了父母的首肯，终于给沈从文拍了一封电报，电报上只有一句话：乡下人，喝杯甜酒吧。

我还要再想想。冷紫说。她知道自己根本没有什么甜酒给他，有的，也只是毒酒。

那就晚一点儿喝吧，能多晚就多晚。

每次每次，几乎都是这样。她不能也不敢把真相告诉他，又无法顺着他的思路去畅想和承诺。她最喜欢听他说，又最害怕他问。她流连在他为她制造的波涛中，又无比清楚地知道自己不过是一条路过的小鱼，这里不是她的久居之地，她至多只能在这里游游泳。如果她贪恋在这里不肯离开的话，最大的可能就是被突如其来的风浪击死。

可她怎么能不贪恋呢？

她怎么舍得离开呢？

那就等死吧。死在这里也是好的。

那么，就真的这么去死么？

一直就是这么犹疑着，纷乱着。唯一清晰的是，张朝晖的归来使她越来越漂亮了。她的皮肤一天比一天莹洁滋润，她的眼睛一天比一天灵动秀美，她的举止一天比一天轻盈优雅，她的装扮也一天比一天清丽飘逸。她的美，鲜明地和冷红拉开了一个档次。张朝晖这么说。洗浴中心的人这么说。来做她们生意的客人们也这么说。张朝晖约她的时候她一定不出台，张朝晖不约她的时候她也不一定出台。要么她就在外面闲待着，要么就躲在房间里睡觉，看书。有时候情绪低落，她也会在冷红的死劝下，偶尔出一次台，不过都冷颜冷面，敷衍了事，这使她们的收入随着她姿容的飙升却锐减下来。

冷红知道症结在哪里。这些天来她一忍再忍，希望冷紫能够自己觉悟，没想到冷紫却越走越远，简直就快要抓不住了。每一次出台都得她三说四劝，甚至把威逼利诱的招数使上，还得学会看她的脸色打心理战，才能搬得动冷紫的大驾。这使她常常觉得自己像一个鸨婆——而且还是一个拙劣的鸨婆。难道冷紫是在给她冷红挣钱么？等到有一天，张朝晖蹬了她——这一天必然会来到，她不还得来吃这碗饭么？想谈恋爱也可以，但是不能把正事给耽误了。她觉得冷紫就像一个玩游戏玩得入迷的孩子，把游戏当成了生活，把零食当成了正餐。

冷红觉得已经到了必须纠正她的时候了。

你打算这么和张朝晖过一辈子么？她问。

我从没有打算能和他过一辈子。冷紫说，我只想过这么几天就很知足了。

我不希望这件事影响生意。

我也不希望生意影响我这几天可怜的快乐生活。

做生意是一辈子的事。

那是对你。冷紫说：有这几天，我以后的日子有没有都可以。

冷红站起来，走到冷紫身边，扳着她的脸：你知道你有多傻么？

冷紫抬起眼睛：你知道这傻有多好么？

再好也是假的。

假的也好。只是你不可能明白这好。冷紫说：因为你连这假的也没有。

冷红默默地站了片刻，走出了门。

4

"香妹小炒"是一间不大的餐馆，没有雅间，但是整体布置非常精致。小小的餐桌全是两座和四座式的，厚厚的玻璃板下铺的是蓝白格子的台布，每张餐桌上都插着一枝鲜花。音响里放着极清淡的音乐。

张朝晖盯着玻璃板，通过玻璃板的反射他可以清楚地看见冷红的脸。这张和冷紫酷肖的脸已经呈现出明显的憔悴，尽管也还美丽。看到她，仿佛就看到了十年之后的冷紫。不过他相信那时的冷紫要比现在的冷红漂亮，因为他们不是一样的人。

两个人都沉默了很久，一时间不知道该说些什么。氛围有些微妙的尴尬。这么多年来，冷红是第一次这么正式地没有任何交易目的地和一个男人在外面吃饭。而张朝晖也是在听说了冷红那么多传闻之后，第一次如此直接地面对她。作为他女友的姐姐，也是女友的唯一亲属。

菜很快上齐了。

要不再来一份羊肉汤？听说这儿的羊肉汤还有些名堂。冷红说。

听你的口气像是要埋单。张朝晖笑道。

那当然。是我请你出来的。冷红说。

那你就不能给我一个巴结娘家亲戚的机会么？张朝晖说，再说，男士请客，天经地义。还有，我的收入好歹也比你多些。

不见得吧。冷红终于找到了一个突破口：这两年，我和小紫挣了不少钱。

是么？张朝晖道，上万了吧。

冷红摇头。

那是上千？张朝晖开玩笑。

六十八万。

张朝晖停下筷子，看着冷红。似乎没听清楚，又似乎不明白她在说什么。

冷红又把这个数字重复了一遍。

张朝晖的筷子松落在玻璃板上。他又捡了起来：怎么会那么多？

你说呢？

张朝晖看着冷红的眼睛，冷红也看着张朝晖的眼睛。

我不信。许久，张朝晖说。

我把存单带来了。冷红打开包，把厚厚的一叠存单取出来：你要不要再算一算？

张朝晖把存单推了回去。他一眼就看出那些存单不是假的。他靠住椅背，脑子里一片混乱。

你是说，这钱，是你们两个的？他费力地问。

对。是我们两个一起挣的。冷红的声音很平静。

我不信。张朝晖的声音低极了。

我一个人能挣这么多么？冷红说：你问问小紫就清楚了。她是个不会撒谎的人。

张朝晖沉默着。

不管你相信不相信，事实就是这样。冷红说：想怎么面对是你自己的事情，重要的是你必须得去面对。

音乐仍如山间的溪水缓缓轻流，其他餐桌上的人仍在低声笑谈，周围的氛围仍如刚进来时般温馨安详。但是，他们的两把椅子之间却凝固出一股强劲的寒流，把张朝晖都冻僵了。

你想让我怎么去面对？张朝晖终于说。

离开冷紫。这对你们都好。你和她是两个世界的人。

不！张朝晖像疯了一样掀翻了桌子。玻璃板顿时碎成了一地。整个餐厅都静下来，所有的人都看着他们。

冷红拎着包走出了门。张朝晖坐了片刻，也走了出去。

先生，损坏了东西请按店规赔偿。一个服务员连忙跑了出来。

张朝晖打开钱夹，扔出了几张钞票。

当冷紫打开门，看见冷红身后像雕塑一样站立的张朝晖时，她惊呆了。

她看着冷红。冷红不看她。

她的全身都战栗起来。

张朝晖只是默默地死死地看着她。

没有一个人说话。

是的。是的。许久，冷紫终于像吐石头一样吐出了这四个字。她泪流满面。

第二十四章

1

无边的夜色笼罩着整个城市。同一份夜色在不同的地方就会呈现出不同的风貌，宛若一个千面女郎。有时候，她沉静厚重。有时候，她俏丽温柔。有时候，她轻佻放荡。有时候，她天真纯朴。有时候，她明朗清澈。有时候，她暧昧浑浊。有时候，她危机四伏。有时候，她又贞和安宁。

冷紫坐在洗浴中心的楼顶，无声地浸泡在这无边的夜色里。

墙裙的边缘镶着五颜六色的彩灯。从楼下往上看一定是漂亮夺目的，但是，在冷紫的这个位置，却什么也看不到。冷紫忽然觉得这很符合自己目前的状况：明明处于灯红酒绿的包围之中，但是自己的立足之地却是一个巨大的黑洞。冷冷的，没高没宽没底儿没沿儿的一个黑洞。

你恨我，是么？不知什么时候，冷红站在了她的身后。

不。冷紫回答十分迅速。

迟早都是一场梦。晚醒不如早醒。冷红说：做梦做久了就容易被魇住。

我知道。冷紫说，所以，其实我还挺感谢你的。

小紫。冷红终于抓住了这明显的嘲弄。

真的。冷紫说。

毕竟，是我告诉他的。

就是你告诉他才最好。冷紫的声音很平静：如果一定要让他知道这件事，那么你就是最佳人选。

无论冷红信不信，冷紫知道自己说的都是真话。她早就知道会有那么一天，甚至无数次地设想过那一刻的情景。在这个地方，在她的身上，能够开出短暂的爱情之花，已经是一种奇迹了。奇迹只要出现便已足够，如果想要让她长留，那就像要在阳光下储存雪花一样不现实。最有可能拔出这枝花的人有三个：冷红，张朝晖，还有自己。她首先排斥了自己。那么剩下的就只有冷红和张朝晖。与其等张朝晖出手，那还不如让冷红出手。因为，冷红至少还能给她个全尸，而张朝晖一出手，就意味着凌迟。

现在，一切都结束了。她坐在这里，任风吹拂。

其实，你恨也没有用。咱们姊妹就是这样的命。命，命，天管定，一个人不服命不行啊。冷红说。冷紫知道她不放心，还在给自己做思想工作。

命运是一个人对某些事情不愿意再努力或是没有信心再努力的常用借口。她忽然记起自己不知在哪里看到过的这句话。也许，真的就是命吧。她想。她是不能再努力了。以前是没信心，现在是没脸再努力了。

咱们挣了多少？她转移了话题。

六十八万。

一定要挣够一百万么？

这有什么一定不一定的。多点儿总比少点儿好吧。

八十万也行吧？

冷红看了看冷紫，纳闷她怎么开始对钱感兴趣了。

也行。她说。

到时候，你真的能收住手么？

能。冷红说。到时候什么样鬼知道！她心里想。

冷紫又陷入了沉默。

2

张朝晖病了。他不吃不喝在房间里躺了两天。没有吃药，也没有去看医生。

他是医生，他知道自己的病。

躺到第三天，他起来了，慢慢地在街上走着。他逼着自己这样做。因为不这样，他觉得自己就要死了——其实他知道自己已经死了很大一部分。他的全身都被掏得空空旷旷的，只剩下一个躯壳在游走。他失去了所有的情绪：愤怒的、忧伤的、惊愕的、悲愤的、痛切的、无奈的、疯狂的……没有。统统没有。他从来没有这样过。从来没有。即使是那年冬天冷紫对他的拒绝也没有使他这样过。那时候，他还能感觉到堕入深渊的痛苦。那种痛苦虽然折磨人，但是真的跌到深渊底部的时候，居然也有一种奇异的踏实感——毕竟，冷紫说找的是一个爱她的人。因此即便说不是幸福，最起码也是一个归宿。

可现在呢？他面临的不是痛苦，而是灾难。如果拿痛苦和灾难来比较，痛苦就像是向湖里掷的石头，能激起或大或小的浪花，让你不平静。而灾难却是一次巨大的地震。地震过后，湖水反而没有一点儿波澜。因为湖已经没有了。

他走进他们买床上用品的那家商店，那种如春天原野般花型的床罩正在柜台上乖乖地躺着。他俯身怔怔地看了一会儿。

你要么？售货员问。

他抬起头看了售货员一眼，仿佛听不懂他的话。

你要是不要，请到别处看看，给其他顾客让个空儿。

他转身离开。隐隐还听见两个售货员的低低议论：看了那么大一会儿，眼珠都不转，肯定神经有毛病。另一位的猜测略微保守了一些：我看他的眼睛八成是高度近视。

张朝晖面无表情地走出商店，走了不远，他就看见了"原木居"茶馆。他没有进去，只是在窗外呆呆地站了一会儿，在他们曾经坐过的座位上，一个女孩子正在喝茶。她看起来很小，顶多只有十六七岁的样子，涂着浅蓝色的眼影和紫红色的唇彩，刷着淡淡的腮红，修长的手指闲闲地端着茶杯，银白色的指甲闪着亮光。她正漫不经心地打量着邻座的男人，忽然转头，看见了正凝视着她的张朝晖。她又喝了两口茶，看见张朝晖还在看她，便结了账，走了出去。

你出多少？她背对着张朝晖，问。

张朝晖看着她。他不明白。

最低两百。她说。

一瞬间，张朝晖惊醒过来。可能从他骤变的神情看出了什么，女孩子皱了皱眉，疾步离开了。与此同时，张朝晖也跳上了一辆刚刚停下的公共汽车，仿佛在逃离一种世界上最可怕的瘟疫。血液顿时充上了张朝晖的脸。这是他直接面对的第一个妓女。准确地说，她还像个孩子。

这就是妓女么？

他心心念念的冷紫干的就是这个么？

不。不可能。

有什么不可能？这已经是事实了。

是事实就是真实的么？事实也有假象。

那你可以再去了解啊。

张朝晖甩了甩头，知道自己又陷入了争斗中。这两天来，他觉得自己已经分裂成了两大阵营，几乎时时都在撞击出刀光剑影。一方说，放弃吧。冷紫已经不值得你为她费心思了，她不过是个肮脏的风尘女子。另一方说，没有那么简单吧。你要相信自己当初的选择。难道她一开始就是个淫邪的女子么？——而且她在你眼里有没有显示过淫邪？难道她从你那里骗了多少钱么？一方说，她在骗你的感情以填补自己内心的空虚，这是比骗财骗物还要可恨的伎俩。另一方说，这反而证明她还没有完全堕落，证明你最起码有必要再和她谈一谈。她走到今天，也许并不是那六十八万存单和冷红的三言两语能够说清楚的。你没有必要了解一下么？一方说，还有什么好谈的？即使了解了又能怎样？那只会让你痛得更切更深。难道你还有可能娶这个妓女为妻么？

妓女。张朝晖又回归到了这个词里，觉得自己的心上顿时扎满了千万把钢针。

他从没有想到有一天他需要去面对这样一个词，并且把这个词和他的爱情紧紧相连。他第一次和这个词有直接接触，是冷红在电视上出现的那一瞬间，如果远距离评说，他也许会觉得，妓女不过是为了金钱而使性生活变得混乱泛滥的女子。现在，他还能这么轻松地认为么？他还能用医生解剖尸体的口吻去解释这个词说：妓女不过是以金钱为目的以身体为资本性生活过度性对象广泛的女人的一种总称么？

他是一个医生。他知道人体的美好与神圣。同样也知道人体的猥琐和丑陋。妓女是什么啊。人尽可夫，随时零售。任何人的热唇都可以亲吻她的如花笑靥，任何人的双手都可以抚摸她的洁白玉体，任何人的欲棒都可以进入她的隐秘之地。任何人——只要有钱，她是性的另类超市，是性的公共汽车，人民币就是她最大的嫖客。

难道他要娶这样一个女人为妻么？

不。

决不。

当然，也许冷紫是被逼无奈，也许她是艰难的。但是，凭什么一定得是他去原谅她？他爱她，但这就是宽恕一切罪过的理由么？他还没有崇高到那样的地步。这样的荣誉还是留给小说里的骑士和电影里的英雄吧。

他忽然觉得一切都是那么滑稽。仿佛他花费了最精巧的心思预定了一桌绝世的盛宴，一直珍存着，连一筷子都不敢唐突。他甚至一直是怀着敬畏的心情在等待宴会的开始。可是在一瞬间，一切都变了。他发现盛宴早已经被别人吃得杯盘狼藉，他吝之又吝的珍馐佳肴早已成为别人的腹中之物。甚至，已经成了他们饕餮之后的排泄物。

他还能再把她当成珍馐佳肴么？

他忽然又痛恨起了冷紫的诚实。她为什么不对他耍耍心眼儿？就说冷红是在嫉妒她的幸福，在诬陷她。然后偷偷地去做一个处女膜修补术。他宁可她这样！

但是，他真的宁可她这样么？

不，那样他会更恨她！

……

停止。他对自己说。他觉得自己的思维就像雨天的乡间土道一样泥泞。他必须得终止这种精神的混乱和内心的激战，让自己做出实际的行动来，行动也许比空想会让他好受。

　　他迅速做了一个决定：再和冷紫见一面，然后就此了断。毕竟冷紫是他长这么大倾注心血最多的女子，是他情感领域里最深的烙印——另外，他也隐隐觉得，如果就这么和冷紫了断，似乎也不符合自己做事的原则。也许，他还是能尽点儿责任的。最起码，自己能够劝劝她回头。

　　他下了车，拨通了洗浴中心的电话。

　　喂？是冷红的声音。她们俩的声音很像，但是张朝晖从来都没有弄错过。

　　是我。张朝晖说。

　　有事么？冷红的声音很戒备。

　　我想和她最后谈一谈。张朝晖强调了"最后"两个字。

　　她去看病了。

　　张朝晖的心往下跌了跌：什么病？

　　什么病都不需要你的垂询。

　　她去的是哪家医院？

　　不知道。

　　张朝晖放下电话。今天是约不了冷紫了。不远地方露出一个建筑物高高的尖顶，他认出是他和冷紫一起去过的那座基督教堂，便慢慢地踱了过去。他忽然觉得，连他今天的出门都像是对这份感情的一种总结和悼念——他刚才过的这几个地方都是他和冷紫来过的。

　　他走进教堂，听见他们最喜欢的那个萧牧师正在布道。他们之所以喜欢萧牧师，是因为他布道的语言很有风格。他不像其他牧师布道那样生涩古板，总是像讲故事一样，平和易懂，富有韵味，并且很善于把当代生活里的词汇和《圣经》的语言融和起来，让人觉得十分亲切熨帖。

在耶稣第一次去耶路撒冷讲道的路上，他遭到很多人的反对，甚至没有人愿意让他留宿。耶稣很伤感地对门徒雅各和若望说：狐狸有穴，天上的飞鸟有巢，但是人子却没有枕头的地方。此时，他的背后是无情的故乡，他们因他讲真天国而离开他；前面是骄横的都城，他们因他指出他们的罪恶而仇恨他。眼前又不见容与人，仅仅是因为他要去耶路撒冷。天子，救世主，竟然不如有巢穴容身的飞鸟走兽。他从入世就备尝凄苦，他生在马槽，以喂养牲畜的槽作摇篮，最后还埋葬在别人的墓里。而正是他真正创造了这个世界……

不知道什么时候，张朝晖发现偌大的教堂只剩下他一个人了。萧牧师正站在门口，静静地等他。

对不起。他说。

我能帮助你么？经过萧牧师身边时，萧牧师忽然问。

不。谁也不能帮助我。张朝晖说：连您和您的主也不能。

这世间没有什么是不可以得救的。萧牧师说。

卖淫的女人也能么？张朝晖能够想象得到自己的嘴边挂着怎样的笑容。

一次，耶稣正在讲道的时候，一群男人押着一个女人来到了耶稣面前，男人们愤恨地说，这是一个淫妇，按法律规定应当用石头砸死。他们问耶稣该怎么办。这个事情看起来是请教，实际上是一个阴谋。如果耶稣同意砸死她，那么人民就会动摇对他的崇拜，因为人民认为耶稣是仁慈的。如果耶稣不同意，那么耶稣就成了违反法律的罪人。耶稣沉默了很久，终于站起来说：你们里面哪一个是没有罪的，先向她投石吧。再没有一个人开口说话了。一会儿，所有的人都走了。只有那个女人还在哭泣。耶稣为这个女人感到羞辱，为那些男人感到伤痛。他对女人说：我也不定你的罪。去吧，不要再犯了。他慈悲又严厉，宽容也公正。在他的光照下，玷污的都会被擦拭干净，沉睡的都会被呼唤叫醒。

一个好故事。张朝晖说：很遗憾我不是耶稣。

是的，你不是耶稣。因为即使是耶稣也不去定别人的罪。萧牧师温和地看着张朝晖：可是你必定有自己的主。

张朝晖没有说话，离开了教堂。他有自己的主么？没有。没有人能够拯救他。没有。

他打了一辆车，来到洗浴中心。他决定等冷紫回来。这件事情不能再拖下去了。他不能再忍受这种折磨。再这样下去，他真的就要死了。

他坐在大堂外面的台阶上，这样冷紫一回来他就能看到她。他要在第一时间里把事情结束。就这样。

3

暮色深垂的时候，冷紫还是没有回来。洗浴中心前面的高级轿车停下又离去，西装革履的男人们来来又往往，已经换了好几拨了。难道她出什么事了么？张朝晖想。他马上捶捶头。他痛恨自己的这种担忧。

那个小的今天还不行么？一个男人从一辆"奥迪"上走下来，一边用手机通着话，张朝晖一下子就确认出那个小的指的是冷紫。他不由得支棱起了耳朵。

没关系。我可以我等会儿。我都排了这么长时间的班儿，多等这会儿算什么。男人低笑：上次没尽兴，这次我带了秘密武器过来，可要让她们俩好好尝尝。

张朝晖觉得自己的身体一下子像着了火。他竭尽全力强制着身体坐在那里，拼命压抑着自己不发出任何声音。这和你有什么关系？你有权利管这种闲事么？他一遍遍地问着自己。让胸中的岩浆在勉强垒起的石壁中喷涌。

远远地，他终于看见了冷紫。冷紫走得很慢很慢。在昏黄的路灯下，她简直就像一幅剪影。

他站起来。身边的那个男人却更快地迎了上去。

回来了？他听见男人的低语：累了？

冷紫没有说话，甩开男人试图挽住她的手。

下次给我打个电话，我接你。

冷紫机械地踏上洗浴中心的台阶。男人再试图去挽她的手。

放开她。张朝晖说。

他知道自己很傻。他知道冷紫不过是他已经决定断交的女朋友。他知道客观上他是在干一件为妓女吃醋的蠢事。他知道自己此刻有多么可笑和荒唐。他什么都知道。但是这一切知道却不能让他控制住自己。他觉得那个男人的手就像是一只腥臭的利爪，一下子就扣住了他致命的脉门。

你必定有自己的主。他忽然想起了萧牧师的话。他蓦然明白：萧牧师的话是正确的。他真的有自己的主。

他的主，便是爱情。

男人下意识地放开冷紫：你是干什么的？

张朝晖没有说话。他怕自己一开口就会把这个男人撕碎。

我不过是和她开个玩笑。男人惊惶地说。他急速地发动起车子，走了。他以为张朝晖是个便衣。

张朝晖不由分说地拽着冷紫，上了一辆出租车。冷紫没有一丝反抗。

今后，你要是再来这里，张朝晖说，我就杀了你。

冷紫用手捂住脸，泪水顺着她的指缝滚滚而下。在张朝晖凶狠的话语中，她清晰地听见了柔醉的抚摸。

你去了哪里？

原木居。

还有哪里？

游乐场。

……

金柳河。

……

教堂。

……

那一晚，冷紫和张朝晖在金柳河边坐了很久。

金柳河水在黑夜里泛着白光，从他们面前缓缓地流过。

第二十五章

1

星苑市第一人民医院住院部前面的花园里，种着几棵很大的菩提树。树叶葱茏，鸟音婉转。开花的时候，它的花一朵朵地隐在花托之中，散发出一种淡淡的香气。结果的时候，它黑紫色的果实就静静地垂挂在树叶间，像一个个睡着了的孩子。树下很随意地放着几个长木椅，常常有病人在这些树下散步，聊天，或者是闲坐。

冷红坐在树下，看着密集的树叶和透过树叶闪现出来的晶亮湛蓝的天空。不时有病人从她身边恍恍悠悠地走过。也许是无能为力，也许是无所事事，这些病人的步态都很舒缓。那种真正的从容让人觉得大街上急促的节奏显得有些不可思议，仿佛生命从来就没有必要掌握得那么紧张。冷红忽然觉得舒服极了。要是早知道有这样一个地方，她也许就会常来这里坐坐。可是，来这里干什么呢？她又不是病人。她转念又想。

她站起来。她已经看到张朝晖从急诊中心走出来，走向这边。张朝晖也看见了她，却像没有反应似的从一条斜径穿了过去。冷红在住院部门口拦住了他。

心虚了？她说。

我没什么可心虚的。

那干吗躲着我。

谈不上躲。我只是不能确定你是不是来找我的。

不找你我来这里干什么？

你可以看病。张朝晖说，他看着冷红的脸：你已经病入膏肓了。

冷紫已经向你汇报过病情了？冷红冷笑：处方呢？

张朝晖没有回答，向门里走去。冷红一把抓住他的胳膊：把我的妹妹还给我。

她是她自己的，我怎么还给你？

她是跟你走的。

有病人向张朝晖打招呼，张朝晖微笑着回礼：她要是跟自己的决定走的。

她的决定从来没有正确过。冷红把眉拧到了一起，她讨厌这样参禅似的斗嘴皮子：如果你还算是个磊落的男人，如果你对自己还有一点儿信心，就干干脆脆地告诉我她到底在哪儿。

张朝晖低头看了一眼表：她现在在洗浴中心。如果你不出来，肯定会碰到她。

冷红狐疑地看着张朝晖。

她说她要再见你一面，另外还有一些东西要收拾。张朝晖说。

冷红马不停蹄地赶回洗浴中心。冷紫果然在。她已经把衣服都收拾好了，正在给书打着井字捆儿。

钥匙放在你枕头底下了。冷紫说。冷红蹲下来，摩挲着她小小的衣箱。

去和他一起住？

不。冷紫说。

我先住两天旅店，再另外租房子。

他为什么不让你住在他那里？冷红说：只睡了一夜就不要你了？

我们一整夜都只是在说话。冷紫没有抬头，但她的语气鲜明地流露着对她这种口吻的厌恶：我为什么要住在他那里？我们还没有结婚。你以为他的医院已经开放到了无视未婚同居的地步了么？

他会和你结婚么？

冷紫微微地笑了：那是将来的事。

那你现在打算去做什么？

他说他医院的食堂里需要临时工。

小紫，冷红说，你以为他真的会接受你的一切么？

我为什么要他接受我的一切？他只要接受他想接受的那一部分就够了。冷紫说：其余的，他可以仅做了解。

了解？你以为这是听国际新闻么？知道了就行了？或者，你以为这是在做截肢手术，哪一部分坏死了就拿锯子锯掉？冷红说：他要是真爱你，就必须得接受你的一切。

冷紫的手开始颤抖，她不得不停下来。这几年的我，我自己都不愿意接受，凭什么要求他去接受？她说：对于现在的我们来说，重要的已经不是怎样去接受过去，而是怎样去面对未来。

过去和未来没关系么？过去影响不了未来么？

当然有关系。冷紫说：因为这种过去，我们才会更加珍惜未来。

冷红疼惜地看着冷紫执拗的神情。小紫，做什么事情都要学会留一条后路。她徒劳地努力着：如果他只是一时冲动呢？如果他……

我相信他，冷紫直直地盯着冷红，打断了她的话：胜过相信你。

冷红的心里仿佛有什么东西无声地爆裂开来。

姐姐，你也保重。冷紫说：我劝你也离开这个地方，不要再做了。

你还记得你开打字社的事情么？冷红说：我要是听了你的，只怕现在咱们都被卖过一万次了。

是的，我们没有被卖。因为我们自己主动卖了。冷紫说：我已经傻了很多次，不想再傻了。

可是你恰恰正在傻。冷红说：和过去一样的傻。

不一样。

是不一样。冷红说：因为你以为这次有了真正伟大的爱情。

冷紫背好了包，没有再说话。她觉得说什么都没用。

下个月就是我们的生日了。冷红突然抓住了冷紫的包带：多住几天，陪我再过一个生日吧。

冷紫沉默着。

你也正好可以趁这几天的工夫去租房子。

冷紫依然没有说话。

这是我最后的请求了。冷红说：这也可能是我们在一起度过的最后一个生日。

冷紫放下了包。她觉得自己无法拒绝。

2

　　那是一个同所有周末一样无聊的周末，叶潇照例泡在一间酒吧里，那间酒吧名叫"忘记"，她有一次乘车路过，看见这个名字，就有一种说不出的喜欢。后来，她就成了这里的常客。毕业以来，她工作之余的一个重要调剂就是泡酒吧。"泡"字真好啊。走进这里就像是走进了时空的断裂处，只要你愿意，就可以抛弃任何烦恼，尽管进入一个没心没肺的境界。她认识了各种各样的酒：马爹利、白兰地、伏特加、俄得克、威士忌、苏菲、朗姆、干红、薄荷。她尤其喜欢一些鸡尾酒的名字：蓝色夏威夷、龙舌兰的日出、玛格利特、莫斯科倔汉、古巴和平、资深花花公子……酒真是好东西啊。它真的不仅仅是一种液体。最起码对现在的叶潇来说，酒真的可以让她忘记，哪怕是暂时的。有一首歌叫《忘情水》，指的不就是酒么？

　　无法得到，就得忘记。她知道。

　　她喜欢喝一种叫"绿魔"的调和酒，这种酒斟在杯里，如一团墨绿色的软玉，晶莹剔透。而饮到口中，则如噙了一簇慢慢燃起的烛火。等到进了体内，那丝丝缕缕的痛烈仿佛就沁染了所有的血管，在每一个细胞里都狂舞着，让人有一种飞翔的欲想。每逢这时候，叶潇都觉得自己定期储存的那块瘀血被缓缓地散化了。事实上，瘀血和酒已经成了一对如约而遇的密友，她不过是它们幽会的媒介，她觉得。

　　这种酒，她每次都喝三杯。

　　小姐，能请你喝杯酒么？一个男人坐在她身边。

说说理由。叶潇脸上呈现出放肆的笑容，甚至有些轻佻。这是她喝过酒后的一贯表情。她很知道这种笑容对于男人的杀伤力，但是她往往在此刻对自己十分宽容。因为，是在酒后。她觉得这是一个再天然不过的借口。也因此她开始理解某些男人的酗酒。人类之所以为人类，大约就是因为他最善于为自己找借口。她甚至这么觉得。这是上帝的意思么？酒因此而值得赞美。

　　因为碰见了你。男人说。

　　这个理由太糟糕了。她说。她觉得男人的话像是在模仿那些泡沫剧里的拙劣台词。因为相遇就值得喝酒么？她和张朝晖的相遇却想让她的心死去。

　　那就因为爱情吧。男人说。叶潇看着他转动酒杯的手。他的酒杯里鲜红欲滴，是"草莓玛格丽特"，叶潇曾经喝过。这种酒是用草莓浆、糖和龙舌兰酒调和而成的，入口醇甜，却烈如火。与她的"绿魔"映在一起，正应了那个最俗不过的词：红男绿女。

　　这个世界上，多的就是红男绿女。是红男绿女就免不了俗。即使是最炽烈的爱情演义，也不过就是"问世间情为何物，直教人生死相许"。可是真的相许了又能怎样？"执子之手，与子偕老"，也许这就是最大的浪漫——也是最真的现实。有无数的夫妻执了手，却不是挽了同心结，而是带了铁铐，然而，生了异心，有了伤痛，多半也还是会一天天地过下去，甚至还很有可能修炼成别人眼里一则神仙眷侣的童话。因为，即使是历尽千难万险换了一个人，结局大抵也还是一样。这便是爱情么？叶潇忽然对自己曾经引为信仰的东西起了深深的惊奇和怀疑，觉得它原来是那么的陌生和可笑——或许，是因为陌生才显得可笑。或者，是因为可笑才显得陌生。无论如何，总而言之，它已经是陌生和可笑的了。她忽然明白，也许，这个世界上的任何一个男人对她而言都是一样的。她之所以念念不忘张朝晖，只是因为她舍不得自己曾经的付出。就像一个流连在赌桌前不走的人，他留恋的也许并不是赌博本身，而是不能放弃自己已经押进去的那些筹码。

离开吧。你已经输了。

忘记吧。他已经走了。

小小的舞台上，一个长发的女子正弹着吉他掩面低唱：

　　　　爱情爱情是什么呀
　　　　她就是早晨的一阵雾
　　　　浓了淡了又散了
　　　　千万别在雾里长久住

　　　　爱情爱情是什么呀
　　　　她就是中午的一点雨
　　　　湿了干了不见了
　　　　千万别在雨里画画图

　　　　爱情爱情是什么呀
　　　　她就是晚上的一场雪
　　　　厚了薄了变脏了
　　　　千万别为这个雪天哭

蓦然间，片刻的静止。仿佛是悬崖边准备飞跃的小鹿，在做最后的屏息。这一刻很短，短得只如一次呼吸。然而又是那么长，如同一生。

只是一刹那，歌声又起：

爱情爱情是什么呀

她就是你必经的一段路

来了去了走过了

就别再回头找幸福

叶潇看着那个女子。她怎么会唱这样一首歌？她有过怎样的故事？她不知道。她无法知道。她觉得自己也根本不必知道。她觉得这个女子的歌声如同一把锤，把自己的心一点一点地敲成了碎末儿。她在她的歌声里完全失重地跌落下来。"爱情爱情是什么呀"，这句问得真好，因为没有人知道答案。爱情里和爱情外的人，都像傻子。

那个女子早已经退了场，她还是没有看见她的容颜。她离她也是那么远，宛如爱情。

啪！一声清利的脆响。叶潇环顾，却发现周围的人都在看她——她的酒杯打了。

侍应生走了过来，一边收拾一边询问：小姐，你还要点儿什么？

叶潇听出了重重语意后面的实质性指向：如果你不要什么就该结账了。如果结账请把这个酒杯算在里头。

多少钱？叶潇把手伸进衣袋。

一百四十八。侍应生把声音放低，充满职业性的柔和与温存，酒杯是法国进口的。爱尔维娅牌，八十元一只。

叶潇沉默着。她并不是怕贵，来这种地方就是杀人不见血的消费，她很适应。她不适应的只是她出门时换了衣服，忘了带钱。

小姐，有什么问题么？侍应生的目光如狐。

老板在么？她认识酒吧的老板，想明天付账。

对不起，老板刚刚有事出去了。

我等他回来。

他不知道什么时候才回来。

有办法和他联系么？

没有。侍应生回答得滴水不漏：他是呼机，手机和商务通，一个都没有。

看来我只有告诉你了。叶潇说：我忘了带钱，明天送过来，行么？

对不起，这事我做不了主。

那你说怎么办？叶潇笑：不然把我抵押在这里吧？

小姐真幽默。侍应生眼光扫过搭讪的那个男人：您可以找找，如果有相熟的朋友能替您先垫出来，那就最好了。老板不在，我们也很难……

戛然而止。一直在旁观的男人已经把钱递了过来。侍应生一迭声地道着谢，临走时又丢了一个暖昧的眼神。眼神里满是胸有成竹的预兆，似乎已经确定一个故事已经开始了。仿佛他就是这酒吧里的上帝，对所有发生过和要发生的事情都了如指掌。

来一杯好么？男人说：为了碎了的酒杯。

这个理由更糟糕。叶潇毫不客气地说。她不想欠这个人的人情，明天我把钱送到这里，还让这个侍应生转交给你。她顿了一顿，谢谢。

给你讲一个笑话吧，这个笑话……

你凭什么要我来听？叶潇皱着眉打断了男人屡战屡败的话茬。

因为这个笑话和我的诞生有关。男人仿佛没有听见她的话，仍自顾自地兴致勃勃地说着：很早很早以前，一男一女去相亲……

叶潇不由得笑了。这个开头就蛮有趣的。两个人相关可不是一男一女么？在中国还会有媒人去介绍同性恋么？

相过了。女方说不同意，男方问为什么不同意，女方说：你的个子太低。男方说：可是我血压高啊。女方一愣，又说：你的皮肤黑。男方说：可是我的头发白啊。女方这才注意到男方的头上有不少白发。女方想这人准有毛病，又说：你的工资少。男方说：可是我既抽烟又喝酒嗜好多啊。女方说：你的家庭负担重。男方说：可是我无官一身轻啊。

叶潇笑得直不起腰来。

后来他们就成了家。男人说：再后来，就有了我。

是这样么？正笑着，叶潇的眼前忽然迷蒙起来。他们真的就是这样相爱的么？你看到的我的丑陋我还觉得不够，就把所有的不足都让你看到，毫无保留，任你选择，任你伤害。而你却不忍伤不敢伤也不会伤，只是把它放在掌心轻轻一握——这就是爱么？有这么可爱的深切的爱么？

看着眼前的这枚爱情果实，她顿时觉得亲切起来。

喝杯酒好么？男人说：为我的父母。

叶潇没有拒绝。

酒吧确实是盛产故事的地方，因为几乎每个来到这里的人都有故事。而没有故事的人来这里就会发生故事。故事在这里传递，故事在这里萌芽，故事在这里重复，故事在这里浸泡，故事在这里疯狂。当然，最后，故事也会在这里消失。

不知何时，叶潇对他讲了自己的故事。而在她的人生经历里，称得上是故事的，只有一个。她一遍又一遍地讲着，直至泪流满面。然后她昏昏沉沉地睡了过去。当她醒来的时候，她看见了自己赤裸的身体。而她的身边，什么人也没有。

假得像一场梦。可是却真切地让她失去了初夜。

她找遍了整个房间，没有任何痕迹。除了一张床，这就是一个空荡荡的房间。仿佛昨夜的相遇，不过是一则现代聊斋。美酒和倾诉到了天明，就变成了一堆坟墓。

她笑起来。如果这件事上了《星苑晨刊》，一定会放在"热线新闻"这一版的头条，这种新闻引人注目的程度，绝对是那些"鲜奶乘邮车、邮递到家中""名同音同字不同，无辜电话却被停""IC电话惹谁了？被砸被烧真舍得"不能相比的。虽然这不过是一个大城市里每天都在进行或者酝酿中的通俗故事。"失恋少女在酒吧邂逅色狼，轻信他人悔已晚泪湿罗裳"这个题目还不错吧？而两杯酒一则笑话外加一百四十八块钱，这就是她全部的身价么？

她大笑起来。她笑啊笑啊止不住，直到把脸上的肌肉笑得僵硬起来，然后她夺路而逃，一路狂奔。直至出租车转了无数个弯，驶出了很远很远，她才回了一下头。却早已辨不清哪里是她的噩梦之地。

从此，她再也不去那家酒吧。

3

总有一些熟悉的句子。如：

情人恋爱了，对象不是她。

男友结婚了，新娘不是她。

叶潇的句子是这样的：

和人做爱了，床上不是他。

腹中有孕了，父亲不是他。

不是他。不是他。这是个冷静的否定句，却饱含着一种强烈的残酷的情感意味，仿佛有一只斜睨的眼睛一直在顽固地注视着这个句子的主语：为什么不是他？为什么不是他？你是干什么吃的？你怎么这么没用？

带着一丝戏谑，更多的是嘲弄。似乎是一种确认，更多的却是强调。好像是近于认命，更多的却是不甘。

她当然渴望他。但是，真的不是。最令她觉得不可思议的是：她甚至不知道那个男人到底是谁。她知道的只是：这个孩子，绝对不能要。

她没怎么想，就决定去找张朝晖。

第二十六章

1

叶潇？

真高兴你还认识我。

看你说的。张朝晖轻轻地摇摇头，似乎对她这种语气没有什么办法。不过我们确实很长时间没联系了。他说。

一年两个月零八天。

张朝晖瞟了一眼地面：今天怎么有空过来？

有点儿事。

很重要么？

对我来说很重要，对你来说就是小事一桩。

是么？张朝晖笑着。

叶潇点点头，看着张朝晖胸前的听诊器。她忽然再也不敢看他的脸。一看见张朝晖她就明白了，在她的心里，张朝晖就是张朝晖，永远不会和别人一样，也不可能一样。在他面前，她根本不懂得隐藏。几句话一说出口她就将自己暴露无遗。无论是愤怨还是嘲弄都忠实地转译出了她对他的思念和牵挂。如果再和张朝晖一对视她觉得自己就会一丝不挂——而她的一丝不挂决不会让张朝晖把她爱怜地抱在怀里，只会把他吓得远远躲开。

张朝晖把她带到自己的办公室，一如往日的温和。他穿着雪白的工作服，愈发衬出眉宇间的清朗。他和她亲切而略有距离地寒暄着，似乎既怕接近她又怕冷落她。聊了一会儿，他就告诉她，冷紫很快就要来医院的职工食堂当临时工。"就在那儿。"他指了指窗外，仿佛冷紫已经在那里忙活着一样。

叶潇看着他的笑容。这种笑容不是给她的。是给冷紫的。她早就知道会是那个阴魂不散的冷紫。如果没有她，眼前这个男人就会是她的。而如果这个男人属于她她就不会到这个地步——然而，这些如果都不存在。事实是，她付出了那么多，就让他用几句话打发了。要是他早一点拒绝她，说不定事情就会是另外一番状况——那简直是一定的。毫不过分地讲，是这个男人浪费了她的初恋。这个男人对她的现状负有不可推卸的责任。

他应当受到惩罚。

她忽然明白，原来自己远没有自己表现的那么洒脱。她从来都没有彻底忘记过他，也从来都没有真正原谅过他。

很快，她便决定了惩罚他的方式。

冷紫现在在哪儿？在这之前做什么工作？她问：我这几年都没见过她了。

她当了几年服务员。现在已经辞职了。

是和冷红在一起么？

张朝晖点点头。

在什么地方？

你是个特务么？张朝晖笑道。

一个护士把张朝晖叫了出去。叶潇迅捷地拿过张朝晖放在桌上的电话号码本翻了起来。她浏览了一遍，没有。她又浏览了一遍，还是没有。但是她发现，扉页上有一个号码没有署名。

她拿起电话，飞快地拨了一遍。

美雅洗浴中心。请问您找谁？一个奶油般甜腻的女声响起。

请问这里有一对双胞胎服务员么？我是她们的朋友。

是的。

请问这里的地址是……

星华路五十八号。

张朝晖的声音临近了门边，叶潇挂断了电话。

两个人又坐了一会儿。

你到底有什么事儿？张朝晖终于问。

我怀孕了。叶潇平静地说：你不必问那么多。给我找个好医生做个手术就行了。

张朝晖点点头。

手术前，护士让叶潇找家属签字。

这件事上我没有家属。叶潇把脸转向张朝晖：看在过去的情分上，帮我一个忙，好么？

张朝晖犹豫了片刻，签上了自己的名字。

手术做完之后，叶潇休息了一会儿。走出医院的时候，她的手里握着那张签字单的复印件。

2

生日蛋糕是在星苑市最有名的泰发西点房定做的，十分精致。是一盒中号蛋糕，直径二十八厘米。糕面上一大圈小小的粉紫色的玫瑰，中间是两朵朱红的花蕾，在玫瑰与花蕾之间两行飞扬的连体字"祝我们生日快乐"。看到这行字，冷紫忍不住笑了。

你告诉人家我们是双胞胎了么？

没有。不是双胞胎就不可以在同一天祝贺生日了么？冷红说：双胞胎的最大特点不是同一天生，而是在同一天由同一个母亲生。这才注定了她们一生的缘分。

冷紫沉默了片刻，从配送袋里取出蜡烛一一插好点燃。又在两个人面前摆好了小碟子。然后，她合住了双手。

你也许个愿吧。闭上眼睛之前，她对冷红说。

冷红的嘴角掠过一丝微笑。在许多时候，她都觉得冷紫实在像一个小孩子。

蜡烛吹过。蛋糕被冷紫小心地分开了。她尽量不去伤害那些漂亮的花型。冷红静静地看着她的一举一动。

其实，这么珍惜有什么用呢？她说：被毁掉，被吃下，这就是她们的命运。无论她们多么美丽，也无论你多么认真。

冷紫没有说话。她轻轻地咬了一口。多么柔软多么纯正的甜啊。一个蛋糕，做出来漂亮，吃下去可口，这不是什么残酷的命运，而是她最合适的幸福。因为她就是一只蛋糕。蛋糕不是人。所以人永远也不应当和一只蛋糕相比。尽管有时候二者看起来似乎十分类似。她完全明白冷红的话里有话。可她已经不想再和她争辩什么了。她知道说什么都没有用。在目前这种状况下，只要自己不被冷红左右，不放弃自己，她觉得这就已经很不错了。

她只想好好地把这一顿晚餐吃完。

这也许是她们最后的晚餐。

她们每人吃了一块蛋糕，又喝了一点点香槟酒。两个人相对无言。只有酒的淡香在缠绕流动，偶尔也有筷子与杯盘极轻的碰击声。

过一段时间记住给冰箱除除霜，把里面的除味盒拿出来也放在阳光下晒一晒。睡觉的时候记住把窗户关好。不要随便跟着别人去出台。换季的时候把被子拆洗一下，自己不想动手就去找家政公司。另外，对再好的朋友也别说自己有多少钱。总之，你以后一定要多注意一些。我和张朝晖在一起还有个依靠。你就只剩下一个人了。冷紫的语速很慢，但是话语之间却没有什么停顿，仿佛一停下来就再也说不下去了。

冷红看着冷紫。冷紫扎着两条麻花辫，看起来朴素而又清纯。仿佛这几年的风尘岁月在她的身上并没有留下什么痕迹。这是魔镜中的自己么？明亮依然，青春依然。隔着时间的霜雪，冷紫似乎还清楚地印照着自己最原始的那种妩媚。她忽然觉得冷紫是那么亲近，那么熟稔。很快她又觉得自己的这种感觉可笑起来。难道她们不就应当是这么亲近和熟稔的么？从开始在母亲的子宫里孕育的那一刻起，她们就已经成了除父母之外最疼爱彼此的人。

她必须留住她，必须。就像留住她自己。

这么想着的时候，她惊奇地发现：自己想留住冷紫的愿望是那么纯净，丝毫不含钱的因素。纯净得好像是她们刚刚落地时的哭声——当然，她也知道，只要留住她，也等于留住了很多钱。但是，这真的已经不是她此时最重视的事情了。

小紫，她说：其实，我们才是真正的依靠。

那只是你的看法。冷紫说：不是我的。

你凭什么这么信任一个外人而不信任你的姐姐？

你错了。冷紫说：首先，张朝晖并不是一个外人。其次，我并不是不想和你生活在一起，而是不想和这种生活状态中的你生活在一起。只要你不放弃这种生活，我们就不可能再在一起。

我肯定会放弃的。

只要不行动，这种口头承诺就毫无意义。我不能再等了。冷紫说：为什么不是现在？

因为早退出几天与晚退出几天除了挣钱的多少之外就没有什么根本的不同。因为只要进入了这种生活，在人们眼里就只有性质问题，而没有时间问题。她看着冷紫：还因为，无论你怎么努力，都没有人因为你早退出一步而真正原谅你。没有。

有的。冷紫说。

你是说张朝晖么？

冷紫沉默着。

也许你还记得叶潇。冷红说：她和张朝晖谈过恋爱。

他们没谈。

张朝晖告诉你的么？

你到底想说什么？

冷红拿出了那张签字单：我知道这很残酷，可我实在想不出还有什么办法能让你悬崖勒马。

不可能！冷紫的眼睛像被烫了一下一样转到了一边，身体剧烈地颤抖了一下。"不可能。"这是一句最常见的生活用语和影视台词，往往都用在最真实的事情之间。在不想面对的时候，许多人都会下意识地让这句话脱口而出。这句话与其说是对已发生事情的否定，不如说是自己对自己本能的保护。人们以这种极短暂和极微弱的麻痹措施来对轨道之外的灾难进行下一步的过渡。于是，下一句话往往就是确认事实后又对事实发起的质疑：你怎么会有这个东西？

叶潇今天找来这里了，幸好被我碰见。冷红说：她还说了许多难听话。需要我重复一遍么？

张朝晖没必要这么骗我。

你是他的初恋。他没有得到你，自然不甘心。

他得到我其实很容易。只要花一点点钱，甚至，冷紫说：不用花钱。他用得着下这么大功夫么？

不下功夫怎么会有初恋感觉？他要的就是这份情趣。

不。我不相信。冷紫说，凛然的神情中隐含着一种不易觉察的虚弱：我要当面问他。

你以为他会承认么？冷红玩弄着手中切蛋糕用的塑料彩色刀叉：再说，你有什么资格去问人家？

慢慢地，慢慢地，凝在那里。冷紫。

是的。她有什么资格去问他？说他卑鄙么？自己做过的事情比这卑鄙得多。说他无耻么？自己曾经比他更无耻。说他下流么？自己过去的下流尤甚。说他欺骗自己的感情么？自己不是也同样欺骗过他？他所做的，全部都是自己曾经做得更厉害的。作为一个曾经落在道德最低点的人，她的手还能够抓到别人头上的虱子么？别人脚缝里的一点污垢，都高过了她的肩膀。

她还能质问他什么？

质问他，就是在质问自己。

冷红说得对。没有人会因为你早退出一步而真正原谅你。没有。她愤怒的动力是她自认为的现在的纯真和洁净。而这种纯真和洁净其实不过是一种虚拟，是无数光影折射出来的假象。尽管，这个假象看起来是那么细密和精致——她忽然起了一种奇怪的念头，觉得张朝晖其实挺不容易的，就像《皇帝的新装》中的那两个工匠。他和他们一样，用语言为她织造了一件听起来完美无缺实际上子虚乌有却又让她觉得无比真实的新衣。当她自以为拖着长长的波浪一样的裙裾优雅地走在街上的时候，其实她什么都没有穿。

张朝晖给她制造了一种幻觉。这种幻觉让她感受到了从未有过的幸福。如果没有张朝晖的这番功夫，她很可能一辈子都不会知晓这种醉人的滋味——她是不是还应当为此而感谢他？

或许。

现在，幻觉消失了。一切都没有改变。没有。但这并不能怪罪张朝晖。因为她对幻觉的拥有本身就是一种奢侈。难道说，海市蜃楼消失的时候，你能埋怨上帝为什么不让它长期驻留，甚至把它变成永久的实景么？

她是不是还需要调整目标，再帮冷红去挣那八十万？或者，是一百万？

她不知道。

这个时刻，她什么都不想知道。

3

第二天早上，她梦游一般来到了星苑市第一人民医院，护士告诉她：张朝晖正在手术室。她又梦游一般地走上了三楼，远远地，她就看见手术室门口两边的长椅上坐满了人，这些人神色肃穆地悄悄议论着什么。她经历过这种场面，知道都是病人的家属。

只有一个女孩子站在窗边，一动不动地凝视着窗外。她一眼就认出：那是叶潇。

她转身下了楼。

走出医院的时候，她回头看了看医院的大门和医院里的那些建筑群落，耳边响起张朝晖对她说过的所有的甜言蜜语。恋爱的人是多么好啊。她永远也不会让自己忘记那些天堂一样的时光。

这一眼，她看了很长时间。她知道，自己再也不会来这个地方了。

4

这些天张朝晖忙得焦头烂额。科里有一个医生请了病假，还有一个医生去外地学习还没有回来。都在时也不觉得如何，现在立马就显出了人手的紧张。他几乎没有片刻的消闲。来看病的人像河水一样川流不息，手术一个接着一个。还有例行的查房、值班和院里各种各样的会议和琐事。这期间叶潇还来过两次，坐了没几分钟，看他实在太忙就走了。他也只是简单问候了几句，实在没有工夫和她聊。

张医生，你介绍的那个临时工怎么还不来啊。吃晚饭的时候，行政科的那个老科长坐过来问他：要来得赶快来，现在哪儿都下岗，我要是把这个岗空的时候太长了，可就跟上下的人都不好交代了。

今天星期几？

三。

张朝晖猛然想起，冷紫的生日已经过去四天了。原本说好生日一过完冷紫就要来的，怎么还没有来呢？在她生日那天他打过两个电话，接电话的人说她们俩都不在，他想可能是她们去外面吃饭了。后来又打过两次，还是不在。他也没多想。现在看来，难道还会有什么问题么？

他的心顿时慌起来，仓促地收拾起碗筷。

我这两天忙昏头了，把这事儿给忘了。他对老科长笑道：我这就去通知她，让她马上过来。

回到科里他就给请病假的医生打了个电话。

你必须得帮帮忙，来替我顶上两个小时的班。他说：往后哪怕你休息一年我都没意见。

我去就是了，你可别咒我。对方在电话里笑得很清朗，听起来已经好得差不多了：就是守着医院，我也不想病上一年啊。

一个小时之后，他赶到了美雅。他敲了敲她们宿舍的门，开门的人是冷红。

什么事？冷红问。她穿着睡衣，拿着一面镜子，看样子正在化妆。

冷紫呢？

不知道。

你不知道谁还会知道？张朝晖的手扶住门框。

我说过了我不知道。

你应该知道。张朝晖加重了语气。

那你更应该知道。你不是最爱她的人？

张朝晖沉默片刻，竭力压抑着心中的不悦。越过冷红的肩头，他看见了冷紫的床上放着的白色小包。他断定冷紫并没有出门。因为冷紫只要出去，通常都会背着它。

一种不祥的预感在刹那间笼罩了他的全身。

她还在这里，是不是？他问。

她是个自由人，在哪里都有可能。

她还在这里干什么？

想干什么就干什么。冷红看着指甲上的蔻丹：我知道她是化过妆出去的。

你又拉她下水了？

她要是不想下，我拉也拉不动。她要是真想下，我拦也拦不了。不过，我对她说过，在这里下水比在你那里下水要好得多。

张朝晖转身离开了。他怕自己再不离开就会把拳头砸到冷红的脸上。

他来到大堂里，询问值班的服务员。那个染着一头金发的姑娘漠然地摇摇头。他又问了问值班的保安，保安回答他的也是漠然地摇头。

他忽然觉得背上像结了冰一样冷。

冷紫！他在大堂里喊。

先生，请不要在这里大声喧哗。保安说。

他跑上二楼。

冷紫！他站在楼道里大声喊。

没有人回答。

他跑上三楼。

冷紫！他使尽了全部的力气。走廊上激荡起沉闷的回声。回声消逝之后，依然是沉默。

两个保安走上来。

先生，请不要在这里久留。他们彬彬有礼地逼视着他：您这样会给我们中心带来不良的影响。

我要找她。张朝晖瞪着血红的眼睛说。

您要找的人不在这里。请不要在这里无理取闹。保安一人架住他的一只胳膊。

张朝晖一下子甩开了保安。

冷——紫——你他妈地给我滚出来——

他疯了一样喊。

保安把他拽下楼。

一会儿，冷紫静静地出现在楼梯口。张朝晖抓住她的手，一口气来到大街上，又一把把她搡开。

告诉我，你又接了多少客？挣了多少钱？他的声音不高，但每一个喉咙里滚出来的字眼儿都像是闷雷。

我没有。冷紫垂下眼眸。

没有？那你去哪儿了？

我在楼顶。

你在楼顶干什么？

冷紫沉默。

是不是正在楼顶策划你的第二次开张？

张朝晖！冷紫叫道。

告诉我，你是不是就这么舍不得这一行？如果我真的这么喜欢，那么我决不再打扰你。张朝晖一字一字地吐出：我唯一的要求是，在你春宵一刻值千金之前，能给我一句明白话。

我没什么可说的。

是么？真的没什么可说的么？张朝晖逼近她的脸：是不是我已经没有一点儿消遣价值了？连一个字都懒得给我？

真的一定要我说么？

是。

那么，祝你们幸福。冷紫说。

我们？我们是谁？

叶潇是个好女孩子，最起码比我好。你要好好珍惜。

你在说什么？张朝晖预感到有自己不知道的什么事已经发生了。

其实，你根本用不着对我这么好，你只要记得我，我就满足了。冷紫的神情渐渐回归到了平淡和寂冷。

到底怎么回事？

你听过这样一句话么？你可以在所有的时间里欺骗某一个人，也可以在某一段时间里欺骗所有的人，但是，你不可能在所有的时间里欺骗所有的人。泪水落在冷紫瞬间的微笑上：虽然，你的欺骗是这么好。

求你先告诉我，到底发生了什么事！张朝晖箍住冷紫的肩：你再不给我讲明白，我就要疯了。

冷紫伸进口袋里，默默地把一张纸递给他。张朝晖匆匆扫了两眼，拉着她上了一辆出租车。他们来到《星节晨刊》报社，敲开了叶潇的宿舍。

请你解释一下，他把那张纸摊在叶潇面前，看着叶潇苍白的脸，好么？

叶潇沉默着。

叶潇，我知道，很多人做错事只是在一念之间。这么多年的朋友了，我知道你是一个什么样的人，所以我肯定会原谅你。张朝晖的语气温和而坚定：但是，在我原谅之前，请你必须解释。

叶潇依然沉默。

你知道你为什么必须解释么？张朝晖走近她，因为你的解释和我们三个人都有重大的关系。这关系到你的良知、我的爱情，以及她对未来生活的全部信念。

叶潇盯着门板上的木纹。木纹中有一道道椭圆形的纹络，如一只只巨大的眼睛，仿佛正在好奇地盯着她。

我去找过你，可我一直没有勇气说，也不知道该怎么开口。我太愚蠢了。叶潇捂住脸，泪水像小溪一般渗出她的指缝：对不起，真的对不起。

第二十七章

1

一年一度的星苑市"两会"再有三个月就要隆重召开了。《星苑晨刊》和《星苑日报》以及星苑电视台这几大媒体已经纷纷着手开辟向两会献礼和汇报的专栏和专题节目，以彰显星苑市各方面的成就。人大和政协的工作人员也开始进入了一年一度的忙碌之中。有人春风得意，有人秋叶枯黄。与之相跟的势力也会随之涨落。亦如种树，有人把根扎下，让自己的枝枝蔓蔓也随之蓬起，稳固并扩大着自己的一方天空和土地。而有人则被连根拔出，称栽到了别处，它周围的根系也就随之易地、收敛和枯萎，渐渐失去踪迹。

作为其中一棵大树的根系，方捷清楚地知道，她的分水岭已经近在眼前了。那个重要人物早就告诉过她，今年人大会他就届满，到退居养老的时候了。说这话的时候，他无比清晰地显示出几丝强烈的老态，方捷的心里萌生出一股难过的温情。难道真如有人所说，成功的事业就是男人最好的回春剂和壮阳药么？几年前，她跟着他来到这里安家落户，她结了婚，生了孩子，后来又离了婚，开美容美发店、酒店，直至这个洗浴中心，无论她干什么，这个男人都一直在背后给她撑着。当然，她也很争气，虽然不时碰到一些小麻烦，但是几乎没有给他捅过什么大娄子。他们合作得很好。她给他钱，陪他睡，心甘情愿，甚至心存感激。她知道，他不缺钱也不缺女人，他要她的钱睡她的人，是心里有她。后来，随着洗浴中心一茬茬年轻女孩子的到来，他们已经很少在一起过夜了，他在她的感觉里逐渐变成了一个亲戚。她对他始终怀着一种无法言喻的亲切。当然，她知道自己的这种感觉与爱情无关——他们两个人的世界里，还有爱情这个词么？

她们是灵魂的连襟和精神的近亲。她觉得。

她相信他对她也是这样。从客观的评价上，也许可以说他既腐败又肮脏且老还色，不是什么好男人，而自己也绝不是好女人，但是这能妨碍他们之间产生一种亲密的关系和感情么？她觉得不能。如同人们常说的"狼狈为奸"那样，当狼和狈并肩作战的时候，谁能说他们仅仅是在互相利用？他们之间难道没有知己的信任和至交的默契么？古人也曾说"君子以义结交，小人以利结交"，可这世上有几个纯粹的君子小人呢？谁做君子的时候，没有做过哪怕一瞬间的小人？谁做小人的时候，没有做过哪怕一瞬间的君子？而所谓的君子之交就完全没有利么？所谓的小人之交就完全没有义么？她觉得这种观点简直统统都简单得可笑。她决不会让这些观点来左右自己的生活。

有太多的事情是无法用固定的道德来评判的。因为有太多的人，那些道德并不认识。有太多的事情，那些道德并不知道。她想。

前些天，她盘点了一下近几年的收入，发现真正给她带来滚滚财源的还是冷红和冷紫姊妹来这里之后。除去房租、水电等杂项的支出和员工的薪水，她每月的纯收入最少也有十万元，现在，她银行里的存款已经超过了五百万，够她舒舒服服地过后半辈子了。当然，再干也不是不可以。毕竟她手里已经积累了丰富的进货渠道和充沛的销售对象。可是，她也清楚地知道这钱是踩在钢丝儿上挣的。钢丝下面都是刀尖儿，只要她一脚踏空，就会被扎得透心儿凉。以前，有那个人在，就像在她的身上拴了个保险绳。现在，保险绳就要解走了，再找新的，谈何容易。即使找到了，她还得用实践去证明这个保险绳拴得紧不紧？保险系数有多高？再或者保险绳的要价太贵的话，对她而言也是得不偿失的。她的钱已经够花了，何必再去冒这种掉脑袋的风险给别人送钞票呢？她没有那么傻。

如果说自己算是一个聪明人的话，她觉得自己最聪明就在这个地方。她没有被钱遮盖住一切。她思长虑多，有分有寸。知道出手，更知道收手。她甚至觉得对这一行来说，收手比出手更重要。该出手时不出手，顶多也就是失去一个捞一把的机会。可是该收手时不收手，丢掉的很可能就是命。

就像陈子明。

还有一个原因使她决定立刻收手。这个原因听起来似乎有些不可思议，但是，也是真的——冷红冷紫姊妹的分裂使她失去了继续下去的最后一丝激情。从某种意义上讲，她觉得她们俩是她的一个杰出作品。她对这个作品甚至比任何嫖客都有感情。这个作品曾经让她充满了成就感——如果她们不是老给她惹麻烦的话，她很可能会更喜欢她们。现在，随着冷紫的离去，这个作品已经破碎了。她觉得自己事业的高潮期也已经随之而去——如果这一行也能算做事业的话。

她开始慢慢实施停业的步骤。先是放出风说生意不好需要裁员，裁过之后又说还是不能维持，必须得缩小开支于是关掉了厨房和美容室。然后她顺理成章地打出了转租广告，不日便宣布全盘停业。终于，在"两会"召开前期，她给剩下的员工们发了最后一个月的工资，告诉她们，必须在三天之内离开。

2

冷红是第一个走的。临走之前，方捷来到了她的宿舍。两人相对沉默了许久。

你打算去哪里？方捷问。

不知道。

干什么？

冷红沉默着。方捷从这沉默中听出了回答。她还能干什么呢？

你来这儿有五年了么？

唔。

方捷看着冷红，眼前浮现出她刚来时的样子。那时候她多么小啊。其实，人只要跟自己过去一比，就知道自己老了。

手头也有些钱了吧？

冷红没有说话。这是个敏感的话题。

你不说我也知道。方捷笑道：你怕什么呢？我又不要你的。

你当然挣够了。

难道你没有挣够么？方捷尽量把语气放温和：往后咱们就要各奔东西了，可能再也见不了面了，有些实心话想告诉你，你想听就听，不想听就算了。

你讲。

这种活儿，你至多再干一两年就别再干了。钱这个东西，挣得差不多也就行了。你……

你是在劝我从良么？冷红不耐烦地打断了她的话。

你必得从良。方捷说：没有人能卖一辈子。

我知道。

我是在为你好。

当初你劝我干，说是为我好。现在，你劝我不干，还是说为我好。冷红说：你可真好。

方捷决定停止谈话。她觉得自己已经对冷红仁至义尽了。她清楚地意识地冷红虽然聪明，但是还是和自己的层次相差得太远，她们之间几乎不存在平等交流的可能。

她道了再见，转身就走，却又想起了什么似的停下。

还有一件事情。她说。

什么事？

我曾经答应过你，要告诉你拿走你初夜的那个男人是谁。方捷说：你现在还想知道么？

不。冷红说。知不知道这个人对她来说已经毫无意义了。她想，无非是个男人而已。她不想让一个毫无意义的名字占据大脑的位置。

第二天，冷红去了水晶宫夜总会，水晶宫不包住，她在外面租了一间房子。

3

晚上八点，冷紫才回到租住的小屋，这是一个大杂院里的一小间平房，月租金一百五十元。她拿出钥匙去开门的时候，发现锁眼儿插着一朵小小的牵牛花。一定是张朝晖来过了。她想。她把牵牛花取下来，含在嘴里，开了门。一进门她就被拦腰抱住了。她惊叫了一声，又被捂住了嘴。

她听到了熟悉的嗤嗤的笑声。很快镇定下来，安恬地躺在了那人的怀里。

干吗吓唬我？

让你的情绪产生一个落差，惊喜惊喜。张朝晖说：怎么回来得这么晚？

打扫卫生呢。

你一个人？

他们都是拖家带口的，我是一个人，又是新来的，当然得多干点儿。冷紫舒展着酸痛的胳膊。今天她一个人蒸了十屉馒头，累极了，可是也很开心。这里的工资不高，除掉房租，刚好够她一个月最基本的零用，但是她打心眼儿珍惜这份工作。因为这份工作不仅仅是她一直向往的阳光下的工作，更重要的是这个工作是张朝晖介绍的。她是以张朝晖的女朋友的身份来接受这份工作的。而且她还和张朝晖离得那么近，她决不能给张朝晖抹黑。

那咱们也赶快拖家带口，好不好？张朝晖一边给她捏着胳膊一边说。

瞎说。冷紫红了脸。人多么奇怪啊。她想，以前她在别的男人面前赤身裸体居然都麻木得失去了感觉，可是现在，张朝晖的一个玩笑都会让她不好意思。仿佛以前她早已经崩溃的感觉系统，都被张朝晖重新建立了起来。

往后，我也帮你去打扫。

不。冷紫贴在张朝晖的怀里，谛听着他有力的心跳，我不让你干这种脏活儿。

你要把我惯成一个大懒虫么？

是的。冷紫说：我要让你长这么胖，这么胖。我要让你站在手术台边弯不下腰来。

看着冷紫边笑边比画的孩子一般的神情，张朝晖不由得吻了吻冷紫的脸。冷紫笑着推开他，脱掉了外套。

你知道么？美雅关门了。她说。

你怎么知道？张朝晖的声音里立时流露出明显的不悦。他本能地讨厌冷紫和这个地方再有任何联系。

我只是想打个电话。冷紫说。她有些畏惧地注意着张朝晖的脸：她毕竟是我的姐姐。

她配做姐姐么？世界上有这样的姐姐么？你和她还有什么好说的？！冷紫的恐惧愈发让张朝晖肯定了自己的生气是对的。难道不是这个名字把冷紫带进了万丈深渊么？

可她毕竟是我的姐姐。冷紫无力地重复着。

张朝晖意识到了自己的过分。是的，无论他怎么不愿意提到冷红，冷红毕竟都是冷紫的姐姐，而且她还存在着，生活在冷紫的惦念中。这是事实。他不能否认这个事实。更不能因为这个事实而去怨愤冷紫。冷紫是无辜的。他把自己的情绪控制了一下：她现在在哪里？

不知道。冷紫说。

她肯定没事儿。要是有事儿她肯定会来找我们的。她又不是不知道我们在哪儿。张朝晖安慰道。他又把冷紫搂进怀里。两个人很久都没有再说话。她以前也是这样躺在别人怀里的么？在这沉默的空档中，一个念头突然进到了张朝晖的脑海里。这已经不是第一次了。他痛恨这样的念头，可是他无能为力。他不喜欢冷紫提到冷红，也是出于这种原因——冷红几乎是刺激他这种念头的标志。是一号黑体的大标题。他甚至不想让冷紫长这么漂亮——只要不和冷红长得一样。他下意识地看了看冷紫纯净如玉的脸。冷紫也敏感地迎着他的目光正视着他。她眼光里的犹疑让他明白，她此时正想着一个与他相呼应的问题：他真的一点儿都不在乎我在别人的怀里躺过么？他真的一点儿都不在乎我曾经是那样一个人么？

她像小鹿一样胆怯而又自卑的神情仿佛是两道明亮的月光，一下子就落在了张朝晖心里最柔弱的地方。

小紫。他终于说：我曾经对你犯过罪。

冷紫默默地看着他。

我曾经想过不要你，就在冷红告诉我真相的那两天里。因为我想维护那种所谓的纯洁——幸亏我没有真的去犯那样的错误。其实我知道，脏的只是那些事情，那些事情已经过去了。现在，它已经和你没关系了，和我们的爱情更没有关系。可是，有时候，我真的还做不到就当那些事情根本没有发生一样。这是我的自私和狭隘，不过这也是一个男人在遇到这种事情时的最起码的正常反应，无论这个男人的心理原本有多么健康。不是么？所以，请你理解我。我一定会注意克服的。对于冷红，我也一定会学着尽量平静对待。如果在以后的日子里，我没有管好自己，偶尔说错了话，或者流露出了一些其他的想法，请你一定要原谅我。他摩挲着冷紫的头发：请你，给我时间。

冷紫的泪水破堤而出。能听到这样诚挚的声音，她觉得自己近乎是一个仙人。

4

一个周末的下午，张朝晖带着冷紫回了家。他们先搭车到杏屯县城，然后步行。走到半路上，天下起了雨。是很细的那种雨，温柔的程度刚好洗去了路上的浮尘。走在上面，清清爽爽，有一种说不出的洁净与舒适。两边的庄稼都在这微雨中发出沙沙的合唱，仿佛每一颗果实都是一张小小的嘴巴，每一滴雨都是一只手，每一片叶子都是一根琴弦。一些"人"字形的草棚搭在田间垄上，像小孩子胡乱涂抹出的铅笔画，有一种歪歪扭扭、原始朴拙的美。再往远处看去，就是雨罩出的一团团、一片片的淡蓝色的轻烟，这些烟一般都缠绵在树荫上、林子里和村落中。相比视之，又数村落里的烟团最大，最浓，也最美。让人的目光所至，便生出一种由衷的暖意。这便是"人烟"的由来么？

张朝晖和冷紫默默地走在这熟悉的乡村小路上。除了给父母扫墓，冷紫从来没有回来过。就是扫墓回来她也往往是来去匆匆，没有时间也没有心情细读这往日的情景。今天，细雨微落，行人稀少，她可以从容地欣赏了，却不由得升出一种难言的伤感。田野还是原来的田野，路却比以前多了好些坑凹。路老了，而路的老，是每日走路的人看不出来的啊。

可是，老，有时又是多么好啊。冷紫忽然想。因为，只有当你度过那些难以想象的风浪和灾难之后，只有等那些难以想象的风浪和灾难成为往事之后，你才有资格对自己说：老了。这时候的老，是踏实的，是让人安心的，是能让人酣然入睡的。而风浪和灾难中的青春无论多么美，也会因为飘摇而让人觉得虚浮。

前面，村庄的轮廓已经越来越清晰。快到张朝晖的家了。不时有骑车来去的乡亲和张朝晖打招呼，同时也掩饰不住对冷紫好奇的目光。

朝晖。冷紫突然停下来。雨丝调皮地在她的头发上结成了一粒粒小珍珠。她垂下头。

怎么了？张朝晖问。

你打算怎么向你爸妈介绍我？

实话实说呗。张朝晖做出一个介绍的手势：诸位，这就是我现在的女朋友，未来的媳妇儿，能让你们抱上大胖孙子的姑娘。

冷紫没有笑。我说的是真的。她说。她真的无法想象自己面对的会是怎样的一番情形。她怕。她忽然想起那年"五一"冷红回家时自己对待冷红的激烈局面。冷红在回家的路上怕吗？她肯定也是怕的。可她还是没有躲开自己利剑一般的残酷。她忽然明白，有些事情，自己对待别人时并不觉得，而轮到自己承受的时候，才会知道。

她的心里一阵牵痛。

傻瓜，不用怕。张朝晖环住了她的肩膀：我把你带回家，不是让你怕的，你还不相信我的水平么？

你我当然知道。可是他们……

我和父母虽然平时说话不多，可是我了解他们，他们也相信我。毕竟，我和他们也有二十多年的交情了。张朝晖笑道。

你们之间当然没什么。关键是我。

你是我的选择。这才是最重要的。张朝晖说：明白了么？

回到家，张朝晖的母亲赶紧煮了两碗荷包蛋。张朝晖上面有两个姐姐，都出嫁了。家里只剩下了老两口。她是一个地地道道的农妇，淳朴而讷言。张朝晖的父亲是当地有名的泥瓦匠，周边村里许多人家的房子都是他领衔干的。凭着这份手艺，他置办了两个姑娘的嫁妆，也供张朝晖读完了书。现在他上了年纪，儿子也参加了工作，他就不再掏这把力了。农忙时下地拾弄拾弄庄稼，农闲时就蹲在街头看人下棋，听人摆龙门阵。听说儿子回来了，他也很快回到了家里。

张朝晖把冷紫向他们做了介绍，两人的脸色都有些阴沉。他们没想到儿子领回来的这么漂亮的女孩子居然是邻村的，还是个农村户口，临时工，更重要的是，冷红的名声十里八乡早就都传遍了。冷紫这两年也有人说闲话，比冷红好不了多少。

氛围郁闷的晚饭结束后，张朝晖让冷紫一人留到堂屋看电视，和父母到厢房里说了半天。他隐瞒了一些事情，也省去了许多枝节。他只是以他素日的诚恳语态给父母讲述了一个他们刚好能够接受的故事——他清楚地知道父母善良的界限和宽厚的程度。他也知道，有时候，撒谎不但是有必要的，而且简直是有益无害的。故事结束后，两位老人的表情开始变得缓和起来。晚上睡觉的时候，冷紫和张朝晖的母亲躺到了一张床上，老人让她躺到了里面，还执意给她取出了一床新被。冷紫捏着被角，眼睛湿润了。

第二天一早，老太太就准备好了一些纸钱和几样果品，让冷紫带着张朝晖到冷裕德夫妇的坟上看看。我们认过你了，也得让你爹妈认认朝晖。虽说是在地底下，也是看得见的。她说。

冷紫的眼泪终于落下来。看着老人满是皱纹的脸，她又一次想到了冷红。自从离开了家，冷红碰到过这样慈祥的面容么？没有。比起冷红，她是多么幸运啊。

第二十八章

1

如果有人细细观察，就会发现，雨后的阳光与素日的阳光是不同的。尤其是雨后早晨的阳光。当自行车的铃声，公共汽车的喇叭声，行人急促杂沓的脚步声以及卖早点小贩们的吆喝声交汇在一起纷纷响起来的时候，这种阳光便以一种不可抑制的明朗姿态倾洒了出来，在一瞬间便淹没了大地，也充盈了整个天空。此时的阳光仿佛有一种金属一样的质感，似乎只要对着其中的一缕屈指一弹，它就会铮铮而鸣。在阳光的照耀下，迎光的树叶都泛起了亮亮的光泽，叶尖儿上还挂着晶莹剔透的露珠儿——或许是昨夜的雨珠儿吧。这些珠儿闪闪烁烁，如大自然特意打造出来的钻石饰品，在太阳这位无与伦比的灯光师的轻轻一镀中，便让所有珠宝店的玩意儿黯然失色。

这是雨后阳光的早晨，也是雨后早晨的阳光，充满了清香的动感和芬芳的音响。这是一个喧闹的城市两个最富有诗意的时刻之一。另一个是月华溶溶的晚上。可是这两个时刻似乎和冷红都没有关系。她总是在月光溶溶的晚上陪人狂欢，然后在阳光明媚的早晨昏昏欲睡。

336

自从来到了"水晶宫"，她才想起在"美雅"的好。在"美雅"时她总想溜出去干私活儿，总觉得被方捷剥削得太多，太便宜了她，来到这里，她才知道方捷并不算黑。在"美雅"时，她是大牌，客人总是有挑有拣，素质也高，做什么事情都有商有量，既挣钱也享受。虽然中介费高，但是方捷把她的价位捧得也高。所以她的收入自然一直非常可观。而"水晶宫"和"美雅"的各方面相比，档次都相差得太远。在这里没有人捧她，她和其他小姐一样要自力更生。老板介绍的客人从来就没有什么可商量的，而且只要出台，不论她挣多少，都要给老板交一百元。现在，她的价位已经降得越来越低，最多的时候只有五百，少的时候才二百——一百五也拿过一次。这里也没有宽裕的交易场所，有时候只能在包厢里做。虽然老板说过绝对可以保证安全，可每次做时依然是潦潦草草，心惊胆战——她在"美雅"已经习惯了舒适豪华的标准间和套房，一时间实在不能在隔壁的划拳声里进入角色——哪怕是这样职业性的角色。

　　因此，她去外面做得更多一点。可外面也有外面的风险。这种风险在她来"水晶宫"不久就领略到了。那一次，一个年轻人看中了她，说四百元一夜。冷红觉得价钱挺合适，就跟他来到滨河路的一幢小楼里。年轻人把她带到一间房前，让她自己进去。

　　你呢？

　　不是我。年轻人说着把她推了进去：是我老板。

　　冷红走进去，屋里一片黑暗。

　　为什么不开灯？她问。

　　这里不需要灯。一个男人在里面说：没有灯可以集中思想感受。小姐，进来吧。往右。好，你可以上床了。

　　他和冷红聊了一会儿，才开始做。他很会做。冷红连着到达了两次高潮。两点钟的时候，他告诉冷红可以走了，下周这个时候再来。于是冷红又去了两次。开始冷红还有些好奇，后来她也不想那么多了。管他长什么样呢，只要能挣到钱就行了。她想。

最后一次去的时候，天下着大雨，还打着很响很响的炸雷。正在做的时候，一道闪电照了进来，房间里顿时亮如白昼。冷红下意识地睁开了眼睛。

她看见了那个男人的脸。

如果世界上真的有魔鬼的话，那便是魔鬼的脸。

噩梦一样的脸啊。

冷红起身下床，再也没有来过。她忽然觉得，长着这样一张脸的人，一定痛苦极了。因为这样的脸本身就好像是一种犯罪。或者说，就是一种无言的伤害和无为的暴力。她也同时发现，原来自己也还没有到达为了钱就什么都可以做的地步。

此后，她养成了一个习惯，每逢有人要和她谈生意的时候，她就会问：是你自己么？

还有一次，一个人把她带到酒店里，说好价钱是三百。可是在做的时候，上来的是三个人。到最后，冷红连呻吟的力气都没有了。但是他们给的钱还是三百。

当初说的就是三百。你又没有问几个人。他们无赖地说。

冷红死死地盯着他们：三百我也不要了。我这就去报案。我已经是八进宫了，看守所所长我都认识。你们也想认识认识么？

三个人相互看了看。他们可能见惯了吃哑巴亏的人。冷红的硬似乎让他们非常不适应。

你到底想怎么样？叫她来的那个人终于问。

要么你们就杀了我。要么就按规矩给钱。冷红说。

小姐真会开玩笑。你的命就值九百么？那人笑着，数出一叠钞票给她。冷红默默地接过来。她很少特意去记忆嫖客，可是那一夜她记住了那三张脸。他们很像广东人。高高的额头，凹陷的眼睛，一副典型的暴发户的模样。

此后，她又养成了一个习惯。在"是你自己么"之后再回加问一句"到底有几个？"

然而，相比起一些性变态和本地的痞子，这些还都算好。因为能让她平安地挣到钱。有一次，一个客人硬是让她把高跟鞋咬在嘴里做——他多加一百。做完之后，冷红连刷了三遍牙。还有一次，一个客人边喊她妈妈边让她抽打他。最可恶的是有一次，一个小流氓做完之后，非但没有给钱，反而把她口袋里的一百多块钱都搜刮了去。有几次她在街上还碰到了他，就只好远远地躲着他走。

她还能怎么样？难道真的去告么？

不过，她也知道，他们也怎么不了她。她是一个妓女，只要身上不装钱，他们还能把她怎么样？大不了就是睡睡觉而已。这是她的强项。她又不和谁结深仇大恨，还会有谁犯得着杀她么？

最滥也就这样了。最差也就这样了。这是她的底线。在底线之上，她仍然盈余不少——她有六十八万呢。当然，这六十八万还有冷紫的一半。她会给她的。但不是现在。因为她还不能完全建立对张朝晖的信任。

只要有命在，就有钱在。有钱在，就有将来的好生活在。

她相信。

其实，她也并不是就这么甘心的。也曾偷偷找过一些地方，情况和这里差不多。有几家倒和"美雅"的规模相当，但是老板的态度相当冷淡。只需稍稍看几眼，她便知道这里的小姐平均年龄绝不会超过二十岁。以她现在的实力，在这些地方也就是垫底的料了。若在此居下，何如在彼居中？——她已经不可能居上了。

岁月不饶人，对谁都一样。重要的是，要在不同的情境下认识清楚自己的处境，并且做出明智的选择。

她的选择是：做下去。

是的。她得做下去。因为：一、她总得有事情要做。二、不做这个她暂时不知道自己还能做什么。三、她不知道对于自己来说，做什么事情能像做这个一样赚钱快捷。四、不做就要花钱，做了就会挣钱。反正闲着也是闲着，干吗不挣去花呢？五、她得抓紧时间。方捷说的是对的，依现在的情形，她至多再干一两年。既然只有一两年的时间了，她为什么不把这有效期使用完呢？

昨夜，她接的是一个七十岁的老头，其实他根本做不了什么了，他只是让冷红脱光衣服陪了他一夜。

虽然吃不动了，可还是想看看。他说。

你就不怕被人抓住，晚节不保么？冷红问。

我已经做过四五回了，从来没有被抓住过。他说：就是抓住也没什么。我儿子出国了，三年了也没回来看我一眼，我老伴儿早死了。我给我的亲人丢不了什么脸了。

他这么说着的时候，神情十分伤感。

我也给我的亲人丢不了什么脸了。冷红也在心里说。他们都是肆无忌惮的人。可肆无忌惮有时候也是多么孤单啊。

2

从老头家走出来，她觉得有点儿饿，就拐进了一条摆满了早点摊的小巷里。这条不宽的街道十分干净，而且几乎云集了所有南北风味的小吃：白嫩如玉的小笼包子，油香料足的热干面，焦脆可口的炸圈饼，松涨滚热的油条，柔韧绵长的米线……冷红走进一家小小的米线店，在墙角的位置坐下来。

米线很烫，冷红又放了许多辣椒粉和香菜。她喜欢辣椒的红和香菜的绿挤在一起时的样子，有一种说不出来的悦目。

她慢慢地吃着，一丝不苟，不慌不忙。她不用请假，不用赶班。剩下的时间只有一件事情——睡觉。她为什么不吃得从容一点呢？

她忽然想起很小的时候，一次，爸爸去杏屯县城卖红薯，带上了她和冷紫。那是她们第一次来到县城，第一次见到那么高的楼和那么宽的马路。父亲看摆着红薯摊，她和冷紫就在附近溜达着。真好啊。冷紫不停地惊叹着。她却什么都没有说。不时有城里的小孩子从她们面前跑过，有的手里拿着冰糖葫芦，有的嗑着瓜子，有的没拿什么，但是透出一种对这些东西根本就不稀罕的漠视。那时候，冷红就深深地感到：她们是不属于这个城市的。瞥见冷紫傻呵呵地看着那些人，她忽然觉得十分羞恼，就训斥她：看什么看！她极力地排斥着自己对城市的好感和羡慕，因为她觉得这座城市也在排斥她。那就先让她排斥它吧，她可不愿意显示出自己的没出息样儿。现在，她安闲地坐在省城的小店里吃着可口的小吃，看起来像这个城市所有的女孩子一样。而店里店外忙活着的那两个服务员，一看就知道是乡下妹子，就像她当初刚进星苑一样。她断定她们的薪水不超过三百元。她忽然替她们感到可怜。因为，虽然她现在已经姿色渐衰，但是凭她们的容貌，即使做她这一行也绝不会超过她现在的收入，更不用说在美雅的时候了。又丑又穷的女孩子是上帝最冷漠时的作品。从这一点上看，她比她们幸运。现在，可以说她已经过上了城市人的生活，而且还必将过上比许多城市人都要好的生活。无论其间经历了怎样的过程，结局才是最重要的。

不是么？

忽然，她觉得背上落了两双眼睛。回头，是冷紫和张朝晖。她猛然想起来，这条小巷的另一个岔口对面就是医院。

冷紫和张朝晖默默地站在窄窄的门口，看着她。张朝晖刚刚加了一个夜班，是他让冷紫陪他出来吃早点的。

进来坐，进来坐呀。服务员招呼道。

站在那儿干吗，进来呀。冷红也笑道。她看得出，冷紫比以前稍微胖了些。

两个人相互看了一眼，走了进去，在冷红的桌边坐了下来。冷紫忽然很后悔刚才与张朝晖的伫立和对视，这一瞬间的动作无比清晰地证实着他们的犹豫。这种完全是下意识的行为对冷红而言应该是一种轻微的伤害——如果她够敏感的话。不过，看起来冷红似乎还不够敏感，她只是津津有味地吃着米线。在三人的沉默中，她吃饭的声音特别响亮，响亮得似乎有些刺耳。冷红吃的速度也越来越快，仿佛她是个饿了很久的人，此时，吃饭对她而言已经是世界上最重要的事情了。

生活在一个城市，就有可能相遇。她们早就知道。可是知道归知道，相遇的时候，仅有知道是不够的。她们都没有准备好。而有些事情也确实无法准备。这时候，冷紫才觉出张朝晖那过激的话语其实不无道理：你和她还有什么好说的？

你的工作还行么？冷红闷着头吃完了饭，终于问。

挺好。冷紫说。

冷红看了张朝晖一眼：多少钱？

三百。

太少了。

张朝晖把眼睛移向窗外。他本能地排斥这样的话语。是的，比起她的收入，这个数字简直是太微小了。幸亏它的意义并不在于数字本身。这个，冷红是不懂得的。她这一辈子还有可能懂得么？张朝晖想。

几乎是在同时，冷紫也意识到了这一点。

挺好的。她很快说：你现在怎么样？

美雅关门了。

我知道。

你怎么知道？

她给你打过电话。张朝晖说。

冷红的心里顿时淌出一股暖意。毕竟是最亲的妹妹，冷紫还在关心着她。

我现在在水晶宫。她说：没有美雅好，不过也还能过。

姐，冷紫说：那也叫过？

只要活着，都是过。冷红简洁地挡住了冷紫暗暗伸张出来的矛头，把脸转向张朝晖：有件事向你打听一下，你们医院做处女膜修补手术么？

张朝晖转动着手中的茶杯：谁做？

一个小姐妹。冷红口气平淡：她最近钓上了一条肥鱼，想捞个大价钱。

好像有。张朝晖说：不过手术费是统一规定的，我没有能力降低。

钱不是问题，只要效果好就行。冷红说。

张朝晖的脸唰的一下红了。效果？这个词用于这里可真是妙极了，足以让你调动全部的智慧去进行一场艳丽的想象。

你们医院用的是什么线？她说不想用羊肠线，羊肠线太粗，牢度也差。冷红仍旧自顾自地说着：要是有强生公司出的那种线就最好了，用那种线做三层精合，吸收好，牢度好，刽面也不容易感染。是爱惜康牌的。

对不起，我不了解。你最好让她自己去问问。张朝晖站起来：这里太热了，我去外面吃。

冷紫默默地看着冷红。

傻看着我干吗？冷红亲昵地抚摸了一下冷紫的头发。

你应该换个医生咨询。冷紫垂下眼睛，看着面前的米线。她的米线已经端上来好大一会儿了，上面已经凝上了一层薄薄的油衣。

这有什么，丑不避医么。冷红笑道：其实，我就是想让他离开一会儿。我想告诉你，存单上的钱有一半是你的，我怎么给你？我不想让他知道。

我不要。

不要也是你的。冷红说：如果他要和你结婚，这钱可以买个好房子，不过房产证上只能署你的名字。要是办个婚前财产公证就更好了。

你听着，冷紫说：这钱对你来说，也许是收获的硕果。但是对我来说，却是耻辱的罪证。如果你对我还有一点仁慈，就不要让我生活在罪证里。

冷红看着慷慨激昂的冷紫，淡淡地笑了。

这儿的米线真好吃。她说。

冷紫沉默着。

你有电话么？

冷紫找服务员要来了纸笔，给她写了两个电话号码，一个是医院的，一个是她租住的房子的房东的。房东对她很好，允许她使用这个电话接听，偶尔也可以打一次。

她走了很久，冷紫也没有把一碗米线吃完。张朝晖去结账的时候，服务员告诉她，冷红已经把账都结了。

她替他们结账。她用的是她的钱。她用她挣的那种钱！冷紫突然愠怒起来。她阴沉着脸问服务员：谁让你收她的钱的？我们不会自己付账么？

服务员没有说话，只是吃惊地看着她。她能不吃惊么？这年头，居然还有人不喜欢别人替自己结账。

张朝晖拽着她的胳膊离开了。

3

他们慢慢地走在洒满阳光的小巷里。如果没有碰见冷红，这会是一个完美无缺的早晨。可是，他们碰见了。而且，今后很可能还会碰见。他们既不能诅咒她在这个城市消失，也不能改变她在这个城市的生活状态。他们和她似乎只能这样。只能这样。

其实，你不必生气。张朝晖终于说：在结账的时候，她只是姐姐。

是的，结账的时候，她不是一个妓女，她只是一个姐姐。冷紫挽着张朝晖的胳膊，缓缓地走着。张朝晖的话是正确的，客观的，也是理性的。他对这件事情的态度因为没有参与而回归到了真正的冷静——不再是面对她的时候了。而她却不能。始终也不能。虽然她的人现在已经彻底离开了冷红，可是只要一想到她，她都会无一例外地陷入一种狂躁和混乱中。她的靠近，她的疏远，她的跳跃，她的沉溺……她的一切一切似乎还都和她们当初共同待在母亲的子宫里一样，与她紧紧相连，不能分开。她的一举一动是那么必然地牵制着她，也正像最早最早的时候，她们在母亲温暖的腹地里，冷红抬一下胳膊，她就可以伸一下腿，而她转个身，冷红也得换个相应的姿势。她们一直被同一种频率和同一种血脉所笼罩，她们分不清楚。即使是现在。按说，她有了自己的爱情，而冷红又是那样的执迷不悟，她完全可以把她置之身后。可她不能。冷红还在那样生活着。冷紫不能忍受她继续那样的生活。冷紫甚至觉得冷红带走了一部分自己在那样生活。那样的生活一直在提醒着冷紫：你现在的幸福不能心安理得，你的幸福是有罪的。

　　冷紫看着张朝晖。这是她在这个世界上最亲近的男人。冷红是她在这个世界上最亲近的女人。一个是天堂，一个是地狱。他们之间当然毫无可能关联。有关联的只是她。她曾经沉溺于地狱里，而现在却仿佛身处天堂——凭着爱情的力量，她超生了。而冷红还带着一部分她在地狱里舞蹈，并且目标坚定，矢志不渝。自认为能够打造出一双镀金的翅膀，然后由地狱直飞天堂。她不知道那翅膀是假的，假得几乎只是一种想象。那种翅膀只会让她越飞越低，最后落到地狱的最底层。她是那么顽固，那么执着，那么自以为是地要在地狱待下去，甚至自己都快成了地狱本身也浑然不觉，仿佛天生就是最适合在地狱里住的人。

　　那就让她在那里待着吧。或许她本来就该属于地狱。

　　不，不是本来。本来，她和她一样。只是，她获救了。而她没有。

　　那就去救她吧。

　　你行么？你以前没有救过么？结果连在自己都搭进去了。

346

那就让她等吧，也等一份和自己一样的爱情。

可这种机会的概率有多少？百分之一？千分之一？万分之一？连自己也不过是奇迹中的奇迹，冷红有多大可能成为奇迹的奇迹的奇迹？而且，即使这种奇迹的立方真的来了，冷红能认识么？能相信么？她已经盲目了，而且还穿得那么厚的自制铠甲。这铠甲让她拒绝，让她冷漠，让她无耻。似乎任谁都别想扎透。

包括她。

不过只有对她的时候，这铠甲才会流露出一丝最后的柔软。

因为，她是她的姐姐。

那么，她还有一点可能透过这丝柔软进入到她的铠甲里么？

她还能试试么？

她的目光出神地望着一个不知名的地方。

你怎么了？想什么呢？张朝晖担心地摇着她的肩膀。

朝晖，她是我的姐姐，我注定逃不掉，是不是？

是的。张朝晖说。他看着冷紫，等待着她下面的话。

既然我不能放弃她，我就要再捞一捞她。冷紫说：我要尽我最大的努力。

张朝晖抚了抚冷紫的头发：你的手太小了，恐怕捞不了她。

我看过一个新闻，说一对夫妻登山，丈夫突然失足下滑，眼看就要掉进悬崖，妻子用手抠紧岩石，然后用牙咬住了丈夫的衣领，一咬就是四个小时。冷紫说：难道我的手比牙齿还小么？

这个比较真可爱。张朝晖笑道：可是那个丈夫最起码是和妻子一心的，她和你呢？你看看她的样子。

她如果和我一心我还有必要这么想去捞她么？

你打算怎么去捞？张朝晖放弃了和冷紫的争执，他想听听实质性的内容。

和她好好谈一谈。冷紫沉默片刻，终于说。她还能怎样？跪她？逼她？告她？或者以自杀相胁？

你们的谈话一定很经典。张朝晖说。

你在嘲笑我么？冷紫甩开张朝晖的手：是的，你有这个资格，所有的人都有资格。因为她只是我的姐姐，在这个世界上，也许她只对我有意义。冷红在你心里，可能只是一个不断变化的概念，以前是同级的校友，然后是辍学的农民，再以后是一个打工妹，现在是一个死不悔改的妓女，同时也是你女朋友的姐姐，将来也会是个道德败坏的亲戚。是这样么？可我不能这样想。我只能想，她是我的姐姐。我们被同一个女人孕育，从同一条产道诞生，在同一张床上睡觉，在同一所学校念书，甚至后来，在同一个地方卖身……

别说了。张朝晖低声说：你很残酷。

你是觉得卖身这个词残酷么？你听一听就觉得残酷么？冷紫说：如果我提一提你就觉得残酷的话，你就应该知道，冷红还在做，对我而言是一种什么感觉。

你和她不一样。

是不一样。冷紫说：因为我碰见了你，让我有资格把那种生活当成历史来回忆。这是我的奇迹。而她没有。

你以为你是她的奇迹么？

我想成为她的奇迹。

张朝晖沉默了很久。你能肯定不会被她蛊惑么？他终于说：上一次，她把我吓坏了。

你是不相信我么？还是不相信你自己？冷紫说。她看着张朝晖的脸。亲爱的傻瓜啊。她没想到他那黑黝黝的脑袋里，会埋藏着这样幼稚的担忧。

348

我不相信的，只是那个所谓的命运。张朝晖说。这是个变幻莫测的世界，每个人都显得那么微小。偶尔，他的心里就会漾起一丝恐惧。小紫，他说：你要记住，无论将来发生什么事，首先不能丢掉的就是你自己。即使是我死了，或者是我真的爱上了别人，你都不能放弃自己。必须得学会爱自己，学会信任自己，学会对自己负责，这应当是你一生最宝贵的原则。因为，没有人能像你一样完全属于你，没有人能像你一样陪伴你的一生，包括父母和爱人。

我知道。冷紫说。她觉得阳光仿佛已经照进了她的血液里，全身都流溢着一种麻酥酥的温暖。

张朝晖轻轻抱住了她。我还能为你做点儿什么？他问。

冷紫没有回答。她深深地嗅着张朝晖身上的气息。这是健康的男子特有的气息。这是最美好的真正生活的气息。她喜欢他把这种气息源源不断地传递给她。她要他做的就是这个。这是他对于她最重要的事情，也是她希望他以后一直对她做的最重要的事情。无论将来发生什么，这一点不会改变，也决不能改变。因为，这种气息几乎成为她灵魂的血液，成为她一切力量的基地。这种气息，等同于她的生命。

第二十九章

1

　　一边从客人的车上下来一边松着带子，把包由肩下移到身前，这是冷红的一个习惯性动作。这样可以有效地防盗，让包处于自己最全面的监控之中。她曾经吃过这样的亏，所以长了这个心眼儿——除了冷紫这个傻妹妹，这个世道谁会对钱没感觉啊。连小偷都知道刚刚出台回来的小姐们没有口袋空空的。

　　这个客人是把她带到家里做的。做了一次之后让她陪他过夜，她看着床头的结婚照说你不怕你老婆回来么？男人说他不怕。

　　你怕么？男人问。

　　你都不怕，我还有什么好怕的。冷红笑道：我们做小姐的，除了怕不给钱，什么都不怕。

　　天快亮的时候，男人又做了一次，这一次他折腾了一个多小时，把冷红弄得都有点儿疼了。结束之后，冷红问他为什么那么馋，他说他已经半年没做了。

　　你老婆呢？

　　离婚了。

为什么？

因为我工作忙。

冷红嗤嗤地笑起来。

你不相信么？我是真的忙。男人说，我还是全国劳动奖章的获得者呢。就这样把老婆忙活到了别人的怀里。

冷红看到男人灰塌塌的脸，忽然觉得这样的男人也并不那么可恨。有时候，她会对客人产生一种极淡极淡的奇怪的疼惜和眷恋。最起码他们和她待在一起的时候，都是可怜人。她想。

又休息了一会儿，男人说该上班了。冷红提出搭一搭车，男人便让她在离水晶宫一站地的地方下了车。

他又给她加了两百块钱的过夜费。

冷红慢慢地踱着，觉得下体还是有些隐隐的干疼，便走进一所公厕，抹了一点点凡士林奶液，感觉好了些。肚子咕咕地叫起来，她这才觉得有些饿了，可是沿路都没有卖早点的摊子。快走到水晶宫的时候，她看见了冷紫。冷紫正在水晶宫斜对面的一家小商店门口站着。她加快步子，走了过去。

等了很久么？她问。

你又出台了？冷紫没有回答。

不出台怎么挣钱？冷红指了指水晶宫：这里面不行。

我不是告诉过你这很危险么？冷紫说。

要说危险，干什么都有危险。好好走路的人还会被车撞死呢。你看昨天的《星苑晨刊》了么？一个精神病人从万隆超市的六楼跳下来，自己死了不算，还生生地把一个人砸死了。报道说被砸死的那个人还是个厂长。你说他在超市买东西会想到这种危险么？冷红说。她忽然笑起来：你还记得我们都很喜欢的一首短诗么？诗里好像有这么几句：对于小鸟来说/飞翔是安全的/对于流浪者来说/漂泊是安全的。我觉得可以再加上一句：对于小姐来说，出台是安全的。

姐姐！一听到冷红这么说话，冷紫就控制不住自己的情绪：坐台小姐出事的概率和超市砸死人的概率哪个大？

你说的概率是科学统计的范畴，我说的是一个人的命。冷红说：还有什么事么？

唔。冷紫说：我想和你谈谈。

谈什么？

冷紫沉默了。谈什么？还能谈什么？那些问题她们已经争论过了无数次。这次能谈出来什么？冷紫不知道。她唯一知道的是，她一定要来谈。她忽然觉得自己有些像一个战士，目标就是去炸一个碉堡。可是想尽了各种办法，碉堡还是巍然屹立在那里。

一阵喜气洋洋的乐声从后面传过来。是一排结婚的车队。每一辆车上都扎着彩绸子，中间有一辆车上覆了一张大花网，上面满是鲜红的玫瑰。

这就是新娘的花车吧？冷紫忽然想起张朝晖给她讲过的一则趣闻，美国一位程序设计师为了追求最浪漫的求婚效果，花钱买了七十捆干草在自家农场的空地上拼出了一行字。晚上他与女友一同登上了一架租来的小型飞机，说要献给她一个神秘的礼物。当飞机飞至农场上空时，他的朋友们点燃了干草，他叫女友往下看，燃烧的火苗显示出了女友的名字，还有一句"嫁给我吧"。而后他单腿跪下向女友求婚。女友感动得一塌糊涂，答应了他。可是他一下飞机就被抓进了警察局，警察以扰乱治安和纵火的罪名对他进行了拘留罚款。

不过，这并不能妨碍那对情侣的甜蜜吧。她想。那是每个女人都心驰神往的一刻啊。张朝晖告诉她，他家里可没有农场，他也没钱去租飞机，更怕去坐牢。如果她实在想要，他只能在老家地里给她点一把麦秸。

那一把麦秸就是一个女人的盛典。她知道。

她会有的。冷红呢？

姐，她的声音里不自觉地含进了温柔，你有没有想过结婚？

结婚并不难。

我说的是那种认真的。

我从不对没有把握的东西认真。冷红说：尤其是男人。

冷紫又一次沉默下来。在冷红面前，她总是能够鲜明地感知到自己的无能。她觉得冷红像是一间封闭严密的房子，连最小的虫子都找不到可以出入的缝隙。似乎没有别的开启方式。除了打碎。

但是她不能退却。她必须得继续努力。她必须得把她打开。如果她打不开，冷红就会死在这间房子里。

这间房子里的空气，是有毒的。

你吃早饭了么？我可饿了。冷红似乎也感觉到了这种沉默的坚硬，放缓了语气。

有人评论说中国人见面就爱问"吃了么"，显得特别土气和傻帽儿。冷红却觉得这自然极了。这充分证明中国人是多么聪明多么务实。不先说吃的，还能谈别的么？

别在街上吃，去我那儿吧，我给你做面条。冷紫说：往后少在街上吃，卫生不行。还不少花钱。自己买东西回来做多好啊，省钱干净不说，还合自己的口味。

冷红笑着答应。她最喜欢看这时候冷紫的样子，絮絮叨叨，有点儿像小管家婆，也有点儿像记忆里年轻时的——母亲。

是的。是母亲。母亲已经死了，可她总觉得这并不等于母亲没有了。母亲还在。她常常从一个妇人的背影中，从一匹布料的图案里，从一个卖菜老农的叹息中看见自己瘦弱的沉重的沉默的也是最慈爱的母亲。如果母亲还活着，她常常会这么想——这是她在日常生活中经常重复幻想的一件事情，她一定会好好听她的话，她让她做什么，她就去做。如果她要她洗手，她哪怕要过八十一难也要脱胎换骨，重新做人。可是，母亲死了。她只给她留下了无数个熟悉的影像，让她牵挂，让她回眸。母亲是存在着，但是母亲的存在却是依靠她的大脑而产生的。母亲在记忆中成了她的孩子，她从中抚摸到的只是过去的温暖。这种温暖近在咫尺，却又遥距千里。从某种意义上讲，它就像是一盒小小的火柴。如果她冷了，她随时可以自己擦燃一根，用双手罩一罩那团短暂的火焰。但是这种火柴却变不成太阳。她的太阳已经永远落在了山那边。永远。而她，注定要在黑暗中待着。也只能在黑暗中待着。

　　多年以后，冷红才发现，自己当时的幻想在更深的意义上看，还是一种逃避。她把自己应负的责任推到了已经死去的母亲身上。这是一个多么残酷的推脱啊。如果母亲还活着——母亲已经不可能活了。而且，退一万步讲，即使母亲真的还活着，她也许会收敛，但真的就会有自己想象的那么决绝么？母亲除了能在情感上天然凌驾她之外，在生活道路的选择上是她能够臣服的么？

　　冷红倒在床上，默默地看着冷紫忙碌着。她和冷紫长得都像母亲。所以她常常会从冷紫的身上最鲜明地看到母亲。愤怒的时候，怯懦的时候，温柔的时候，倔强的时候，冷紫与母亲神情的酷肖简直就是月亮对太阳的反射。每每此时，冷红就会不安，就会畏惧，有时也会更加任性，有时则是平和地体味着。就像现在。

冷紫拔开炉子，烧开水，下了两把龙须面。然后手脚麻利地切好葱花和姜末儿，用老抽、香醋、香油和味精拌好，又从床底下的箱子里取出一个鸡蛋。不一会儿，一碗热香四溢的面放在了冷红的面前。

你这才算是拯救我哪。冷红笑道。

冷紫无言地看着专心致志吃着饭的冷红。这时候的冷红，简单得像个孩子。她喜欢吃自己做的面条，冷紫知道。她也喜欢看冷红吃面条时的样子。也许这是她们姊妹最融洽的时刻。然而自从来到这个城市，这样的时刻在她们共同相处的全部时间中只占了一个多么微小的比例啊。其他的时刻，她们都是那么混乱地纠缠在一起。

她们都做了些什么啊。

拯救。她的脑海里忽然闪现出冷红刚才说过的这个词。是的，拯救。为了拯救她和母亲冷红放弃了学业，为了拯救冷红她来到了这个城市。起初，她们为彼此都付出了圣洁的牺牲。然后，她们以这种牺牲为理由振振有词地相互指责。接着，她们各尽所能地给予了对方尖辣的伤害。最后，她们怀着对彼此的不甘复杂地离开。这之间还有一段沉默，那是她们共有的最丑陋的一段历史。那段历史是她的心灵灾难和冷红的金钱狂欢。

拯救。她真正幸运地碰到了这个词，是源于亲爱的张朝晖。她从他的身上汲取了那么多宝贵的理念，信心，还有希望。她不能不想把这些醇酒一样甘洌和美好的东西让冷红来分享。她一直都觉得，如果张朝晖能够拯救她，那么她就能够拯救冷红。她们轮流嘬过同一个奶头；她们在同一个房檐下捉过蚂蚁；她们用同一棵指甲草开的花染过指甲；她们用同一块橡皮擦过错字；她们用同一把梳子梳过小辫儿；她们用同一根针补过袜子；她们用同一条柳枝折过柳笛；有多少个夜晚，她们默默地注视过同一根窗棂上雪白的月光；有多少个春天，她们曾站在同一棵泡桐树落下的花雨中，同时用猫一样细巧的舌尖儿舔过泡桐花蕊的甜香……她们有过多少不能忘怀的岁月啊。这种岁月是平凡而琐碎的。充斥这种岁月的，也是无数平凡而琐碎的细节。可这种细节，就是她们曾经拥有过的生命时段中最能够称之为生活的东西。它们应当是有力量的。作为承载这种力量的主角，冷紫深信，自己给予冷红的虽然不是爱情，但是这种血缘所凝聚出的绵长的，深厚的和最本质的信任感与自己所得到的那种爱情的激流同样珍贵——虽然，从某种意义上讲，这二者之间似乎不具有什么可比性。

可是，她真的行么？今天，她怀抱着这个目的而来，但是由冷红率先吐出这个词语。冷红对她的目的心如明镜。面对这样一个强大而清晰的被拯救者，她真的还能去拯救么？

别怀疑了。开始做吧。她对自己说。在假想中永远不会出现真正的结果。

姐，好吃么？

当然。

我们开一家面馆，好么？冷紫说：那样我保证你天天能吃上这种面。

那我可就要吃腻了。冷红说：东风路刚开了一个"川雨人家"的菜馆，上礼拜一个客人带我去吃了。那儿一份普通的麻婆豆腐都三十，可是做得真好。还有生爆盐煎肉和豆瓣活鲤，真是色香味俱全。从那一吃我还真品出了川菜的一些讲究，什么七味呀，八滋呀，烹调三十八种呀。那一餐我们吃了七百多。就两个人。想起来真是奢侈啊。冷紫听出冷红的叹息却是满足的：可是反正不是我掏钱，不吃白不吃。他们也不是冤大头，都能报销的。我还不知道他们？有时候，他们在发票上多开一些，就连嫖资都打进去了。她下意识地停住了翻卷着的嘴唇：你想吃么？什么时候我带你去一次。

冷紫摇摇头。

你不喜欢川菜么？冷红记得她们的口味一向很接近，而且冷紫和她一样爱吃辣。

喜欢。冷紫说：但是我不喜欢用你挣的钱去吃，要是你挣的不是这种钱，哪怕花两块钱请我吃一碗凉粉，我都会很喜欢。

到底还是说回来了。冷红说。她笑着放下筷子：反正我就这么一个人，你今天到底想怎么着吧？

我还能怎么着呢，姐。冷紫说：我们已经错得太深了，不能再错下去了。再错下去就愚蠢到极点了。是的，起初我们是被迫走上了这条路，可第一次被迫之后，这实际上就变成了我们主动的选择……

不要说我们，这种归纳太勉强了。冷红说：就目前的状况下，你好像单单指的是我。

我从来就没有把你和我分开过。从来没有。在我的意识里，我们一直是一个整体。要不然，今天我不会再来找你。冷紫说，她继续着自己刚才的思路：我们完全可以不做下去，但是我们做下去了，因为有我们当时的无知和脆弱，有我们对未来的迷茫和自卑，有钱对我们的诱惑和我们对钱的需求，也许，还有性的享受。总之，我们被俘虏了。我们失去了洁净的自尊和清醒的心智，陷进了这种糊涂的生活。而且，我们在这种糊涂的生活中居然还常常怀抱着一种幻想，试图用卖掉自己现在的钱去买断自己的将来。可是，你想过吗？姐姐，拿着这些钱，我们还能买到什么？在这场交易中，我们变成了不会也不可能去真正享受未来的人。我们根本没有认识到，这种生活实际上包含了多少强腐蚀的溶液。而这种溶液又能让我们失去多少不可想象的东西。你知道么？我们染上了一种最可怕的瘟疫，这种瘟疫不仅污染了我们干净健康的身体，也夺去了我们珠玉一样的精神。实质上，我们不过成了男人们泄欲的工具和收拢钞票的机器，我们的生活中除了这些令人恶心的钱和这些陌生的男人之外，还有什么？而就是这两样东西，也不是我们的。那些男人不用说了，钱呢？除了能换取一些生活必需品外，还能干什么？能买来真心么？你能买来实意么？你能买来信仰么？你能买来激情么？你不能。你甚至买不到一个发自内心的笑脸。把我们过去的生活解剖来看一看，我们还有什么啊。

这就是你对过去生活的评价么？你可以去女子劳教所讲课了。冷红淡淡地说：我不想对你的评价做什么评价，也不想对过去做什么评价。我想说的是，无论过去如何，都已经是一个事实了。说什么都没有用。

可是说这些对将来有用。冷紫说：不说过去就不能谈将来。我们将来的日子还很长。现在谈将来还不算晚。只要你彻底地改变自己，你就会有新的开始。当然，这种开始和我们以前那种开始的性质是不一样的，但是也是好的。最起码，一定要比现在好。重要的是你必须改变。必须。只要你改变了，你就会发现，改变后的生活会有多么好。到时候，别说什么美味佳肴，就是啃一口馒头就一口咸菜都是最香甜的。

也会有人爱我么？冷红微笑。

当然会。到时候，自然而然就会有人来爱你。只要改变了现在的生活，你就为别人爱你准备了第一个必要条件。到时候，所有美好的事情都有可能发生。冷紫的眼睛里涌动着一种异样的明亮和光彩，冷红忽然觉得她特别像一个传教士：其实，到时候，你就会明白，有人爱没人爱并不是一件最重要的事情，最重要的是我们已经学会爱自己了。这是一把万能钥匙，能打开所有的门。

是么？冷红温和地笑着：如果我在一两年之后再退出，还会有这么美好的未来么？

冷紫沉默了片刻。冷红笑容中的嘲讽让她觉得一种针扎似的疼痛。

为什么不是现在？她终于问。

因为我觉得我还能干下去。冷红平静地说：小紫，你已经不是第一次问我这个问题了，我也不是第一次回答了。我想你的问题和我的回答都没有什么特别的改变，我已经进行了一次性投资，总得把利润赚到最高的程度。

就是这种心理害了你！冷紫的脸陡然间红涨起来：你知道一两年后是什么样子么？你知道自己会在哪一月哪一年截止么？不把自己最珍贵的元气耗费光，你是不会收手的。所有贪婪的人都以为自己并没有想象得那么不堪，但是事实往往证明他们太低估自己的胃口。

我清楚自己走到了哪一步。

你真的清楚么？那么，你告诉我，从一开始你想挣的就是一百万么？一万块钱只怕就是你的幸福梦想了。后来你有了十个一万，你满足了么？二十个一万，你满足了么？三十个一万，你满足了么？

如果我没有被逼上这条路，一万块钱我当然就满足了。可是我被迫走上了这条路，我的目标当然就不会和原来一样。

你要再提被迫！不要再把外来的灾祸当成让你欲望疯跑的理由！他们在表面上是有联系，但是在本质根本就是两回事！冷紫的声音像颤抖的琴弦，她走到脸盆边，攥住了湿淋淋的毛巾，努力让口气变得舒缓起来：你知道么？你的脚步永远也跟不上欲望膨胀的速度，你永远也挣不够你想挣的那么多钱，因为在挣的半路上，你就已经完了。你的生命已经被欲望榨干了。有太多太多的人都是这么完的。太多了。也许，你总以为我们现在还年轻，以后的日子多的就像一叠数不清的纸，我们尽可以先拿一钱去随意练笔，然后再去正式起稿。可是，到时候，你就会发现，你已经把所有的纸都浪费完了。因为，我们的生命里，根本没有草稿纸。

冷红沉默着。

要改变，就是现在。在能做的时候不做了，才是改变。在不做了的时候不做了，那只能是退出。退出是被动地接受，但是，改变却是我们给自己的主动选择。你太需要这样的选择了。冷紫走到冷红的面前，看着她的眼睛：不要把这件事再看作一个还有利可图的生意。它的实质是自杀。而且，是用一种肮脏的方式。

柚黄色的写字台上放着一只红色的小闹钟，滴滴答答地走着，仿佛在一条环行道上进行一场永远的散步。

小紫，我好像在一本书上看到过一句话，说真爱你的人有两个特点：一是总以为你会有和她一样的命运；二是她还喜欢用自己的诚意去指导别人的生活。冷红依然微笑着：对我来说，你就是这样一个人。所以，如果咱们姊妹要说什么客气话的话，我首先要谢谢你。

冷紫默默地等待着冷红下面的话，手里依然攥着那个湿毛巾。

有一种感觉，是你想不到的，我一直没有对你说。你知道么？当你真的离开我的时候，起初我确实是十分失落，可是这种感觉很快消失了。几天之后我就适应了没有你的生活。而且还觉得真的挺好。其实，以前和你在一起时，我就总觉得你像一个警察，老是在一边监督我，让我干什么都不能彻底。现在，你终于解脱了我，我也解脱了你。我们都在干着自己认为比较适合的事儿。我终于明白，有人当魔鬼，就有人当天使。我们原本就不该是同一个世界里的人。这不仅仅是因为你比我幸运，比我纯洁，还因为，你也比我勇敢。

冷紫吃惊地看着冷红。她没有想到冷红会这么说。

早几年，在刚干这行的时候，我也会常常做噩梦，梦见许多人的唾弃和指责。每当我从梦中醒来，巨大的罪恶感就会像潮水一样把我淹没。这时候，我就对自己说，你不是为了金钱去犯罪，你没错。你是被逼到这一步的。当我一笔一笔往家里寄钱的时候，我就更坚信了自己的无辜。我甚至相信自己是崇高的。

后来，你来跟踪我，你的逼视使我不得不去直接揭露出了自己对这种生活的认同和沉迷。不过，我还是在欺骗自己，对自己说这种生活只是一个小小的过渡，它的存在只是为了给我们的以后赢得更好的生活。在这种自我蒙蔽下，我才配合方捷实施了那个打造品牌的阴谋。我对自己说，我是为了让我们长久的幸福才把你带到这种短暂的折磨中去的。归根结底也是为你好。冷红顿了顿：对不起。

冷紫没有说话。她不知道自己该说什么。说没关系么？

毛巾里的水被她的手一点一点绞出来，滴在地上，像下雨。

现在，我必须承认，其实，我早已经不必为生存而做，也不必为金钱而做，更不是为什么未来而做了。我之所以不想马上改变，仅仅是因为我已经习惯了这种生活。对我来说，这种生存方式和别的生存方式没有什么本质的不同。如果一定要说不同，那就是我对它的行业规范更熟悉，对它的操作更有把握，对它的利润也还满意。至于人们所说的那些侮辱和伤害，早就成了我每天的茶水，我的肠胃已经不会为这些东西去轻易发炎了。我知道以许多人的道德标准来说，我是在堕落，但是，我懒得离开——最起码现在是。也许，你说得很对，我已经被腐蚀了，没有什么激情和信心去创造什么新的生活了。而且，我也总是觉得，新生活需要的似乎并不仅仅是这些。新生活需要的太多了。那些东西，我都没有。

当然，到了一定时候，我会离开这一行的。我会找个地方做个小生意，或者，什么也不做。能平平安安地活到死，就是我的福气了。我心目中最好的生活，也就是这样。

她看着冷紫：你知道么？张朝晖曾说我是一个病入膏肓的人，现在我才知道他的诊断是多么正确。而且我觉得我得的病还是一种癌症。我真的是这么一个得了癌症的人。而你不是。她疼爱地笑了笑：所以，我祝福你。

冷紫的泪水涌出来。你没有！你没有！她叫道。

冷红转过脸。她不敢看冷紫此刻的神情。

你只是误诊。冷紫说。她呜咽得像个孩子：你是我唯一的亲人。我不能抛下人去过自己的生活。我不能这样和你分开。我求求你，姐姐，别再固执了。你有得救的理由，也有得救的希望。因为，你知道自己的错。你觉得你没有的东西，其实根本就没有离开过你。就像我们两个，你怎么能够认为我们是两个世界里的人？我们从来就是在一个世界里的，从来就是。

冷红的泪水也流下来。她看着床头的墙，墙上挂着一张很清雅的风景画：白色的窗户外是一大片起伏的草地，更远的地方是松林幽暗的群山，最远的山上可以看见清晰的积雪。

冷紫的声音仿佛是沿着雪水淌过来：现在，你站在这一端，总以为另一端离你非常远，非常远。可是你知道么？其实，它离你非常近，非常近。近得甚至只需要你打一个转身。

冷红擦干泪水，笑了。

你知道么？你是个非常诗意的人。她为冷紫擦着泪水：真的有打个转身那么简单么？

冷紫沉默着。

小紫，你知道，我不是没有抗争过，也不是没有奋斗过。现在，我真的是不想重复过去的抗争和奋斗了。我没有心劲儿了。我不想让自己活得那么累。你说我自甘下贱也好，毫无廉耻也好，我都认了。不是迫不得已，我就不想再去选择了。顺其自然吧。我不想再去面对又一轮的磨难和痛苦了。你知道么？命运和生活也是一对孪生姊妹。碰到了这样的命运，我就相信了这样的生活。

可是，只要你选择你另外的生活，你就会碰到另外的命运。

你以为每个人都有选择的热情和被选择的资格么？冷红说的语气中开始泛上一两丝儿不耐烦——这样的谈话让她觉得十分累：我真的和你不同。其实你大可不必为我们走的路不同而耿耿于怀。天下的兄弟姊妹里志不同的多着呢。你以为我们是别人中的例外么？冷红站起来：我该走了。

姐。冷紫看着冷红的脸，眼睛像钉子一样：真的没有一点希望么？

我想，是的。冷红拿起包：其实，你今天说得真的非常好。

可我一向不喜欢按照别人的理论去生活。你就让我由着自己往下走吧。我已经习惯这样了。她把包挎在身前：今后，你就别为我操心了，我也帮不了你什么忙。不过，等我有病了，或者是你没钱了，咱们可得互相通个气儿。不是有句话么？有啥别有病，没啥别没钱。

姐。冷紫凝视着冷红，视线渐渐地有些模糊。冷红的面容渐渐变成了一片正在扩张的沙漠。

冷红默立片刻，拉开了门。

第三十章

1

现在流行的是"水晶妆"。这种妆讲究的其实就是如何用粉底上妆。

在上粉底之前，先涂上一层日霜，这样可以保护皮肤，并且能够提高粉底的附着力，使粉底涂抹得更加均匀。然后用小刷子沾一点儿遮盖霜涂在眼睑上，用无名指轻轻涂抹，直至完全掩盖住黑眼圈，在鼻翼两侧也涂上一点与掩饰黑头和暗影，最后全盘检查一遍脸部，把那些零零星星的褐斑，粉刺留下的疤痕以及皮肤下迸出的血管等瑕疵统统遮盖住，这才算完成了化妆前的准备工作。下一步就是上粉底。涂粉底的手劲儿是轻柔细腻的。要充分使用中指和无名指的前两个指节，大面积平滑地涂抹。通常那种蘸一点儿粉底细细地涂反而会造成深浅不均或涂得过厚。大致区域是三个：左颊、右颊和额头。在涂抹脸颊的时候，又有三个重点：眼睛、鼻子和嘴唇。要先由眼梢向外开始拉抹粉底，一边拍打一边涂抹，以连贯性的动作将粉底抹到不能再抹远的程度。接着由面颊中心向鼻子方向涂抹。到鼻子边上时，要用弹琴般的手法向鼻子下方抹，这样可以使粉底最大程度地不留痕迹。涂抹到嘴唇周围的时候，唇角是需要分外注意的，要抹得既与整个脸部风格协调统一水乳交融，又要突出唇型的优美和利落。有很多女人注意不到这一点。额头的涂抹相对来说比较简单。沿一些粉底涂在额头正中，然后向发际、鬓角和眉的方向呈放射状涂抹，涂好之后再向鼻梁轻轻地过渡性地抹一下，起到呼应和统一的作用就可以了。这一切结束之后，把鼻翼周围、眼角、眼皮和嘴角这些细小而重要的部位再用指肚轻轻地抚压一遍就基本上大功告成了。最后，用海绵拍一遍脸部，使粉底和皮肤充分融合。要是有的地方没有掌握好，粉底涂得太厚的话，就用湿海绵将多余的粉底吸去，再用干海绵拍打。拍打完毕之后，整个脸部就好像穿上了一件新衣。

这件新衣，几乎是看不出针脚的。冷红坐在镜子前，默默地看着自己的脸，她几乎都有点儿不认识自己了。《化妆经典》不愧是经典的行业杂志，上面介绍的方法运用起来效果就是不一样。这一段时间，冷红一直照这种方法来化妆，开始时她要用上一个小时，现在做完这一切，她只需要十五分钟。

镜子里的那张脸呈现出近乎完美的白嫩。可是冷红知道，只要一上床这种白嫩就会荡然无存。这种脸只能看，它禁不住男人的亲吻。毕竟是老了。真的是老了。不过那时候这已经不重要了。就像一道菜，无论味道多差，只要它的样子能勾起人的食欲，并且让人吃上一口，那么这个做菜人就算是成功了。因为她的目的本来就不是为了让人称赞她的手艺，而是为了一口之后随之而来的菜价——当然，菜价的丰收其实也从另一个角度充分证明了她的手艺。她觉得。每当包里多出一叠钞票的时候，她都抑制不住自己的得意。也因此，她下一次的化妆会进行得更加精心。如果说冷紫的美容术是爱情，她的美容术就是金钱。金钱不仅给她生活的保证，也给她一种精神上的成就感。虽然除了圈里的人，这种成就感既无处诉说，也不会被承认。但她还是觉得这已经成为她生活中不可缺少的安慰了。那一次和冷紫谈过话之后，冷紫再也没有来找过也。她觉得轻松极了。她忽然明白：其实，最可怕的并不是一个人的低，而是她认识不到这种低，或者说认识到了也不敢承认。这样人就会显得很虚。因为她不知道别人会怎样把自己打倒。而只要承认了，就没什么可怕了。自己对着自己踹一脚的时候，反而有一种奇特的磊落和踏实。

现在，她什么都不想想。有不少的钱，也有不少的男人。既简单又好玩儿，既新鲜又刺激。这就是她的生活。没什么好想的。想有什么用？她对自己说。

她又端详了端详自己，走出小屋。到"水晶宫"的时候，客人已经很多了。

2

凤凰，你可是越来越漂亮了。马上就有男人过来和她搭话。

是么？她嫣然一笑。她对这个男人似乎有一点印象，却又觉得十分模糊。和她打过交道的男人毕竟太多了。不过她来到"水晶宫"之后没有见过他。她猜想他可能是她在"美雅"时的老客户。

你妹妹呢？男人又问。他紧挨着冷红在沙发上坐下来。

果然是"美雅"的老客户。冷红想。在"水晶宫"几乎没有人知道冷紫。

冷红笑了笑。她轻轻地触摸了一下男人的手指。她知道自己这些小动作做得很到位：今天怎么有空出来潇洒？

想你了呗。男人说：你妹妹呢？

我有妹妹么？

这么说就没意思了。男人说：我今天可是备了厚礼来的。

是么？冷红的目光下意识地掠过男人的口袋：她洗手了。往后这一行里，就没她这一个人了。

那她现在在哪儿？

问这个干什么？还想去找她么？冷红挑了挑眉，她觉得自己今天的眉形修得很漂亮：我们俩一个样儿。要是想她就多看看我。

你们是一个皮儿，馅儿不一样。男人说：她还在星苑么？

冷红点点头。

你能把她约出来么？我可是诚心拜佛的。男人说：两千，行么？

冷红沉默了片刻。她知道如果冷紫还做着，她们就应当是这个价。"团结就是力量"，对她们来说，这句话同样适用。

可是，冷紫已经不做了。她不能勉强她。而且，从现状来看，谁也勉强不了冷紫。

多少钱也不行。冷红说：她真的洗手了。

见一见可以么？

她不会来这种地方的。

换个地方也行。只要她肯来。

你这是何苦呢？放着有情有意的不看，想的却是那些没指望的。冷红不耐烦起来：她不会再见你们这些人的。

我只是觉得可惜。男人说：她可是个好姑娘。

我不是个好姑娘么？冷红端着下巴，嗔怨地说。她必须让他把注意力集中到自己身上。在斑驳的灯光下，她的脸像一种名叫

"天堂玫瑰"的冰淇淋。

男人笑了笑，凝视着她的脸，仿佛被她迷住了。

出去喝杯茶，好么？片刻之后，他说。

他带她来到一辆灰色的桑塔纳前，男人为冷红打开车门，自己坐到了驾驶座上。冷红注意到这辆车很新。

是你的车么？

你看呢？

我看是。

那就是。

刚买的？

你真聪明。

他们坐进了车里。

我们去哪儿？男人问。

听你的。冷红笑道：你没听说过夫唱妇随这个词么？

我只听说过谋杀亲夫。男人也笑道。

你可真会开玩笑。冷红把手搭在男人的腰上：我就喜欢这么有情趣的人。

去你那儿行么？男人点了一支烟。

那可不行。我那儿不方便。冷红说。她从不带男人上她的住处。倒不是怕什么影响不好——

她的存单全在床下的鞋盒子里。

男人没说话，启动了车。冷红闭上了眼睛。现在，她一坐上车就想闭眼睛。这座城市对她而言已经没有什么新鲜的风景了，已经没有什么东西能有效地诱引她的视觉。更多的时候，她喜欢让街上混彩的灯光无声地罩着她的眼睑，这样会有一种做梦似的晕眩的快感。

到了。男人说。

冷红睁开眼睛，发现男人的车居然停在她租的房子所在的巷子口。

你在这儿有房子么？她诧异地问。

你不是有么？

冷红的身体一凛，坐直了身体。你怎么知道的？她问。

你以为你很会保密么？男人笑道。

你到底想干什么？

干你。

这儿不行，我说过。冷红说。她觉得心中的火一下子点了起来。

我觉得行。男人说。他从口袋里拿出一把手枪，手枪很小，可是十分精致，使人想到现在越来越漂亮的那些新型手机。

这么大了还玩玩具？冷红道。她笑起来：其实你何必拿着这个，我不怕，倒是你身上的那个手枪，我才怕呢。

男人没有说话，拿过一本厚书，用枪口对准。一声低沉的闷响之后，一个带着焦味儿的黑洞出现在冷红的面前。冷红的笑容像冷冻箱里的鱼，先镀上了一层阴阴的暗色，然后，很快僵硬下来。

她默默地把手放在车门把手上。

你走得了么？男人说。他的语气让她明白了自己的徒劳。

大哥到底想干什么？想吓死妹妹么？她尽力让自己冷静下来——不管怎样，她也算出来混了这么多年，不能显得没有一点主意。她让最拿手的笑容以最生动的姿态浮现出来，笑道：这个世道，大家都不容易，有话好商量，是不是？要是大哥手头紧，我手里有的全孝敬给大哥。要是大哥心里不痛快，想要我陪大哥开开心，咱们就找一家好酒店，开个房，大哥想让我陪多久我就陪多久，不敢让大哥破费一分，怎么样？

酒店里常有条子守着，不安全。我就相中你这个地儿了。男人说。

大哥这是看得起我，我知道。可我这个地方实在是太小太乱了，房东也是个麻烦主。我有个小姐妹租有一套两居室，保证安全，我们找她借了地儿，行么？冷红把声音的柔度放到最好处，细细腻腻地说着。这个小姐妹就是上次让她咨询处女膜手术的那个人，后来真的做了手术，不过没钓上什么大鱼。现在自己做"个体"，租了个房子，在街上勾上人后就领回去，再由另外两个小混混瓮中捉鳖，捉拿"奸夫淫妇"，收入倒也不菲。他们曾经邀请过她，她总觉得不踏实，到底也没去。只要到了那里，就有帮忙的人了。

什么废话也别说了，今天我就定死到这儿了，懒得挪窝了。男人把玩着那把小小的手枪：下车吧。

冷红沉默了。不时有行人从车外走过，可是没有人回头看看这辆车。这是一个偏僻的小巷，平时就是白天也不常看到警察的踪迹，更不用说现在了。她从没有像现在一样渴望能够看到警察的身影。可她知道，自己的渴望有多么强烈，绝望就会有多么浓重。

她只有下车。

3

自从做了这一行，她觉得碰上的男人无非是三种，一种是喜欢她顺着的。一种是喜欢顺着她的，还有一种就是喜欢她顺着的同时也顺着她的。第一种男人是支配欲强的男人，多半在家里怕老婆或生活中很失意，在她身上可以寻求到成就感。第二种男人最会惜香怜玉，见了漂亮女人就魂不附体，只要她高兴他才会高兴。第三种讲究的是情调，明明是在嫖也非得想要享受到你侬我爱的感觉。这个男人看起来是第一种，可仔细寻思似乎又不太像——为嫖一次就带把枪，不是太小题大做了么？而且还把她的住处都摸得这么清楚。不过话说回来，他要是不摸清楚，她一定不会把他带到这儿来。他要是不拿着这把枪在这儿唬着，她还真不怕他。她冷红好歹也混了这么多年，不是让吓大的。但是，他为什么要下这么大功夫呢？她冷红有必要让他下这么大功夫么？他图的究竟是什么？虽说江湖上的人各有秉性，不能捉摸，可是石块真落在自己头上的时候，也得弄清楚是哪个山上的仙啊。

大哥能告诉我什么地方得罪您了么？她看着男人的脸色：也好让我吃一堑长一智。

进屋再说。男人说：你会知道的。

进了屋，男人把她推倒在床上。

两个人对视了片刻。冷红笑了笑，开始解扣子。做爱的时候男人最凶猛，也最脆弱。她知道在什么时候对他反击是最致命的。

别脱，还不到时候呢。男人说。

还等什么？冷红可以想象自己的笑像一朵盛开的桃花。而男人的眼睛却是一道道猛烈的雨水，在一瞬间就冲掉了她精心呈现的花瓣，让她的表情变成了光秃秃的树岔。

等一个人。

谁？

男人没有回答。

大哥，冷红说，今天您这样可真让我糊涂了。现在你该告诉我我什么地方得罪你了吧？

因为你是你。男人卡住冷红的脸：所以你得罪我了。

冷红再次陷入了沉默。她不知道该怎样和这个男人对话了。

你想死么？男人问。他盯着冷红，像盯着一个无力挣扎的猎物。冷红摇摇头。谁想死啊。

其实，也没什么。男人突然笑起来：我就是想和你们玩一次。

我们？

是。你和你妹妹。他说：我们以前玩过一次，挺好的，一直忘不了，就想和你们再玩一次。

冷红这才完全会意了他一直追问冷紫是否还在这个城市的目的。

我说过她不做了。她说。

所以我才这么生气。男人说：我知道，要是让她知道做一次就能救你一命的话，她会做的。

你真会为了风流一场就犯个命案么？冷红说：我不信。

那你可以试试。不过试的时候可就晚了。男人说：萝卜白菜，各有所爱。我还真喜欢这么干。有人为了一句闲话就能杀人，我是为了风流一场，也没什么过逾的。没听说么？奸杀奸杀，自古以来，奸和杀都是相连的。我为了奸怎么就不能杀呢？再说，我也不是命案一两宗的人了，现在怎么着都是活的赚头，多杀一个少杀一个没什么区别，要的就是一个痛快。你要自找不痛快，我也没办法。

你不能这样！

我给你十分钟考虑时间。男人说。他从怀里掏出一个手机，放在床边的桌上。淡绿色的液晶屏面上显示出"中国移动"的字样，下面一跳一跳着时间，如同一个乐此不疲重复着一系列动作的孩子。

现在是九点四十分。计时开始了。男人说。

你不能这样！

男人把手枪顶在她的太阳穴上。枪很凉，冷红觉得自己的头皮顿时涌起一层麻酥酥的痉挛。

你不能这样。她的声音低下来，似乎是在喃喃自语。她又一次想起了方捷的好。"说不定将来你还会感谢我呢。"方捷这么说过。是在，现在，她真的想感谢她了。如果还在"美雅"，她决不会碰上这种烂事儿。可是"如果"有什么用？"美雅"已经是历史了。这种打游击捡零活儿的状况决定了她必定会交交这些恶人。"常在河边走，哪能不湿鞋。"老祖宗的这些俗语讲得真对。算起来，同道的姐妹们多少都吃过这种亏：被榨财的，被霸色的，被赖着白做的，做完之后还要"劳务费"的……好像只要干这一行，这些事情就会是随之而来的附属品，甩都甩不掉。除了把这些凶神小心翼翼地请出门，还有什么法子？

可是打发这个男人需要冷紫。冷紫是不会来的。想让她来就只有骗她。骗她她会恨她一辈子。现在，她们好不容易把过去的事情画了一个句号，这一骗又会把恩怨重新纠缠在一起。但是，不让她来，自己就得死。

4

她不想死。

她看着桌上的手机，十个数字安稳地躺在那里，仿佛是十个微型的石台。没有人能看出他们无辜的表情下覆盖着多深的陷阱。此刻，她必须得让自己的手指连带着自己的命运在上面跳跃——还有冷紫的。如果，她要冷紫来的话。她不想让冷紫来，可是她更不想死。冷紫说的没错，她们从来都没有像她想象的那样远离过。没有。此时的景况以一种无与伦比的真实让她明白了这一点。她们是孪生姊妹，只要这一点无法改变，随之而来的太多事情都无法改变。

冷紫来了，冷紫可能会有危险。

冷紫不来，她就一定会有危险。

冷紫来了，失去的不过是早就不存在的贞操。

冷紫不来，她失去的就会是永不再来的生命。

可能小于一定，贞操小于生命。她有理由让她来——客观些说，她不过是让冷紫用过去的一段经验来解除自己目前的困境，如此而已。难道这真的是多么罪不容赦么？

那就让她来吧。尽管这饱含危险。可这危险除了冷紫，实在没有别人可以承担。她没有别的选择。劫持者坚决的指定和她最本质的依赖不谋而合地站在了一起，注定了她必须得让冷紫为自己冒一次险——如果她还想继续活下去的话。

那就让冷紫来吧。既然她是她的妹妹。既然她是这么想活着。

时间到了。想好了么？男人问。

冷红沉默着。你真的决定让冷紫来么？她问自己。

给我个明白话。男人说。

冷红拿起了手机。

你不要太欺负她。冷红说。说完之后她忽然意识到了自己的话有多么可笑和虚伪。她已经决定让她来了，还让他怎么不欺负她？

请她出山这么难，我会好好疼她的。男人笑道。

冷红拨通了电话。接电话的是个老太太，应当是冷紫的房东。冷红在电话里清晰地听见她喊"小紫，小紫"，那声音是亲昵而慈祥的。冷紫一定和她处得很好。她听见了吱呀的开门声，然后有脚步声轻捷地接近着电话：

喂？

是我，小紫。我有病了。你能来一趟么？冷红说得很慢，她不想让冷紫听出她的惊惶。她太了解冷紫的脾气了。如果她惊惶，到冷紫那里就会变成加倍的惊惶。

什么病？冷紫的声音还是惊惶了起来。

也没什么，就是肚子疼。冷红忽然涌起一阵流泪的冲动。

哪里疼？

不，不清楚。

张朝晖正好在我这儿，我们俩一起过去。

不，他不用来，你来就行。

那好，我马上过来。是平安东街芙蓉里九号么？

是。冷红说。这个地址她只对冷紫说过一次，没想到冷紫记得这么清楚。这个世界上除了冷紫，谁还会对她这么在意？可她却给这个最在意她的人带来了这么可怕的危险。

不！她对着电话喊。

冷紫已经挂断了电话。

男人把电话夺了过来，关掉，用毛巾塞住冷红的嘴，然后取出一根白色的塑料绳，把冷红的手和脚捆在床头和床尾上。绳子并不粗，但是很结实。做好这一切后，他坐在椅子上开始闭目养神。他要养精蓄锐，待会儿好好地和这两个婊子算算账。今天的事情没有出乎他的掌握。作为一个婊子，即使是被强迫着嫖一次也没什么大不了的，他摸透了这一点，所以就从这里下手。当然，他也预想到了所有的危险。可是他不怕。怕还能混到今天么？尽管做了美容手术，他还是随时都准备着和警察遭遇。大不了就是一个死。不过他觉得自己就算是死也不能说没有一点成就感，最起码在他这个行当里他觉得自己已经到达了最高境界。他现在最重要的事情就是报了眼下这个仇，免得万一再被警察抓住之后失去机会。这样不但会给自己留下永远的遗憾，也会给江湖上的朋友留下永远的笑柄。

5

冷红木木地待在床上，一起一伏的呼吸鼓动着她的胸脯，证明她还活着。是的。她还活着。她想活着。她从没有像现在这样想活着。相距几米的房东屋里，电视正轰轰烈烈地上演着伪造的悲欢离合。是谁在频繁地换着频道，"过儿，过儿……"这是《神雕侠侣》，仙绝的小龙女在碧水潭下，杨过在红尘中两鬓斑白。"拉肚子，找好药，找药也得有诀窍，别看广告！"这是赵本山的广告。冷红每次看到这个广告就想笑。不过不是笑赵本山，而是觉得接下去说那一句"看什么"的群众演员当中有一个年轻人被突出出来的大头特写憨得可爱极了。"刘大哥讲话理太偏，谁水女子享清闲……"这是河南台的戏曲，"下面向您推荐的这一款耳钉也很有特点……"这是教育电视台的电视购物，"让我的爱陪伴你，直到永远……"这是付笛声和任静的《知心爱人》，不知道是哪一家电视台在请他们做嘉宾。

窗外不时响起清脆的车铃声，有唱着歌的少年悠然而过。

"你爱我吗，我是一个笨小孩，我的笨只是面对你，这一点你明不明白……"多么清亮的歌声啊。她和冷紫也这样唱过，带着青春莫名的忧思和愁绪。还有虚弱的脚步声不时地掠过，她可以想象出这是一位上了年纪的老人。有妈妈领着孩子，讲着单纯的故事。"有一天……"似乎所有的故事都是这么开始的。"有一天，小白兔睡醒了，问妈妈：妈妈，我饿了，家里还有东西吃没有？兔妈妈说，家里没有东西吃了，你要是饿的话，就自己去外面找草吃吧。小白兔说：妈妈，我应该找什么样的草吃呢？妈妈说：你自己去尝尝就知道了。小白兔就去找草了。它先看到了一棵黄色的草，就拿起来放进嘴里，呀，真酸，真难吃。呸！小白兔吐了出来，继续往前走，走着走着，它又看到一棵红颜色的草，就拿起来放进嘴里，呀，真辣，真难吃。呸！小白兔又吐了出来，继续往前走，走着走着，它又看到一棵蓝颜色的草，就拿起来放进嘴里，呀，真苦，真难吃。呸！小白兔又吐了出来……"在寂静的巷子里，妈妈的声音十分清晰，走过了很远，冷红还可以听到。讲着讲着，孩子开始笑起来，他笑得是那样开心，妈妈也笑起来。母子俩的笑声延续在路上，直至完全走出冷红的听觉。

活着，多么好啊。多有意思啊。她要活着！她想活着！哪怕像以前一样什么都没有，哪怕像以前一样背着那么沉重的债，哪怕再去地里没早没晚地劳作，哪怕再去劳务市场打零工，哪怕再去漂白粉厂扛五毛钱一趟的袋子……哪怕，哪怕。她在心中喃喃自语。突然对这个词迸发出一种异样的感觉。她在那些生活面前加上了"哪怕"，似乎是无意识的。可难道没有一点儿根由么？与自己仍在浸淫的小姐生活相比，那些生活似乎就是吃苦受罪，就是不堪回首，只能成为无路可走时的下下之选。她忽然想起在漂白粉厂时自己对爱心浴池大堂里那些小姐们的鄙视，那时她想自己就是无路可走死到临头也不会去做那种人。而现在却正相反，若不是无路可走死到临头她就不想从这种人的队伍里离开。自己怎么了？怎么会变成这样？这样往后活着又是为了什么？为了钱数的增多活么？为了打发日子活么？如果是这样，她有什么价值让冷紫冒着生命的危险来救她？

她又想起了冷紫一次次劝说她时的表情，忽然觉得她和冷紫就像两只找草吃的小白兔，黄的草红的草蓝的草黑的草白的草灰的草她们尽数尝遍，现在冷紫已经找到了绿色的草，而她还没有。而冷紫的种种努力都是为了让她早一天找到绿色的草。她想起冷紫劝她的那些话和冷紫说那些话时的神情。第一次觉得那些话对她来说，并不是完全空虚的。而自己的内心也没有自己一向认为的那么死寂。在这个边缘时刻，她忽然感到有一种奇异的东西被激活了。是的，是被激活了。这种被激活的东西在她心口荡起一股又一股的热流，使她觉得连血都被焐烫了。

可它究竟是什么，她现在还弄不清楚，她觉得自己似乎没有能力去弄清楚——也没有时间去弄清楚了。不过冷紫也许会帮她弄清楚的。如果这一次劫难能够平安度过，她要和冷紫再好好谈谈。这次谈话的意义应当不同于从前。她想。同时她也打定了主意，如果真的出现了什么难以把握的局面，她一定要不顾一切地保护冷紫，把冷紫的安全放在首位。

第三十一章

1

张朝晖默默地坐在冷紫的床上，盯着一枚小小的书签。这是一枚旧书签，木制的。上面写着两行字：书香淡雅，心香绵长。这是他多年给冷紫寄书的时候顺便夹在书里的，冷紫保留很完整。

冷紫的脚步一点一点接近了小屋。他听出她的脚步声有点滞。

是冷红的电话么？他问。

冷紫点点头：她病了。

她一直在病着，从没有好过。张朝晖说。

她说她肚子疼，这是实病。我在电话里也听出她的声气不对。冷紫说：我得去一趟。

表面上看是实病实际上是虚病。她的实病在这里，张朝晖指指胸口：是看不出来也听不出来的。

冷紫沉默了片刻：可我还是得去看看她。

我没说不让你去看。张朝晖拉过冷紫：你当然得去。你是她在这个城市里唯一的亲人，无论她在做什么，你都得去。我陪你一起去。

她说过不要你去。

她说不要我去我就不去了么？张朝晖说：我是个医生。

你这个医生只有看我的病时才认。冷紫笑道。

所以我要跟着你去。我去不是为了她，而是为了你。

你到现在还不放心我么？冷紫的脸色有些严峻起来。

傻瓜。张朝晖笑了：天这么晚了，我是怕你回去的时候不安全。我在巷子口等你。要是她病得很重，我可以帮你叫辆车。如果你背不动她，我可以帮你扛一段。如果她病得不重，我可以把你送回来。如果她需要你陪她一晚上，你出来给我打个招呼，我走就是了。

冷紫笑起来。她穿上外套，发现头发有些乱了，便把它散开，重新梳拢着。

其实，稍微乱些也挺好看的。别有一种风味。张朝晖说：我在大学里看过一部电影，就叫《头发乱了》。

电影只是电影，我又不是演员。我只记得妈的话：女人十分色，头脸占七分。冷紫边说着边往脑后缠着髻。这个外套领子很高，冷紫总觉得自己的脖子有些短，所以只要穿这件衣服，便会盘头，把脖子显得长一点。

你知道么？你脖子的曲线优雅得像一只天鹅。张朝晖说。

是么？冷紫笑道：那你是什么？

我是癞蛤蟆。张朝晖作势扑上去，两人笑成一团。

2

两人相依偎着走出去坐车。等了许久，车也不来。他们便拐进路边的商店闲逛。张朝晖发现冷紫的眼神只盯着这些光彩流溢的丝缎被面。朱砂底金线的龙凤呈祥，秋香底青黑线的百子千孙，宝石蓝底银线的孔雀开屏，茄紫底粉黄线的鱼跃莲花，月光白底五色线的蝴蝶欢舞，豆沙绿底橙红线的芙蓉锦鸡，桃红底七彩线的鸳鸯戏水……中国式的鲜艳热闹里，似乎又隐藏着些许的沉默和泪水。如同在喧嚣的集市上，在此起彼伏的吆喝声中，偶尔留出的片刻的空隙。又宛如大写意的山水画里，浓重的群岚之间，淌出的那一涓泉流。

真好看。冷紫赞叹。

喜欢么？张朝晖笑道：等我们结婚的时候，统统买下来。

售货小姐在一边也笑了：先生，有四十多种呢。只怕用不完。

用不完将来给儿子用。

瞎说！冷紫的脸红了：婚还没结，哪来的儿子？

我不是说将来么？说一说将来我还是有权利的吧？张朝晖把嘴唇俯在冷紫耳边轻语：你舍得放弃这种权利么？

冷紫笑着推开他。姹紫嫣红的图案如一园春景，让她微微地醉了。直到听见公共汽车刺耳的刹车声，她才猛地惊醒过来，和张朝晖狂奔出去。等到他们气喘吁吁地赶到站牌下时，汽车刚刚启动。两个人立在淡淡的烟尘中，相视而笑。

再等一班，还得十分钟。

你看多奇怪，专门等车还会错过。张朝晖说。

我们并不是专门等车。我们是被那些被面诱惑了。冷紫说。

着急么？

冷紫摇摇头：不知为什么，和你在一起，我的心里总是格外踏实。

我也一样。张朝晖说。

不一样。

当然一样。

怎么会一样？冷紫说：妈妈在世时常说一句话：抬轿的不弯腰，不知道铡草的苦。铡草的不跑腿，不知道抬轿的累。尽管他们都是出苦力的。所以，我和你的踏实也不会一样。

那你说说，怎么不一样？

我也没想过。冷紫说：可能是你的踏实的前提是我在你身边，我的踏实是只要你存在着。你的踏实是看见我，我的踏实是你在我心里住着。也就是说，我可能是你踏实的原因，而你对我而言，就是踏实本身。

张朝晖惊讶地看着冷紫。他没有想到冷紫会这么清晰地分析着他们。这些话想来似乎也不无道理。你的意思是说，我的爱没有你的爱好，没有你的爱宽容？他笑道。他觉得两个相爱的人在一起分析彼此的爱似乎有些滑稽，可这种滑稽似乎也很正常——这种分析不在两个相爱的人中间产生，难道还会在两个不爱的人中间产生么？那不是更滑稽么？

不。恰恰相反。我觉得你的爱比我的要好，要宽容。更重要的是，比我的健康。

健康？张朝晖盯着冷紫。你是说健康？

是的。冷紫微微垂下头：也许你会觉得，爱情是两个人之间很互相的感觉和很平等的事情，我承认是这样。可是再相爱的人也是有分别的，何况，我们。她抬起头，看着张朝晖：你知道，我们曾经的生活是多么不同……

我知道。可那已经过去了。它和我们现在是爱有什么关系？张朝晖打断她。他不喜欢她提起过去的事情，那是她的耻和他的痛。

当然有关系。因为它是我的经历。冷紫说：它让我自卑，让我胆怯，让我充满恐惧感，让我即使是在最爱我的人面前也时常会有一种心理上的弱势。正因为你的爱是那么好，所以我是那么怕失去它。正因为我是那么怕失去它，所以我倾注了所有的依恋和寄托。正因为我倾注了所有的依恋和寄托，所以我就把绝对的主宰权交给了你——尽管你并没有意识到。冷紫笑了笑：你还记得手术签字单事件么？那天你去美雅找我，问我上顶楼干什么，我没有对你说。现在，我可以告诉你了，我是想去死。

张朝晖木在那里。

你对我的爱就是这样，得，可以让我生，失，可以让我死。可以让我向上飞，也可以让我往下落。我一直以为这是我爱你太深的缘故。后来我发现，并不完全是这样。还有一个很重要的原因是：我病了。冷红曾经对我说过她患了绝症。其实，我也是。

张朝晖默默地看着冷紫。

我患的绝症就是你说过的那种再生障碍性贫血。冷紫说：在指责冷红拯救冷红的过程中，其实我自己也已经失去了造血的功能，总是要依靠你的输血才能活下来。当然，这也证明了我得到的爱多么多，多么好，可同时也证明了我自己的贫弱和残缺，证明了我还没有学会真正懂得爱自己，没有学会在爱中独立。你曾经对我说过：要学会爱自己，信任自己，对自己负责。这应当是我一生最宝贵的原则。这么多天来，我几乎天天都在想这几句话。起初，这几句话听起来是那么空洞，后来，我越来越感觉到了它的真实。我这才明白，无论多么好的道理，只要不去使用，就都是空洞的。我一直是个很会讲道理的人，却把许多道理都浪费掉了。就像现在那些整天嚷嚷补钙的人，一把一把地吃钙片，也只不过是让钙片在肚子里做了一个短期旅行。

张朝晖不由得笑了。多么聪明的比喻啊。道理可不就是人精神上的钙么？

不过，有一点我和冷红不同。她不怎么幸运，碰到的是我这么一个糟糕的庸医，而我却是一个幸运的病人，碰到了一个不错的医生。冷紫调皮地翘翘嘴角：以前我总是赖着病床不起，巴望着你拯救我。现在，我知道我自己也应当主动配合，积极治疗，争取早日康复。这样才算对得起医生，不会成为他的负担。

张朝晖把冷紫拥进怀里：你知道么？你已经康复了。

是么？

你不相信医生的诊断？

不相信。冷紫说：我得相信我自己。

你敢不相信我？你这不是过河拆桥么？

两个人拌着嘴，上了刚进站的公共汽车。车上没有座位了，冷紫抓住了高高的扶手。

抱住我的腰。张朝晖说。

冷紫顺从地抱住张朝晖。她的手臂为张朝晖箍住一片温暖。

3

灯亮着。

姐。冷紫喊。

冷红没有回答。她无法回答。从开大门的动静她就听出是冷紫。脚步声的临近让她的心都抽紧了，此刻，已经痉挛得剧痛起来。如果世界上的事情能够后悔。如果。冷红闭上眼睛，可还是感觉到一切都在下沉。一道道的绳索捆着她的手和脚，让她彻底明白了什么叫"作茧自缚"。她是茧。茧的缚是为了蛾的飞，为了丝的美，为了生命高潮处的张扬和绚丽。而她的缚，又是为了什么呢？难道就是为了把自己的亲生姊妹也缠裹在里头么？

姐。冷紫轻轻敲了两下门。

门开了。

冷紫如离弦之箭，冲了进去，直扑向冷红的木床。

姐！她惊悸地喊。

冷红睁大眼睛，吃力地看着冷紫。

姐，你怎么了？冷紫把冷红嘴里的毛巾揪出来：你为什么会这样？你不是病了么？你干吗要把自己捆起来？

枕头下面有刀。冷红几乎是在用唇形低而迅速地说。冷紫迷惑地看着冷红，刚要开口，一个男人的声音在背后响起：因为她想试试这样有没有快感。你不想试试么？

冷紫的身体僵住了。一瞬间，她明白了。她最担心的事情终于成了现实：冷红被暗算了。

你想要多少钱？冷紫问。

我不要钱。男人逼近冷紫。

冷紫看见了他手里的枪。

那你要什么？冷紫迎着他的目光，把手贴在身后，让身体靠住了冷红。她无比明确地意识到，自己的行动必须得快。在这种时刻，每一秒钟都意味着生机。

要你的人。男人说。

我不是已经来了么？冷紫说：你放了我姐吧。

放她干吗，要的就是这个情趣。你们俩一动一静，多好玩儿啊。男人笑着。你们不是有并蒂莲十比么？我再给你们加这一比。

冷紫沉默着。男人的声音有些耳熟。她在声音档案里搜索了一遍，找出了一个人。可她马上否定了。这怎么可能呢？她对自己说。他早就进监狱了，甚至可能早就枪毙了。

你到底想干什么？她说。

就是想会会老朋友。男人说：没想到老朋友一洗手真就成了莲花，不仅是出淤泥而不染，就连我这样的老朋友也都忘得一干二净了。他揪住冷紫的头发：你好好想想，你一定会想起来的。咱们可不是一般的恩爱，我可让你立过大功的。那一次奖金你拿了多少？

你？

是我。是不是以为我已经死了？告诉你，我还真舍不得死。我要是死了，谁还惦记着你们俩啊？这不，刚刚喘口气儿，我就来找你们了。为了配得上你们，我还整了整容呢。

不。冷红张大了嘴巴。她觉得秋夜的寒气一下子就灌进了所有的血液里。

姐，是他。冷紫说：他是陈子明。

放了我妹妹！冷红叫道。

你再喊一声，她肯定没命。陈子明把枪对准了冷紫。冷红紧紧地闭上嘴巴。她觉得有一层又一层的虫子正从心尖上噬咬而过。

真的，我是挺想见你们的。陈子明说，他看着冷紫：尤其是你。我知道那天我栽的主要原因就在于你。我真的很想弄清楚，你为什么要跟我过不去？

你错了。你栽的主要原因在于你自己。跟你过不去的也不是我，而是你自己。要是碰上了别人，我也会这么做。冷紫说。她没有叫喊，叫喊除了给她们带来更紧急的危险同时也招致无辜者加盟这种危险之外，没有任何用处。目前她能做的，只有去挫绳子。只有把绳子挫断了，冷红才会有逃生的希望。只有把绳子挫断了，她们俩才会有联手作战的可能。

她在冷红的枕下摸到了刀，把刀子慢慢挨住冷红的绳子，她开始挫磨，只使用手指的力量。她知道只要腕关节稍微一动，就会被陈子明看出破绽。

闭嘴！我不需要你的教导！陈子明的耳光抽在冷紫的脸上，有细细的血顺着冷紫的嘴角流下来：你以为你是什么人？英雄？上帝？警察？法官？社会就需要你这号人来拯救？陈子明贴住冷紫的眼睛：你不过是一只鸡，一只臭鸡，破鸡，脏鸡。你，是，一，个，婊，子，你，是，一，个，卖，淫，女。你就是这种东西。说实话，如果换上那些过规矩日子的人，这件事我也就认了。可是你们不行，你们太贱了。想搞女人的时候我愿意去弄你们，弄完了也不少给你们钱，这就算很对得起你们了。至于见义勇为的事儿，你们还没有资格去做。你们太把自己当人了。

既然是个人，就得把自己当人。要把自己当人，就得有良心。大哥，你也收手吧。不要越错越深。冷紫停止了手中的动作，看着陈子明说。幸好这是一条普通的绳子，只要在相同的地方多锉几下就能把它割开，可是陈子明对她身体的触动不允许她在固定的地方挫。而在话语的间隙里她也不能挫——他很有可能会在静寂中听见她挫绳子的微小声响。这时候，她真希望陈子明能够一直讲下去，不论是什么污言秽语。

你是在说我没良心么？那你告诉我什么是良心。陈子明掐住冷紫的下巴。冷紫嘴角的血让他非常惬意——她知道他在监狱里受的罪么？

良心就是不论你做什么事情，心里都要有的那个底线。

什么底线？

人的底线。

世上这么多人，你怎么去确定这个底线？每个人的底线标准都不同，你用自己的底线去衡量别人，不是太自以为是了么？

也许你有你的道理。可我觉得，无论怎样你也不应当杀人。冷紫说。在这个时刻还在讨论这些问题，冷紫觉得可笑极了。可她知道自己不能不说。陈子明目前对她身体的控制动作很适合她挫绳子。她觉得自己就要把它挫断了。

她必须得把它挫断。

张朝晖就在小巷口，与她至多不过一百米的距离。他是那么真实，那么温暖，可他又是多么遥远啊，仿佛在另一个世界里。冷紫突然明白了为什么那么多影视剧中的警察都是在案发之后才会赶到现场。除了她们自己，没有人能够拯救她们。外面的力量是多么虚弱啊。

可她也由衷地庆幸张朝晖离得那么远。

你是说那个银行保安么？陈子明说：我不杀他他就会杀了我，而且还是正当防卫。活在这个世界上我首先得保证我自己不受侵害，这就是我的底线。你明白么？

明白了。冷紫说。

你就越过了我的底线。陈子明说：告诉我，你是怎么发现我的？

你跳上窗台的动作和电视录像上那个跳上柜台的动作一样。

陈子明死死地看着冷紫，很久。

你知道你有多聪明么？他说：但是聪明用得不是地方就是灾难。

这句话很适用你。冷紫说：现在，你悬崖勒马还来得及。

你知道你的话有多么蠢么？陈子明笑起来：我早就是一个活死人了。多杀一个少杀一个下场都一样。我现在来得及做的，就是再好好干你这个有良心的人一场。我想以后我再也遇不到像你这样有良心的婊子了。

他撕开了冷紫的衣服。

在被按倒的一刹那，冷紫用最大的力气挫了一下绳子。绳子断了。血液一下子回涌到冷红的那只手臂上。

陈子明一件件地撕扯着冷紫的衣服，冷紫竭力挣扎着。他们从床边滚到了桌边，从桌边滚到了地上，又倒在和床相对的一只简易沙发上。在陈子明视觉的死角处，冷红一点一点地摸过那把刀，把另一只手臂上的绳子也割断了。然后，她坐起来，割断了脚上的绳子。

冷紫已经只剩下内衣了。陈子明的脸扭曲着，做着最后的努力。

冷红慢慢接近着陈子明，举起了刀。突然，她看见了冷紫的眼睛，她的眼睛如同闪着幽光的宝石，在晃动中，宝石的光芒时隐时现。然而只要一闪现出来，冷红就知道她在看自己。

她是在让自己走。她怕她万一杀不了他，两个人就会全军覆没。

姐。她听见冷紫微弱的叫喊。在这个叫喊声中，冷红使尽全部力气把刀扎进了陈子明的背里。

陈子明的身体在一瞬间凝固了，然而只是一瞬，他便转回头，把枪口对准了冷红。

冷紫抻起身，扭住了陈子明拿枪的手。

枪响了。

在这一刻，冷红扑到了陈子明的身上，掐住了他的脖子。她掐着，掐着，直到她的手仿佛脱离了她的身体。然后，她失去了知觉。

4

这是一枚很普通的子弹，敦厚的铜壳显示出一种温柔的光芒，仿佛是一颗刚刚成熟的巨大的麦粒。它静静地躺在白色的盘子里，映照着来来往往的人影。而所有的人在路过它身体的时候，都会变得模糊不清。他们碎成了一块块移动的彩色光斑，一晃就消失了。

第三十二章

冷紫的神情美极了。

像是一个劳累了许久的人终于睡着了一般，她安宁地躺在洁白的病床上。可是她没有病。她已经是不可能有病的人了。病只属于活着的人。她仿佛也是在为自己获得了永久的健康而觉得欣慰，嘴角微微漾出一丝笑意，像一个正在做梦的婴孩。她的脸透出了一点儿不易觉察的淡绿，不过并不因此显得与这个尘世多么疏离。反而有点儿像是上了《星苑晨刊》刚刚介绍的那种叫作"森林仙姬"的稍微带些魔幻意味的晚妆，在奇美中含着几缕小小的调皮。

冷红俯下身，把自己的脸贴在冷紫的脸上。似乎想倾听一下冷紫的心跳。可是她什么都没有听到。仿佛站在一条冬日落尽树叶的小路边缘，她再也听不到行人轻捷的足音。

唰，唰。

这是早晨。可以听见勤杂工正在外面扫地的声音。

唰，唰。

冷红忽然想起，在她们很小的时候，有一天，爸爸从集上买了两把扫帚回来。她们俩抢着去扫地。新扫帚的羽很长，像孔雀半开的屏。她和冷紫嘻嘻哈哈地扫着，却把院子扫得乱七八糟，凸现出一片片的灰尘，也凹显出一片片的洁净。就像一个毛毛糙糙洗脸的人。

姐，你说这地怎么总也扫不干净啊。冷紫问。

地就是土做的，什么时候也扫不干净。她带着训斥的口吻告诉冷紫。

后来，妈妈走了过来，手把手地教她们扫地。告诉她们：用扫帚的时候，要让扫帚羽都均匀地贴在地上，这样扫帚羽的磨损程度才会一致，不至于用了一段之后，有的羽已经磨没了，而有的羽还没有开始用就已经无法再用了。这就是过日子的门道。妈妈说。妈妈还告诉她们：扫地的时候，千万不要太用力，要放松着扫，这样才能把地扫干净。用那么大劲儿干什么？扫地扫的就是一个浮尘。妈妈说。

妈妈说得多好啊。除了坚实的土地，地上的就都是浮尘。浮尘是覆盖在土地上面的，但是它不是土地本身，永远也不是。

那一天，她们就这样学会了扫地。她们把整个院子都扫得干干净净。当明媚清香的阳光舒爽地沐浴着整整齐齐的小院时，她和冷紫的身上都落了一层薄薄的浮尘。可是她们充满了成就感。

后来，她们上了学，就很少这样扫地了。再后来，她们来到了这个城市，就再也没有这样扫过地。即使偶尔的一次扫地也不是在土地上扫，而是在光滑的水泥地和漂亮的地板砖上扫。这些地上，连浮尘也没有，只有垃圾。

浮尘在哪里呢？

穿过窗户，她看见了那个正在扫地的女工。她的个子很矮，这使她扫地的动作显得十分简短有力。她挥动着扫帚，把一段路面上的那些落叶、树枝和纸屑归拢到一个地方，接着去扫另一段。当有行人路过的时候，她就短暂地停顿片刻。只要行人刚刚过越她的扫帚羽，她就会迫不及待地扫起来。有的行人走的稍微慢一些，她就会挥扫到他们的裤脚上。可是，没有人说什么，甚至没有人对此流露出一丝不快——可能是觉得流露出来也没有什么用吧。你能去给她上一节职业道德课么？何况地是不能不扫的，路是不能不走的。只要这种两种情况同时存在，就会有这样的事情发生。女工可能也早已经充分意识到了自己这项工作的不可或缺，越发扫得理直气壮起来。这倒使她的神情显出一缕可爱的骄傲。

她扫得多么踏实啊。

你听见了么？冷红俯在冷紫的耳边。

唰，唰。

她扫得真好。冷红的声音轻得像那些飞动的扫帚羽。

唰，唰。

你还记得小时候妈妈怎么教我们扫地么？冷红温柔极了。

唰，唰。

我知道你记得。可是你知道么？其实我也记得。她的话语仿佛带着一种湿淋淋的气息。仿佛这种气息一到空中就会凝聚成云，在贴近大地的时候云又变成了雨。雨落了冷紫的手掌里，变成了一汪小小的海。这海水没有一点波澜，仿佛盛着它的，是世界上最大的容器。

第三十三章

1

在冷紫的笔记本里，冷红找到了两封遗书。一封是给她的，一封是给张朝晖的。遗书写的时间是在三个月前，是冷红把手术签字单事件告诉她之后的那两天里。但是当冷红和张朝晖在各自的房间里读起来的时候，却都觉得冷紫就站在眼前。她行走在每一个字的脉络里，从来没有停息。她不是三个月前的冷紫，也不是死去的冷紫。她是没有任何时间段落的冷紫，在用他们熟悉的气息向他们娓娓絮语。

2

给冷红的遗书

亲爱的姐姐：

我想我就要死了。其实我也不能确定我会在什么时候死，但是我怕我死的时候我会来不及写遗书，所以我就写了。也许我写了之后并没有死，那我就不会让你看到它，免得你受惊吓。这时候，我忽然发现，死对一个活着的人来说，实在是太陌生了。我现在就是一个活着的人，可我在写遗书。我写遗书就是为了死么？不。我想，也许有很多人都写了遗书却没有死去，例如那些要上战场的战士。写遗书应当决不仅仅是为了死，更多的也许是为了表达一种活着时的一种很强烈的愿望或者是心情。

可能是这样吧。不分析了。

但是这终究是一封遗书，有可能变成我最后对你说的话。这样想的时候，我不由得回头看着你。你就在我对面的小床上睡着，睡得多么香啊。你知道么，我真喜欢看你的睡态。因为这时候你的脸上什么都放下了，最单纯，最透明。就像当初在大青庄那样。记得当初你刚出来打工，我在学校想你的时候就看看你的照片。杜言说：你看什么照片呀，照照镜子不就看见你姐了么？可我知道那不一样。你就是你，镜子里的还是我自己。人们总是那么轻视我们的差别，就连父母似乎也没有那么真切地在意过。可是，我们自己却不能轻视，也不能不在意。因为我们毕竟是各自在活着。你还记得我们玩过的那些调包游戏么？我想，我们之所以能够玩这个游戏，大约就是因为我们太知道我们在大家眼里的相同和我们的对方眼里的不同了——我忽然想，也许，在我离开这个世界之后，你还可以继续去玩这个游戏，你可以到父去冒充我，吓唬吓唬我们那些熟人。不过我想，你可能会显得有点儿紧张。因为，我再也不会在你急需的时候出来给你圆场了。

这个世界是多么奇怪啊。一个人就是一个人，无论他们在出生和成长的机缘上多么相同，也不可能在灵魂上重复。

396

我想，也许这就是人之所以神秘的地方，也是人之所以宝贵的地方，更是人之所以痛苦的地方。这几年里，我们俩发生了无数次战争，是姐姐和妹妹之间的，然而更是一个人和另一个人之间的。而我现在才发现，其实我们战争的主题只有一个：相信地狱，还是相信天堂。你一直想让我承认地狱残忍的原貌，我一直想让你目睹天堂醉人的容颜。你一直想让我相信天堂是多么虚假，我一直想让你相信地狱才是真正的噩梦。你一直想揭开天堂的底线，我一直在寻觅天堂的曙光。我们就一直在这么厮杀着。在相依为命的厮杀中，我们付出的一切，都是为了让对方和自己站在一起。

可是，难道我们是两个世界的人么？不，从来都不是。你知道么？我们之间之所以发生战争，就是因为我们一直都在一起，我们从来没有远离过彼此。你是我最亲爱的姐姐，从来都是。无论我们怎么伤害过对方，这一点都不可能改变。我觉得我们就像一对精神上的连体婴儿，在一起时痛苦，分开的时候还是痛苦。我崇拜过你，佩服过你，欣赏过你，也怨恨过你，鄙视过你，羞辱过你。可是有一点儿我从来没有对你说过：我不想离开你。

我是多么不想离开你啊。

可是，我真的想去死了。我想去死并不是因为我已经相信了地狱，而是因为我不能忍受自己变成了天堂的刽子手——我打碎了张朝晖的爱情天堂。说实话，我一直不敢相信张朝晖会变成这种这种玩弄感情游戏的人，直到现在我也不能完全相信。但是，我又没有力量完全否决这种可怕的可能。因为，我毕竟给过他致命的一击，如果他真的欺骗了我，那肯定是因为我欺骗他在先。如果说他在犯错误，那我就是真正的罪魁祸首。他做什么都是可以理解的。我不怪他，真的。我甚至感谢他又为我延长了这么长时间的美梦。可我不能饶恕自己。因为，是我把张朝晖变成了这样。我成了张朝晖的地狱。我成了地狱本身。这是个事实，我不能改变这个事实，就只有尽可能地去减轻它的受灾程度。可是我没有理由再去找他解释什么了，没有必要解释——如你所说，我也没有什么资格去让他解释。解释并不是我们之间最重要的事情。解释除了给我自己找更多的借口和带给他更疯狂的冲击之外，没有任何用处。我为我们的爱情负责的最后方式就是死。如果我死了，他可能会相信我并没有堕落得那么彻底，会相信把爱情给了我并不是一种纯粹的浪费。这可能会使他好过一点儿，不至于对这个世界完全绝望。我知道他是绝不会希望我去这么做的，他是那么好的一个人。但是，也正因为如此，我才更加不能原谅自己！

在这个世界上，我是个失败者。一直都是。考大学，却落榜了。想拯救你，却把自己搭了进去。不想过这种生活，却反而越陷越深。想拥有爱情，却把爱情弄得支离破碎……其实，我不止一次地想过：我实在是没有理由活下去了。在外人眼里，我是脏的。在你眼里，我是不伦不类的。在张朝晖眼里，我是个骗子。在我眼里，我什么都不是。也许，我离开这个世界，许多人都会感到轻松——包括我自己。那么，我是真的该死了。可是我是多么不愿意去死啊。我爱这个世界，无论它们是什么样儿的！

真的。

其实，你也一样。也许这是一个你自己都不愿意承认的秘密：你热爱生活。无论你表现得多么颓废，多么冥顽，甚至是多么无耻，你都在贪婪地热爱着它。我甚至觉得：可以把你的颓废冥顽和无耻也当作你热爱生活的另一种解读——不过，也许这种解读宽容得会显得有些失去原则。可是，你真的是在热爱它。我一直想，你可能只是失去了热爱它的正确方式，而且浑然不觉。就像一个迷路的孩子，走失了太久太久。你知道你最擅长的思维方式是什么吗？那就是递减法。没有贞操的时候，你就会想，反正没有了。没有尊严的时候，你就会想，反正没有了。没有激情的时候，你就会想，反正没有了。反正没有了。反正没有了。你就这样一步步地退缩着，一层层地丢弃着。你以为你只需要放掉很少的一点东西，就像一道堤坝，你只把它看成了是一堵水泥和砖砌成的墙，却不知道这堵墙意味的是凶猛的洪峰，无边的良田，以及千万个村庄。你就这样失去了自己最宝贵的那些东西，忘记了自己的姓名，忘记了自己的家——我已经不想再责备你了。可是我想提醒你一下：你真该把它们找回来了。找回它们无论多么艰难，都是值得的。这一点，等你找回来的时候就会明白的。

有人说，经历过苦难的人，在精神上一般有三个走向：堕落，麻木和幸福。在这三个走向中，麻木是中立的。可我不同意这种说法。我觉得麻木也是属于堕落的。作为一个人，只要他麻木了，就必然处在堕落的缓慢状态里——或者是预备状态里。所以，在面对苦难的时候，其实我们只有两种选择：选择堕落，还是选择幸福。但是，再仔细想一想，选择堕落其实等于没有选择，因为堕落本身就是苦难的一个分支，它的归宿还是苦难。那么。其实我们只有一条路可以走得好一点儿，那就是——选择幸福。

我目前选择的，就是我的幸福。因为我的死，也许能够让这个世界更加美好。尽管这份美好我已经享受不到了，可是我爱的人能够享受到，这就够了。我现在就已经因为他们将来的享受而提前预支了我的幸福。

　　选择你真正的幸福吧，姐姐。这是我对你的希望。当然，你依然有权利按照自己喜欢的方式去生活，而不必去顾及我。毕竟，那是你的生命。对于你的生命来说，你的希望比我的希望更重要——就像我选择的死，肯定不是你对我的希望一样。尽管，我们都是出于完全的好意和绝对的善良。所以，请你千万不要因为我死了就对我的话视若圣明。现在，我才明白：一个人在遗书里命令别人干这干那是多么霸道，起码那是不合适的。因为，他实质上是在利用人们对死者的同情和尊重去行使特权。他是不该有特权的。尽管有很多人都行使了这种特权。

　　不过，如果我的话能对你有一些用处，我还是会很高兴的。这些话在我心底已经埋藏了很长时间了。如果我没有死，我会亲口对你说这些话的，当然，我会变换一下方式，不然你又会嘲笑我的书呆子气了。

　　就到这里吧。

冷紫　　×年　　×月×日

冷红把信贴在了脸上，泪水在一瞬间便洇湿了信纸。

　　是的，这里面有很多话后来冷紫都对她讲过。其实，不仅是后来讲了，以前也讲过很多次，多得让她厌烦。她把它们统统拒绝了。现在，她再也拒绝不了。这些熟悉的字句携带着冷紫的呼吸扑面而来，像一位因为屡屡被她拒之门外而不得不到处流浪的人终于听到了她门插腐朽的声音。而她，在打开门的那一刻才发现，这个人居然是自己的母亲。

3

给张朝晖的遗书

亲爱的朝晖：

　　虽然我已经不配这么称呼你了，可我还是想这么称呼。这么称呼你的时候，我没有去想配不配，我只是觉得，只有这样称呼你才符合我现在的心情。我无法征求你的意见了。如果这个称呼让你感到羞辱，请你原谅。

　　当你看到这封信的时候，也许我已经死了。请你千万不要为此自责，以为就是因为你才使我丧失了生活下去的勇气，这样就太苛刻你自己了。这和你没关系，一切都只是我的选择。其实我对上帝赐给我的已经很满意了。因为在我的生命里，一直没有缺少爱：父母的爱，姐姐的爱，朋友的爱，和你的爱。父母的爱是那么短暂，姐姐的爱是那么糊涂，朋友的爱是那么稀少，只有你的爱，让我无可挑剔。如果一定要挑剔一下，那就是它太好了，太多了。好得让我无法形容，多得让我几乎就要盛不下了。

　　总是觉得，一个人和了另一个人之间的关系，总是从他们最早的那一次相识就开始了。我一直记得我们相识的那一天，你的傻笑，你的急，还有你的冰棍儿。如果时光能够倒流的话，我一定会接过那支已经融化掉的冰棍儿，它一定甜极了——人总是这样善于对过去的事情后悔，然后又在后悔中造成新的后悔。如果把这种功夫用在对未来的把握上，会不会少很多遗憾呢？可惜的是，当人们意识到这一点的时候，往往已经没有什么未来了。

我就是这样。

其实，如果我愿意，我知道我还是会有很多日子好活的。可是那只是日子，不是未来。未来是一个美好的代称，是清水蓝天一样的产物。很久很久以前，我就觉得自己看不清未来了。后来你在隔了那么大的一个空白之后，又来到了我的身边，我的眼前重新出现了未来的影像——其实我也知道那不是未来，那根本就是一个奢望，是一个我永远也不想醒过来的梦。现在，梦醒了，真的假的未来我都没有了，我还站在这儿干什么呢？

不过，我的这个选择和你没关系，真的。对你，我确实是无可抱怨——我觉得自己就像一个窃贼，偷了别人最珍贵的宝物，并且享用了很长时间。当别人要索回宝物的时候，我没有理由说三道四。不然我就太无耻了。在我们两个中间，受伤害的其实只是你。我是自作自受。我知道，即使我死去，也不能挽回什么。但是，如果我的消失会让你稍微好受一点儿，那么，我愿意去尝试这种可能。我知道，即使是你出手惩罚我，你也绝对不会做得太狠。你是那么善良的人，像阳光一样。那么就让我自己做这件事情吧，这样最好。因为我这么做的时候，其实并不是什么惩罚，而是一种解脱。

你给我的那些书我都留着，它们好像已经成了我生命的一部分。我一直舍不得离开它们，真的。它们就像我的亲人一样。这几年，你不在的时候，你就是它们，它们就是你。

正是靠着它们，当你出现在我面前的时候，我才拥有了最后一丝面对的勇气。它们的存在一直使我觉得，我还没有腐烂到底。我死了之后，你就把它们都收回去吧。也许你会因为它们上面已经沾染了我的气息而不想要它们了，那就把它们随便给什么人吧，给个路人也好，给个孩子也好，给个拾破烂的老人也好，他们不会因为这些书而想起我，而且这些书对他们总会有一些用处。请你千万不要把它们扔了。什么东西都需要有个家，它们也一样。

　　一直都在心里感谢着你，可总是说不出口。有时候，我会有一种奇怪的感觉：觉得人类所有的语言在某种程度上讲都是有些不真实的。所以，我也怕自己说出口的那些话会显得浅薄和矫情。可是，在此刻，用我最后的生命做底色，我的感谢也许能让你感受到几分本真吧——谢谢你为我做的一切。回想起拥有你的每一天，我都觉得满足极了。我想，有了那些日子，即使我死了，我的生命也不能说很短暂。因为那些日子虽然是那么少（其实并不少，只是我太贪婪了），但是如果按一定的比例把那些浓甜的时光都稀释到我的生命中去的话，计算起来，我就相当于活了一百多年了。

　　还有一件事想请求你：请你帮助冷红联系一下，把我的遗体捐献出来——如果我还够格的话。活着的时候，我是一个没有用的人。因为我常常不知道怎样才算对别人有用，也不知道别人肯不肯接受我的有用。死了之后，我希望自己会有一点用处，并且，最好让这点用处用得实实在在。如果真的能够如你所说的那样，我能够享受到使用者对我的短暂致意，我想我会感到由衷的喜悦的。我不想让我的身体放过这样一个受到真心礼遇的机会了。

最后，我想告诉你的是：我爱你。一直。我是一个贫乏的人，这大约是我能够送给你的最好的礼物了。也许你还是不能相信它，那你就把它一脚踢开。但是，无论你把它踢多远，它都会选择一个地方停下来，注视着你。

祝福你能找到一个好姑娘。我相信你会找到的。当那个幸福时刻降临的时候，请你不要提起我。我知道我无法把我的痕迹从你的心里抹去，那就让我的名字在你的幸福中沉默吧。

冷紫　　×年×月×日

张朝晖不知道自己是怎么看完这封信的。客观上看，这只是一封过了时的遗书，而且是一封因误会而衍生的遗书。他知道。可是他真的不觉得这封遗书已经过了时。她在感谢中的卑微，她在平静中的痛楚，她在深情中的绝望，她在热爱中的胆怯，她在坚定中的脆弱……这就是他的冷紫，被他至爱也至爱过他的冷紫。他想起了她拿出手术签字单时的模样，想起在他问她"又接了多少客时"她的神情，想起了他问她"是不是准备在楼顶进行第二次开张"时她的叫喊，想起了那一次他在"香妹小炒"得知真相后在美雅门口等她回来预备与她决裂却远远看着她披着一身暮色归来时的身影……那一次，她对他说她去了原木居，去了游乐场，去了金柳河，去了教堂，去了他们以前去过的所有地方。他知道她和他一样，是因为绝望而在向爱情诀别。可是这一次，她在写这封遗书的时候，却真的是预备用生命向爱情诀别，而且预备得这么细腻，这么精致。他又想起前天晚上，冷紫亲口告诉他她那时是想跳楼去死时的情景，当时他感到的只是震惊。现在，冷紫用自己的笔迹把当时的心情如此一点一滴地复制给他的时候，他已经不知道该怎样形容自己的感觉了。

——她在用生命向他做一个绝证。

——她想用这个绝证把他拯救。

当然，这种拯救的起因是虚妄的，可是她拯救的声音却是多么厚实啊。她拯救的姿态也是笨拙的，可她的笨拙又是多么纯，多么诚，多么真啊。

纯得让他不敢抚摸。

诚得让他不敢想象。

真的让他不敢面对。

他一直以为是自己在拯救冷紫，却不知道冷紫也曾经这么努力地去拯救过他。他对她的拯救用的是深沉睿智的话语，是柔情蜜意的关爱，是尽量维持的宽宏大度的心胸。而她对他的拯救用的却是血，是肉，是她整个生命本身。

他又想起对冷紫说过的"我曾经想过不要你"那段一直自认为足够宽容和理智的承认错误的话。是的，他曾经因为在几次的危局中没有把她舍弃而暗暗地为自己的崇高定位。现在想来，仅仅是"我曾经想过不要你"就奠定了他全部的愚蠢和虚伪。要，不要。这样的词汇早就在无意中暴露了他对她的俯视。而且，再看看这句话吧——他没有把她舍弃。他没有把她舍弃。他没有把她舍弃！这是多么居高的姿态！可是他有什么姿态对她居高？就因为曾经失过身并且有过一段风尘史的女子么？而冷紫因此对他的感激，现在除了让他更无地自容之外还会有什么？也许，冷紫并没有在意这些。可是，他既然发现了就不能不在意。决不能。

他忽然是那么怀疑：他真的懂得爱她么？当然，他是那么爱她，他几乎从没有离开过她的身边，他自以为很细致很体贴地为她梳理着伤痕。但是，他什么时候把她的伤痕当作自己的伤痕去完全潜心地体会过呢?

他把脸贴在床罩上。那上面依然是冷紫挑中的那幅春天原野般的图案。他的泪水疯狂地奔涌出来,仿佛是第一次真切深入了她的美丽和苦难。

尾　声

金柳河边有很多石椅，都没有油漆，呈现出原始的灰白色。椅面上不满了细小的凝固的石子儿颗粒，仿佛是一个农民粗糙的皮肤，坐上去会有一种奇异的踏实感。冷红喜欢这种感觉。这种踏实感让她觉得安然，似乎只要在这上面坐着。即使发生地震都不会有什么问题。而她以前曾经坐过的那些各种各样的光滑的椅子，则无一例外地让她觉得自己会慢慢地滑落到地上。给她相同感觉的还有那些铺着地板砖的地面，只要走在上面，她就总是很小心，怕自己会把不住脚。

这就是城市么？

张朝晖已经等在那里了，他没有坐，只是默默地看着河水。他的神态看起来像一个想不开的人。偶尔有路人会回头看他一眼。金柳河水太浅了，淹不死人的。即使他真的跳了河，也有警察管着呢——他们也许是这么想的吧。河水泛着并不新鲜的绿色，这并不是因为深度而显示出的绿色总是让人对它的成分会产生一些莫名的怀疑。只有当风吹起来的时候，才能看到一丝流动的生机。

坐一会儿吧。冷红说。

张朝晖走了过来，在她身边坐下。他没有看她的脸，只是盯着冷红毛衣上的图案。这是一件纯黑的毛衣，上面凸现着连在一起的菱形。

冷紫也有相同的一件。

冷红觉得心里有一道本来就极脆弱的堤岸迅速地崩溃了。在决定离开这里之后，她很自然地给张朝晖打了一个电话，约他出来见一面。仿佛他一直是她在这个城市里最重要的亲人。现在，见到了张朝晖，她立马明白，张朝晖和她想的一样。

她努力克制着自己，觉得自己再也不能先开口说话了。

你准备去哪儿？张朝晖问。

不知道。她说。

她是真的不知道。她没怎么想这个问题。她觉得这根本就不算是个什么问题。现在，对她来说，到哪里都已经不重要了。重要的是，她必须离开。可这并不是逃避。她也说不清楚这是为什么——凡事知道为什么就那么重要么？

什么时候走？

很快。

我去送你。

不用。

你还会回来么？

会的。

他们的对话简洁、干净，像白衬衣上的扣子和扣眼儿，一个一个地呼应着。扣子扣住了衣服的两片，他们扣住了什么？冷红觉得他们只扣住了一个名字：冷紫。他们谁也没提冷紫，可冷紫就在他们语言的内部和间隙里饱满地流动着，黏稠得让他们透不过气来。"我说的都不是我想的，我想的也不是愿意想的。"这似乎是一个著名人物发出的著名困惑。可是冷红觉得，她不是不想说，而是没有什么可说的了。也或许是想得太多了，把语言都想干涸了。

一个老妇人在距离他们最近的椅子上坐了下来。她是那么瘦。让人觉得她坐在上面很可能会觉得硌。

那个老太太没事儿吧？冷红想起了冷紫的房东。那是个很和气的老太太。她听说冷紫的噩耗之后落了泪。后来冷红去冷紫那儿收拾东西，一进门，老太太就坐在了地上。

腰椎有一点点错位，没关系的。张朝晖说。

冷红想起冷紫在遗书里说的话。冷紫说得没错。她确实已经玩了这个游戏，尽管她是无意的。

他们又坐了一会儿。

还有什么事儿么？张朝晖问。

冷红摇摇头。还能有什么事儿呢？

那我走了。

好。

再见。

再见。

张朝晖看了冷红一眼，泪水在一瞬间充盈了眼眶。他快步离开了。

夜又一次降临了。路上的行人渐渐地稀少起来。冷红知道，此刻，他们都已经回到了家里，一边吃饭一边聊天。女人说着衣服的颜色、蔬菜的价格、婆婆的精明和小姑的脸色，男人说着单位的领导、剃须刀的品牌、足球的比分和美国的霸权。孩子说着同学们的荣辱、老师的失误、商店里的遥控车和最流行的卡通片。电视里的主持人不知疲倦地发送着形形色色有用无用的信息，在每个人遥远的议论中依然表现得那么亲切洒脱。过一会儿，孩子把饭洒了，就会引起一阵小小的慌乱，父母亲一边收拾，一边徒劳而又宠溺地训斥着……这就是家么？

行人又慢慢地多起来。也有一个人的，更多的是两个人或者三个人，年轻的夫妇带着孩子，老年的夫妇带着孙子，中年的夫妇一般都比较轻松，孩子可能都在家里忙着功课。他们悠闲地走在大街上，带着酒足饭饱之后的满足和无所事事。他们浸泡在如此琐碎的细节中，循环在如此平凡的流程里，这就是幸福么？

她不知道。她知道自己的这种不知道就意味着一种可能，而且是很大的可能。因为有这么多人都在这么生活着，如果这不是幸福，为什么还会有这么多人这么顺从地走进这个行列？

可能，可能吧。

一只纸飞机落在她的肩上，又从肩头翻进了她的怀里。她拿起来。

阿姨，是我的。一个小男孩跑过来，站在她的面前。

是么？冷红把飞机递给他。

真的。小男孩把冷红随意的问句当成了不能忍受的怀疑，认真地给冷红指着：你看，这上面写有我的名字，刘智东。这是刘智东号飞机。

真好。冷红微笑着点头。

它飞得可高了。小男孩更加得意。

是么？

天有多高，它就能飞多高。

你又在吹牛了。一个女人走过来。看样子是他的母亲。

我这是理想，不是吹牛。小男孩不满地嘟着嘴：长大了我肯定能让它飞得和天一样高。

那就等你长大了做成了再说。

到那时就已经是事实了，不是理想了，还有什么好说的。

410

那如果将来做不成，你现在说的不是也很没意思么？

你的意思是说，我现在的想法要是将来实现了才算是理想，要是实现不了就是吹牛？

母亲没有说话，自顾自地笑起来。冷红从她的笑声里听出了欣赏和骄傲的意味。是的，她有资格欣赏，也有理由骄傲。她有一个多么聪明的孩子啊。无论怎样，人是应当越来越聪明的。

咱们走吧。母亲催促孩子离开，在树荫的笼罩下，这里的光线有点儿暗。

阿姨，你一个人坐在这里干什么？孩子问冷红。

不干什么。冷红说。

不干什么干吗要在这里坐着，多不好玩儿啊。

大人的事你少琢磨，等你长大了就明白了。母亲说。

又是长大。

……

看着他们的背影，冷红站起身。是啊，又是长大。在小孩子眼里，长大曾经是多么丰富多么有神秘感的事情啊。可是怎样才算长大？一个人长大要走多远的路？要走多长时间？长大了又会怎样？她现在算是长大了么？她忽然想起曾经在《星苑晨刊》读过的一篇文章，说是一个女孩子很喜欢去吃一家大排档的牛肉面，一次她在等的时候，有人问她牛肉面的价格，她非常反感，以为人家把她和卖牛肉面的看成了一家。五年过后，她又碰到了相同的情景，这一次她很平静地告诉了询问的人，心中没有漾起一丝异样的波澜。文章最后说：我觉得我长大了。

长大就是这样的么？

她拍了拍身上的尘土，沿着河堤上的台阶一步步地走上了街道。

阿姨，阿姨。那个放飞机地小男孩忽然迎着她跑过来。

怎么了？她问。

我的妈妈不见了。小男孩的眼泪流下来。现在的他和刚才伶牙俐齿与妈妈拌嘴的他简直判若两人。

冷红环视了一下周围，发现一个大广告牌后面有一双缓缓移动的脚，接着，小男孩的母亲探出了头，顽皮地向冷红摆了摆手。

不要紧，你一定会找到妈妈的。冷红说。她蹲下来，看着小男孩的脸。在他的眼睛里，她忽然看见了两个清晰的自己。

修订版后记

2001 年 2 月，我从县里被调到河南省文学院当专业作家，资本是七本散文集。在文学院听李佩甫、张宇、李洱、墨白等小说精英们谈了一年小说之后，就想要转型写小说。怎么写？不知道。写什么？也不知道。干脆一蒙头，傻子买鞋——冲大的去，决定写一个长篇。记得佩甫老师听说我的想法之后，显然有些吃惊，他停顿了片刻，道："还是先写写中短篇吧？"我断然道："我觉得我能写长篇。我已经准备好了。"他笑了笑，不再说话。

用了将近一年的时间，我写下了这个长篇的初稿。在写作过程中，我无比真切地认识到了佩甫老师当初给我的建议是一种多么委婉的劝导。作为一个优秀的小说家，他心如明镜：对于一个完全不知小说为何物的懵懂者来说，没有中短篇写作的经验作底，一个长篇小说的创作会出现多么严重的障碍和困难。想起来真是有些后怕：我以初生牛犊不怕虎的心态，经历了一次冒险。两年后，我自觉地投入到了中短篇小说的创作中，谓之"补课"。

还好，冒险者的运气不错。2003 年年底，这部小说被《中国作家》头条发表，2004 年初，长江文艺出版社出版了它的单行本，并且入选了当年年度的中国小说排行榜长篇榜，获得了诸多评论家的关注和读者的认可。后来又被《长篇小说选刊》选载，直到现在又被四川文艺出版社再版。不由惊觉：在出版和再版之间，十几年光阴已经翩然而逝。

"天空没有留下翅膀的痕迹，但我已经飞过。"这是鸟儿的抒情。对于一个写作者而言，所有痕迹都在纸上，字字句句都有镌刻。付印之前，我将这部小说从头到尾又看了一遍。读着读着，惶恐和难堪潮涌而来。这个小说的故事背景是上个世纪末的底层城乡。那时的临时工工资只有三四百元；因为网络不普及，人们找工作还要依赖职业介绍所；手机对于很多人而言仍是贵重之物，联络方式远没有当今的迅疾便捷……就物质外壳而言，这个小说很像一件过时的衣服。就技法层面来看，这部长篇的硬伤也是更加显而易见：议论过多，概念先行，叙述方式单一，结构线性……也许，它该被遗弃。但是它居然幸运地没有被遗弃。那么，总该有一点理由吧。不然它还有什么重新面世的理由呢？

华中师范大学文学院教授、博士生导师李遇春一直持续关注着我的创作，他曾如此分析这个小说的艺术取向："作为一个具有现实担当情怀的作家，乔叶并不满足于对外在现实生活的浅层描绘，她感兴趣的是对女性人物心理现实的复杂描摹。选择当代城市妓女作为书写对象，这种题材显然带有一定风险，容易被误解为欲望化写作的标本之类，不仅如此，选择这种题材也面临着突破既有的叙事模式的难题。乔叶当然无意于写那种有关妓女的宏大民族国家叙事，她甚至也不满足于仅仅是借书写妓女的悲苦命运而对现实社会制度进行批判的思考，她的艺术贡献在于，客观地、集中地揭示当今中国妓女群体复杂的精神心理状态，尤其是揭示她们沦落为妓的心理轨迹，包括沦落为妓之前和之后的精神变异和心理变迁，其中有她们麻木后的欢乐和清醒时的痛苦，有她们反抗的绝望和惯性的滑行，甚至还有她们偷偷从良后的隐忧和隐痛……"

这个小说也曾获得我的文学前辈、河南作协名誉主席张宇如此评价："这部小说的成功之处在于细，乔叶把她们由姑娘变化为'小姐'的过程写得很细，细出了必然的结果。看过之后使人想到，如果把我们置于她们的处境，我们也不得不做起'小姐'来。这就有了合理性，合理性一下子拓宽了小说的面积，作品就合理得丰富多彩起来。这时候我们就发现乔叶的过人之处，她从'小姐'这里展开，或者说规定一个视觉来观望，一点点的展览出这个大社会的画卷。而且不动声色，一盘菜一盘菜端出来，终于端出来一个当代生活的盛宴。最让人称道的是，作家也不急于简单的批判什么，只是邀请读者一起来感受生活，让读者自己去感慨万千去认识。这部小说还有一个可贵之处，并没有简单停留在'小姐'生活的表面化描写上。而是悄悄地写到了深刻处，这个深刻处就是纯朴的农村姑娘变化为'小姐'的过程中，随着生活内容的改变，她们的内心出现裂变的复杂性，也就是作家的描写进入了人的精神的转移层面。这就一下子挠到了小说艺术的隐秘之处，人性的风景由此一层层展开……"

《人民文学》主编、著名评论家施战军则给出了如此褒奖之词："小说涵盖了中国在改革开放时期初级阶段的社会发展历史，尤其是触及了这样的社会转型期中人们在个人欲望、生活愿景、心灵依托等方方面面的复杂情状。可以说，这一部长篇小说是对近三十年来中国生活'风俗史'和青年一代'身心史'的文学写照，是认识价值和艺术价值都非常高的优秀作品。这部作品有许多值得分析的特点：视域宽展开阔、人物性格复杂而鲜明、情节引人入胜，更重要的是，正视社会裂变中严峻的生存考验，体恤底层挣扎者的生命困境……不回避黑暗的部分，捕捉人心中的光亮；不鄙视下坠的身影，更珍惜从未放弃的上升念头；不遮掩生活中的丑恶世相，亦挖掘那些在奋斗、受难中的宽谅和忏悔。因而，这个小说既是真切的有关进城乡民的中国故事，也是有关人类命运的史诗。"

——这统统都是溢美。我当然心如明镜：小说本身的虚弱和这些善良的溢美之间的距离何止千里。不过，在自惭形秽的同时，或许也有一些地方我可以稍稍自许吧：对于"小姐"这个特殊的群体，在写作的时候我确实是进行了尽力细致的认知，也在认知中进行了尽力诚实的思辨；写作的过程中虽然有许多障碍和煎熬，但更多的是无知无畏的热忱和浓烈而美好的情感浸入……而当年为这部小说写的后记里，一些话仍然是我不变的初衷："在更深的本意上，这两个女孩子的故事只是我试图运用的一种象征性契入，我想用她们来描摹这个时代里人们精神内部的矛盾、撕裂、挣扎和亲吻，描摹人们心灵质量行进的困惑和艰难，描摹我们每个人都曾经有过的那个纯净的自己，这个纯净的自己常常鲜活地存在于我们的内心之中，时时与我们现在的自己做着分离、相聚和牵扯。就像我们每个人其实都有这样一个血肉相融的孪生姊妹，在生命的过程中始终不懈地镌刻着我们……我是一个理想主义者，那种我认为生活中应当有而实际上却没有或者很少有的美好事物一直是我创作中最重要的激情和动力。文字赋予了我表达理想和描述理想的方式，我也将以自己的方式来回报他。我知道我做得不够好，但聊以自慰的是，我忠实地表达了一些我的认识和思考。我觉得自己的表达是认真和严肃的。"

——也正是这些自许让我有了些微自信：这部小说对于我的创作有意义，对于广大读者来说，它或许也有一定的意义，这种意义或许也正是四川文艺出版社使它重登大雅的理由。我视之为一种珍贵的肯定和鼓励。

忐忑，感恩，欣悦和幸福，这就是我现在的心情。我知道我以后的长篇小说可能都比它成熟老到，却再也不会比它稚拙可爱。它是我小说创作的开端，是我小说创作青春期的产品，是我和小说的初恋信物。这样的青春期，这样的初恋，对于一个写作者来说，最为特别，也最为刻骨。

2017 年 4 月